흔들리다

강영숙 소설집

문학동네

차례

그가 얼굴을 들고 나를 쳐다보았다.

그의 눈을 정면으로 본 것이 언제인지,

그의 눈은 단단한 껍질에 의해 보호받고 있는 것처럼 깊고 맑았다.

눈물이 쏟아져나왔다.

흔들리고 있는 것은 오히려 나였다.

그때 우리들의 식탁에는 거뭇거뭇하게 탄 빵,

소금 후추가 지나치게 많이 들어간 달걀 오믈렛,

차가운 우유 한 잔이 놓여 있었다.

산을 넘으며 멀리서 본 바다는 복잡한 지형이 단순해지는 한 지점에서부터 아득하게 하늘을 향해 뻗어 있었다. 선글라스를 벗고 그 경계의 끝을 찾아 시선을 집중해도 끝이란 존재하지 않았다. 그래서 그곳이 하늘이 아니라 바다인 줄 알았는데, 그 바다가 바로 지금 도로 건너편 철책선 너머에서 출렁이고 있다.

한나는 식품점에서 나와 영수증을 지갑 속에 넣고 주변을 둘러본다. 이런 데서조차 영수증을 받아야 하다니. 어디서 받은 것이든 영수증은 꼭 챙겨야 하는 한나의 습성이 집착이라는 생각에는 변함이 없다. 사진이나 편지보다 쉽게 흘려버리기 일쑤인 영수증을 삶의 증거로 여기는 사람은 흔치 않다. 왜 그래야 돼? 한나에게 물었을 때, 영수증엔 시간이 정확하게 찍힌다는 대답이 돌아왔다. 그 흔치 않은 사람이 내게 손을 흔들어 보이며 바다 쪽으로 성큼 걸어가는 키 큰 한나다.

바다를 보는 건 어떨까. 한나도 나도 여러 번 말했었다. 자동차 창문을 통해 보는 바다는 사각의 창틀 안에 갇혀 있다. 바다네, 바다야. 웅얼거리는 내 목소리에는 그 동안 얼마나 바다에 오기를 원했었는지, 그 갈망은 빠지고 없다. 비스듬히 기울어진 한나의 어깨 위로 갈매기가 날아간다. 창문을 내리고 고개를 내민다. 멀미가 날 것만 같다.

지난 몇 개월간 한나와 나는 주말 저녁이면 언제나 고속도로 위에 있었다. 처음엔 풍경도 사람도 눈에 들어오지 않았다. 다만 일하지 않는 느슨한 주말은 견디기 어려웠다. 한나도 덩달아 주말 약속을 잡지 않았다. 밖에서 사들고 온 책이나 카세트테이프는 무조건 한나의 자동차 트렁크에 갖다넣었다. 발 편한 운동화에서 가벼운 담요까지. 맛있는 밑반찬을 사면 꼭 반은 덜어 냉장고에 넣어두었다. 토요일 퇴근시간이면 우리는 서둘러 집으로 가서 짐을 챙겨 서울 시내를 벗어났다. 처음에는 휴게소에서 사 먹는 백반의 반찬을 고르는 일조차 성스러운 의식을 치르듯 이루어졌다.

집에서 나와 있다고 해서 늘 재미있고 지루하지 않은 것도 아니었다. 고속도로는 자주 정체되거나 지체되었다. 단체여행중인 남학생들은 여자들만 둘이 탄 차를 버스 안에서 내려다보며 서로 밀고 잡아당기며 저희들끼리 낄낄거렸다. 어쩌다 휴게소에서 창문을 내리고 좀 쉬고 있으면 불법 비디오테이프를 파는 남자들이 다가와서는 한참을 말을 걸다가 돌아갔다. 이제 사람도 차도 좀 지쳐서, 지난 주말 여행을 끝으로 좀 쉬기로 했었다.

지난 금요일 저녁, 나는 회사에 있었다. 컴퓨터를 고치러 온 서비스 업체 남자는 구부정한 뒷모습으로 기계 상태에 관해 어떤 진단도 내리지 않고 가만히 서 있었다. 불안한 징조였다. 큰 고장인가요? 그제서야 남자는 고개를 돌렸다. 바이러스를 먹었어요. 하드도 좀 엉켰구요. 남자는 곧 컴퓨터 본체와 모니터를 분리하기 시작했다. 창 밖은 어두웠다. 나머지 한 대의 컴퓨터 화면에서는 육각형의 인공 백설이 끊임없이 내리고 있었다.

팀장이 내게 사무실을 이층에서 일층으로 옮기라고 말했을 때부터 나는 좀 꼬여 있었다. 새로운 직원들이 들어와 공간을 재배치하는 건 당연한 일이지만 기계가 걱정스러웠다. 컴퓨터는 누구에게나 중요한 업무도구였다. 근무시간 내내 컴퓨터를 이용하는 내게는 더욱 그랬다. 이사할 때는 신주 모시듯 옮기고, 평소에도 먼지라도 앉을까 세심하게 매만졌다. 그러나 어느 순간 돌연 변심한 애인처럼 손쓸 수 없게 망가져버리는, 세상에 믿을 수 없는 게 기계였다. 남자는 컴퓨터 본체를 가지고 가겠다며 어깨에 둘러메고 막 나가려고 했다. 나는 남자의 손에 고장 수리 내역을 꼼꼼하게 적어둔 수첩을 들려보냈다. 파워 버튼을 눌러 끄고, 둥실둥실 떠다니는 검은 먼지 뭉치들을 치우는 중이었다. 민영씨, 자리에 있어? 전화 받아. 이층에서 부르는 소리였다.

후드가 달린 감색 오리털 코트는 함께 사는 동안은 본 적이 없는 옷이었다. 그는 하필 자주 만나곤 했던 난다랑에서 만나자고 했다. 간판은 난다랑이었지만 예전의 난다랑처럼 공기도 분위기도 깨끗하지만은 않았다. 그는 커다란 화분 옆자리에 앉아서 양손을 가지런히 모으고 있었다.

여자와 산다구? 자리에 채 앉기도 전이었다. 그래 어쩔래, 정확히 말하면 내가 친구한테 빌붙어 사는 거야. 그의 말투가 싫어 단박에 대답해버렸다. 잠깐 그의 얼굴에 걸린 안경테가 눈에 들어왔다. 전의 것과는 다른 뿔테였는데 푸른색이 감돌아 그의 얼굴이 전보다

희게 보였다. 왼쪽 팔에 옷감을 뚫고 나온 흰 오리털이 하나 보였다. 하고 싶은 얘기가 뭐야? 그는 대답도 없이 홍차가 담긴 찻잔에 마냥 우유를 부었다. 이제 그만 넣어. 예전의 우리들의 식탁에서처럼 순간적으로 잔소리가 튀어나왔다.

차를 거의 다 마실 때까지 그의 표정은 풀리지 않았다. 창 밖은 자동차와 가로등 불빛으로 환한데 오히려 실내가 어두웠다. 난다랑의 뿌옇고 기우뚱한 창문에 커다란 고무나무 화분 옆에 앉은 두 사람이 비쳤다. 다시 합칠 수 없을까. 그의 말에 깜짝 놀라 모으고 있던 두 무릎이 살짝 흔들렸다. 행복 같은 거…… 행복하게 살도록 노력하겠다고 하면 믿을래. 그는 굳은 얼굴을 탁자 아래로 향했다. 행복 좋아하시네. 나는 몸을 거칠게 뒤로 젖히고 주머니에 손을 찔러넣은 채 말했다. 그는 더이상 아무 말도 안 했다.

그가 포장한 상자 하나와 편지봉투를 내밀었다. 봉투에는 '동남 보석감정연구원'이라고 적혀 있었다. 그게 집에 있었어, 하나는 내 선물이구. 다이아몬드 보증서였다. 이걸 나더러 어쩌라구. 난 결혼반지가 어디 있는지 생각도 안 나. 그리고 가짜일지도 모르잖아. 보증서를 가방 안에 넣으며 투덜거렸다. 나 역시 내 결혼반지가 어디 있는지 몰라, 그렇지만 넌 결혼한 여자가 결혼반지 하나 간수 못 하고……

인사라고 할 수도 없는 묘한 표정들로 서로를 잠깐 바라본 후 그와 나는 다른 방향을 향해 걸었다. 평평한 보도블록이 자꾸 발부리에 걸렸지만 그의 얼굴이 밝아진 것 같아 마음이 편했다. 어리석게도 그 오리털 하나를 떼어내주지 않은 걸 후회하고 있었다. 결혼하기 이십 일 전쯤에 그와 나는 결혼반지를 맞추러 나섰던 모양이다. 여섯 개의 원추형 기둥이 아주 작은 다이아몬드를 감싸고 있는 소

12

박한 예물반지였다. 그도 나도 돈이 없었는데, 내가 약간의 빚을 내서 준비한 예물이었을 것이다. 나는 반지의 행방에 대해서는 잊고 있었다.

그가 준 선물은 조잡해 보이는 핵잠수함 미니어처였다. 아이고 지겨워. 지겹다는 소리가 저절로 나왔다. 러시아와 노르웨이 북쪽 해역인 바렌츠 해(海)에서 작년 팔월 침몰한 러시아의 핵잠수함 쿠르스크 호(號)의 모형이었다. 부지런들도 하시지. 젊은 승무원들 118명이 물에 잠긴 꽃처럼 잠수함 속에서 죽어간 사고가 난 지 몇 달이나 되었다고. 핵잠수함 귀신다운 선물이었다. 작년엔 콩코드 기가 추락했고, 유럽 어느 나라에선 산악열차도 추락했건만 그에겐 오직 핵잠수함 사고만이 중요했다.

대만의 모형 제작사는 전 세계의 판매망을 암호 같은 인터넷 주소로 표시해놓고 있었다. 쿠르스크 호의 모항(母港)인 러시아의 어느 항구에서, 사고 잠수함에서 인양된 수병의 시신이 러시아 국기를 감고 추도식장으로 옮겨졌다. 애도하는 러시아 사람들의 표정을 잡은 사진이 연일 신문이며 텔레비전에 보도될 즈음 나는 그를 남겨두고 집을 나왔었다. 그러면 그렇지. 그러니까 내가 집을 나온 후로도 그는 인터넷을 들락거리며 핵잠수함의 망령을 좇고 있었다는 얘기가 된다.

한나가 길을 건너 차로 온다. 생수 샀니? 너 찾는 생수는 없다는데 괜찮어? 검은 비닐봉지에서 낯선 디자인의 생수병을 꺼내주는 한나가 내 얼굴을 빤히 본다. 눈은 왜 찡그리니? 한나는 내가 어떤 행동을 할지 알고 있다. 병 뚜껑을 열고 확대경으로 들여다보듯 생수병의 내부를 자세히 관찰하는 내 어깨를 한나가 툭 친다. 괜찮아 깨끗해, 안심하라니까. 그러나 나는 물 속을 떠도는 미립자를 기어이 찾겠다는 각오로 집요하게 들여다본다. 그냥 마셔, 어차피 마실 거잖니. 나는 왜 작은 생수병 속조차 의심하는 걸까. 머뭇거리다가, 위가 빵빵해지는 걸 느끼며 생수 한 병을 다 마신다.

운전대는 내가 잡았다. 한나는 운전석 옆자리가 꽉 찰 만큼 키가 크다. 키만 큰 것이 아니라 어깨도 크고 허리통도 크고 허벅지도 크다. 무엇보다 큰 것은 두 손이다. 그녀의 두 손은 마디도 굵고 살집도 두툼하다. 게다가 왼쪽 손등 중앙에 있는 티눈은 손의 크기를 더 확장시켜 보이게 한다. 지금은 편안하게 두 손을 청바지 위에 올려놓고 있지만 그녀는 좀처럼 남 앞에 손을 내놓지 않는다. 자 출발해. 한나는 그 손으로 콘솔박스 위를 경쾌하게 두드린다.

바다는 계속해서 한나의 허리께에 있다. 맑은 날씨에 바람도 많지 않다. 반대 차선은 차가 뜸하다. 속도를 육십쯤으로 유지한다. 내 무릎 위에는 C시의 관광지도가 있다. 바다의 낭만과 산의 오묘함이 공존한다고 홍보하는 C시에 진입한 후 처음 들른 휴게소에서 한나가 구한 것이다. 우리는 계속해서 북쪽으로 달리기로 했는데, 북쪽에는 우리가 하룻밤을 묵기로 한 코스모스 콘도가 있어야 한다.

어딜 가든 지도부터 챙겨 보는 습관은 의심에서 비롯된 것인지도 모른다. 왜 그렇게 되었는지는 모르지만 나는 거의 모든 것을 일단 의심해보고 나서야 받아들인다. 아마, 어릴 때 식구들이 백열등 밑에 모여 밥을 먹다가 아버지가 마당으로 밥상을 내던진 뒤부터가 아닌지. 처음에 식구들은 모두 숨었다. 나는 우리의 밥상을 밝혀준 백열등 불빛을 올려다보았다. 눈이 시렸고 심장이 뛰었으며 여름밤이라 더웠다. 자주 그런 일이 생겼고 식구들은 각자 부엌에 가서 선 채로 밥을 먹었다. 나는 우리 식구들의 얼굴과 우리가 함께 밥을 먹던 시간을 의심하기 시작했다.

14

나를 잘 아는 사람들은 외국 여행을 가면 립스틱이며 머플러를 사다주는 대신 간격 맞추어 꼭꼭 접힌 지도를 구해다준다. 거미줄처럼 얽힌 지하철과 도로망을 표시한 도쿄 지도, 샌프란시스코 만(灣) 주변의 프리웨이 코스를 소개한 샌프란시스코 지도, 내셔널 지오그래픽이 발행한 미국 전도(全圖) 같은 것들 말이다.

언제부터였는지는 모르지만 결혼을 앞두고 내가 구청 민원실에서 복사 아르바이트를 하던 때부터 그는 핵잠수함에 미쳐 있었다. 다리가 통통 붓도록 서서 복사를 하고 있을 때, 그는 긴장된 목소리로 호출기에 메시지를 남겼다. 그의 메시지는 주로 CIA의 극비보고서라는 단서를 달고 시작되었다.

러시아 북양함대 소속의 핵잠수함에서 열아홉 살짜리 승무원이 동료들 여덟 명을 총으로 쐈대. 그리고는 계속해서 자고 싶다는 말만 되풀이하고 있대. 시적이지 않아, 자고 싶다는 말?

민원인들의 성화에 그의 메시지를 듣지 못할 때도 많았다. 처음 들어서는 그 발음조차도 제대로 알 수 없는 러시아며 미국의 지명들, 들어도 들어도 상상이 불가능한 핵무기의 위력 같은 것들은 내게 한낱 기호에 불과했다. 하루 종일 뺑뺑 도는 구청 민원실도 부족해 상설 농산물 판매장에 진열되는 사과나 고구마의 빈 상자를 정리하는 일도 해야 했는데.

결혼 후에는 직장에서 점심을 먹고 나면 하루도 빠지지 않고 집으로 전화를 걸었다. 점점 그의 낮잠이 길어지고 있어서 집에 들어가도 볼 시간이 많지 않았다. 그는 잠에서 깨지 않은 채 왜 전화를 했느냐고 투덜거렸고, 알 수 없는 지명을 섞어가며 밤새 일을 해서 좀더 자야 한다고 말하곤 했다. 그러면 나는 어느새 벽에 붙여놓은 세계 지도 앞에 가 서 있었다. 수많은 도시, 도시의 틈으로 흘러든 강, 도시를 감싸안고 우뚝 솟은 산, 깊은 산 속에 놓인 철도는 지도에 표시된 대로일까. 나는 지도 속의 현실들을 의심하기 시작했다. 의심의 깊이는 그가 하는 일의 성과가 보이지 않으면 않을수록 더 깊어지는 것 같았다.

그는 여러 차례 입사 시험에서 떨어졌으나 중대한 하자가 있는 사람은 절대 아니었다. 그의 친구들은 대기업으로 중소기업으로 또 유학으로 나름의 살길들을 찾았다. 그도 처음엔 이름 있는 대기업에만 이력서를 넣었지만 얼마 가지 않아 기대치를 낮추었다. 포기한 것 같지는 않았지만 지친 것 같았다. 성형수술을 해볼까. 그렇다고 키를 늘일 수는 없지. 취직을 못 한 원인 분석의 결과는 점차 개선하기 어려운 것들로 옮겨졌다. 그리고 결혼 후 책 읽기를 좋아하는 그가 찾아낸 직업은 읽은 책을 기반으로 온갖 글을 쓰고 돈을 버는 프리랜서였다.

어 저거 뭐야? 뭔데? 저거, 저거. 한나가 손을 내밀고 앞쪽 도로를 가리키고 있는 사이 차는 엉겁결에 장애물을 박살내고 지나간다. 뭐 하는 거야, 운전 제대로 해야지. 한나가 몸을 뒤로 돌린다. 텅 빈 도로 중앙선 부근에 김장 배추 몇 포기가 떨어져 있었던 모양이다. 차는 배추를 납작하게 만든 후 중앙선을 살짝 넘어 제 길을 찾았다.

바다는 이제 우리의 몸 아래에서 나타났다 사라지곤 한다. 오디오의 테이프 동작 버튼을 누른다. 녹음한 슈베르트의 첼로곡이 흐른다. 별로 듣고 싶지 않아 곧 정지 버튼을 누른다. 내가 죽을 때 내 옆에 누가 있을까, 하루에 한 번씩 꼭 생각해. 한나는 지금이 꼭 그때라는 듯이 음악이 멈추는 순간 말한다. 생뚱같은 그런 소리 왜 하니. 한나는 좌우로 고개를 흔든다. 잠시 후 두 사람 중 누군가가 창

16

문을 내렸고, 와락 밀려든 찬 공기가 살갗에 찰싹 달라붙어 떨어지지 않는다.

좀 어둑해졌다. 완만한 언덕길을 제법 오래 달려 내려왔다. 전방 표지판에 검문소 표시가 있다. 어디 수제비집 없을까. 이런 데서는 감자를 넣은 수제비 같은 걸 먹어야 하는데. 검문 경찰들에게 물어볼까. 멸치를 넣지 않은 수제비집 좀 알아요? 멸치를 넣지 않은 수제비를 잘 먹는 남자 하나 알아요? 우리 한나 시집 좀 가게. 한나는 내 말에 히죽 웃으며 성에가 오르는 앞 유리창을 손바닥으로 문지른다.

해가 지고 있다. 검문소를 지나 북쪽으로 더 올라간다. 바다는 이제 보이지 않는다. 길은 더이상 완만하지 않다. 북쪽으로 올라가면 갈수록 길은 휘어지고 경사는 심해진다. 경사가 가파를수록 잔뜩 긴장한다. 더구나 나는 코너 돌기에 미숙하다. 무슨 암호처럼 들리는 한나의 목소리. 우회전, 좌회전, 그렇지, 조심해.

결혼한 직후 나는 작은 시민운동단체에 취직했다. 야근을 하고 오면 그는 〈크림슨 타이드〉 같은 영화를 보고 있었다. 수차례 봤을 텐데 보고 또 봤다. 물론 그가 그런 영화에 집착하는 이유는 있었다. 그는 핵잠수함을 소재로 무엇인가를 쓰겠다고 했다. 소설이든 시나리오든 장르가 뭐든 나는 그의 꿈을 존중했다. 꽤 가깝게 지내던 내 친구는 직장도 없는 남편이 하루 종일 집에서 뭘 하느냐고 물었다. 나는 그에 대해서 말해주었다. 핵잠수함에 관심이 많지. 특히 개방 이후 혼돈에 빠진 러시아의 핵잠수함에. 그 안에서 생기는 일들로부터 출발하는 시나리오를 쓰고 싶어해. 친구는 멀뚱한 눈으로 날 보다가 어려운 결혼을 했다면서 위로했다. 나는 그 친구와 다시 만나지 않기로 결심했었으나 얼마 전에 만나 밥을 얻어먹었다.

평일에는 새벽 한시가 되어야 잠을 잤다. 일 주일에 두 번은 빨래를 했고 한 번쯤은 밑반찬을 만들었다. 집에서 일일이 챙기지 못하기 때문에 그 정도는 해주고 싶었는데 마음만 그렇지 뭘 해도 맛이 없었다. 한번은 오징어포 볶음을 했는데 고추장에서 역한 냄새가 나서 먹을 수가 없었다. 이것저것 재료를 바꿔도 마찬가지였다. 신혼 살림임에도 왜 그런지 집 안엔 윤기가 돌지 않았다. 접시들은 늘 똑같은 위치로 수납장에 넣어져 있고, 언제 사다 넣어두었는지도 모르는 파란 싹이 난 마늘, 말라비틀어진 채 욕실 앞에 놓여 있는 걸레, 늘 그대로인 옷장이며 채 숨이 죽지 않은 이불이며 모든 게 그랬다. 의자 두 개와 함께 거실 창 옆에 놓은 우리들의 식탁은 좀 쓸쓸했다. 너희도 빨리 애를 낳아라. 갓난애가 집 안에 오줌 똥을 싸갈겨야 사람 사는 냄새가 나는 거다. 가끔씩 일요일에만 왔다 가는 이모는 손에 물 한 방울 안 묻히고 그렇게 말하고 가곤 했다. 엄마가 살아 있어 집에 왔다면 얼마나 좋았을까 생각하면 더할 수 없이 비참해졌다. 그때 우리들의 식탁에는 지하철 입구에 앉아 있던 할머니에게서 산 알이 꽉 찬 붉은 석류 두 개가 놓여 있었다.

갑자기 길이 환해진다. 경사가 심한 북쪽 길 끝에 이런 번화한 곳이 있으리라고는 생각하지 않았다. 도로 주변의 식당들은 함지박만 한 등을 매단 채 장사중이다. 노래방도 보이고 오락실도 보인다. 카페처럼 보이는 식당이 있어 차를 세운다. 커다란 개가 대문 앞에 웅크리고 앉아 있다가 일어서서 엔진음이 잦아들지 않는 자동차 주위를 배회한다. 황토방 음식점이 유행이라더니 근처엔 붉은 흙이 드러나게 지은 비슷한 모양의 음식점이 많다. 가게 안에는 나무로 만든 빗이며 수저 같은 샘플품들이 전시되어 있다. 남녀 혼성으로 왁자하게 웃어대는 손님들의 웃음소리 끝에 짧게짧게 들리는 라디오의 국악곡이 상큼하다.

된장찌개에서 멸치 냄새가 많이 나지 않는 게 다행이다. 코를 찡그리며 냄새를 맡는 한나에게 멸치가 아니라 조미료 냄새가 맞다고 다그친다. 배가 고픈 한나는 더 따지지 않고 버섯과 두부를 골라 먹는다. 한나는 채식주의자다. 고기를 먹으면 밤새 자신이 먹은 것들이 떼지어 서서 울어대는 소리가 들려 무섭다고 한다. 조금 전에 주문을 받던 식당 아주머니는 멸치는 빼라, 달걀은 한 사람만 먹는다, 주문이 많은 덩치 큰 여자를 왜 주는 대로 먹지 않느냐는 눈초리로 훑어보았다. 한나가 진정한 채식주의자라면 오늘밤 꼭 토하리라.

밤눈이 어두운 한나는 운전대를 잡은 순간부터 사방을 쳐다보느라 바쁘다. 괜찮다고 말하면서도 잔뜩 굳은 어깨는 풀리지 않는다. 코스모스 콘도는 밥을 먹은 곳에서 오 분 거리에 있다. 한적한 들판에 서 있는 휘어진 일자형 건물이 코스모스 콘도, 우리의 숙소다. 넓은 주차장은 휑하니 비어 있다. 트렁크에서 가방을 내리고, 차 안의 쓰레기를 모아 휴지통에 버리고 입구 쪽으로 걸어간다.

정장 양복을 입은 직원이 로비로 들어서는 우리에게 인사를 한다. 방은 오층이다. 한나는 가방을 든 채 엘리베이터 안에서 코를 실룩댄다. 건물에 습기가 많다. 침대와 텔레비전이 있는 방 하나, 그 옆에 붙은 온돌방, 욕실과 거실이 있다. 다른 것엔 별 관심이 없다. 바퀴벌레만 보이지 않는다면 다 좋다. 마음에 들지 않는 건 욕실의 수압이다. 바다가 지척인데 물이 이토록 쩰쩰거리기만 하다니.

멀리 길 위에 보이는 가로등 불빛과 개똥벌레 불빛처럼 빠르게 사라지는 자동차 불빛. 코스모스 콘도 좌우로 비슷한 규모의 숙박시설들이 단지를 이루고 있지만 불이 켜진 방은 많지 않다. 와, 수영장이다. 수영장의 파란 지붕이 보인다. 테라스 난간에 팔을 기대고 수영장을 내려다본다. 수영장은 암흑 속에서 파랗게 빛난다. 파란물, 물고기, 저 파란색이 이제야 눈에 익는다.

어느 날 친구를 만나고 들어온 그의 손에 비닐 링거팩이 들려 있었다. 병원에서 쓰는 링거팩과 똑같았다. 팩 안에 주홍 분홍 파랑 등 화려한 색깔이 나는 돌들을 적당히 채워넣고, 작은 물고기를 넣어 팔고 있는 노점상을 만났다면서, 그는 환한 얼굴로 서비스로 받은 열대어 전용 먹이 한 통을 보여주었다. 파란 링거 수족관은 그의 방 문틀에 걸어놓은 긴 줄에 매달려서 지냈다. 아주 작은 물고기 두 마리가 좁은 링거팩 안을 오가는 걸 보고 있으면 시간 가는 줄을 몰랐다. 바닷속은 참 아름답겠지? 잠수함에서 바닷속을 보고 싶지 않아? 나는 그렇게 물었던 것 같다. 그는 고기밥을 열심히 주지 않으면 저희들끼리 싸워 잡아먹고 말 거라며 종잇장처럼 얇은 먹이를 조심스럽게 팩 안에 넣어주었다. 바닷속에서는 멀리 볼 수 없기 때문에 잠수함에는 창이 필요없다는 것, 텔레비전이나 라디오는 볼 수도 들을 수도 없다는 것은 그에게서 배운 것이다.

한나야 빨리 와봐, 수영장이야. 한나는 담배를 들고 베란다로 나온다. 우리의 방은 건물 중심에서 보면 둥글게 휘어진 콘도 건물의 서쪽 끝이다. 콘도 저쪽의 동쪽 끝은 불 켜진 방이 없이 침묵이다. 좋지? 그럼! 평일에 바다와 산을 모두 볼 수 있는 콘도에 오기는 쉽지 않아, 그렇지? 그럼! 한나는 맨발인 채로 담배연기를 내뿜으며 대답하다가 입을 막고 주저앉아버린다. 아까 된장찌개 먹을 때부터 이상했어. 투덜거리며 욕실로 뛰어가는 한나는 진정한 채식주의자다.

복도에는 붉은 카펫이 깔려 있다. 승강기까지 이어지는 벽에 쓰레기장과 비상구를 가리키는 화살표가 반복해서 붙어 있다. 승강기가 일층에서 오층까지 올라오는 시간이 무척 길게 느껴진다. 지하 일층

20

복도는 약간 구부러져 있다. 매점 표시를 따라간다. 복도 왼편에 오락실이 보인다. 오락실 문은 굵은 자물쇠가 달려 있다. 그 맞은편에는 남태평양풍으로 장식을 한 술집이 있다. 술집 문에는 여름에 쓰던 현수막이 그대로 붙어 있다. 낭만의 계절 여름, 환상적인 음악과 춤이 있는 보사노바에서. 보사노바 출입문에도 굵은 자물쇠가 달려 있다. 발꿈치를 들고 실내를 들여다본다. 야자나무와 그 아래에서 환히 빛나는 피아노의 건반이 보인다. 아무도 없는 밤에 가게 안에 불을 켜둔 이유는 무엇일까. 누군가 방금 전까지 피아노 앞에 앉아 있다가 홀연히 사라진 것만 같다.

매점 표시 화살표가 복도 오른편을 가리킨다. 초록색의 빈 당구대 두 개가 복도 중앙에 있다. 복도는 계속된다. 몇 발짝 걷다가 멈춘다. 이제 매점을 가리키는 화살표도 쓰레기장을 가리키는 화살표도 보이지 않는다. 복도 끝에 커다란 문이 보인다. 문 위에는 '연회장'이라고 씌어 있다. 문짝에 손을 대고 슬쩍 힘을 주려는 순간, 등허리에서부터 찌릿한 느낌이 전해져왔다. 문이 열리면 벼랑 끝이고, 끝을 알 수 없는 곳으로 추락할 것만 같다. 내가 왜 여기까지 와 있는지 알 수 없었다. 몸을 돌려 뛰었다. 다행히 승강기는 그대로 지하 일층에 서 있었다.

뭘 샀어? 한나는 샤워를 끝내고 물을 끓이고 있다. 매점이 문을 닫았어. 우리 내일은 민박할 거지? 그래야지. 한나는 끓인 물에 녹차 티백을 담아 거실로 간다. 몇 분이나 흘렀는지 모르지만 매점을 찾아다니는 동안 사람을 단 한 명도 만나지 않았다니, 아직도 무서움이 가시지 않는다. 전화벨이 울린다. 휴대폰인 줄 알았는데 카운터 전화다. 뭐 불편한 게 없느냐고 묻는데. 이런 겨울에 여자 둘이서 여행을 왔으니 불편한 게 없느냐고 묻겠지, 아니면 친절한 거구.

한나는 웃으며 오늘의 영수증 정리를 시작한다. 나는 침대 위에서 텔레비전 화면만 꼼짝 않고 쳐다본다.

그만 자자. 한나가 침대로 온다. 자기 전에 우리는 할 일이 있다. 한 사람은 침대에 배를 대고 엎드린다. 또 한 사람은 침대 위에 무릎을 꿇고 앉는다. 한나는 내 발가락부터 두 손으로 꼭꼭 주무르기 시작한다. 발가락이 끝나면 발바닥, 발바닥이 끝나면 뒤꿈치, 천천히 마사지하면서 발이 따뜻해질 때까지 손놀림을 멈추지 않는다. 나는 겨울만 되면 귓불이 발갛게 얼고 손이며 발이 차디차다. 공기에 노출되는 시간이 많으면 많을수록 발갛게 어는 부위가 넓어진다. 한나는 주무르는 것만으로 끝내지 않고 주먹으로 두드린다. 나는 이렇게 흘러가는 시간이 편안하다. 피곤할 때는 이러다가 먼저 잠이 들어버린다. 꽁꽁 얼었다, 발 아프지 않았니? 힘이 드는지 한나의 목소리가 떨린다. 그래도 혈이 통하는 느낌이 들 때까지 한나의 자세는 변하지 않는다.

무슨 소리 들려? 아니 방음시설이 좋은데. 바람 소리도 없다. 한밤중이면 들리는 실내의 잡다한 소리도 없다. 언제나 그렇지만 나보다 덩치가 큰 한나는 자리를 많이 차지한다. 그렇다고 내가 침대 밖으로 떨어질 정도는 아니다. 한나와 누워 있으면 그와의 잠자리가 그토록 불편했던 이유가 뭘까 생각하게 된다. 한나야 난 왜 그 사람하고 자도 좋지가 않았지, 늘 안 편하고 섹스를 해도 왜 그렇게 아팠을까. 다음에는 아프지 않게 하는 사람과 해라. 한나는 베개에 얼굴을 묻고 웃는다. 너무 조용해서 그런지 잠이 들려면 시간이 좀 걸릴 것 같다.

아침이다 우리는 북동쪽으로 달리고 있다. 북동쪽 끝까지 가서 민박을 잡고 하루를 더 묵을 예정이다. 어제만 해도 뭔가 와 있지 않나 휴대폰을 확인했지만 오늘은 꺼내지 않는다. 달리면 달릴수록 설경이 짙다. 빨리 가자, 저녁에 눈이라도 만나면 어째, 우린 스노우 타이어도 없다구. 차가 고장나면 고립될 수도 있잖아. 그럼 어때, 어디 군부대라도 가서 재워달래지 뭐. 누가 우릴 재워주니. 어디 주유소 나타나면 말해. 그래야지. 넌 잠깐이라도 자라. 한나는 의자 깊숙이 몸을 묻는다.

지난해 여름도 다른 여름처럼 더웠다. 그의 방에서는 밤마다 쉬지 않고 선풍기가 돌았다. 몹시 피곤한 여름이었다. 밥도 제대로 먹지 않는지 반찬은 냉장고에 그대로고, 그의 몸은 더 말라 보였다. 그때 우리들의 식탁 위엔 빈 라면봉지와 탄산음료병만 뒹굴었다. 그날 밤도 다른 밤처럼 그는 컴퓨터 앞에 앉아 있었고 나는 부채질을 하다가 막 잠이 들려는 참이었다. 갑자기 부스럭거리는 소리가 들렸다. 비가 오는 줄 알았는데, 그가 거실 수납장을 마구 뒤지고 있었다. 뭘 찾아, 이 밤중에. 그는 담배를 찾아서 입에 물고는 내 손을 끌고 자기 방으로 데려가 컴퓨터 앞에 앉게 했다. 한 신문사의 뉴스창이 떠 있었다.

러시아와 노르웨이 북쪽 해역인 바렌츠 해에서 러시아 핵잠수함 쿠르스크 호 침몰, 백여 명 탑승. 무엇과 충돌했는지는 알 수 없음. 생존자 구조 가능성 희박.

모스크바의 특파원이 보낸 국제면 기사였다. 고장을 일으켜 침몰했으나 그 원인은 조사중이고, 잠수함에 핵무기는 탑재되지 않았으므로 방사능 누출 위험은 없다고 되어 있었다. 그의 얼굴은 하얗게 질려 있었다. 그런데 왜 나더러 이걸 보라구 해, 졸린 눈으로 물었다. 그럼 가서 자. 그는 담백하게 말하고는 담배만 피웠다.

다음날 신문들은 일제히 핵잠수함 사고 소식을 다뤘다. 러시아 정부는, 외국 잠수함과 충돌한 뒤 가라앉은 것으로 보이고 충돌 원인과 정확한 승무원 수는 조사중이며, 방사능 유출 가능성은 없다고 했다. 가장 중요한 승무원들의 생존 여부에 대해서 미국 영국 노르웨이의 전문가들은 비관적인 견해를 보였다. 아마도 러시아 정부 관리들은 또 보드카를 마셔 취했거나, 휴가중이었던 모양이다. 집으로 전화를 걸었지만 전화는 받지 않았다. 밖에 나가 저녁을 먹자고 할 생각으로 일찍 퇴근했는데 그는 집에 없었다.

자정이 되어도 그는 돌아오지 않았다. 버스 정류장을 지나 시장 쪽으로 걸었다. 누굴 만나고 있는 거겠지, 치킨집이며 식당들을 둘러봤다. 그는 없었다. 길을 건넜다. 휴대폰 대리점 앞을 지나가다가 문득 옆에 있는 PC방에 들어갔다. 늦은 시간이었는데 PC방은 군 작전실 분위기와 맞먹었다. 그는 거기에 있었다. 내가 등뒤로 가서 한참을 서 있었는데도 그는 열심히 오락기 버튼을 두드렸다. 그의 눈 앞에서는 커다란 전투함 한 대가 작전 명령에 따라 치열한 전투중이었고, 그의 등은 땀으로 흠뻑 젖어 있었다.

사고가 난 지 일 주일 뒤쯤, 구조 작업에 참여한 노르웨이와 영국 잠수부들은 모든 격실이 침수됐으며 생존자는 없다고 결론지었다. 뉴스의 초점은 이제 시신을 인양할 방법과, 부서진 잠수함을 물 속에 그대로 둘 것인지 말 것인지에 모아졌다. 며칠 뒤면 여름 휴가였지만 우리는 아무 계획도 없었다. 그는 여전히 밤이면 깨어 있고 낮에는 잤다. 친구들과 연락도 하지 않는 것 같았다. 한밤중에 깨어 나가보면 그는 스탠드 불빛 아래에서 뭔가를 하고 있었다.

휴가 첫날 밀린 빨래를 해 널고 냉장고 청소를 하고 오후가 되어서야 숨을 돌릴 수 있었다. 환기를 위해 거실 창 밖에 있는 보일러실 문을 열었다. 보일러실 창문은 반쯤 열려 있었다. 김치 담글 때

쓰는 넓은 플라스틱 그릇에 물이 가득 담겨 있었고, 선체가 진회색인 작은 잠수함이 뒤뚱뒤뚱 중심을 못 잡고 떠 있었다. 수심이 얼마라고 했지? 사고가 난 핵잠수함이 얼마나 깊은 바다에 처박혀 있는지 기억이 나지 않았다. 치마폭을 싸쥐고 앉아 잠수함의 한가운데를 손으로 잡고 그릇 바닥까지 닿도록 눌렀다.

가을이 왔다. 결혼 일주년이 되는 날, 우리는 아무도 축하 케익을 준비하지 않았다. 그는 내가 있을 때는 텔레비전만 봤고 내가 잠이 든 밤에는 여전히 깨어 있었다. 한번은 그의 친구와 전화 통화를 했는데, 그는 지난여름에도 친구들만 만나면 핵잠수함 얘기를 했는데 듣는 친구들의 반응이 썰렁하자 술자리에서 먼저 일어나 가버렸다고 했다.

모든 이들이여 안녕, 결코 절망하지 말라.

승무원들의 시신이 인양되면서 많은 이야기가 쏟아져나왔다. 뭔가 거대한 것에 부딪쳐 폭발이 있은 직후에는 23명이 생존해 있었고, 구조를 기다리는 절박한 상황에서 쓴 한 승무원의 메모가 구조대에 의해 발견되었다. 그러나 그 승무원은 결국 안녕을 고했다. 러시아 정부의 태만한 사고 수습 때문에 큰 희생을 낳았다는 러시아 국민들의 원성이 거세지고, 게다가 승무원들은 핵방사능 누출을 막기 위해 끝까지 목숨을 걸고 노력했을 거라는 추측까지 나돌았다.

나는 그대 속으로 침몰한다. 당신의 눈과 영혼 속으로, 진정한 잠수함 승무원답게 거품도 소리도 없이……

갓 결혼한 한 대위는 사고를 예감했던지 출항 직전 목에 건 십자가를 벗어 자신이 쓴 시와 함께 아내에게 주고 떠났다고 했다. 나는 그대 속으로 침몰한다니! 대위의 시가 알려지면서 국내외 여론은 절정을 이루었다. 꽃다운 나이의 젊은 승무원들이 심연 속에서 고통스럽게 죽어갔음이 분명했다. 그러나 너무나 먼 곳의 일이었다. 청소를 하기 위해 방에서 좀 나가라고 하면 그는 심하게 짜증을 냈고, 식탁에서는 밥을 잘 먹지 않았다. 밤이면 컴퓨터 게임을 하거나 소주를 마셨다. 그것이 핵잠수함이든 아프리카 맹수든 간에 중요한 건 그가 잡고 있던 것으로부터 손을 놓아버렸다는 사실이었다. 그리고 어느 일요일 아침, 나는 그에게 마지막으로 밥상을 차려주었다.

빵이 타고 있었다. 토스터는 갈색 연기를 뿜어내며 지직거렸지만 잠옷바지 차림으로 양파를 썰고 있던 나는 빵을 꺼낼 생각도 하지 않았다. 다 익었으면서도 토스터의 일자형 입구에 걸려 튀어나오지 못하는 빵을 보자 더 울화가 치밀었다. 두 줄로 피어올라 수납장 틈새로, 벽지 속으로 마구 올라가 숨는 빵의 흔적을 물끄러미 바라보던 나는 단숨에 토스터의 코드를 뽑아버렸다. 내가 입은 잠옷바지는 쪼글쪼글 오그라져 발목을 댕강 드러내놓고 있었다. 차라리 아랫도리는 그래도 얌전해서 잠옷바지 위에 걸친 끈 달린 셔츠가 위태로웠다.

달걀을 풀었다. 식용유가 번들거리는 프라이팬 위에 달걀을 부은 후 수저로 휘저었다. 프라이팬 위에서 타닥타닥 기름이 튀었다. 기름이 너무 많았다. 꺼낼 것도 없는 서랍문을 크게 여닫고, 개수대를 향해 수저를 던지고, 나무주걱으로 프라이팬 테두리를 탁탁 내리쳤다.

아침 먹어. 나는 식탁을 차린 후 비장하게 말했다. 그는 아까부터 신문을 들고 식탁에 앉아 있었다. 차라리 굶으라고 하는 게 인간적이지 않니? 그가 나를 보며 말했다. 그래, 일하지 않는 자는 먹지도 말아야 한다는 말은 맞지. 나는 씽크대에 기대 서서 그를 노려보았다. 그가 얼굴을 들고 나를 쳐다보았다. 그의 눈을 정면으로 본 것이 언제인지, 그의 눈은 단단한 껍질에 의해 보호받고 있는 것처럼 깊고 맑았다. 눈물이 쏟아져나왔다. 흔들리고 있는 것은 오히려 나였다. 그때 우리들의 식탁에는 거뭇거뭇하게 탄 빵, 소금 후추가 지나치게 많이 들어간 달걀 오믈렛, 차가운 우유 한 잔이 놓여 있었다.

뱅글뱅글 이어지는 좁은 산길을 오래 달린 탓일까. 자동차 엔진에서 탱크 소리가 난다. 급경사가 끝나고 길이 아래로 축 처지면서 멀리 포구가 눈에 들어온다. 한나는 속도를 더 줄인다. 포구에 묶어둔 흰 배들, 소나무들, 소리 없이 부서지는 겨울 햇살, 눈이 시리다. 군데군데 보이는 잔설들이 아직 반짝거린다. 우리는 어느새 북쪽 끝 해수욕장 입구 마을에 와 있다. 길가 양편으로 낮은 집들이 모여 있고 버스 정류장에는 버스를 기다리는 노인이 보퉁이를 들고 서 있다. 마스크를 쓰고 장갑을 낀 채 웃으며 지나가는 아이들도 보인다.

'민박'이라고 쓴 나무간판을 매단 집은 여럿이다. 우리는 외벽을 흰색으로 칠한 집을 선택한다. 홀쭉하게 마른 아주머니가 입을 크게 벌리고 웃으며 나온다. 집은 생각보다 커서 안채 바깥에 따로 지은 방이 있다. 창호지 바른 방문을 열자 방에 있던 아이가 아주머니에게로 달려나온다. 네 살쯤 되었을까. 아이는 말이 없다. 잠시 후 아주머니는 삶은 고구마와 동치미를 내온다. 한나는 땀이 찬 양말을 벗고 문턱에 놓인 걸레에 발바닥을 쓱쓱 닦는다. 한나는 입에 고구마를 넣어주자 넙죽 받아먹는다. 야, 우리 이렇게 먹고 저녁 또 먹을 수 있을까. 물고구마의 달고 축축한 감촉이 언 입 한 가득 퍼진다.

배추김치와 깍두기, 간장에 절인 고추장아찌와 무 양미리 조림, 파만 숭숭 썰어넣은 두부찌개가 저녁 반찬이다. 우리는 너무나 맛있게 밥을 먹느라 제 가슴에 반찬 국물이 떨어지는지도 모른다. 채식주의자인 한나에게는 양미리 조림만 빼고는 최상의 밥상이다.

이불 속에 몸을 묻은 채 천장을 보고 누워 있다. 시간이 얼마나 흘렀는지 모르겠다. 안채 식구들의 목소리, 부엌문 여닫는 소리, 수돗가의 물소리가 한참 들리더니 이제는 텔레비전 소리만 들려온다. 무슨 생각 해? 한나가 내게 물었지만 나는 대답하지 않는다. 아이가 밥을 먹고 우리 방으로 다시 왔다. 색연필과 스케치북을 들고 온 아이는 그림은 그리지 않고 우리 두 사람만 번갈아 힐끔거린다. 한나가 이런저런 말을 걸자 이번엔 그림만 그린다. 너 말할 줄 몰라? 내가 팔을 잡고 묻자 아이는 스케치북 위에 단순한 동그라미 하나를 그린 후, 딸기라고 한다. 아이는 크기가 다른 딸기들만 반복해서 그린다.

주변은 더 고요해졌다. 밤이 왔다. 나는 눈을 감고 있다. 집에 있을 때처럼 많은 생각은 하지 않기로 한다. 아주머니가 연탄불을 갈러 와서는 춥지 않냐고 물으며 방문을 연다. 아이와 한나가 함께 노는 걸 보고는 묻지도 않은 말을 한다. 우리 사위가 작년에 사고로 죽었어요. 우리 딸이 저렇게 장난감을 짝으로 보내오는데 잘 놀지를 않아요. 방 한구석에 놓인 인형, 퍼즐, 롤러코스터 등 시골 아이의 장난감치고는 꽤 좋아 보인다. 자 그만 가자, 여긴 손님들 방이야. 아이는 대답 대신 스케치북 속으로 고개를 더 깊이 파묻는다. 온몸이 눅신하게 저리며 단 한 군데도 아프지 않은 곳이 없다.

비행기 소리가 분명했다. 밤중에 듣는 비행기 소리라니. 깨어보니 한나는 엎드려 자고 아이도 색연필을 손에 쥔 채 잠들어 있다. 한나를 바로 눕게 한 뒤 이불을 덮어주고 아이를 안아 벽 쪽에 누인다. 아이의 콧등이며 이마에 땀이 송송 배어 있다. 스웨터를 벗기고 베개를 대주어도 깨지 않고 쌔근거리며 잔다. 아이의 작은 가슴이 내 가슴에 닿도록 밀착시켜 꽉 끌어안는다. 다른 건 생각하고 싶지 않다. 그냥 깊게 자고만 싶다.

아이는 새벽녘 연탄불을 갈러 온 아주머니가 안고 나가고 한나는 곤하게 잔다. 바다가 멀지 않아서일까, 작은 집들이며 교회며 밭이며 모두 습기에 젖어 있다. 해수욕장 입구로 가기 위해 언덕길을 내려가 아스팔트로 나간다. 공기가 차다. 무심코 주머니에 손을 넣는다. 그가 준 반지가 손에 잡힌다. 손 안에 든 반지가 차다. 주먹을 여러 번 쥐었다 푼다. 버스 정류장 앞에서 길을 건너 해수욕장 입구 산책로로 들어선다. 반지가 어느새 따뜻해진다.

차창에 기대어 노래를 부르는 한나의 목소리가 쉰 듯 가라앉았다. 한나와 나는 번갈아 운전을 하며 산과 바다와 나무와 수많은 길을 지났다. 이제 생수통도 비었다. 고속도로 진입로까지 얼마나 더 가야 하는지 잘 모른다. 집까지 얼마나 걸릴지도 예측할 수 없다. 가사를 잊어버렸는지 한나의 노래가 뚝 끊어진다. 너 졸고 있니? 한나가 내게 묻는다. 여기서 좌회전 맞니, 신호가 좀 이상한데. 나는 알고 있다. 누군가를 버리고, 용서하지 않고, 마음으로 미워하는 단호함이, 용기가 내게는 원래부터 없다는 걸. 그런 건 마음먹고 기른다고 해서 생기는 게 아니라는 걸. 차는 갑자기 폭이 넓은 도로 위를 홀로 달린다. 이제 곧 고속도로를 만날 거야. 한나는 의자 깊숙이 몸을 묻으며 말한다. 그건 가봐야 알 일이다. 우리는 지금 고속도로 진입로와는 반대 방향으로 가고 있는지도 모르니까.

고요하고, 목적지도 분명하지 않았던 여행이 끝나려고 한다. 한나는 또 그 상아색 노트에 고속도로 통행권부터 하나하나 우리들이 보낸 시간의 증거들을 붙이기 시작할 것이다. 한나의 노트가 두둑해질 때쯤이면, 나도 무엇인가를 보기 위해 떠나는 더 머나먼 여행을 감행할 수 있을지도 모르겠다. 갑자기 거대한 목재를 가득 실은 트럭이 뒤에서 우리를 따라잡는다. 서울 차다 저 트럭, 서울 차니까 이 길이 맞을 거야. 안심시키고 싶었는데 한나는 창에 머리를 기대고 자고 있다.

트럭

원숭이였다. 황색 털에, 불쾌한 냄새에, 그저 눈만 동그랗게 뜬 원숭이가
사람들보다 더 놀란 얼굴로 마구 쏟아져들어오는 햇빛에 순식간에 노출되었다.
어디서 왔는지, 어디에서 태어났는지,
왜 깜깜한 트럭 짐칸에 묶여 있는지 알 수 없는 원숭이의 눈빛이
불안하게 떨렸다.

거친 황사 바람이 분다. 버려진 비닐봉지와 광고지들이 휙휙 허공으로 날아오른다. 남자는 하필이면 강남 대로변의 패스트푸드점에서 만나자고 했다. 오랜만에 입은 치마가 고층 빌딩 사이로 몰아치는 돌풍에 맥없이 휘둘렸다. 햇볕은 따뜻했지만 눈도 제대로 뜰 수 없이 바람이 강해 먼지를 들쓴 구두만 내려다보고 걷는다. 성벽 위 요새처럼 회색 건물 하나가 눈앞에 버티고 서 있다. 바람 소리, 자동차 소리, 주변의 모든 장애물이 일순간 시야에서 사라지고 유독 그 오층 건물만이 환하게 부각된다. 다리 가랑이 속으로 말려들어간 치맛자락을 제대로 펴고 출입문을 밀고 들어간다.

해서는 안 되는 일을 하는 사람들은 어떤 기미로든 서로를 알아본다. 인상착의나 이름 따위를 서로 말해두었다고는 해도 이름보다는 느낌으로 먼저 서로를 알아본다. 일렬로 놓인 의자에 앉아 뭔가 읽고 있는 마른 체구의 남자가 눈에 들어온다. 남자에게 다가가면서 다시 한번 다짐을 한다. 절대로 우습게 보여서는 안 된다. 초보인 걸 들켜서 손해를 봐서는 안 된다.

이제 막 탄생 일주년이 되었다는 두툼한 불고기 햄버거의 생일을 기념하느라 매달아놓은 원색의 풍선들만 아니라면 밋밋할 만큼 단조로운 실내였다. 지나치게 커다랗게 들리는 음악 소리의 비트만큼이나 빠르게 심장이 뛰고, 나는 허둥대기 시작한다. 미스터 정입니다. 보고 있던 잡지를 접어 테이블 한쪽으로 밀어놓는 남자는 전화에서보다 톤이 낮은 목소리에 강단 있어 보이는 얼굴이다. 앉고 보니 팔 한쪽이 거의 남자와 붙을 지경이다. 최대한 남자와의 거리를 넓히려고 엉덩이를 빼지만 바닥에 고정시킨 의자이기에 도리가 없다. 이런 날은 일하기 싫죠? 남자는 자리를 불편해하는 기색을 읽었는지 어깨에서 힘을 빼며 여유 있게 묻는다. 웬 바람이 이렇게 부는지…… 남자는 허둥대는 모양이 신기한지 바람 어쩌구 하는 말에 슬며시 웃는다. 이런 일 언제부터 했어요, 처음이죠? 남자의 손가락에 걸린 반지가 햇빛에 빛난다. 뭔가 우습게 보이지 않기 위한 답변이 필요한 순간이다. 전에 다니던 회사에서 회원 자료 관리부에 있었어요. 아 그래요. 남자의 표정은 '너 이런 일 처음이지'에서 별로 달라지지 않는다. 갖고 있는 게 모두 몇 명이죠? 전부 육천이구요, 오늘은 일부만 갖고 나왔어요. 남자는 종이컵 테두리를 손가락으로 톡톡 치며 느릿느릿 움직이는 거리의 사람들에게 시선을 둔다.

사람들은 별스러울 것 없는 표정으로 패스트푸드점 안에서 길 쪽을 향해 나란히 앉아 있는 나와 남자에게는 관심을 두지 않는다. 그러나 나는 한 번쯤 누군가 이 비밀 거래의 현장을 쳐다봐주었으면 했다. 만약 이 자리에서 남자와 헤어져 니기디 경찰에게 집히게 된다면, 거리의 누군가는 남자와 나를 기억하게 될 것이 아닌가.

남자는 남은 커피를 다 마시고는 파삭 소리가 나도록 종이컵을 구겨버린다. 빨리 물건을 내놓으라는 표시처럼 느껴졌다. 인명 데이터 베이스를 작성한 프로그램과 주제어 설명 등이 담긴, 라벨이 붙은 디스켓 박스를 종이가방째로 남자에게 건네주었고, 남자는 곧바로 봉투를 내민다.

이렇게 해서 도둑질한 물건을 내다파는 내 생애 첫번째 비밀 거래의 순간이 끝났다. 남자는 깃을 세운 코트를 입지도 않았고 색안경을 쓰지도 않았으며 우스꽝스러운 서류가방을 들고 있지도 않았다. 지하철 안에서 신문을 보다가 졸거나 휴대폰 벨소리에 놀라 들고 있던 신문을 떨어뜨리곤 하는, 누가 봐도 은밀한 거래 따위와는 거리가 멀어 보이는 평범한 인상이었다. 더구나 남자와 나를 감시하는 눈길은 어디에도 없지 않은가. 경천동지할 일이 일어날 줄만 알았던 거래는 너무나 싱거웠다. 그렇다고 비실비실 웃음이 비어져나오지도 않았다. 남자의 뒷모습은 보이지 않았다. 그저 피로한 나머지 집으로 가는 길이 멀게만 느껴졌다.

축축한 방바닥에 전신을 대고 누워, 떠올랐다 사라지고 다시 떠오르는 내다판 이름들의 환영에 쫓긴다. 현미경으로 들여다본 미생물의 백색 꿈틀거림처럼 하나하나의 이름들이 흐린 형광등 아래에서 거대한 덩어리로 뭉쳐졌다가는 흩어지고 다시 뭉쳐져 온몸을 짓누른다. 어두운 고속도로 위를 달리는 자동차 소리까지도 망각될 만큼, 온몸을 짓누르는 압력이 결코 만만치 않다.

운전면허학원 강사들의 노란 자동차가 왔다. 운전면허학원은 집들보다 좀 높은 산 중턱에 있다. 야간 도로주행 강습을 끝내고 운전면허학원으로 들어가기 전, 그들은 집에서 좀 떨어진 이면도로 한켠에 차를 세우고 키들키들 웃으면서 담배를 피운다. 오물을 실은 청소차들이 줄지어 하치장으로 들어가는 시간도 바로 이 저녁시간이다. 청소차는 차량 통행이 뜸한 한밤중이나 새벽에만 운행한다. 그리고 숨죽이며 잔뜩 웅크리고 있는 몇 채 안 되는 집들.

아버지는 동그랗게 몸을 말고 텔레비전 쪽으로 시선을 두고 있다. 텔레비전은 국적도 알 수 없는 노화방지 화장품 광고를 하고 있다. 발라도 발라도 주름이 펴지지 않을 것처럼 보이는 얼굴의 나이 많은 서양 여자는 화장품 선전을 위해 애써 웃는다. 탁월한 효과를 보았다고 흥분하는 여자의 얼굴이 외롭게 흔들린다.

거실 창문을 연다. 창 밖은 짙은 회색이지만 고속도로 위의 하늘은 딴 세상처럼 새파랗다. 뿌옇게 낮은 하늘 저 끝까지 올려다보면 물방울처럼 반짝거리는 별들이 보인다. 이곳으로 처음 이사왔을 때만 해도 파란 하늘, 빛나는 별 따위는 눈에 들어오지 않았다. 고속도로를 질주하는 자동차 소리, 쓰레기 하치장에서 들려오는 반복적인 기계음은 아버지와 나를 늘 방 안에만 있게 했다. 창 밖을 내다보고 있으면 마음은 이미 터덕터덕 길 위로 나가 있지만 아직까지도 나는 밤 산책을 하지 못한다.

거실 쪽 베란다 너머로 고속도로가 보인다. 고속도로를 비추는 불빛의 세기가 점차 흐려진다. 라디오를 낮게 틀어두는 것도 시간을 보내는 데는 도움이 된다. 바람에 흩날리는 불씨처럼 점점이 사라지는 자동차들을 보고 있으면 시간이 갈수록 점점 더 뚜렷해지는 하나의 그림 속으로 빠져들게 된다.

얼굴에 기미가 잔뜩 오른, 왠지 바싹바싹 침이 마르는 느낌을 주는 여자가 연못가의 낮은 집 창 앞에 앉아 있다. 처음에는 여자 하나가 창 앞에 앉아 있는 데서 시작된 이 그림은 여자가 창틀에 턱을 괴고 앉아 어딘가를 바라보고 있는 모습으로 옮겨간다. 여자의 머

36

리 위로 수십 마리의 날파리가 날지만 여자는 자세를 흐뜨리거나 창문 앞을 떠나지 않는다. 또 여자는 해가 쨍쨍한 대낮에 솜털이 까실까실한 살구를 소쿠리째 끌어안고 베어먹거나 옥수수기름에 바싹 튀긴 미꾸라지를 한 움큼씩 입에 털어넣고 와삭와삭 소리를 내며 씹어 먹는다. 꿈속에서인지, 아니면 그 옛날 어디에서인지 나는 그런 여자를 본 적이 있다. 여자가 혹시 과거의 나는 아닐까, 아니, 어쩌면 그것은 언젠가 본 이국 풍경의 사진에 덧칠된 환영일지도 모른다. 여자는 낮에는 창 앞을 지키다 밤에만 나와 연못으로 들어가 몸을 담근다. 연못은 중심부만 물이 돌고 자갈과 진흙이 깔린 바닥은 바짝 말라붙어 있다. 연못 근처에 살았던 적이 있었는지 불행하게도 내게는 기억이 없다.

벌써 덥구나. 창문이라도 열지 그러냐.

마루로 나오시지 왜 방에만 계세요. 아버지도 알잖아요. 꽃가루 때문에 창문을 열어둘 수가 없다는 걸.

아버지는 내의만 입은 채로 텔레비전 화면을 쳐다보고 있다. 저희들끼리 겅중겅중 뛰면서 깔깔대는 휴일 저녁의 텔레비전 프로그램은 누구나 삼십 분만 보면 싫증을 내거나 소외감을 느낄 만하건만, 아버지는 언제나 고요히 그들만의 유희를 지켜본다.

아버지 물 좀 드려요?

됐다.

그럼 정종이라도 한잔 데워드려요?

됐다.

아버지의 등에 스웨터를 걸쳐준다. 아버지의 등 골격은 점점 더 참담하게 드러난다. 텔레비전 전파에 둘러싸인 아버지의 마른 몸은 무게감 없이 기괴하게 보인다. 나는 아버지가 무슨 생각을 하는지 잘 모른다. 늘 함께 있는 사람일수록 머릿속을 알기는 쉽지 않은 것 같다.

　작년 늦봄이었을 것이다. 아버지가 아주 늦게 귀가한 날이 있었다. 아버지의 얼굴은 핏기 없이 노랗게 들떠 있었고, 밥을 차려줘도 먹지를 않았다. 아버지는 세수도 하지 않고 곧바로 자리에 누웠다. 그뿐이었다. 그런데 문단속을 하러 현관으로 나가보니 아버지의 신발이 이상했다. 신발 안에 흰 꽃잎들이 그득했다. 뭉그러졌지만 금세 그 꽃 이름을 알 수 있었다. 아버지가 들어오고부터 줄곧 코끝을 따라다닌 것은 아까시나무 꽃냄새였다. 방으로 들어가 아버지가 벗어 걸어둔 옷을 살폈다. 꽃잎은 중절모 한켠에도 묻어 있었고, 양복 겉주머니, 그리고 안경집 틈새까지도 드문드문 묻어 있었다. 꽃잎과 한바탕 씨름이라도 하고 들어온 것 같았다. 그날 이후 꽃잎을 묻혀 들어오는 일은 다시 없었지만 계절이 바뀔수록 아버지는 점점 더 고요해졌다. 우연하게도 그 일이 있은 지 며칠 후 아버지와 나는 이 집을 발견했고, 방 두 개에서 살았다던 여섯 식구는 이삿짐 차를 먼저 떠나 보내고 이면도로를 따라 줄지어 걸어서 이사를 갔다.

　시간이 얼마나 지났을까. 아버지는 또 텔레비전을 켜놓은 채 잠이 들고, 나는 아버지의 마른 몸에 이불을 덮어주고 물 한 그릇을 떠다 머리맡에 놓아준다. 비좁고 낡은 집을 비추는 불을 차례로 끄고 내 방으로 들어가 눕는다. 줄곧 불안감에 시달려서인지 시간이 갈수록 정신은 점점 더 또렷해지고 잠도 오지 않는다. 아버지의 방에 다시 들어간다. 아버지의 숨소리를 확인한다. 고요한 밤이면 가끔씩 아버지의 숨소리를 확인하곤 한다. 죽은 사람처럼 움직임이 없는 아버지의 몸은 아주 더디게, 조금씩 숨을 쉰다.

　어느새 새벽이다. 어디선가 휘파람 소리가 섞인 노랫소리가 간간이 들린다. 새벽녘에 한 번도 들어보지 못한 소리가 가까운 데서부터 들려온다. 무거운 것을 땅 위에 부리는 듯한 소리도 들린다. 나는 무슨 생각에서인지 그 소리에 이끌려 입고 있는 채로 문을 열고 밖으로 나간다. 아직 어둠이 살아 있는 새벽이다.

저 아래 일방통행로에서부터 청소차가 천천히 집 앞을 지나 하치장 쪽으로 달리고 있다. 청소원 두 사람이 양쪽에 매달려 있다. 새벽의 청소차를 슬리퍼를 신은 한 남자가 뛰어서 따라오고 있다. 남자의 얼굴은 환하게 웃고 있는데, 청소원들은 늘 그렇다는 듯이 막무가내로 뛰어오는 남자는 쳐다보지도 않는다. 도무지 나이를 알 수 없는 남자다. 새벽녘에 청소차를 쫓아 뛰어가는 남자의 집은 어디일까. 청소차가 남자를 따돌리듯 빠르게 회전해 하치장 쪽으로 올라가고 뒤따라가던 슬리퍼의 남자는 아우성을 치며 하치장 쪽으로 뛰어간다. 그가 왜 청소차를 따라가는지는 그만이 알 것이다.

집에서 좀 떨어진 도로변에 커다란 트럭이 서 있다. 반소매 차림의 남자가 운전석에서 조수석으로, 다시 짐을 실은 트럭 뒤쪽으로 분주히 오가고 있다. 남자는 키가 크고 몸집이 아주 크다. 남자는 발깔개를 꺼내 플라타너스 기둥에 탁탁 턴 뒤 다시 운전석 발밑에 깐다. 가래침도 뱉고 헛기침도 하고, 트럭은 장거리 경주를 준비하는 것처럼 분주하다. 사면이 막힌 커다란 컨테이너 짐칸을 등에 얹은 트럭은 앞바퀴만 해도 네 개나 된다. 트럭 너머로 말갛게 하늘이 보인다. 아침 햇살에 트럭의 몸체가 환하게 빛난다.

지난번엔 큰 도움이 됐습니다. 한 번 더 만날 수 있을까요?

전화 속 남자의 목소리는 여전히 불쾌한 느낌을 준다.

왜 만나자고 하시는지.

남자와 전화를 끊고 나서부터 또다시 가슴이 뛴다. 다시 연락이 왔다는 건 넘긴 명단이 쓸모가 있었다는 뜻임이 분명했다. 나는 바보가 아니지 않은가.

남자에게 건네준 명단은 전에 다니던 회사에서 가장 낮은 단계의 등급을 매겨 분류한 일반 회원들이었다. 나는 육천 명 정도의 회원을 관리하는 관리부에 소속되어 있었는데 그중 이천 명 정도에 대해서는 주소나 이름 전화번호 등의 기본 정보밖에 없었다. 그렇다고 흑백 프린터로 인쇄되어 나와 길거리 붕어빵 장수가 사용할 만큼 값싼 정보는 아니었다. 어쨌든 나머지 사천, 그중에서도 이천에 대한 자료는 주민등록번호와 가족 사항, 신용카드번호는 물론 자주 이용하는 쇼핑센터와 기호품 목록까지도 죄다 알 수 있는 고급 정보였다.

일을 그르치고 싶지는 않았다. 몇 년 전에 입었던 정장을 꺼내 다림질을 했다. 살이 오른 탓에 어깨가 끼어 불편했지만 남자에게 사무적인 느낌을 주고 싶었다. 은근히 무시하는 듯한 그 표정과 말투 때문에라도 좀 끼는 옷을 입는 고통쯤은 참아야 할 것 같았다. 남자는 종로의 한 레스토랑을 두번째 비밀 거래 장소로 택했다.

지난번엔 차 대접도 못 해서 죄송했습니다. 뭘 시키죠? 난 밥을 좀 먹어야겠는데……

남자는 예의로라도 내게 밥을 먹겠느냐고 물어야 하는데, 내 의사는 묻지도 않고 자기가 먹을 김치볶음밥만 시킨다. 남자가 밥을 먹는 동안 이동통신회사에서 설치한 가판대 앞에서 요란한 몸짓으로 움직이고 있는 내레이터 모델들을 쳐다본다. 남자는 수저질 몇 번으로 식사를 끝내고는 후식으로 나오는 커피를 마신다. 나는 소갈증이 난 사람처럼 계속해서 냉수를 들이켠다. 물잔을 뚫어져라 내려다보며, 다짐 또 다짐을 한다. 이번에는 전보다 더 많은 돈을 받아야만 한다.

이번엔 금액을 좀 올려주셨으면 좋겠어요.

그래요? 그럼 우선 오늘은 전과 같이 드리고, 상세한 평가를 한 후에 더 드리죠.

그럼 전 팔지 않겠어요. 이번에 더 주시지 않으면 다른 쪽에 팔 생각이에요. 거래할 곳도 물색했고……

남자는 내 말을 자르듯 봉투를 내밀며, 입술 한쪽을 지그시 누른다.

벌어먹여야 할 아이들이 있어 보이지도 않는데 지독하군! 며칠 내로 곧 연락을 하죠. 내가 거래하는 쪽에도 시간을 줘야 하니까.

그래도 안 되겠어요. 벌어먹여야 할 노인이 계세요. 꽃구경을 보내드려야 해요.

오금을 펴지 못할 정도로 긴장해서 또박또박 말했건만 남자는 꽃구경이라는 말 때문인지 어이없다는 듯 피식 웃는다. 그리고 지갑에서 만원짜리 몇 장을 더 꺼내 내민 봉투 위에 포개놓는다. 그리고 잠시 침묵. 남자는 절대 다시 만나고 싶지 않은 사람이었다. 남자가 일어나 먼저 레스토랑을 나갔고 나는 무조건 그와 반대 방향으로 걷기 시작했다. 화가 났다.

남자는 아주 어렵게 만났다. 남자를 만나기까지 여섯 사람을 거쳐야 했다. 고등학교 동창 중에서 백화점을 다니는 남자와 결혼했다는, 이름도 잘 기억나지 않는 친구에게 무조건 전화를 걸었다. 그 남편은 다른 한 남자를 소개했다. 그 남자는 광고 사정상 업체를 밝힐 수 없다는 브랜드의 양복을 빼곡이 걸고 저가 할인매장을 열고 있었다. 그 매장에 걸려 있던 옷들은 하나같이 상표가 찢겨나간 채였다. 그 남자는 휴대폰 고리를 질근질근 씹으며 제 애인 얘기만 하던 통신판매회사 여직원을 소개했다. 여자는 그 자리에서 변두리 쇼핑센터의 영업담당 직원과, 지금은 직장에 다니지 않지만 제법 큰 카드회사에 다녔다는 주부를 소개했는데, 카드회사에 다녔다는 여자는 나를 노래방으로 끌고 가 두 시간 동안 줄기차게 혼자서 노래를 불렀다.

그리고 한동안 아무도 연락이 없었다. 그러다가 전화가 왔다. 누가 누구를 소개했고, 누구한테 소개받아 당신을 알게 되었다고 얘기하는 과정이 그들 사이에서는 불필요했는지, 전화를 걸어온 남자는 내가 한 번도 만난 적이 없는 모르는 사람의 이름을 댔다. 그들이 모두 한통속이 되어 나란히 서서 이 거래의 전모를 밝히겠다고 나서는 것은 아닌지, 나는 이번 만남이 왠지 불안했다. 내 생애 두 번째 비밀 거래는 이렇게 불쾌하고 엉성하게 끝이 났다.

트럭은 밤에만 움직인다. 엊그제는 자극적인 휘발성 염료 냄새를 피우더니, 오늘은 썩은 생선 냄새를 풍기며 시동을 건 채 서 있다. 남자의 얼굴은 잘 보이지 않지만 불이 켜진 트럭 안에서 남자는 휴대폰을 들고 전화를 걸기도 하고 뭔가를 먹기도 한다. 나는 남자의 실루엣이 집 쪽으로 움직일 때마다 남자가 나를 쳐다보고 있는 것 같아 커튼을 친다. 그러나 금세 다시 커튼을 여는 건 오히려 내 쪽이다.

양치질을 하고 세수를 하는 동안 트럭의 휘파람 소리가 달게 들린다. 남자는 트럭 옆자리에 누군가 한 사람 앉기만 하면 길을 떠날지도 모른다. 바르지 않던 화장수를 바르는 내 얼굴을 비춘 거울은 깨진 거울이 아니라 황금 거울이다. 감이 얇고 폭이 넓은 꽃무늬 치마를 입고, 발길에 닿는 돌부리는 경쾌하게 걸어차며 걷는다. 어느새 튼튼한 고무 타이어를 단 트럭이 당당하게 내 눈앞에 서 있다.

남자는 드라이버를 들고 러닝셔츠를 입은 채 트럭 한 귀퉁이의 나사를 조이고 있다. 남자는 라이트를 켜놓고 작업을 한다. 어둠 속에서도 트럭의 외장은 화려한 은색이다. 나는 작업중인 그의 등뒤에 말없이 서 있었고, 그는 등을 돌려 나를 보자마자 손에 들고 있던 드라이버를 내던지고 운전석으로 올라앉아 내게 손을 내밀었다. 믿을 수 없는 일이 일어난 것이다. 그의 손은 패스트푸드점에서 봤던 버릇없는 그 남자 손의 두 배쯤 되는 크기였고 미세한 밀가루 조직을 덮어씌운 듯 부드러워 보였다. 웬만한 사람은 한 방에 날릴 수 있을 만큼 큰 손이었다. 남자는 그 큰 손을 청바지 위 허벅지에 올려놓았는데 자꾸만 그 손을 만져보고 싶은 충동이 일었다. 남자 옆자리에 앉아 넘겨다본 우리집은 아주 작은 상자 같았고, 조금씩 새어나오는 불빛은 개똥벌레 불빛만큼이나 약했다.

트럭이 처음 온 그날부터 보고 있었어요.

난 하도 돌아다녀서 언제 여길 왔는지 몰라요.

남자의 얼굴은 땀으로 번들거렸다. 남자는 내가 손가락을 꼽아가며 트럭이 온 날을 세는 동안 생수통을 입에 대고 벌컥벌컥 물을 들이마셨다.

파란 싹들만 있었는데 어느새 꽃이라니.

갑자기 생기가 넘치는 내 목소리가 왠지 어색했다. 남자는 생각났다는 듯이 휙 주변을 둘러봤다.

그런데, 저 뒤에 뭐가 있는지 물어봐도 돼요?

짐칸을 가리키는 손짓에 남자는 싱겁다는 듯이 웃기만 했다. 트럭 안에는 모든 게 다 있었다. 수많은 장난감이 있는 방에 처음 들어간 아이처럼 정신 없이 트럭 안을 살펴봤다. 카키색 담요와 두툼한 솜이불, 뜯지 않은 생수병들과 컵라면이 가득 든 상자, 휴대용 가스레인지와 일회용 종이컵들, 카드와 화투 몇 갑, 헤어 무스와 칫솔 치약, 소형 카메라와 지도책, 성경책과 만화책까지. 거기에 큰 가슴을 내놓고 있는 여자의 사진이 실린 잡지와 날짜 지난 신문까지 트럭 안에는 없는 것이 없었다.

남자는 내가 트럭 안을 살펴보는 사이 실내등을 포함한 트럭의 모든 불을 환하게 켰다. 그리고 라디오 볼륨을 올렸다. 봄밤의 트럭 불빛에 출렁이는 꽃가루들의 춤을 본 적이 있는가. 남자에게서 나는 쿰쿰한 땀냄새와 트럭 엔진에서 풍기는 기름 냄새, 그리고 꽃가루. 식물성과 광물성의 우연한 어울림에 나도 모르게 탄성이 흘러나왔다. 내가 흥분하면 할수록 꽃가루들은 더욱더 자유롭게 떠다녔다.

트럭은 서 있는 것이 분명했지만 세상의 그 어딜 가도 괜찮을 고무 타이어로 쭉 뻗은 길을 향해 달리고 있는 것만 같았다. 등받이에 머리를 대고 기대어 앉은 남자 가슴 가까이 다가갔다. 내 머리가 정확히 남자의 가슴께에 닿았다. 땀에 전 그의 셔츠에서 생선 냄새가 났지만 그의 가슴에 머리를 기댔다. 그리고 그에게 물었다. 이 차는 언제 달리죠? 그가 대답했다. 혹시 도, 돈이 필요한가요? 그의 가슴이 쾅쾅 울렸다.

고등학교를 졸업하고 사무 보조원으로 시작해서 꼭 십 년을 다닌 회사였다. 말 그대로 사무 보조 업무는 무척이나 단순해서, 그 누구라도 몇 시간 설명만 들으면 할 수 있는 일이었다. 그러나 그렇게 쉬운 일도 오래 지속되자 옥석을 가릴 줄 아는 눈을 만들어주었다.

파일들을 빼내오던 날은 토요일이었다. 그 전날인 금요일 저녁에 송별회를 했고, 간단한 짐 정리만 토요일 오후에 힐 생각이있나. 사무실에는 토요일 근무인 직원들만 점심을 먹은 후 의자에 기대어 자고 있었다. 아무도 내가 뭘 하는지 와서 들여다보는 사람이 없었다. 책상 속에서 칫솔이며 손거울, 의료보험카드와 월급명세서 따위를 챙겨 가방 속에 넣었다. 그리고 습관처럼 늘 사용하던 컴퓨터를 작동시켰다. 일을 할 때는 너무나 중요해서 비밀번호 목록까지 만들어 관리하던 파일들이었으나 정리하는 마당에 읽어보니 보관할 가치도 없어 보이는 것들이 수두룩했다. 그런 파일들을 지웠다. 그리고 늘 전화로, 회신엽서로, 통신으로 관리했던 회원 정보 파일을 열었고, 순간 섭섭함을 느꼈다. 십 년을 일했다는 증거로 그냥 가지고 있고 싶었다. 졸고 있던 직원에게 인사를 하고 사무실을 나와서 여직원들과 자주 갔던 분식집으로 갔다. 삶은 계란을 포크로 부숴 넣어가며 아주 매운 떡볶이를 먹었다. 다 먹고 분식집을 나오는데 종업원이 불렀다. 얼굴을 알아보고 인사라도 하려나 했지만 내 가슴에 그려진 붉은 고춧가루 흔적을 알려주기 위해서였다.

남자가 전화를 걸어왔다. 내가 갖고 있는 그 마지막 이천 명의 명단을 사고 싶다고 했다. 나는 지난번 거래 이후로, 남자가 전화를 해올 거라고는 생각하지 않았다. 나는 마지막 거래를 좀더 확실하게 하고 싶었다. 저녁이었다. 남자가 지정한 장소인 장충단공원으로 나갔다. 한 번도 가본 적이 없는 곳이었다. 공원 안의 테니스장에서 간간이 공치는 소리가 들려올 뿐 한산한 곳이었다. 남자는 벤치에 나와 앉아 담배를 피우고 있었다.

전 약속이 있어서 빨리 가야 해요. 오늘은 전보다 두 배는 주셔야 해요. 이 명단은 모두 진짜배기라서……

좀 성급했던 건 사실이었다. 남자는 삐딱하게 고개를 든 채 내 얼굴을 빤히 올려다보았다. 그리고 담배꽁초를 땅바닥에 내동댕이치며 벌떡 일어섰다.

뭐가 어째! 두 배? 이게 아주 사람을 놀려!

아주 사람을 칠 기세였다.

왜 이러세요.

왜 이래? 너 나한테 준 명단이 얼마나 삼류인지 알기나 해? 대부분 주소가 틀려서 찾을 수가 없어. 직장을 옮겼거나 그만둔 것들이 더 많다구. 게다가 죽은 것들은 또 왜 그렇게 많아. 너 삼류지? 내가 너 같은 삼류하고 거래를 했다는 게 창피스럽다. 너 다시는 이 바닥에 발 들여놓을 생각 마. 너 인생이 불쌍해서 봐주는 거야.

그리고 침묵. 남자는 씩씩거리며 나를 노려보고 서 있었고 나는 아무 말도 하지 못하고 당하고 있었다. 그럼 받은 돈을 되돌려 달라는 건가, 아니면 남은 명단을 그냥 달라는 것인가, 남자에게 할말을 준비해야 했지만 속사포처럼 쏟아내는 통에 남자의 말 중간에 끼어들 틈이 없었다. 남자는 조심해, 라고 말하고는 한참을 노려보다가 휘적휘적 공원을 걸어 지하철역 쪽으로 갔다. 그렇지 않다고, 내가 했던 일이 그렇게 형편없는 건 아니었다고, 난 그렇게 형편없는 사람이 아니라고, 금방이라도 남자를 따라잡을 기세로 몇 걸음 달렸지만 이내 그 자리에 멈추어 서고 말았다.

나는 남자에게 넘기지 않은 마지막 파일이 담긴 디스켓을 책상 서랍 깊숙이 넣어두고는 며칠간 몸살을 앓았다. 어느새 고속도로 주변에도 짙은 녹음이 들고 있었다. 먼지를 뒤집어쓰긴 했지만 언덕진 곳마다 들꽃도 피었다. 변함 없이 밥을 짓고 고요한 밥상을 놓고 아버지와 마주 대하는 날이 변함 없이 이어졌다.

아버지 무슨 생각 해요?

아버지는 수저 위에 올려주는 생선살을 말없이 입 속으로 들여간다.

아무 생각도 안 해.

아버지 옛날에 좋아하던 여자 생각해요?

아버지는 수저를 내려놓고는 방으로 들어가 텔레비전을 켠다. 아버지와 나의 대화는 언제나 이런 식이다. 그러고 보니 아버지의 나이가 팔십에 가까웠다. 일본으로 만주로 안 가본 데 없이 다 다니면서 수없이 많은 자식들을 낳았다고 했지만 지금의 아버지는 고요함을 벗삼아 산다. 그 많다던 자식들은 다 어디로 갔는지 모르겠다. 혹시 내가 아버지의 손녀인 것은 아닐까 생각한 적이 있다. 아버지의 자식들 중 하나가 맡겨두었다가 찾아가지 않아 할아버지 차지가 되었고, 이제는 할아버지를 아버지처럼 모시고 사는, 악다구니를 쓸 일도 없이 그저 동거인처럼 사는 손녀 말이다.

내년 봄 오기 전에 이 동네서 이사 가요.

텔레비전을 보고 있는 아버지 방 쪽에 대고 다짐하듯 말한다.

난 여기도 좋아.

아버지 꽃 좋아하죠? 아버지 좋아하는 꽃 많이 피는 곳으로 가요.

아버지는 대답이 없다. 몸살 끝이라 입 속에서는 단내가 나고, 더위가 시작되려는지 후텁지근한 기운이 감돈다. 방바닥에 누워 온몸을 가능한 한 바닥에 밀착시킨다. 이런 자세로 호흡을 하는 것이 마음을 진정시키는 데 도움이 된다. 남자에게 넘긴 그 명단들은 어떻게 된 것일까. 수많은 이름들이 그렇게 아무 쓸모도 없다는 게 믿어지지 않지만 모든 게 순식간에 변하는 게 사실이다. 나는 오래 전의 그 명단을 이제서야 유통시킨 셈이었으니까.

트럭이었다. 육중한 물체가 미끄러져 안전하게 정지하는 소리였다. 트럭이 온 것이 틀림없었다. 어지럼증이 일었다. 밤 고양이들이 트럭 주변을 맴돌았다. 트럭은 좀 지쳐 보였다. 고무 타이어는 허옇게 먼지를 쓰고 있었다. 남자는 시동을 끄고 트럭에서 내렸다. 남자의 커다란 몸이 내 앞을 가로막았다. 남자는 청바지 주머니에서 담배를 꺼내물고는 라이터를 켰다. 그렇게 크고 파란 라이터 불꽃은 처음 보았다.

어디서 오는 길이죠? 이 트럭은 달리지 않나요?

남자는 트럭의 앞범퍼를 쓰다듬으며 중얼거리는 자기 키 반만한 여자를 한동안 쳐다보기만 하더니, 손에 든 담배를 내던지고는 나를 가볍게 들어올려 조수석으로 밀어넣는다. 남자가 차에 올라탄다. 남자가 어찌나 큰지 트럭이 잠깐 쿨렁댄다. 남자는 백미러를 쳐다보며 짧은 머리칼을 애써 한 손에 잡아 한 방향으로 빗어넘긴다. 남자의 다음 동작은 트럭의 시동을 거는 일이다. 남자의 부드러운 손등에 가려져 자동차 키는 보이지 않는다. 대신 부드러운 엔진음을 내며 트럭이 움직이기 시작한다. 트럭이 길가로 방향을 틀려는 순간, 나는 막 핸들을 돌리려는 남자의 팔을 잡았다. 그리고는 아버지가 누워 있는 집을 복잡한 기분으로 쳐다봤다.

트럭은 쉬지 않고 달렸다. 남자가 틀어놓은 라디오는 가는 지역에 따라 주파수가 맞지 않아 수시로 지직거렸다. 달리다가 갈림길을 만나면 남자는 손가락을 들어 어느 쪽으로 달려야 할지를 물었고, 나는 느낌에 따라 선지자처럼 길을 택했다. 남자는 앞만 보고 달렸다. 남자의 오른쪽 뺨에는 여드름 자국이 있었는데 무심히 앞만 보고 달리는 그의 표정이 좀 바보스러웠다. 한참을 달리던 트럭은 새벽 해안도로를 따라 속력을 늦췄다. 내가 한 일이라고는 트럭이 인도하는 곳에 닿을 때마다 눈앞에 펼쳐지는 풍경을 고스란히 마음속에 담아두는 것뿐이었다. 하얗게 빛나는 아침 자갈길 위를 달리기도 했는데, 울퉁불퉁한 길 위를 달리면서도 엉덩이를 아프게 하지 않을 만큼 남자의 운전 솜씨는 유연했다.

트럭이 다시 수많은 표지판과 가로등이 서 있는 고속도로를 달리게 되었을 때는 출발한 지 하루가 지난 후였다. 트럭은 또 국도를 달렸다. 다시 또 고속도로에서 국도. 남자는 국도 주변의 비닐하우스 무밭에서 이제 막 살집이 잡혀가는 무를 뽑아 손수 껍질을 벗겨주기도 했고, 지저분한 속옷이 가득 들었다는 가방 속에서 눅신해진 초콜릿을 꺼내주기도 했다. 기름을 넣기 위해 들른 주유소에서는 사람들이 모여 나눠 먹던 붉은 간 몇 점과 질긴 처녑도 얻어왔다. 내가 남자의 입에 넣어주려던 간 조각이 열어놓은 창문으로 들어온 바람에 날려 남자의 뺨에 붙어버렸다. 우리는 천치들처럼 웃었다. 낮이든 밤이든 졸릴 때 조금씩 자고, 먹고 싶을 때 조금씩 먹었다. 피곤하지도 배고프지도 않은 신기한 여행이었다.

트럭이 나를 내려놓은 곳은 자동차 바퀴 자국만 어지럽게 그려져 있는 벌판 한가운데였다. 누런 황토색 벌판 저만치에 목덜미 갈기와 꼬리가 푸른색인 말들이 느릿느릿 오가고 있었다. 트럭은 시동을 끄고도 엔진 소리가 쿨룩거렸다. 너무 오랜 달린 탓이었다. 남자는 시동을 끄자마자 곯아떨어졌다. 나는 감각을 잃은 두 다리에 겨우 힘을 주었다. 저만치 집들이 보였다. 눈에 보이기는 해도 가까운 거리가 아니었다. 집이 가까워지면 가까워질수록 발걸음이 느려졌다.

한 집에서 여자가 창틀에 턱을 괴고 벌판을 내다보고 있었다. 여자는 늘어뜨린 긴 머리를 두 손으로 만지고 있었는데 뿌얀 먼지 속에 서 있는 나를 발견하고는, 대문을 열고 집 밖으로 나왔다. 그리고 눈을 가늘게 뜨고 나를 쳐다봤다. 그리고 가까이 와 내 얼굴과 손, 가슴과 등을 쓰다듬기 시작했는데 그 손길에 많은 얘기가 들어 있는 것만 같았다. 여자가 나를 두 팔로 지그시 안아주었는데 여자의 몸에서는 물비린내가 났다. 공교롭게도 여자와 나는 키가 똑같았다.

여자는 집에서 긴 고무호스를 가지고 나와 집 앞 벌판에서 쌀을 씻어 밥을 지었다. 트럭은 그때까지도 꿈쩍없이 자고 있었고 밥 냄새가 벌판에 퍼져나갈 때쯤이 되어서야 깨어났다. 남자는 집 앞으로 트럭을 몰고 와 라디오를 틀고 라이트를 켰다. 여자는 집 안에서 전깃줄에 매달린 전구 소켓을 가지고 나왔고 알전구를 끼워 대문 앞에 매달았다. 흰 밥 위에 올려진 반찬은 마른 장작불 위에 석쇠를 얹어 구운 개구리 뒷다리였다. 벌판 어디에서 개구리가 났을까 궁금했지만 남자와 내게 끊임없이 밥숟갈을 물려주는 여자 때문에 물어볼 수가 없었다. 우리가 피운 불빛에 검고 마른 벌판이 타버릴 것만 같았다.

밥을 먹고 여자와 나는 집 안으로 들어가 창틀에 걸터앉았고, 남자는 어릴 적부터 화가가 꿈이었다면서 트럭에서 가져온 냉동연어 상자 위에 여자와 나를 그리기 시작했다. 남자가 그린 그림은 도무지 누가 누구인지 알 수 없게 되어 있어서 우리를 웃게 만들었는데, 밤하늘을 날다 잠깐씩 트럭 위에 와 앉아 있다 날아가곤 하던 새들만큼은 크고 분명하게 그렸다.

밤이 깊어갔고, 트럭은 꼭 밤에 떠나야 한다고 했다. 여자는 내가 벌판을 걸어 집 앞에 도착했을 때보다 더욱 따뜻하게 나를 안아주었고, 내 손바닥 안에 자신의 긴 머리를 묶었던 오색실과 누구의 것인지 모를 이빨이 담긴 유리병을 선물로 주었다. 트럭이 달리는 동안 나는 여자가 내게 준 선물을 가슴에 꼭 안고 있었다.

나는 남자에게 고맙다는 인사를 하고 싶어서 핸들을 잡지 않은 남자의 한 손에 내 비밀의 징표인 마지막 디스켓을 쥐어주었다. 남자는 신기한 물건이라는 듯 훑어보고는 운전석 발밑에 아무렇게나 던져버렸다. 하지만 나는 비밀을 고백했다는 사실만으로도 마음이 편안해졌다. 얼마를 달렸을까. 남자는 혼자서 중얼거리고 있었다.

내가 본 여자 중에 당신이 제일 못생겼어요.

남자는 웃으면서 라디오 볼륨을 높였다. 그 어느 때보다도 깨끗한 전파 상태로 유행가가 흘러나왔고 남자는 침을 튀기며 노래를 따라 불렀다. 하늘 위의 흐린 별빛은 끈질기게 반짝거리고 있었다.

트럭은 그날 밤 이후 움직이지 않았다. 밤이고 낮이고 트럭은 서 있기만 했고 남자의 움직임도 없었다. 어느 날 새벽, 트럭이 도난 차량이었음이 밝혀졌다. 그날 새벽에 청소차를 쫓아가던 남자가 죽었다. 청소차만 보면 흥분해 슬리퍼를 신고 두 발을 질질 끌며 따라 뛰던 남자는 안개 때문에 뒤를 보지 못하고 후진하던 청소차에 치여 죽었다. 그는 차에 치인 순간에도 웃고 있었다고 한다. 다들 미친놈이라고 부르는, 청소차를 쫓아다니기 이전의 그의 최초의 이름은 무엇이었을까.

청소차 사고를 수사하러 나온 경찰 두 명이 트럭을 수상히 여겼다. 그러고 보니 트럭은 번호판도 보이지 않을 만큼 지저분했다. 트럭 안에서 수상한 물건이 발견되지는 않은 것 같았다. 최소한 운전석에서는 그랬다. 경찰 한 사람은 들고 있던 방망이로 트럭 뒤칸, 굳게 잠긴 은색 컨테이너를 두드렸다. 야, 이 안에 뭐 있을까? 남은 경찰 한 사람이 경찰차로 돌아가 전화를 걸었다. 얼마 후 한 남자가 왔다. 열쇠 수리공이었다. 수리공은 알루미늄 사다리를 트럭 뒤에 기대어놓고 올라가 굳게 잠긴 짐칸의 문을 열기 시작했다. 문은 생각보다 아주 쉽게 열렸다. 경찰 두 사람과 열쇠 수리공 그리고 나까지 모두 네 사람이 트럭 안을 들여다봤다. 텅 비어 있었다. 아니 빛 때문에 일시적으로 비어 보였다. 원숭이였다. 황색 털에, 불쾌한 냄새에, 그저 눈만 동그랗게 뜬 원숭이가 사람들보다 더 놀란 얼굴로 마구 쏟아져들어오는 햇빛에 순식간에 노출되었다. 형체도 없이 일그러진 채 말라붙어버린 두툼한 종이박스 더미 위에 앉아 있던 원숭이는 자리에서 일어나 움직이다가 갑자기 잔뜩 겁먹은 눈빛이 되어 동작을 멈췄다. 어디서 왔는지, 어디에서 태어났는지, 왜 깜깜한 트럭 짐칸에 묶여 있는지 알 수 없는 원숭이의 눈빛이 불안하게 떨렸다. 원숭이는 긴 팔을 움직여 자꾸 어딘가를 가리켰다. 그곳은 자동차가 달리는 고속도로였고, 원숭이는 끼끼끼 소리를 내며 자신을 쳐다보고 있는 사람들 중 누군가와 눈길을 마주치려 했다. 나는 원숭이의 눈을 피해 몸을 돌렸다. 야, 이거 가짜 번호판도 수십 개야. 사시미칼도 두 세트나 있어. 경찰 한 사람이 가까이 다가왔다. 이봐요, 이 트럭 본 적 있어요? 경찰이 내게 물었지만 못 들은 척 집 쪽으로 달렸다. 먼지 묻은 나뭇잎 하나가 날아와 가슴 위에 떨어졌다.

양털 모자

바람이 불 때마다 찢어진 돛조각처럼 너덜거리는 그것은, 사막의 햇빛에 빛이 바랜,
모래먼지에 쓸려 낡고 해어진 바로 그 양털 모자이다. 나는 그 나무막대기 아래 조그맣게
쪼그려 앉는다. 조슈아 트리는 지금까지 내가 걸어온 풍경이 한눈에 보이는
모래언덕일 뿐이었다.

푸른색 도요타의 쇠를 긁는 듯한 엔진 소리가 삼층 아래 길가 쪽
에서부터 들려온다. 아파트를 나가기 전, 그는 현관문 앞에 서서 침
대에 걸터앉은 나를 잠시 동안 쳐다보았다. 하지만 나는 끝내 돌아
보지 않았다. 크르륵거리며 떨리는 머플러의 진동이 조금씩 커진
다. 거칠게 차문을 밀어닫는 소리가 들린다. 그가 차 밖으로 나왔는
지 잠시 후 쾅, 트렁크 닫히는 소리가 난다. 다시 부서질 듯 긁어대
는 엔진 소리가 좀전보다 길게 들려온다. 숨이 넘어갈 듯 벅차게 달
아오른 엔진 소리는 곧 부드러워지고, 차 바퀴는 아스팔트를 후벼
팔듯 거칠게 달려나간다.

　그가 가는 길을 그려본다. 그는 지금 신문 가판대가 있는 길 모퉁
이를 막 돌았을 것이다. 아직도 쇠를 긁는 듯한 엔진 소리가 귓가에
쟁쟁하다. 이삼 킬로미터쯤을 가다가 급하게 브레이크를 밟아 신호
대기선 앞에 멈추어 선다. 한 개비 남은 담배를 뽑아 입에 물고 빈

담뱃갑을 구겨 차 밖으로 내던진다. 두번째 교차로에서 우회전을 한다. 그리고 그의 차는 계속해서 북쪽으로 달린다. 그는 지금 어디로 가고 있는 것일까.

부엌 한 모퉁이, 벽을 따라 어지럽게 쌓아둔 빈 맥주캔 몇 개가 쓰러진다. 소파 한구석에 구겨진 채로 널브러진 그의 셔츠가 보인다. 퀴퀴한 술냄새와 찌든 담배냄새가 난다. 그는 갔지만 그의 흔적은 고스란히 남아 있다. 수납장 위칸, 그가 늘 무언가를 넣어두곤 하던 서랍을 연다. 작은 서랍 한켠에 복권이 수북하게 들어 있다. 손에 잡히는 대로 한움큼을 꺼낸다. 그중 몇 장이 팔랑거리며 거실 바닥으로 떨어진다. 또 한 장이 뒤미처 가볍게 떨어진다. 그가 복권을 사기 시작한 것은 두번째 직장이었던 식품회사에서 해고당했을 즈음이었다. 그는 이 복권이 우리에게 행운을 가져다주리라 믿었을 것이다. 그의 믿음대로 우리에게 행운이 찾아왔다면 우리 몫의 시간은 어떻게 변했을까. 가벼운 내 발걸음에 얇은 복권이 팔랑 몸을 뒤집는다. 복권 발행 날짜가 보일 듯 말 듯하다. 손에 쥔 복권 한움큼을 모두 쓰레기통에 넣는다.

오늘 새벽, 그는 이 주일 만에 집에 들어왔다. 현관에 들어서자 코를 찌르는 담배냄새가 잔기침을 일으킬 정도로 심하게 났다. 나는 침실 문에 기대 선 채 냉장고 문을 열고 맥주를 꺼내는 그의 뒷모습을 뚫어져라 쳐다보고 있었다. 그가 텔레비전을 켰다. 가로줄을 그으며 화면이 떨렸다. 실내 안테나를 이리저리 돌리던 그는 아예 안테나를 뽑아버렸다. 텔레비전 만화영화를 보면서 그는 맥주를 마셨다. 활 모양으로 굽은 커다란 어금니를 가진 맘모스가 입 속에 불덩어리를 담고 있다가 겁에 질린 사람들을 향해 뿜어내고 있었다. 나는 침실로 들어가 스탠드를 켰다. 스탠드의 엷은 불빛에 팔 년 전,

그때의 사진이 아주 잘 보였다. 고불고불한 머리칼이 뒷목을 덮은 그의 얼굴은 젊고 건강해 보였다. 그리고 연둣빛이 도는 스카프를 목에 두르고 그의 손을 잡은 채 활짝 웃고 있는 내 얼굴. 맘모스가 질러대는 괴성이 고요한 아파트 유리창에 천둥소리처럼 부딪쳤다. 나는 침실 앞 문가에 서서 그를 보았다. 그는 텔레비전을 보면서 씨익 웃고 있었다. 그 웃는 모습을 보는 순간, 나는 우리 사이가 끝났다는 것을 깨달았다.

"나가요."

나를 돌아보는 그의 얼굴이 시멘트벽 같았다.

"여긴 내 집이야."

그는 다시 텔레비전으로 얼굴을 돌리며 말했다. 어깨가 조금씩 떨리면서 온몸이 후들거렸다.

"그럼 내가 나가야겠군요."

그는 빈 맥주캔을 등뒤의 부엌으로 던진 뒤, 냉장고 쪽으로 갔다. 그는 여전히 맥주를 마시며 만화영화를 볼 뿐, 아무 말도 하지 않았다. 침실 문을 닫고 돌아서려는 순간, 텔레비전 볼륨은 더 높아지고 있었다.

며칠 전 식당 '네바다'에서 함께 일하는 재키가 사준 장미 몇 송이가 말라비틀어진 채 화병에 꽂혀 있다. 화병 옆에는 성경책이 있다. 한때는 그가 늘 가까이 하던, 그의 손때를 가장 많이 탄 물건이다. 성경책을 펴본다. 가장자리가 낡은 검은 표지를 열자 흰 속표지에 씌어진 그의 한글 이름 석 자가 보인다. 획 하나하나 잉크가 번져 노랗게 퍼져 있다. 잡히는 대로 페이지를 넘긴다. 붉은색 볼펜으로 줄을 쳐놓은 부분도 있다. 성경책 안쪽에서 메모지가 떨어진다. 카지노의 청구서 한 장과 갈겨쓴 미국인의 이름과 전화번호 하나.

카지노의 주소를 읽어본다. 그는 어쩌면 지금 이 카지노에 있을지도 모른다. 성경책에 메모지를 끼워 화병 옆에 놓는다.

시계는 오후 두시를 넘기고 있다. 새벽부터 지금까지 눈 한번 붙이지 않았다. 그리고 이제 한 시간 후면 집을 나가야 한다. 샤워를 하기 위해 욕실로 들어간다. 모가 닳아 기우뚱하게 변한 그의 칫솔과 녹슨 면도날, 욕실에는 아직도 그의 냄새가 남아 있다. 하나둘 치우고 버릴수록 그 자리가 덩그렇다. 빵을 굽고 달걀 프라이를 한다. 프라이팬 위에 풀어놓은 달걀 흰자에 노란 달걀 껍질이 몇 조각 떨어져 있다. 식탁 위에 앉는다. 포크를 들고 빵 한 조각을 떼어 입속에 넣는다. 텁텁한 입 안의 빵이 씁쓰름하다. 오늘도 다른 날과 다름없이 빵을 먹고 일을 하러 나갈 수 있을까. 접시 위에 포크를 내려놓고 식탁에서 일어난다.

창문 틈에는 누런 먼지가 더께로 앉아 있다. 먼지 낀 창으로 오후 햇살이 퍼져들어온다. 도로 쪽에서 가끔 자동차 소리가 들려온다. 누군가 복도를 지나간다. 복도를 지나가는 사람의 발소리가 다른 때와 달리 둥둥 울린다. 어디선가 시멘트 가루가 후루룩, 벽을 타고 부서져내리는 소리가 들리는 듯하다. 이 한인 타운의 낡은 아파트에서 몇 년을 살았던가. 그를 따라 미국에 온 것은 또 몇 해 전이고. 이 아파트로 이사 올 때 우리는 집이 낡아서 오래 살기는 힘들 거라고 말했었다. 일 년 정도면 새 아파트를 얻어 이사할 수 있을 거라고 했었는데. 삽시간에 낡은 아파트 벽이 갈라지고 허물어질 것만 같다. 누군가 그 균열의 틈새에서, 어긋난 우리들의 시간을 비웃으며 이빨을 드러내놓고 웃고 있는 것만 같다.

가스레인지 불꽃이 파랗게 올라온다. 주전자에 우유를 부어 가스레인지 위에 올린다. 그의 외박이 잦아지면서 따뜻하게 데운 우유

58

를 마시고 자는 습관이 생겼다. 오후 두시에는 반드시 일어나야 했으므로 어떡하든 잠이 들어야 했다. 데운 우유에 벌꿀을 한 스푼 넣고 오래 젓는다. 두 눈을 꼭 감고 따뜻한 우유를 목으로 넘긴다. 시계는 네시가 가까워오고 있다. 지금쯤 네모진 덩어리 햄과 베이컨이 든 깡통, 완두콩과 브로콜리, 감자와 당근이 든 자루가 줄줄이 '네바다'의 주방 뒷문으로 배달되고 있을 것이다. 식탁마다 테이블보를 깔며 시계를 올려다보고 있을 재키의 얼굴이 떠오른다. 데운 우유를 마실 때마다 이제 곧 잠이 올 거라고 스스로 최면을 걸곤 했었다. 이제 곧 잠이 올 거야. 목소리가 입 밖으로 나오질 않는다. 머리 끝까지 이불을 뒤집어쓴다. 카지노에, 술집에, 아니면 어디에, 지금 그는 어디에 있는 걸까.

깊은 잠에서 깨어난다. 신기하게 한 번도 깨지 않고 잠을 잤다. 열두 시간쯤, 죽은 듯이 빠져들었던 잠에서 깨어난 새벽, 나는 삼층 아래의 길가에서 올라오는 희미한 가로등 불빛을 바라보며 팔 년 전에 만났던 한 여자와 그 여자가 들려준 얘기를 차근차근 되새기고 있다. 긴 잠의 끄트머리에서 건져올린 생생한 풍경이다.

뉴욕 플러싱의 유니온 스트리트 뒷골목 한 카페에서 나는 그 여자를 기다리고 있었다. 날씨는 매섭게 추웠고 바람도 거세게 불었다. 늘 답답한 아파트 안에 갇혀, 새로 산 지 얼마 되지 않은 침대 시트를 몇 번씩 빨고, 닦은 유리창을 또 닦으며 창 밖만 내다보던 때였다. 그래서 내가 알고 있는 뉴욕은 늘 유리창을 닦으며 내다보는 창 크기만한 것이었다. 안 하던 외출이었기 때문에 귀가 떨어져나갈 듯 맵짜게 불어오는 겨울 바람이 그렇게 좋았다. 나는 카페의 창가 자리에 앉아 서리가 잔뜩 낀 창문 너머로 보이는 뿌옇게 흐린 바깥 풍경을 보고 있었다. 카페 한구석에서 텅텅거리며 불규칙하게 돌아가는 온풍기는 그 소리만큼도 더운 김을 뿜어내지 못하는지 카페 안은 싸늘하기만 했다.

약속 시간이 십여 분쯤 지났을 때 여자가 모습을 나타냈다. 여자의 작고 가무잡잡한 얼굴이 흰 양털 모자에 푹 싸여 아주 선명하게 보였다. 여자는 멕시코 사람이었다. 쌍꺼풀진 검은 두 눈이 얼굴의 반을 차지하고 있어 매우 인상적이었다. 마흔 살쯤 되었을까, 화장기 없는 피부는 거칠어 보였지만 그 검은 눈빛만큼은 또렷했다. 나는 그 여자가 일하고 있다는 선물가게의 급여와 근무 시간에 대해서 물었다. 여자는 구체적인 근무 조건에 대해서는 말하지 않고, 멕시코를 떠나 미국으로 오는 품팔이 노동자 오만여 명 중 자신만큼 안정된 생활을 하고 있는 사람은 없을 거라는 말을 했다. 하지만 그렇게 말하는 여자의 얼굴엔 활기가 없었다.

여자는 전화를 걸어야겠다며 전화 부스로 갔다. 내 눈썹쯤에나 닿을까. 작은 키에 통통한 몸, 머리 위의 흰 양털 모자만이 도드라져 보이는 뒷모습이었다. 여자가 나를 자신의 동료로서 자격이 있다고 선물가게 주인에게 얘기만 해준다면, 나도 직장을 갖고 일을 할 수가 있다. 전화를 걸고 자리로 돌아온 여자는 좀전보다 더 푹 꺼진 목소리로 커피를 시켰다. 여자의 얼굴에는 피곤기가 겹으로 깔려 있었지만 머리 위의 부드럽고 흰 양털은 여자가 조금만 몸을 움직여도 가볍게 흔들렸다. 여자는 줄곧 그 양털 모자를 쓴 채, 꿈을 꾸듯 얘기하고 있었다. 온풍기는 텅텅 돌아가고 있었지만 카페 안은 여전히 추웠다.

"캘리포니아에서 북쪽 190번 도로를 시나 모하비 사막 근처에서 선명하게 보이는 자갈길로 접어들면 살아생전에는 다시 볼 수 없는

60

광대한 모래언덕이 나타나. 거기가 조슈아 트리야."

얘기하는 중간에도, 양손에 쟁반을 치켜든 웨이터라도 지나가면 여자의 눈썹 위의 흰 양털은 부드럽게 그녀의 이마를 덮었다. 나는 여자가 얘기하려고 하는 게 무엇인지도 모르면서 서서히 여자의 얘기에 빠져들고 있었다.

"자세히 보면 모래언덕 사이사이 다람쥐도 있고 토끼도 있어. 고 작은 것들이 어디서 사는지 궁금하지? 모래에 굴을 파고 살아. 하얀 들꽃들도 있어. 그리고 커다란 선인장들도 있지."

우리의 식탁에는 어느새 값싼 스테이크와 수북한 샐러드 그리고 와인이 한 병 놓여졌다. 여자는 마치 자기 스스로를 향한 것인 듯 나지막한 목소리로 가만가만 이야기하고 있었다. 나는 사막 지대를 여행해본 적이 없었으므로 그 여자가 얘기하고 있는 조슈아 트리의 풍경을 상상하기 어려웠지만 열심히 여자의 얘기를 따라갔다.

"커다란 선인장이, 정말 집채만한 선인장이 두 그루씩, 세 그루씩 아니 수십 그루씩 무리지어 듬성듬성 박혀 있어."

여자는 하나의 얘기가 끝날 때마다 나른한 표정으로 고개를 숙였다. 그러다가도 얘기가 생각나면 양털 모자 아래로 가지런히 늘어뜨린 까만 머리카락을 몇 올씩 말아올려가며 회상에 잠긴 검은 눈을 깜빡거렸다.

"조슈아 트리에서는 모든 게 다 보여. 가장 아름다운 건 붉은 노을이야. 노을은 지평선 끝에 걸려 있지. 커다란 선인장에 기대 앉아 있으면 이 세상의 모든 게 환히 다 보여."

나는 그녀의 머리 위에서 춤추듯 흔들리는 양털 모자를 쳐다보며 조슈아 트리에 대한 얘기를 들었다. 여자의 눈자위는 점점 꺼져들어가고 있어서 카페에 처음 들어왔을 때보다 더욱 지쳐 보였다. 술잔을 드는 여자의 짧은 손끝이 가늘게 떨리고 있었다. 십 년쯤 뒤에는 나도 저렇게 되어 있지 않을까. 나는 그 멕시코 여자의 얼굴에서 십 년 후의 내 모습을 보고 있었다.

여자는 내게 선물가게 주인을 만나게 해주겠다고 했었지만 아무리 기다려도 전화는 오지 않았다. 뉴욕의 생활 수준을 따라가기가 쉽지 않았던 우리는 로스앤젤레스로 이사를 했고, 유니온 스트리트 뒷골목의 그 카페가 어디쯤에 있었는지 이제는 기억도 없다. 그렇게 오랜 세월, 팔 년이나 지난 일이었다. 그런데 신기하게도 그가 떠난 그 다음날, 그러니까 남편이 없는 생활이 시작된 첫날, 새까맣게 잊고 있었던 조슈아 트리의 생생한 그림을 건져올린 것이다.

서울의 엄마는 안부 전화를 할 때마다 대뜸 놀라기부터 한다. 조금씩 여운을 남기며 미국땅으로 넘어오는 엄마의 목소리가 차곡차곡 가슴 한켠에 쌓인다.

"아무 일 없지? 별일 없는 거지? 흑인들은? 조심해야지."

대규모의 흑인 폭동이 잠잠해진 지 두 해가 지났지만 엄마는 전화를 할 때마다 빼놓지 않고 그 소식을 묻는다. 엄마와 내가 먼저 말을 하려다 잠시 틈이 생긴다.

"거긴 지금 몇시냐? 유 서방은 잘 있지?"

엄마의 목소리를 들으면서 절대로 서울로 돌아가지는 않겠다고 다짐한다. 걱정 섞인 엄마의 목소리가 이어지고 나는 연신 예, 예 소리만 되풀이한다. 작은 모래언덕이 하나 있고, 그보다 조금 큰 모래언덕이 또하나의 작은 모래언덕에 기대 있고, 또 좀더 큰 모래언덕이 앞의 두 개의 모래언덕에 비스듬히 기대고 있는, 그래서 수많은 모래언덕들이 광대한 산을 이루고 있는. 듬성듬성 꽂혀 있는 선인장도 보이고…… 나는 태평양을 넘어 들려오는 엄마의 목소리를 들으면서 조슈아 트리의 그림을 그린다. 조슈아 트리에는 아름다운 저녁 노을이 있다고 했다. 전화를 끊자마자 눈앞이 흐려지면서 붉은 노을이 꽉 차오른다.

머릿속은 헤집어놓은 솜처럼 산만한다. 멍하니 창 밖을 내다본다. 여느 날과 크게 다르지 않은 모습이다. 길 건너편의 낡은 아파트들, 거기 달린 작은 창 안으로 언뜻언뜻 지나치는 사람들이 보인다. 삼층 아래의 길도 무심하게 그대로이다. 그런데 문득 고개를 돌려 내려다본 한인 타운의 아스팔트 위엔 조슈아 트리의 풍경이 새겨져 있다. 천천히 내 감각은 그곳, 그러니까 조슈아 트리 언저리에서부터 중심부까지를 오락가락 헤매고 있는 것이다. 그런데 사막 근처인 그곳에도 비가 내릴까.

한인방송은 언제나 서울에서 유행하는 가요를 틀어준다. 두어 번 들어본 음악에 맞춰 부은 듯한 발가락을 움직여본다. 손발이 차갑고, 거울에 비친 눈자위가 퍼렇게 채색되어 있다. 집중된다 싶던 정신은 잠깐씩 산만해지고 뭔가 자꾸 흐트러지는 기분이다. 손에 쥐고 있던 물컵이 스르르 미끄러져 거실 바닥에서 깨지는 순간, 머릿속은 환하게 밝아진다.

커피와 빵을 먹고 머리를 감는다. 빨리, 서둘러야 해, 마음이 급해진다. 허리를 숙여 수납장 깊숙이 들어 있는 배낭을 꺼내는데 갑자기 아랫도리에서 물컹 하는 느낌이 전해진다. 여자들은 생애의 중요한 일이 시작되는 날, 생리가 터지는 공교로움을 경험하곤 한다. 어떤 여자들은 그런 날 일이 더 잘 풀린다고도 하지만 지겹게도 이런 날 생리가 시작되는 것이다.

여행사 직원은 미국 내 여행이 처음이냐고 묻는다. 같은 한국인이

기 때문에 그는 뭐든 열심히 알려주려고 한다. 버스 정류장 주변에
는 강도들이 많아요. 강도들이 제일 눈독들이는 게 외국인들이에
요, 특히 동양인. 곧장 걸어가세요. 두리번거리지 말고 곧장 가세
요. 절대로 가이드북을 꺼내서 위치를 확인하는 행동 같은 걸 해서
는 안 됩니다, 절대로, 아셨죠? 나는 몇 번이나 고개를 끄덕거렸다.

정류장으로 가는 길은 겉보기로는 여행사 직원이 말해준 것과 사
뭇 다르다. 그저 그런 거리의 모습이라고 느끼는 순간, 랩을 흥얼거
리며 도로를 왔다갔다하는 열 살가량 된 소년의 어깨가 내 몸을 툭
친다. 순간, 소년의 눈이 반짝 빛난다. 소년은 주머니에 손을 찔러
넣은 채 내 얼굴을 뚫어져라 쳐다본다. 소년의 점퍼 주머니엔 아마
도 칼이 들어 있을 것이다. 시선을 아래로 떨어뜨린다. 그러고 보니
거리를 오가는 많은 소년들이 모두 그 소년의 눈빛을 닮았다. 정류
장 건물 구석에는 늙수그레한 거지들이 몸을 가누지 못하고 누워
있다. 빨리 걸으려고 해도 마음먹은 대로 되지 않는다. 한동안 신지
않았던 운동화의 푹신한 감촉이 오히려 걸음을 방해하고 있다.

그레이하운드 티켓을 끊고 휴게실로 들어간다. 길가 쪽에 버스 정
류장 팻말이 보이지만 아직 버스가 떠날 시간이 아니다. 오후 한시
이십분, 출발 시간까지는 아직 이십 분 정도가 남아 있었다. 사람들
은 신문을 보거나 음료를 마시며 시간을 보내고 있다.

그레이하운드 버스는 크고 널찍하다. 좌석과 좌석 사이의 충분한
공간과 높은 천장, 그리고 넓고 큰 창까지 컨테이너처럼 반듯하다.
버스 안에는 배낭을 메고 지도를 든, 편안한 차림의 젊은이 몇 명이
먼저 올라와 있다. 그들은 대부분 혼자서 여행을 하는 것 같다. 자
리를 잡고 앉자 갑자기 떠니을 때의 설렘은 사라지고 버스 안의 풍
경이 적막하게 느껴진다. 백인 노부부의 조용한 목소리만 들려온

다. 앞을 향해 앉아 있는 사람들, 말이 없는 사람들의 뒷모습이 내가 가는 곳과는 반대 방향을 향하고 있는 것만 같아 불안하다.

버스는 서서히 시동이 걸리고 좀 느린 속도로 정류장을 빠져나가기 시작한다. 불현듯, 버스가 움직이기 시작하면서 지금껏 내가 살아온 공간들이 하나둘 떠오른다. 엄마가 있는 서울 정릉의 우리집, 여고 시절의 사진이 남아 있는 내가 남겨놓은 빈 방, 은행 냄새 진동하던 학교 가는 길, 그리고 불과 몇 시간 전까지 있었던 한인 타운의 낡은 아파트. 내가 살아온 이 몇 개의 공간들이 한순간에 스틸 사진처럼, 무게감도 없이 배후도 없이 고스란히 허공에 매달려 있는 것이다. 급히 좌우를 둘러본다. 버스가 출발한 것뿐, 승객들과 운전사, 창 밖의 빌딩들, 그리고 로스앤젤레스, 아무것도 변한 것은 없다.

반쯤 꺾인 오후 햇살이 넓은 창으로 비쳐들고 있다. 버스 안 어디선가 딸랑딸랑 종소리가 들려온다. 버스 안에 탄 모든 사람들의 시선이 일제히 버스 뒤쪽을 향한다. 한 사내가 가부좌를 하고 버스 통로 맨 뒤쪽에 앉아 천진하게 웃고 있다. 그는 긴 머리를 묶어 늘어뜨리고 마(痲)로 된 흰색 도포에 회색 승복 바지를 입고 있다. 천진하게 웃는 그의 입은 텁수룩한 수염으로 뒤덮여 있다. 그의 다리 앞에는 배낭이 하나 놓여 있고 그 배낭을 여미는 주둥이에 작은 종이 하나 달려 있다. 그는 사람들에게 들어보라는 듯, 한 번 더 딸랑딸랑 종을 흔든다.

"거기엔 노을이 있어. 붉은 노을이 가득해."

여자의 짧고 뭉툭한 손톱 사이에서 한 모금씩 빠져나가던 담배연기의 기억과 함께 로스앤젤레스 스카이라인 위에 길게 누운 분홍빛 저녁 노을이 한눈에 들어온다. 육중한 몸집의 버스는 남쪽의 롱비치 해안도로를 달린다. 그렇게 얼마를 달렸을까. 버스는 이제 북동쪽으로 올라가고 있다. 버스가 달려온 저 아래로 롱비치 해안선이 비스듬히 이어져 보인다. 졸고 있는 사람말고는 승객 대부분 창 밖 풍경에 취해 시선을 옮기려 하지 않는다. 아랫배를 꽉 조이고 있는 청바지 단추를 느슨하게 푼다. 버스가 출발하고 노을이 물들고 해가 지는 동안, 생리중인 내 아랫배는 팽팽하게 부어올라 있었던 것이다.

"조슈아 트리의 바람이 그려놓은 모래무늬가 얼마나 아름다운데."

그 멕시코 여자는 이쯤에서 오른손을 들어, 무리지어 원을 그리며 사막을 떠다니는 모래무늬를 연이어 그려 보여주었는지도 모른다. 그럴 때 모래는 거칠게 숨을 내쉬면서 모래언덕 한쪽 모서리를 깎아내려갔고, 그러면서 끝없이 다른 모래들과 몸을 섞어 알 수 없는 곳으로, 다른 그림의 모래로 바뀌고 있었다. 그 여자가 모래무늬 얘기를 할 때 그 부드럽고 흰 양털 모자는 깎인 모래처럼 납작 가라앉았다.

바람이 거세지는지 크지 않은 가로수들이 심하게 흔들린다. 북쪽으로 가면 갈수록 도로를 따라 둘러친 철책 사이로 삐죽 솟은 전신주만 희게 드러난다. 화장실 쪽에서 통로를 따라 걸어오던 퀭한 눈의 백인 청년이 버스 통로 바닥에 놓인 누군가의 가방을 발로 찬 모양이다. 청년은 거칠게 인상을 쓰면서 도리어 가방 주인에게 화를 냈지만 사람들은 이내 창 밖 풍경으로 눈을 돌린다.

또 몇 시간을 달린 버스는 내륙의 중앙으로 완전히 들어섰는지 해안선과는 까맣게 멀어졌다. 그 대신 누렇게 들뜬 평원과 끝을 알 수 없는 지평선이 시야에 들어오기 시작한다. 여덟 시간쯤을 쉬지 않고 달렸고, 분명 시간은 밤인데 창 밖은 알 수 없는 빛으로 환하다.

싯누런 땅, 검은 점처럼 박힌 풀, 그리고 코발트빛 하늘이 그레이하운드 창 너머로 가득하다. 서늘해진 탓인지 재빠르게 스웨터를 꺼내 덧입은 승객도 보인다.

한참을 가다가 버스는 속도를 늦추고 서행하기 시작한다. 그리고는 좀전의 속도보다 조금 더 천천히, 몇 대의 차들과 비슷한 속도로 달린다. 구부러진 길 앞쪽 전신주 위에 우뚝 솟은 커다란 광고판 하나가 보인다. 흰 바탕에 검은 글자로 쓴 피에르 가르뎅 상표가 선명하다. '피에르 가르뎅 중국으로 간다'는 짧은 카피가 분명하게 보이도록 디자인되어 있다. 저 멀리 싯누런 땅 위에 검은 점들이 보인다. 풀포기나 돌멩이가 검은 점처럼 보이는 것이다. 끝없이 이어지는 검은 점들을 따라간다. 검은 점이 어느 한 곳에서 뭉쳐 더 보이지 않는다. 저 끝은 어디일까, 어쩌면 검은 점이 끝나는 지점이 중국일지도 모른다.

버스는 이정표 하나를 지나 코발트빛 하늘 아래를 빠른 속도로 달리고 있다. 로스앤젤레스를 떠난 후 처음으로 안내방송이 나온다. 버스의 도착지는 휴게소를 겸한 모텔이라고 한다. 몇 시간을 달렸을까. 구름 속에 산이 있다고 말해야 할까. 짙푸른 구름에 맞닿은 산봉우리는 온통 검은색이다. 하늘과 땅이 맞닿은 지점쯤에 바람에 흔들리고 있는 모텔 간판이 보인다. 버스가 모텔 앞 공터로 방향을 꺾자마자 사람들은 하나둘 자리에서 일어나 짐을 챙긴다. 모텔 앞 공터엔 장작불이 타고 있다. 누군가 버스가 올 것을 미리 알고 있었던 걸까. 짝짝 나무 갈라지는 소리가 나고 붉은 장작불은 불꽃을 튀기며 타오르고 있다. 버스에서 내린 사람들은 하늘과 땅의 구분이 사라진 풍경에 탄성을 지른다. 오 마이 갓! 그러나 사람들의 목소리는 이내 산처럼 내려앉은 구름 속으로 파묻힌다.

방을 예약하고 모텔 앞 공터로 나온다. 사람들은 모텔에 딸린 카페에서 식사를 하거나 커피를 마시고 있을 것이다. 공터 저쪽에 소형 버스 한 대가 불을 켜고 서 있다. 거센 바람이 불자 마른 먼지가 날고, 모텔 간판이 휭휭 구부러지는 소리를 낸다. 저기 버스가 지나온 길 쪽으로 피에르 가르뎅 광고판이 하얗게 서 있다. 아직 활활 타고 있는 장작더미에서 노란 불꽃이 튀어 사막의 하늘로 올라간다. 조슈아 트리의 노을이 지고 나면 나는 모닥불을 피우고 앉아 노을이 진 자리를 보고 있을 것이다. 소용돌이를 일으키며 또한번 뜨거운 바람이 분다. 불이 꺼져 있던 모텔 방 여기저기에 불빛이 들기 시작한다. 바람은 점점 거세진다. 휘어질 듯한 어깨를 두 팔로 꽉 끌어안고 모텔로 들어간다.

햄버거 하나와 담배 한 갑을 탁자 위에 놓고 창을 가린 커튼을 연다. 내 눈은 분명 파란 밤을 보고 있는데, 차츰차츰 붉어지면서 활활 타고 있는 공터의 장작불을 닮아간다. 위 아래, 몇 차례 온 오프를 반복해도 화장실 전등은 켜지지 않는다. 붉은 노을 탓일까. 생리대가 시커멓게 보인다. 수도꼭지에서는 붉은기가 도는 찬물만 쏴쏴 흘러나온다.

춥다. 모텔 간판이 바람에 휘는 소리가 들려온다. 장작 타는 냄새는 더이상 나지 않는다. 잠이 오지 않는다. 어디선가 사람들의 웃음소리가 들려온다. 모여 앉아 포커라도 치는 모양이다. 창 밖으로, 드문드문 자동차들이 지나가는 모습이 보인다. 침대 머리맡에 놓아둔 시계는 밤 열한시를 가리키고 있다. 평소 같으면 한참 일을 하고 있을 시간이다. '네바다'에서 일을 끝내고 돌아오면 새벽 한시였다. 재키는 지금쯤 혼자서 서빙을 하느라 정신이 없을 것이다. 쟁반 한쪽을 늘 젖가슴 아래께에 바짝 붙이고 음식을 나르는 재키. 우리는 늘 재키가 가슴을 과시하기 위해서 그렇게 한다고 놀려댔었다. 한 쪽 눈을 살짝 감고 남자친구 하나 소개해줄까, 하며 웃던 애틀랜타 출신인 재키의 얼굴이 떠오른다.

먼지 긴 라디오가 라디에이터 박스 위에 놓여 있다. 지직, 지이직, 주파수가 잡힐 듯 잡히지 않는다. 시계는 어느덧 열두시다. 이리저리 뒤척이고 있는데 긴 포물선을 그리며 빠르게 떨어지는 유성이 보인다. 재빨리 창가로 갔지만 유성은 벌써 산 언저리의 붉게 물든 대지 뒤로 떨어진 후였다. 두세 대씩, 먼 사막 한가운데로 흰 점처럼 사라져가는 자동차의 뒤를 좇아 시선을 옮기고 있을 때, 갑자기 사이렌 소리가 들리고 경광등을 켠 두 대의 경찰차가 모텔 앞에 급정거한다. 잠시 후 내 방 반대편 모텔 건물에서 반바지 차림의 청년 하나가 팔이 묶인 채로 경찰들에게 끌려나온다. 버스에서 가벼운 소동을 일으켰던 퀭한 눈의 백인 청년이다. 청년은 등뒤로 팔이 꺾인 채 구겨지듯 경찰차 안으로 밀려들어간다. 헤드라이트 불빛이 청년과 경찰 두 사람을 부시게 비추고 있다. 모텔 사무실의 불이 꺼지고 경찰차의 경광등도 한 점 빛이 되어 사라진다. 끝없는 모래언덕, 바람이 그려놓은 모래무늬가 아름다운 조슈아 트리는 경찰차가 사라진 저 어둠 뒤에 있을 것이다. 이제 자야 할 시간이다.

찬 공기 때문에 새벽녘에 잠을 깼다. 차가운 기운이 자극을 하는지 발걸음을 옮길 때마다 아랫배가 쑤신다. 하늘은 파란 새벽빛이다. 밤새 품고 있던 붉은 구름은 오간 데 없고 이젠 새하얀 구름 무리를 짊어지고 있다. 가방을 뒤져 진통제를 찾아 먹고 다시 침대에 눕는다. 먹다 남긴 햄버거 포장지에 작은 개미들이 붙어 기어다니고 있다. 아무렇게나 벗어둔 슬리퍼는 바닥이 다 해진 채로 나뒹굴고, 그러고 보니 방 안은 온통 모랫빛이다. 흰 커튼도 황토색으로 물들어 있고 벽지도 누렇게 변색되어 있다. 침대 시트와 덮고 있는 이불의 색깔도 누렇다. 지나가는 자동차가 더 많아졌는지 도로 쪽에서는 벌써 쌩쌩 달리는 자동차 소리가 난다.

가방을 챙겨놓고 나와서 모텔 주변을 돌아본다. 밤새 활활 타던 장작불은 회색 재만 남기고 있다. 어릴 적 외할머니 집이 떠오른다. 별이 총총히 떠 있는 어두운 새벽, 머릿수건을 싸맨 할머니는 내 얼굴까지 이불을 덮어준 뒤 방문을 열고 나갔다. 그러면 엄마도 잠에서 깨어나 할머니를 따라 부엌으로 나갔다. 오줌이 마려워 잠에서 깼을 때 느꼈던 새벽 공기의 싸한 내음이 아직도 생생하다. 두 사람은 아궁이 앞에 앉아 불을 지피고 있었다. 아궁이 밖으로 나오려는 불길을 자꾸만 밀어넣던 할머니, 들릴 듯 말 듯한 두 여자의 말소리. 엄마 치마폭에 파묻혀 빠끔히 쳐다본 아궁이 속 불빛, 탁탁 튀어오르던 불꽃, 아침에 가보면 시커먼 아궁이 바닥엔 가벼운 재만 남아 있었다.

모텔 뒤쪽으로 돌아간다. 여행객들이 먹다 남긴 음식 찌꺼기를 담아놓은 드럼통 주위에 작은 새들이 내려앉아 있다. 새들의 후각은 인간의 그것과는 다른 것일까. 코를 싸쥐어야 할 만큼 악취가 심한데도 새들은 썩어가는 음식물 찌꺼기 위를 종종걸음으로 빠르게 옮겨다니며 먹이를 쪼고 있다. 경찰차의 사이렌이 또 들려온다. 새들은 그 소리에 놀라 파란 새벽 하늘로 까무룩하게 흩어진다.

카페에 불이 켜졌다. 커피 향기가 나고 사람들은 아침을 먹으러 내려와 있다. 나는 커피와 샌드위치를 주문하고 라디오에서 흘러나오는 일기예보에 귀를 기울인다.

"그 청년은 어디로 갔죠?"

곱슬머리의 백인 남자가 카페 안으로 막 들어온 경관에게 묻는다.

경관은 몸을 돌려 백인 남자의 얼굴을 훑어보다가 다시 정면을 향해 고개를 돌린다.

"녀석이 떠나왔던 곳으로 되돌려보냈지."

백인 남자는 좀전보다 큰 목소리로 경관에게 묻는다.

"그가 뭘 잘못했죠?"

경관은 계속해서 정면을 향한 채 대답한다.

"놈은 그곳을 떠나는 게 아니었어. 그게 놈의 잘못이야."

카페 안에 있는 사람들은 알 듯 말 듯한 경관의 얘기에 귀를 기울였지만 그는 더이상 입을 열지 않는다.

"조슈아 트리까지는 얼마나 남았나요?"

경관은 몸을 돌려 내 얼굴을 쳐다본다. 그는 운전사에게 물어보라는 듯, 아침을 먹고 있는 운전사 쪽으로 고갯짓을 한다. 운전사는 커다란 샌드위치를 입에 물고 신문을 보고 있다. 운전사의 입에 물린 빵조각이 작아지기를 기다린다. 운전사는 커피잔을 내려놓으며 이십 분 후에 버스가 출발한다고 말한다. 그의 말대로 버스는 정확히 이십 분 후에 출발했다. 버스가 모래먼지를 날리며 모텔 앞마당을 빠져나오는데 모텔 뒤쪽에서 새떼가 공중으로 치솟아올라 흰 구름에 섞여 날아간다.

버스는 동쪽으로 달리고 있다. 출발한 지 삼십여 분쯤 되었을까. 버스가 갑자기 브레이크를 밟는다. 앞에서 달리던 트럭 한 대가 급정거를 했기 때문이다. 그 앞에도 트럭이 몇 대 서 있다. 트럭 운전사 몇이 나와 표지판을 확인하고는 다시 트럭에 오른다. 사람들은 소동이 일어난 이유를 몰라 수런거린다. 버스는 중앙선을 무시하고 앞서가는 트럭을 따라 서서히 움직이다가 녹색 표지판 앞에 멈추어 선다. 표지판 뒤로는 버스의 창 높이만한 크기의 비쩍 마른 나무 두 그루가 아스팔트를 겨우 피해 도로 우측에 서 있다. 사람들은 희귀 식물이니 마땅히 보호해야 한다는 문구가 적힌 녹색 표지판을 보고 희귀식물을 찾는다. 그러다가 몰골이 비참한 나무 두 그루를 보고는 작은 소리로 웃는다. 그저 도로가에 자리를 잘못 잡은 말라비틀어진 나무로밖에는 보이지 않았기 때문일 것이다. 아마도 누군가 사막지대를 돌며 희귀식물이 얼마나 살아 있는지 샅샅이 조사를 하고, 팻말을 붙이고 다니는 모양이다.

버스는 속도를 내기 시작하고, 운전사가 안내방송을 한다.

"오늘 저녁에 여러분은 사막 한가운데 있는 자연 녹지를 만나게 될 겁니다."

그때 다시 딸랑딸랑 종소리가 울린다. 가부좌를 했던 사내는 뒷자리에 앉은 여자와 얘기를 주고받고 있다. 그의 손에는 캐스터네츠처럼 납작한, 귀마개 모양의 종이 들려 있다. 그는 뒤로 돌아앉은 채 여자의 눈높이쯤에서 그 두 개의 종을 들어 그 위에 그려진 그림을 여자에게 보여준다. 남자는 배낭에서 책을 꺼내 티베트의 신들에 관한 얘기를 하기 시작한다. 여자는 호기심 가득한 얼굴로 오, 오 해가며 그의 말을 듣는다. 당신은 티베트에서 왔군요, 여자가 묻자 남자는 두 손을 모으고 고개를 숙여 합장을 한다.

갑자기 아랫배가 당기면서 열이 오르는 것 같다. 생리가 시작되었을 때, 엄마는 언제나 발을 따뜻하게 해야 한다고 말했었다. 얇은 양말을 신고 나온 것이 화근이었다. 나는 아랫배에 두 손을 얹고 지그시 압박을 했다. 그렇게 몇 차례 자세를 고쳐 앉아가며 생리통을 다스리는 동안 버스는 유전지대로 접어들고 있었다. 혹시 길을 잘못 가고 있는 것이 아닐까 불안하다. 여행사 직원이 준 작은 지도책을 꺼내 내가 지나온 길에 표시를 해본다. 잠이라도 들면 좋겠다 싶었지만 그것도 마음대로 되지 않는다.

"선명하게 보이는 자갈길로 접어들면 살아생전에는 볼 수 없는 광대한 모래언덕이 나타나. 거기가 조슈아 트리야."

여자는 지금 어디서 무엇을 하고 있을까. 하루에도 수백 명이 멕시코 국경에서 미국으로 넘어오기 위해 목숨을 걸고 강을 건넌다는 사실을 나는 나중에야 알았다. 그 여자는 아마도 국경을 넘어온 불법 체류자였을 것이다. 서서히 노을이 퍼지고 있다. 사람들의 얼굴은 다시 노을빛에 감싸이기 시작한다. 갑자기, 시뻘건 불기둥이 풍차 모양의 날개를 달고 길 양편을 빼곡이 채우기 시작한다. 아니 불기둥이 아니었다. 가솔린이 가득 차 있는 엄청난 크기의 드럼통들이었다. 도로가에 둘러쳐져 있는 철조망에는 약 백여 미터 간격으로 접근금지 표지판이 붙어 있다. 수효를 알 수 없을 만큼 많은 가솔린 드럼통. 아마 몇 시간은 붉은 드럼통만 보면서 달려야 할 것 같다. 내가 딛고 서 있는 미국이라는 땅은 이 수많은 가솔린에 의해서 굴러가고 있는지도 모른다. 가솔린, 그것은 미국을 먹여살리는 빵이다. 그렇게 몇 시간을 가도 불기둥은 점점 더 강렬한 붉은색을 띨 뿐, 눈앞에서 사라지지 않는다. 별이 뜨고, 파란 하늘 한 자락이 검게 물들 때까지 나는 시선을 고정시킨 채 아픈 배를 움켜쥐고 있다. 유전지대를 거의 다 빠져나오자 지금까지는 느끼지 못했던 기름내가 역하게 몰려오기 시작한다.

밤 열한시 사십오분, 버스는 작은 공원에 닿는다. 밤 경치를 살필 여유도 없이 화장실로 달려간다. 여행용 사이즈의 두툼한 생리대는 붉게 젖어 있어야 했다. 그러나 꼬박 하루를 차고 온 생리대는 알 수 없는 분비물로 약간 젖어 있을 뿐, 마른 상태 그대로이다. 그러면서도 지독한 냄새는 계속 나고 배는 자꾸 아프다. 집을 떠난 지

이틀, 벌써 생리가 끝났을 리는 없다. 화장실을 나와 모텔 입구로 가려는데 어둑어둑한 밤공기를 가르며 풀숲에서 토끼 한 마리가 뛰어나온다. 사막지대에 형성된 자연 녹지, 내가 지금까지 보아온 풍경과는 다르다. 어두웠지만 주변엔 나무가 많고 그 나무 주변을 풀숲이 둘러싸고 있다. 숨쉴 때마다 맑은 풀냄새가 물씬 풍겨온다. 거기엔 육만 오천 평방킬로미터 모하비 사막에서부터 불어오는 바람 냄새가 진하게 섞여 있다. 토끼가 어디로 달아났는지 보이지 않는다. 사람들은 하나둘 전망대로 올라간다. 녹지대는 평지보다 약간 높은 언덕으로 둘러싸인 분지를 이루고 있다. 밤늦은 시간이었지만 하늘은 여전히 푸르다. 멀리 버스가 지나온 길이 꼬불꼬불하게 보인다. 지루하게 느껴지던 유전지대의 불기둥은 보이지 않는다.

어제와는 다른 모텔이 날 기다리고 있다. 우선 방이 깨끗하고 전화도 있고, 메모지와 공원 안내 책자도 있다. 샤워를 한다. 생리통을 가라앉힐 겸 뜨거운 물을 틀어 온몸을 누르듯이 샤워를 하고 엄마의 충고대로 양말을 덧신은 뒤 프런트로 전화를 건다.

"조슈아 트리로 가는 길을 알고 싶은데요."

"요수아? 죠지아?"

나이 든 여자의 목소리가 들린다.

"조슈아 트리!"

그녀에게 정확한 발음을 알려준다.

"조슈아 트리?"

여자는 그제서야 내 말을 알아듣는 것 같다. 하지만 여자는 딴소리만 한다. 여기는 모하비 사막 근처의 녹지대이며, 이런 곳이 사막지대 한가운데 있는 게 신기하지 않느냐며 육십 평생을 여기서만 살았다고 자랑을 한다. 원한다면 안내를 해줄 테니 이곳에서 며칠

묵어가라는 말도 빼놓지 않는다. 아랫배의 통증은 쉬 가라앉지 않는다. 얇은 담요 한 장으로 배를 덮고 창 밖을 내다본다. 차들이 지나는 소리는 잘 들리지 않는다. 대신 근처 술집에서 웃음소리와 시끄러운 음악 소리가 들려온다. 집을 떠난 후로 식사다운 식사는 한 번도 못 했지만 술집에 내려가고 싶지는 않다. 침대 앞 벽면에 붙은 거울에 목욕 가운을 입고 있는 내 얼굴이 비친다. 너무나 생경한, 한 번도 본 적이 없는 낯선 표정이어서 얼른 거울에서 몸을 돌린다.

사람들의 웃음소리가 잠잠해지자 귀는 숲 쪽에서 들려오는 소리를 따라간다. 나무들이 서로 몸을 부딪치는 소리다. 모래바람 내음에 섞인 풀 냄새도 조금씩 느껴진다. 사슴 한 마리가 물가에 서 있는 사진이 인쇄된 안내 책자를 펼친다. 대개의 페이지는 공원을 안내하는 내용으로 채워져 있다. 한 페이지를 더 넘기자 주변 지도가 나온다. 녹지대는 연두색으로, 사막지대는 노란색으로 표시된 1 : 14,500,000 축척 지도이다. 캘리포니아 주 일대에서부터 모하비 사막 근처까지를 한 군데도 빼놓지 않고 왼쪽에서부터 훑어나간다. 지도의 중간쯤, 깨알 같은 글씨지만 분명 그곳이 있다. 작고 노란 점 하나와, 조슈아 트리……

"거기가 조슈아 트리야."

여자는 모래언덕과 모래무늬와 붉은 노을을 얘기하고 나서는 검은 눈을 깜빡거리며 꼭 덧붙였다. 거기가 조슈아 트리야. 밤이 깊어지면서 방 안 공기는 더욱 훈훈해진다. 하지만 지난밤과 마찬가지로 잠은 오지 않는다.

아침에 잠에서 깨자마자 공원 안내소를 찾는다. 운전사의 말대로 이 작은 공원이 낙원임에는 틀림없다. 흰 물감을 칠해놓은 것 같은 하늘 아래 어린아이 키만한 풀이 공원 전체를 뒤덮고 있다. 컴퓨터

모니터와 텔레비전, 라디오가 있는 작은 안내소 건물 안에 오십쯤
되어 보이는 흑인 남자의 모습이 보인다. 나는 조슈아 트리로 가는
길을 물었다. 그는 종이 상자에 담긴 햄버거를 먹는 중이었다.

"조슈아 트리?"

모텔에서의 반응과 같다. 햄버거를 마저 먹은 후 그가 얇은 책자
를 펼친다. 좀더 큰 크기의 주변 지도책이다. 그의 검은 손가락은
지도에서 북쪽, 모하비 사막 가까이까지 올라간다. 네댓 시간 정도
달리면 닿을 수 있을지 모르겠다는 것이었다. 하지만 그는 자신 없
는 표정이다. 확신 없이 말하는 그에게 나는 지도에 나와 있으니 틀
림없을 거라고 안심을 시킨다. 나를 싣고 온 그레이하운드는 다시
로스앤젤레스를 향해 떠났다. 떠나올 때와는 달리 공원을 나온 관
광객들로 좌석은 꽉차 있었다.

마지막으로 양말 두 켤레를 단단하게 덧신는다. 그리고 공원 안내
소의 남자가 알려준 대로 삼십 분을 기다려 소형 버스를 탄다. 손님
은 나 혼자뿐이다. 할리우드의 영화 소품으로나 써먹을 만큼 낡은
차체가 금방이라도 와르르 분해되어버릴 것 같다. 버스에는 행선지
를 적은 표지판도 없고, 시가를 입에 물고 있는 운전사는 낡은 버스
를 운전하기에는 너무 늙어 보인다.

버스가 공원을 빠져나와 주유소를 벗어나려고 할 때 딸랑딸랑, 그
레이하운드 버스에서 들었던 그 종소리가 들린다. 흠칫 놀라 뒤를
보니 그레이하운드에서 만났던 그 종소리의 남자가 가부좌를 틀고
버스 통로 맨 뒤에 앉아 있다. 수염이 텁수룩한 얼굴에 하얀 이를
드러낸 그가 나를 향해 씩 웃는다. 버스는 녹지대를 벗어나 울퉁불
퉁한 자갈길로 접어든다. 버스가 덜컹거릴 때마다 딸랑딸랑 종이
울린다. 버스 안에 텔레비전이나 물통 같은 것들이 없는 게 다행이

다. 배낭은 버스가 흔들릴 때마다 치솟듯이 공중으로 튀어오르고, 쿠션이 낡아 철제가 다 드러난 의자는 끽끽 소리를 낸다. 나는 가끔 씩 남자를 돌아본다. 남자는 그 와중에도 눈을 감고 명상을 하는 자세로 앉아 있다. 그렇게 자갈길을 벗어나 다시 사막지대로 접어들자, 이번에는 폭이 좁은 언덕길이 끝없이 이어진다. 산을 따라 오르락내리락 정신없이 올라간 길은 평지보다 높다. 버스가 섰다.

"조슈아 트리에 다 왔습니다."

버스 앞쪽의 출입문으로 나간다. 시가를 물고 있는 흑인 운전사의 얼굴은 땀에 젖어 번들거린다. 버스 계단을 내려서려다가 뒤편에 앉아 있는 가부좌의 남자를 돌아본다. 남자는 여전히 명상하는 자세로 앉아 있다. 내가 내리자마자 버스는 부서질 듯 흔들리며 구부러진 언덕길을 내려간다. 그리고 다시 오르막길로, 또다시 내리막길로. 일직선을 오가듯 천천히 달리던 버스는 장난감만하게 작아지다가 얼마쯤 가서 그 모습을 감춘다. 조슈아 트리에 도착한 것이다.

주변을 둘러본다. 한바탕 모래바람이 휘몰아친다. 멀리 지평선 끝까지 모래언덕이 이어져 있다. 모래바람이 휘휘 소리를 내며 옷깃을 파고든다. 텅 빈 하늘을 올려다본다. 다시 휘잉, 긴 바람 소리가 들린다. 몸을 숙여 팍팍한 다리를 만져본다. 덧신은 양말 위에 누런 흙먼지가 묻어 있다. 발치에서 후루룩 자갈이 굴러떨어진다. 땅은 분화구처럼 구멍 나고 들쑤셔진 틈새로 거친 숨소리를 뿜어올리고 있다. 목이 휘어진 마른 풀포기가 땅에 고개를 파묻고 이리저리 휘둘린다. 팽팽하게 부어오른 아랫배는 몸에 힘을 줄 때마다 쿡쿡 쑤신다. 무지근한 통증이 허리를 누른다. 어금니를 깨물고 쪼그리고 앉는다.

아름다운 모래무늬도, 사막의 붉은 노을도 보이지 않는다. 조슈아 트리에서는 모든 게 다 보여…… 이 세상의 모든 게 환히 다 보여…… 매서운 겨울 바람이 싸늘하게 불던 날, 여자를 기다렸던 뉴욕의 그 카페는 실제로 있었던 곳일까. 그리고, 그 검은 눈빛이 또렷하던 멕시코 여자는 실제로 내가 만났던 사람일까. 어쩌면 그것은 내 마음이 그려낸 공간과 인물은 아니었을까.

천천히 몸을 일으켜 세운다. 모래언덕 하나를 넘어 다시 주변을 둘러본다. 어디를 보아도 지평선 끝까지 이어진 모래언덕, 똑같은 풍경이다. 몸을 돌려 모래언덕을 하나 넘는다. 모래무덤들이 자꾸 내 발목을 붙잡는다. 저만치 모래언덕 사이로 비스듬히 솟아올라온 나무막대기 하나가 보인다. 천천히 나무막대기를 향해 걸어간다. 비스듬한 나무막대기 끝에 천조각 같은 것이 걸려 있다. 사막의 바람이 나무막대기를 흔든다. 나무막대기 아래서 눈이 아리도록 오래, 막대기의 끝을 올려다본다. 바람이 불 때마다 찢어진 돛조각처럼 너덜거리는 그것은, 사막의 햇빛에 빛이 바랜, 모래먼지에 쏠려 낡고 해어진 바로 그 양털 모자이다. 나는 그 나무막대기 아래 조그맣게 쪼그려 앉는다.

조슈아 트리는 지금까지 내가 걸어온 풍경이 한눈에 보이는 모래언덕일 뿐이었다.

청석 모래

지금 생각해보면 바람조차 없는 곳으로 갔어야 했다.
바람조차도 그녀를 자극하지 않았어야 했다. 그랬더라면 그렇게 끝나지는 않았을지도
모른다. 극한까지 이르고자 다짐한 사람은 아무리 미세한 바늘일지라도 그것으로
자신의 심장을 겨누길 주저하지 않는다. 그녀가 바로 그랬다.

그 롤렉스 유사품을 손목에 차고 그녀를 만나러 나간 순간부터가 모든 일의 시작이었다.

얼마 전에 친구를 만났는데 손목에 찬 시계가 매력적이었다. 야, 그거 롤렉스 아니냐? 내가 흥분해서 묻자 친구는 차보라고 풀어주었다. 모양은 롤렉스와 비슷했지만 롤렉스는 아니었다. 친구는 볼일 보러 일본에 갔다가 시부야(澁谷) 전철역 부근의 번화가를 지나다 샀다며, 누군가와 함께 정표로 산 거라 줄 수는 없다고 했다. 그 누군가라는 것도 뻔했다. 친구는 오래 전부터 바람둥이였다. 그래서 나는 지독한 열등감에 시달려왔다. 또 그 열등감이 발동하여, 어떡하든 친구의 시계를 내 것으로 만들어야 한다는 생각이 지배하기 시작했다. 나는 시계값보다 훨씬 비싼 삼십 년 된 발렌타인 한 병을 주겠다고 했다. 물론 지키기 어려운 약속이었다. 공항 세관의 유치품 보관창고에는, 한도 초과로 적발된 외제 상품들이 그득하다고 말해주었을 뿐이었다. 사람들은 내가 이 정도만 얘기하면 공무원은 줄이 닿지 않는 곳이 없다는 식으로 받아들였다. 그렇게 빼앗은 것이나 다름없는 롤렉스 유사품은 한동안 아무 문제 없이 째깍째깍 잘도 돌았다.

주말이 되었고, 소개받은 여자를 만나기로 한 카페로 나갔다. 근사한 시계가 걸린 찻집만 골라서 가는 사람이 나말고 또 있을까. 나는 늘 시계에 관심이 많았다. 시간이 좀 남아서 벽에 걸린 시계부터 일별했다. 하필이면 벽과의 수평을 불쑥 깨고 돌출되어 걸려 있는 뻐꾸기 시계가 보였다. 기분이 좋지 않았다. 손목에 찬 롤렉스 유사품은 약속 시간에 가까워지고 있었다. 언젠가는 정녕코 오리지널 제품 넘버가 찍힌 롤렉스를 갖겠다는 의지를 굳게 다지고 여자를 기다리는 데만 열중했다.

결혼을 미뤄오길 잘 했다 싶을 만큼 여자가 마음에 들었다. 그녀는 붕어 모양의 눈을 내리뜨고 묻는 말에 대답만 했다. 신중하고 다소곳해 보인다는 게 장점이었다. 일은 물론 경제력과 술 실력에서도 남자들을 능가하는 여자들한테 물린 탓인지 그 수동성이 마음에 들었다. 게다가 난 공무원이었으므로 괜찮은 결혼을 해야 했다. 이북에 가족을 두고 월남한 아버지의 소원도 무시할 수 없었다. 아버지는 장남인 내가 낳은 아기가 집 안에서 똥을 싸고 낙서를 해대며 돌아다니며 노는 걸 벌써부터 보고 싶어했었다. 나는 손목시계에 관한 친구의 말은 잊고 있었다.

그 시계는 손목에 차고 몸을 움직여야 가. 움직이지 않고 그냥 두면 멈춰버려. 그러면 다시 태엽을 감아 시간을 맞춰야 해.

어두워서였을까. 장소를 옮겨 맥주집에서 본 그녀의 얼굴은 매혹적이었다. 목덜미로 늘어뜨린 머리카락이 실타래처럼 풍성했다. 맥주를 마신 탓에 아이라인이 번진 졸린 듯한 눈도, 촌스럽게 하얗기만 한 피부도 좋았다. 앞에 앉은 여자의 얼굴만 뚫어져라 쳐다보고 있는 표정이 좀 한심해 보였나. 종업원이 다가와서 딱하다는 얼굴로 영업이 끝났다고 말했을 때는 새벽 한시가 넘어 있었다. 롤렉스 유사품은 열시 부근에서 이미 멈춰버렸던 것이다.

그녀는 택시를 잡으려고 차도로 내려섰다. 나는 그녀에게 가지 말라고 했다. 그녀는 싫다고 하지 않았고, 우리는 고등학생들처럼 손을 꼭 잡은 채 모범택시를 탔다. 야밤에 택시 안에서 듣는 교통안내 방송조차도 달콤하게 들릴 정도로 나는 좀 이상해져 있었다.

북한산 등반로의 초입에 있는 호텔에 도착했을 때 그녀는 오슬오슬 어깨를 떨고 있었다. 주말이라 좀 비싸긴 했지만 듣던 것보다 훨씬 괜찮은 호텔이었다. 은은한 가로등 불빛이 창가를 비추는 삼층 방에서는 밤새도록이라도 새소리가 들릴 것 같았다. 그녀는 영원토록 침대 위에 앉아만 있을 사람처럼 커튼을 열어둔 채 바깥을 내다보고 있었다.

여자의 살갗이 너무 차가워서 깜짝 놀랐다. 불균형하다는 느낌이 들 정도로 엉덩이가 큰 것도 이상했다. 그것말고는 모두 다 괜찮았다. 그녀는 조금씩 조금씩 강도를 높여 소리를 질렀다. 두 사람 모두 첫 경험이 아님이 명백했다. 나도 여자 못지않게 소리를 지르며 온몸을 버둥거렸다. 몇 년째 아령과 체조로 단련해온 체력이 대견해 그 와중에도 거울에 비친 내 몸에 감탄했다. 새소리, 나뭇잎들이 흔들리는 소리, 은은한 가로등 불빛이 있어 창피함이 덜 했다. 이 놀라운 자연 치유력이라니……

나는 그녀와 결혼하기로 했고, 모든 것이 일사천리로 진행되었다. 돈을 낭비하지 않기 위해 최대한 신중했다. 결혼식에서 가장 중요한 역할 중의 하나인 주례자 선정도 마찬가지였다. 사표가 될 만한 선배 공무원이나 은사님을 모시는 게 당연했다. 그런데 비용이 너무 많이 들었다. 중저가 이상의 양복 한 벌에, 사례비에, 오가는 교통편 제공에 신혼여행 후 인사까지. 그건 정말이지 용납할 수 없는 비용이었다.

대안은 아주 쉬운 곳에 있었다. 예식장에서 직업 주례자 몇 명의 전화번호를 알려주었다. 그들 중 제일 먼저 통화가 된 사람은 같은 날 다른 스케줄이 있었다. 상계동에서 끝내고 강을 건너오기에는 시간이 부족했다. 그래서 두번째 전화를 받은 사람이 결혼식의 주례자로 선정되었다. 그는 자신의 이름을 말해주며 예식이 시작되기 십분 전에 식장에 도착해 있겠다고 했다. 이름은 기억 나지 않고 성만 기억이 났다. 그래서 그녀에게는 김 선생님이라고만 말해두었다.

결혼식날이 되었다. 주례자는 또박또박 한치의 실수도 없이 모든 예식의 순서를 훌륭히 진행했다. 식이 끝나고 건물 내의 외진 곳에서 십만원을 넣은 봉투를 건네주었다. 그러자 주례자는 지금까지와는 다른 좀 걸진 목소리로 담배값과 차비를 얹어달라고 요구했다. 잠깐 고민하다가 이만원을 더 주었다. 그는 엘리베이터는 타지 않고 계단으로 재빠르게 걸어내려갔다.

약간의 소동이 있기도 했다. 신랑 신부가 하객들에게 인사를 하러 식당에 올라갔을 때였다. 케이크를 자르려던 순간이었다. 유치원에 다닐 나이의 한 아이가 아주 커다란 목소리로 말했다. 엄마, 이거 떡 맞아? 왜 이렇게 딱딱해? 사람들은 다들 식욕이 없어 보였다. 너무 값싼 뷔페를 주문했던 것이다. 그렇지만 전체적으로 훌륭하고 깔끔한 결혼식이었다.

먹고 자고, 또 먹고 자기를 반복한 신혼여행이 끝나고 그녀는 꽤 많은 짐을 들고 내 아파트로 왔다. 생각보다 짐이 꽤 많았지만 문제 될 것도 없었다. 분쇄기에 갈아 끓여주는 아침 커피와, 아파트 상가 가 아니라 버스 정류장 앞에 있는 제과점까지 자전거를 타고 가 사다 가 구워주는 빵 맛도 일품이었다. 좀 짧은 듯한 다리로 연신 원을 그 려대는 그녀의 페달질을 보았다면 누구나 귀엽다고 느꼈을 것이다.

그녀는 앞치마를 두르고 작은 몸 전체로 통통 뛰어다니며 일을 했 다. 그러다가 아무 데서나 입이 찢어져라 하품을 하고 코를 후볐다. 하느님께서는 애초에 각 가정마다 직접 내려오셔서 사랑을 베풀 계 획이셨다고 했다. 그러나 그분은 너무나 바빴고 그래서 대신 보낸 이들이 바로 여성이요, 어머니라고 했다. 십이만원짜리 주례자의 주 례사치고는 근사하지 않은가. 나는 여자라는 존재에 대해 존경심을 갖기 시작했다. 그리고 친구에게서 빼앗은 그 롤렉스 유사품은 사무 실의 개인용품 서랍에 넣고 열쇠로 잠가버렸다. 넣기 전에 좋은 아 내를 얻게 해준 공로에 답하는 키스도 해주었다. 내 손목에는 롤렉 스는 아니지만 디자인이 괜찮은 결혼시계가 반짝거리고 있었다.

결혼 후 좋은 일이 많이 생겼다. 승진시험도 패스했고 상급자들에 게도 좋은 평가를 얻었으며 동료들과도 좋은 관계를 유지했다. 무 엇보다 내가 속한 부처에서 진행되는 일들은 언론매체나 시민단체 들로부터 두들겨맞지 않았다. 그중에서도 가장 기뻤던 것은 드디어 나도 일제 골프채 혼마 골드 5스타를 갖게 되었다는 사실이었다. 그 날 나는 동료들에게 기쁜 마음으로 술을 샀다. 원하는 것이 쉽게 이 루어지는 걸 보면 인생은 그렇게 심각하게 생각할 것도 아니었다.

내가 음으로 양으로 열심일 때 그녀는 집 안 치장에 주력하고 있 었던 모양이다. 집에 다녀간 여동생은 전화에다 대고 그녀의 고상 한 취향에 대해 이야기해주었다.

앤틱에 관심이 있더라구. 천장에 걸어두는 램프를 혼수로 가져왔
대. 내 눈엔 그저 그런 골동품 등잔이던데. 언니는 따뜻함과 신비함
이 어쩌고저쩌고, 하여튼 무진장 오래 설명을 했어. 오빠 좋겠다,
분위기 있는 은은한 여자 만나서. 그래도 그렇지 밥도 안 해주고,
영국산 도자기라나, 윤기가 반질반질한 잔에 홍차 한 잔 타주고 그
만이야. 게다가 말끝마다 영어를 무지하게 섞어 쓰더라. 그만 끊어,
오빠 나 애들 데리러 갈 시간야.

그날 퇴근해서 집 안을 살펴보았다. 거실 천장에 늘 달려 있던 조
명은 사라지고 없었다. 대신 놋덩어리 같은 등잔 세 개가 매달려 있
었다. 또 거실 한쪽에도 둥근 갓에 새와 꽃을 그려넣은 스탠드가 있
었다. 모두 앤틱 램프라고 했다. 그녀는 결혼 한 달 기념일이라며
와인을 내왔고 건포도와 잣 몇 알을 안주로 내왔다.

은은하고 정말 아름답죠.

그녀는 와인잔을 들고 앉아 아름답지 않느냐고, 황홀하지 않느냐
고 자꾸 물었다. 말없이 천장을 올려다보는 그녀의 눈빛이 촉촉해
졌다. 얼마나 배가 고팠는지 거실의 그 골동품 램프들 밑에서 벌인
정사 내내 뱃속에서 꼬르륵꼬르륵 소리가 났다. 램프가 머리 위로
떨어질까 불안하기도 했다. 그러나 나는 그때까지만 해도 행복해서
죽을 지경이었던 모양이다.

*

지금 생각해보면 바람조차 없는 곳으로 갔어야 했다, 바람조차도
그녀를 자극하지 않았어야 했다. 그랬더라면 그렇게 끝나지는 않았

을지도 모른다. 극한까지 이르고자 다짐한 사람은 아무리 미세한 바늘일지라도 그것으로 자신의 심장을 겨누길 주저하지 않는다. 그녀가 바로 그랬다.

토요일이면 그녀는 인사동에 가자고 졸랐다. 난 평소에도 차 없는 거리 인사동에 가는 걸 별로 좋아하지 않았다. 그러니 힘 쭉 빼고 늘청늘청 걸을 수밖에. 그사이 그녀는 부지런히 길 양편의 가게들을 기웃거렸다. 순간순간 그녀는 내 시야에서 사라졌다가 다시 나타났다. 한참을 걷다보면 나 혼자였다. 그러면 나는 온 길로 되돌아가 멀뚱히 길 한가운데 서서 그녀가 나를 찾기를 기다렸다. 그러나 한참을 기다려도 그녀는 나를 찾지 않았다.

그녀는 주로 골목 한켠에 깔개를 깔고 차려놓은 골동품 난전에 있었다. 사람들은 대부분 물건을 들었다가 그냥 놓고 지나갔지만 그녀는 쪼그리고 앉아서 물건을 손에 들고 찬찬히 뜯어보았다. 작은 종들, 놋그릇들, 장신구들까지 종류도 많았다. 그녀는 난전 주인과 뭐라고 뭐라고 한참씩 얘기했다. 나는 좀 불쾌해져서 뒤로 가 발끝으로 가볍게 엉덩이를 건드렸지만 그녀는 내가 온 줄도 몰랐다.

이 지저분한 것들을 뭘 그렇게 들여다봐.

그녀는 내 말에 대꾸할 정신도 없었다. 그래서 나는 정말로 화가 났고, 한정식집의 저녁식사 예약을 취소하고 집에 들어가 라면이나 끓여 먹자고 했다. 그녀는 좀 미안했는지 이내 사과했고 우리는 곧 그 자리를 떴다. 그러나 그녀는 계속해서 가게들을 기웃거렸다. 뭔가 눈에 들어오는 순간마다 재빨리 몸을 돌렸고, 그 순간마다 그녀의 작은 손아귀 가득 힘이 들어갔다. 자력처럼 완강한 힘은 나를 당황시켰다. 인사동에서 걷는 내내 얼마나 손에 힘을 주고 있었는지 나중에는 손목이 다 아팠다.

한번은 황학동 벼룩시장에 가자고 졸랐다. 주차할 곳도 마땅찮아 가고 싶지 않았지만 지는 척 따라갔다. 신당동 쪽에 차를 세우고 한참을 걸어갔다. 그녀는 운동화를 신고 배낭을 멘 채 여고생처럼 씩씩하게 걸었다. 그렇게 생기 있는 모습으로, 엿을 바꿔 먹자고 해도 안 바꿀 만큼 낡은 물건들을 구경하고 다녔다. 아주 신이 나서 나 같은 건 신경도 쓰지 않았다.

청동을 입힌 녹이 슨 토우는 이끼가 끼어 지저분했다. 은으로 만들었다는 손거울이나 브로치들도 녹이 슬어 상품가치가 전혀 없었다. 그녀가 관심을 갖는 물건들은 손바닥만한 인형들이나 목각, 그저 그런 모양의 찻잔, 끝이 무뎌 보이는 스푼이며 포크, 낚시바늘처럼 생긴 귀고리 같은 것들이 전부였다. 그런 게 값이 나간다고 해야 얼마나 나가겠는가. 여자들은 이상한 유전자를 보유하고 태어난 모양이라고 생각해버리자 마음이 편해졌다.

그러나 결정적으로 나를 화나게 한 건 사람인지 동물인지 알 수 없게 생긴, 머리에 뿔이 두 개나 달린 동자상을 사겠다고 해서였다. 세균 감염의 위험이 있으니 사지 말라고 했지만 그녀는 아랑곳하지 않았다. 동자상 두 개에 오만원을 주었다. 그녀는 그 동자상을 사서 가슴에 품고는 신이 났다.

도대체 살 것도 구경할 것도 없는 쓰레기투성이였다. 그곳에 모여 있는 사람들은 느릿느릿 난전을 기웃거리며 벼룩시장 안을 돌아다녔다. 벼룩시장 전체를 특수차로 깔끔히 밀어버리는 행정을 펼치지 않는 해당 관청이 이상했다. 자신들이 할 일을 그 따위로 방치하다니.

계절이 바뀌었다. 그녀의 머리칼은 보기 좋게 길어 이제 막 다가올 가을과 겨울에 잘 어울릴 것 같았다. 그때만 해도 나는 여전히 행복했고 여전히 그녀를 괜찮은 여자라고 믿었다.

실향민인 아버지를 만나 결혼한 어머니는, 아버지가 북에 두고 온 아내와 자식에게 돌아갈 날이 오면 어쩌나 늘 긴장하고 살았다. 어머니는 그 불안함 때문에 아이를 많이 낳았고, 나에게도 그러기를 강요했다. 며느리가 빨리 임신을 해야 한다면서 보약을 지어온 어머니와 함께 한 어느 토요일 오후의 집 안 풍경.

어머니는 집 안 여기저기를 꼼꼼하게 살폈다. 그녀는 생선을 구워 이른 저녁 밥상을 차리는 중이었다. 어머니는 가까이 서서, 혹은 멀찍이 서서 집 안을 살피고는 천천히 그녀의 곁으로 가 섰다.

아가, 너희 집엔 잡스런 물건이 왜 이리 많냐. 내 보기엔 쓸 데라곤 하나도 없어 보이는 물건들뿐이니. 취미도 참 별나네, 난 이 집에선 자다가도 놀라겠다.

그 다음날인 일요일 아침 문득 어머니의 말이 생각났다. 집 안을 둘러보았다. 집 안 살림의 변화가 느껴졌다. 그렇다고 파격적으로 구조 변경을 했거나, 내 물건을 마음대로 버리지는 않은 것 같았다. 그러나 집 안 구석구석 어느 곳 하나 손대지 않은 곳이 없었다. 유독 마음에 들지 않는 것이 눈에 띄었다. 먹던 술을 넣어둔 거실 장식장 안쪽에 키가 크고 머리통이 작고 하체가 긴 인형 두 개가 서 있었다. 머리칼은 금발이었고 목걸이를 걸고 있었다. 아직 아이도 없는, 나이도 먹을 만큼 먹은 사람들에게는 쓸데없는 물건이었다. 스테인리스로 만들어진 고정 받침대가 숨겨진 인형의 치마 속을 들여다보던 나는 순간 어딘가로 생각이 가 닿았다. 그녀가 가져온 짐들이었다. 어느 날 화장실에 휴지가 없다며 나더러 휴지를 가져다 달라고 했었다. 그때 베란다 수납장 바닥에 묵직한 자루가 있었던 것 같았다.

자루는 아직도 거기에 있었다. 휴지 더미와 철 지난 물건들을 이용해 가려둔 건 물론 그녀였다. 노끈으로 주둥이가 묶여 있었지만 자루는 쉽게 열렸다. 자루가 열리는 순간 나는 너무나 놀라서 욕을 내뱉고 말았다. 두 개의 자루 안에는 각양각색의 피부색과 포즈와 옷차림을 한 인형들이 뒤엉켜 누워 있었다. 인형들이 너무도 많아서 흉물스럽기까지 했다.

그날 나는 처음으로 불안을 느꼈다. 베란다를 드나들며 담배를 피우고 있는 사이 그녀가 왔다. 목욕가방을 들고 들어온 그녀의 얼굴은 아주 낯설었다. 성격상 문제의 핵심을 까발리는 데 익숙하지 않은 나는 목욕탕에서 돌아온 그녀를 무조건 침대로 끌고 갔다. 이게 무슨 짓이란 말인가. 그 일은 결과적으로 자루에 담긴 인형 군단은 얼마든지 집 안에 있어도 좋다는 큐 사인을 보낸 것이나 다름없는 것이 되고 말았다.

팔월의 끝 무렵, 태풍이 불어닥쳐서 오전 내내 길가의 나무들이 꺾이고 쓰러졌다. 점심을 먹고도 긴장을 풀 수가 없어 빈둥거리고 있는데, 사무실 앞 커피숍이라며 어떤 여자가 전화를 걸었다.

아내의 친구라고 자신을 밝힌 여자는 보통 여자들보다 체격이 커서 목소리도 손짓도 다 활기차 보였다. 덩치 큰 여자들을 좋아하지 않는 나로서는 좀 불편한 상대였다.

여자는 봉투에서 차용증서를 꺼내 내게 주었다. 어쩌고저쩌고 해서, 상환날짜는 약 두 달 전이었고 금액은 삼천만원이었다. 서명은 물론 그녀의 이름으로 되어 있었다.

이거 뭡니까?

여자는 염색을 해 길게 늘어뜨린 머리칼을 연신 어깨 뒤로 넘기며 점차 흥분하는 내 상태를 흥미롭게 지켜보는 중이었다.

진정하세요. 마리는, 아 마리는 댁의 아내의 프렌치 네임인 거 아시죠? 마리와 저는 둘도 없는 친구랍니다. 우리는 서로 체모를 면도해줄 정도로 친하죠. 체모 아시죠? 겨드랑이 털이나 다리 털 같은 거. 마리가 그러더군요. 댁이 자기를 정말로 사랑한다면 그 돈을 갚아줄 거라구요. 반드시 갚아줄 거라구요. 그래서 제가 오늘 태풍 속을 뚫고 댁을 만나러 여기까지 왔어요. 타이어가 튀어나가는 줄 알았다니까요. 그래도 어쩌겠어요, 삼천만원은 적은 돈이 아니잖아요.

태풍 속을 질주해 집으로 가면서 얼마나 많은 생각이 들었는지 하마터면 운전대가 뽑히는 줄 알았다. 그러나 나는 침착했다. 뭔가 일이 잘못된 것이 틀림없었다. 운수가 사나워 모함에 걸려든 것이 분명했다.

그녀는 신경을 자극하는 천연향을 피워놓고 커피를 마시고 있었다. 나는 들어가자마자 침대 위로 가방을 내던지고 넥타이를 풀어던졌다. 그녀는 모든 걸 알았다는 듯, 굳은 표정과 겁먹은 눈빛으로 천천히 내 앞으로 걸어와 섰다.

오늘 당신 친구가 찾아왔어. 돈 얘길 하더군. 설마 나더러 갚아달라는 건 아니겠지. 난 모르는 일이야.

내 말이 끝나자마자 그녀가 내 목을 와락 끌어안았다.

내가 마음이 여려서 친구 빚 보증을 섰잖아요. 그애가 그 지경으로 망할 줄은 몰랐다구요. 그래서 헬렌, 당신 찾아간 덩치 큰 애 말이에요, 그애한테 빌린 거예요. 헬렌이 자궁 수술을 해야 한대요. 그렇지 않으면 급하지는 않은데. 자궁 수술하면서 이쁜이 수술도 같이 한대요. 그앤 섹스가 잘 안 풀리면 못 살아요. 제발 한 번만 해결해줘요. 당신도 알잖아요. 내가 얼마나 착한 사람인지. 당신은 내가 얼마나 가엾은 사람인지 알아야 해요. 제발 한 번만……

그때 창 밖 전철역 상공에서 푸른 광선 하나가 장렬하게 떨어져 죽는 것이 보였다.

비상금이 있기는 했지만 할리 데이비슨을 사기 위해 모아온 돈이었다. 이제 오백 정도만 더 모으면, 아니 검정 가죽옷을 사려면 돈이 좀더 있어야 했지만, 드디어 나도 호그 족 대열에 낄 수 있었다. 나는 갑자기 의욕이 없어지고 온몸에서 힘이 빠져 잠이 들어버렸다. 자는 동안 내내, 할리가 퉁퉁 투그두둥 하며 경치 좋은 강변 국도를 유유히 달리는 소리가 귓속을 맴돌았다.

머리가 무거워 깨어나보니 그녀는 침대 끝에 가로로 누워 자고 있었다. 월넛 색상의 우아한 벽시계는 새벽 두시를 알리는 아름다운 종소리를 냈다. 갑자기 친구에게서 빼앗은 손목시계의 행방이 생각났다. 나는 밤새 누군가의 이름을 부르며 잠을 잤다. 마리나 헬렌 따위의 정신 나간 여자들의 이름을.

태풍이 잦아들었고 공무원사회는 본격적인 하반기 업무를 시작했다. 틈틈이 야근을 했고 주말은 주말대로 바빴다. 그녀는 이제 우리도 아이를 가져야 한다며 태교와 육아에 관련된 자료들을 사들이기 시작했다. 전보다 외출도 자제하는 것 같았고 모든 것이 전처럼 고요해졌다. 밤에는 아이를 갖기 위해, 낮에는 국가의 안녕을 위해 일하다보니 많이 피곤했지만 다 괜찮았다.

어느 목요일 오후, 사무실에서 잠깐 졸고 있는데 누군가 어깨를 건드렸다. 그는 내가 눈을 비비는 동안 명함을 꺼내들고 있다가 충혈되어 있을 내 눈을 똑바로 쳐다보며 공손히 내밀었다. 모 카드회사 소속의 최 아무개라고 되어 있었다. 나는 자리에서 일어나는 동시에 의자에 걸린 웃옷을 입고, 최 아무개를 데리고 근처 카페로 갔다. 남자는 싱글 정장 차림에 샘소나이트 제품이 분명한 서류가방을 들고 있었다. 남자는 앉자마자 바로 본론을 꺼냈다.

이 서류를 보시면 아시겠지만 부인께서 저희 회사에 많은 빚을 지고 계십니다. 부인이 이용하신 최근 육 개월간의 카드 이용 내역서입니다. 이 내역서는 극비에 속합니다만, 부인이 정상적인 결제 능력을 상실했다고 판단하였기에 남편께 공개하는 것입니다. 가맹점명과 가맹점 주소, 어떤 경우는 전화번호도 있으므로 상세한 내용을 알고 싶으시면 연락을 해보실 수도 있을 겁니다. 오늘 현재까지의 연체 금액을 말씀드려도 되겠습니까?

도대체 내가 왜 두 번씩이나 극심한 혼란에 빠져야 하는지, 뒤통수가 뻣뻣해지고 혈압이 올라 몸 상태가 거의 최악에 이르렀다. 나는 어릴 적부터 화가 나면 머리카락이 모두 천장을 향해 일어서는 현상을 경험하곤 했었다. 바로 그때 내 머리에서 그 현상이 다시 일어나고 있었다.

결론적으로 최종 금액은 9,829,526원이었다. 남자는 여러 장으로된 약정서 같은 것을 내밀었고 사인을 하라고 했다. 아무리 당황했지만 난 공무원이었고, 공무원들은 아무 데나 함부로 사인하지 말아야 했다. 나는 다시 만날 약속을 했다. 남자는 저승사자처럼 차가운 얼굴로 뜨거운 커피를 홀홀 마시고는 자리에서 일어나며 한마디했다.

전 잘 모르겠습니다, 소비에 대해서는. 그러나 다들 뭘 사지 않으면 죽을 것 같다고 하더군요.

나는 공무원 생활 십몇 년 만에 처음으로 무단조퇴를 했다. 난폭운전을 하다가 교통정리중인 교통계 경찰을 치어 같은 공무원에게피해를 줄 뻔했다. 자동차를 지하주차장에 세우고, 트렁크에서 자동차 공구함을 꺼내들고 집으로 올라갔다. 살인사건이 난다고 해도 할 수 없었다.

그녀는 살며시 문을 열어주고는 나를 죽이세요! 하는 표정으로 거실 바닥에 무릎을 꿇고 앉았다. 나는 일어나라고 말한 다음 양쪽 뺨을 후려갈겼다. 그리고 엉덩이를 발로 찼다. 이어 머리채를 휘어잡고 주먹으로 가슴을 때리자 그녀는 몸을 굽힌 채로 바닥에 쓰러졌다. 다시 머리채를 휘어잡으려고 했는데도 그녀는 저항하지 않았다. 끝까지 맞을 작정인 모양이었다.

분이 풀릴 때까지 때렸다. 그녀의 얼굴이 빨갛게 변했다. 그래도 그녀는 미안하다거나, 잘못했다거나 하는 그 상황에 필요한 말을 하지 않았다. 계속 때리다보니 어디를 때려야 내 손이 덜 아픈지를 알게 되었다. 한참을 때리다 나도 지쳐 소파 위에 덜렁 앉아버리고 말았다. 나는 씩씩대며 중얼거렸다.

너 뭐 하고 살던 인간이냐. 너 니가 얼마나 이상한 인간인지 아니? 니가 사들이는 물건들을 좀 보라구. 에이 이걸 확.

너무 화가 나서 소파 위에 앉은 채로 발길질을 하려던 순간이었다. 그녀가 고개를 들고 눈을 똑바로 뜨고 날 노려봤다.

내가 이상하다구요? 천만에. 정말 이상한 건 당신네들이라구요. 당신 아버지는 이산가족이면서, 이북에 가족이 살아 있다면서, 모두들 상봉신청을 하는데 왜 신청을 안 해요? 죽도 실컷 못 먹는 땅에 두고 온 처자식 생각하면 잠이 와요? 그런데도 상봉신청을 안 하는 건 왜 그래. 이기적이어서 그런 거잖아. 그건 안 이상하냐구!

나는 너무나 기가 막혀 껄껄 웃고 싶었다. 이산가족의 아픔을 들먹이다니. 그녀에게 그처럼 못돼먹은 구석이 있다는 게 화가 났다. 머리채를 휘어잡고 욕실로 끌고 갔다.

뭐가 어째? 니가 지금 북한동포들 걱정할 때야? 너 정신 나갔구

나. 카드회사 자식까지 들이닥친 마당에 뭐가 어째!

욕조 턱에 머리를 누르고 샤워기를 틀어 머리꼭지에서부터 뿌렸다. 처음엔 목에 잔뜩 힘을 주더니 이내 축 늘어져 오히려 물세례를 즐기고 있는 것 같았다. 그쯤 되자 나도 온몸에서 힘이 빠져 나자빠지고 말았다.

그녀와 나는 턱을 괸 채 한동안 앉아 있었다. 흠씬 맞은 사람도 때린 사람도 같이 지쳤다. 내가 냉장고에서 소주를 꺼내오자 그녀가 오징어포를 꺼내왔다. 소주 한 병을 둘이서 주거니받거니 다 마셨다. 그녀의 얼굴은 누렇게 부어오르고 멍이 잡혔다. 곧 피로가 몰려왔다. 내가 먼저 침대로 가 누웠고 그녀가 침대로 왔다. 한참의 육박전 뒤라 땀내가 물씬 났다. 그녀가 손가락으로 내 배를 꼭꼭 찔렀다. 그것을 시작으로 해서 그날 또 섹스를 하고야 말았다. 여자는 좀 매저키스틱한 데가 있는 편이라 어떤 날보다도 잘했지만 나는 스스로에게 미친놈이라고 욕을 했다.

털끝 하나 움직일 힘이 없어 씻으러 가지도 않고 침대에 누워 있었다. 그때 그녀가 코맹맹이 소리로 한 말은 지금까지의 모든 상황을 정리하는 결정판이 되었다.

저기여, 마지막으로. 닥터 지바고와 라라가 설원 속에 마주 보고 서서 사랑을 고백하고 있는 인형이 있거든요. 둥그런 유리 안은 온통 흰 눈이구요. 지바고의 손에는 끝이 날카로운 펜이 들려 있어요. 너무 근사하지 않아요? 라라의 테마가 흘러나오는 오르골 인형이라구요. 그건 개인이 가지고 있던 것을 숍에 내놓은 거라 구하기도 힘들어요. 어디에도 없다구요. 마지막으로 그거 하나만 더 사면 안 될까요. 그거 하나만 딱……

그 즉시 침대 위에서 어떤 일이 벌어졌는지는 노 코멘트.

그후 며칠간 카드회사에서 넘겨준 리스트를 갖고 몇 개의 가게를 돌아보았다. 가게들은 어떤 한 지역이 아니라 서울 시내에 산발적으로 분포해 있었고 취급 품목도 다양했다. 공통점이 있다면 하나같이 사람이 살아가는 데는 불필요한 물건들이라는 점이었다. 사실 나는 덩치 큰 여자친구가 찾아왔을 당시부터 줄곧 그녀의 혼전 관계를 의심하고 있었다. 그러나 그런 흔적은 없었다. 비싼 음식을 파는 식당에 가거나, 값나가는 보석류를 사거나, 비싼 옷을 산 흔적 같은 건 없었다.

혜화동에 있는 작은 가게에 갔을 때였다. 세 평 남짓한 공간에 손톱만한 인형에서부터 인도산 신발에 나염 스카프와 도자기까지 별의별 물건들을 다 팔고 있었다. 나는 줄곧 내 뒤를 따라다니던 나이 든 여자 판매원에게 장난삼아 물었다.

혹시 마리라는 여잘 아세요?

판매원은 반색을 했다.

그럼요. 만나기로 약속하셨어요? 지난번에 왔을 때 중앙아시아로 여행을 떠난다고 했었거든요. 돌아왔나보죠?

약속은 안 했습니다. 여기 자주 온다고 해서.

그러세요. 마리의 친구시라면 취향도 비슷하신가요? 마리는 여기 있는 물건들이 들려주는 이야기를 들을 수 있는, 아주 귀한 손님이죠.

그 순간 기가 막혀 죽는 줄 알았다. 결혼 전 신상을 조회해봤지만 그녀는 중앙아시아는커녕 여권조차도 발급 받은 적이 없었다.

그후 또다른 여러 명의 헬렌과 최 아무개가 같은 이유로 나를 찾아왔다. 점점 금액이 커져 상황은 생각보다 훨씬 심각했고 나는 무엇인가를 해야 했다. 이러다간 집이 날아갈 날이 멀지 않아 보였다. 파산 선고도 남의 일이 아니었다. 전화기가 울릴 때마다 긴장했다.

공무원 신분에 손상을 당하고 싶지도 않았다. 그러면서도 나는 그녀가 싫지 않았다. 그러나 누구도 그녀를 멈추게 할 수는 없을 것 같았다.

쌍꺼풀이 지고 눈 전체의 모양이 붕어처럼 타원형으로 생긴 붕어눈을 가진 여자를 조심하라. 여자의 성격이 다소곳하다면 더더욱 조심하라. 그리고 고래로 전해오는 명언 중의 하나, 남의 물건을 탐내지 마라. 이 두 가지가 내가 전할 교훈의 내용이다. 한 가지 사족을 달자면 붕어눈의 여자를 다 경계하라는 것은 아니다. 다만 붕어눈을 가진 여자라고 해서 우리 어머니 말씀처럼, 모두 다 마음이 착하고 집안을 일으키는 건 아니라는 것을 꼭 말해두고 싶다.

육 개월의 장기 휴가를 얻어 서울을 떠나기 전날 밤 졸고 있던 후배들을 앉혀놓고 했던 이야기들이다.

*

더운 바람은 쉴새없이 몸을 움직여 모래들을 일으켜세웠다. 바람은 이때껏 작은 모래들을 자극해 그토록 거대한 모래언덕을 만들었다. 끊임없는 모래의 이동으로 인해 만오천 년이 걸려 만들어진 땅, 사구(砂丘). 내가 그녀를 데리고 간 곳이었다. 나는 그녀를 자극할 아무런 표지도, 이미지도 없는 어떤 무균질의 장소를 찾아헤맸다. 그리고 그곳에 당도하자마자 집 한 칸을 뚝딱 지었다.

선글라스를 끼고 자외선차단제를 바르고 모래언덕 위에 앉아 바람이 부는 것을 지켜보는 것이 하루의 일과였다. 선글라스 너머의 풍경이 심심해지면 망원경으로 주변을 둘러보았다. 어딜 보아도 햇빛과 모래의 세상이었다. 가끔씩 나 자신을 깡그리 잊어버리는 순간이 찾아왔다. 인간과 대자연의 관계란 언제나 게임이 안 되었다.

떠나올 때 가지고 온 롤렉스 유사품은 제멋대로 느려지다가 멈춰버렸다. 시간에 구애받고 싶지 않았다. 그래서 몇 킬로쯤 떨어진 곳에 있던 마을도 그냥 지나쳐왔다. 일상적인 시간의 경과조차도, 부서진 집터의 기왓장조차도, 줄에 걸린 빨래들조차도 그녀를 자극할까 불안했다.

그녀는 모래언덕으로 기어올라가 몸을 굴려 떨어져 내려왔다. 계속해서 더 높은 모래언덕 위로 기어올라가 떨어지기를 여러 번 반복했다. 그녀의 몸은 갈색으로 변했다. 그녀는 먼 곳을 쳐다보다가 무릎에 얼굴을 묻고 울기도 하고, 하염없이 모래를 흩뿌리기도 했다. 그러다 지치면 잠을 잤고 자는 내내 헛소리를 했다. 그것도 중독이라면 중독이었던 모양이다.

저녁을 근사하게 먹기 위해 음식 냄새를 피우고 쓰레기를 배출하는 등의 법석은 떨지 않았다. 향신료들도 가져가지 않았다. 그저 간단하게, 굶어죽지 않을 만큼만 먹었다. 그래서 모기도 날파리도 없었다.

밤이 되면 집 안에 촛불을 켰다. 그리고 거의 매일 밤 그녀를 때렸다. 우리가 몸싸움을 벌일 때마다 그림자극의 한 장면처럼 촛불이 심하게 일그러졌다. 때리다 기운이 없어지면 스스로를 직접 때리라고 지시했다. 그녀는 자신의 머리와 배를 때리고 팔뚝을 꼬집었다. 그러는 가운데 문 밖에서는 모래들의 이동과 퇴적이 끈질기게 반복되었다.

내가 때리다 지쳐 쓰러지면 그녀는 팔베개를 해 나를 재워주었다. 나는 동네 골프연습장이 그리웠고, 잘나가는 친구들에게 뒤처지고 있다는 생각에 전전긍긍했다. 나는 그녀의 길고 검은 머리카락을 배배 말며 여러 생각에 빠져 있었다. 그러다 화가 나면 그녀의 머리채를 휘어감아 바닥에 푹푹 박았다. 왜 그토록 분노가 사그라지지 않았던 것인지 나 스스로를 이해하기가 어려웠다. 그녀는 소리내어 울지도 않았고 벽을 보고 가만히 누워 있기만 했다.

어느 날 아침 일어나보니 주변이 온통 깜깜했다. 집 안 전체를 작은 모래 알갱이들이 도포하듯 덮고 있었다. 밤새 모래들이 집을 뒤덮은 것이었다. 그녀와 나의 얼굴이 화석처럼 굳어졌다.

몇 날 며칠에 걸쳐 모래를 퍼내고 길을 텄다. 그런 노동은 처음이었다. 도무지 앞이 보이지 않는 많은 시간이 흘러갔다. 모래를 퍼내는 내내 우울했다. 며칠을 파다가 헛것을 보았다. 마술방망이에 두들겨맞기라도 한 것 같았다. 두터운 무엇이 걸려 삽질이 되지 않았다. 단단하게 언 강물이었다. 순간, 천지가 빙원처럼 눈 일색이었다. 두 발을 굴렀다. 발 밑에서 얼음이 쩡쩡 갈라졌다. 손바닥으로 눈을 긁어 치웠다. 물 속을 오가는 물고기들이 보였다. 강물을 들여다보고 싶었다. 두터운 얼음을 깨기 시작했다. 동그랗게 구멍이 뚫리는 순간 차고 푸른 물이 얼굴에 튀었다. 물고기들이 삽시간에 사라졌다. 구멍을 더 크게 뚫었다. 내 몸뚱이가 들어갈 정도로 큰 얼음 구멍이 생겼다. 물 속에 손을 담갔다. 아주 차가웠다. 내 상체가 얼음 구멍 속으로 들어가려고 들썩거리고 있었던 모양이다. 조심하세요, 그러다 미끄러져들어가면 영영 강 밖으로 나오지 못한답니다. 에스키모가 내게 충고하고 지나갔다. 얼음은 차고 강물은 푸르렀다. 마치 그녀처럼…… 나는 생전 처음 그녀 곁에 가까이 다가간 느낌이 들었다.

그 얼음 구멍이 바로 바깥 세상으로 나가는 대문이었던 모양이다.

그 청색 모래 문을 밀고 나가, 집이 온전하다는 걸 확인한 순간 나는 그 자리에 쓰러져버렸다.

지금껏 경험해보지 못한 증상들이 나타났다. 온몸이 뜨거웠다. 모든 열이 상반신에서만 들끓고 갈비뼈 아래부터는 차가웠다. 얼굴과 목덜미에 대추만한 고름이 잡히기 시작했다. 어떻게 누워도 자리가 편치 않아 온몸을 뒤척였다. 뒤척이다보면 고름 잡힌 상처가 바닥에 닿아 쓰리고 아팠다.

그녀는 길게 풀어헤쳤던 머리칼을 하나로 질끈 묶고 콩콩 뛰어다니며 나를 간호했다. 열이 펄펄 오르는 머리에 수건도 얹어주고, 달빛이 환한 창가 쪽으로 머리를 돌려 눕게도 해주고 동요도 불러주었다. 게다가 어디서 구했는지 달짝지근한 망고즙 같은 것을 계속해서 입 속에 넣어주었다. 열병은 오래갔다. 엉덩이와 목에 난 종기들이 고름을 터뜨리고 붉은 피딱지가 앉을 때쯤 나는 겨우 정신을 차렸다.

밖은 여전히 이동중인 모래들의 세상이었다. 그런데 집 안은 전과 약간 달라져 있었다. 창틀에 손톱만한 조개껍데기 몇 개가 놓여져 있었고, 벽에는 목탄으로 그린 유니콘과 코뿔소가 한가롭게 놀고 있었다.

그리고 보니 그녀가 자주 없어졌다. 그녀는 밤이 다 되어서야 돌아왔다. 얼굴은 바람에 익어 거의 가지색이었다. 머리에는 수건을 쓰고 있었고 무릎은 다 까져 있었다. 그녀는 내 몸에 도움이 될 만한 무언가를 찾아 하루 종일 모래 속을 뒤지고 다녔다고 했다. 그녀가 치마 주머니를 뒤집자 아직 덜 깎인 돌들이 수북하게 나왔고 그녀는 그것을 창틀에 올려두고 기도했다. 기도가 끝나면 어딘가를 자주 바라보았다.

매일 밤, 그녀와 나는 촛불 아래서 고름을 짜냈다. 고름을 다 짜내면 그녀가 내 엉덩이를 몇 차례 탁탁 때렸다. 그러다가 입술에 힘을 주며 말했다.

지금 나한테 인형 하나와 바늘 하나만 있으면 당신 병을 당장 낫게 할 수 있는데. 정말 할 수 있는데!

그러면서 그녀는 자신의 팔뚝에 붙은 금빛 모래들을 하나씩 하나씩 손가락으로 떼어냈다. 잠이 오지 않는 모양이었다. 그녀는 벽을 보고 누워서 울었다. 울다가 나지막하게 자꾸만 중얼거렸다. 그녀의 물건들에 정령이 있어 그녀와 얘기하자고 덤벼드는 것 같았다. 오랜만에 만난 저희들끼리 얘기하게 내버려두었다.

어느 밤이나, 밤새 바람이 불었다. 나는 자다가 문득문득 한기가 들어 잠에서 깨어났고 그럴 때마다 새근새근 숨쉬며 자고 있는 그녀를 보았다. 더이상 탕진할 것도 없었다. 집으로 돌아갈 때가 되었다는 생각이 들었다.

어느 날 아침, 잠에서 깨어났을 때 그녀는 없었다. 몸이 좀 가벼워져 밖으로 나갔다. 모래 위로 드리워진 거대한 해그림자가 두려웠다. 망원경의 성능이 떨어져 주변이 잘 보이지 않았다. 그녀가 어디로 갔는지 찾을 수가 없었다.

해가 지고 밤이 되었을 때 누군가가 횃불을 들고 모래 한가운데를 걸어오고 있었다. 남자들이었다. 그들은 사구를 가로질러 북동쪽에서 왔다고 했다. 그들은 내게 부인이 사둔 물건이 있으니 가서 가져가라고 했다. 만나면 우선 패주기부터 할 생각으로 나무막대기 하나를 들고 북동쪽을 향해 출발했다. 막대기는 얼마 안 가서 지팡이가 되었다.

북동쪽에 있는 마을에 도착했을 때는 새벽이었다. 그곳은 거대한 성터였다. 아침 일찍부터 장이 서고 있었다. 사람들이 어찌나 빨리 걷는지 시장은 구경할 짬도 없었고, 사력을 다해 따라가기만도 벅찼다.

사람들은 파괴된 성 건물 한 귀퉁이의 온전하게 남은 방으로 나를 안내했다. 그곳엔 사람들 몇 명과 검은 점이 어룽더룽 박힌 커다란 개 두 마리가 있었다. 그들은 내게 아내가 산 물건이라면서 커다란 액자 하나를 주었다. 그들은 아내가 꼭 갖고 싶어했던 그림이라는 말도 전해주었다. 나는 기운이 없는 가운데서도 힘들여 포장을 풀었다. 별것도 아니었다. 성모와 아기 예수가 덤덤하게 앞을 보고 있는 그림이었다. 무표정해서 아무런 감동도 느낄 수 없었다.

16세기 러시아의 이콘화입니다. 러시아 예술의 꽃이라고 할 만하죠. 가난하고 외롭고 굶주린 자들을 보호하는 구원자는 역시 성모 아닙니까. 아주 비싸고 귀한 물건입니다.

나는 너무나 지쳐서 대꾸 한마디 못 하고 주변을 두리번거렸다.

그런데 내 아내는 어디 있죠?

방에 있던 사람들이 일제히 웃어댔다. 이 세상 모든 비웃음을 합친 음산하고, 불쾌하고, 뻔뻔스러운 웃음소리였다. 사람들이 너무 오래, 기분 나쁘게 웃는 바람에 얼른 방을 나오려고 했다. 그 방을 나오려는 순간 한 남자의 목소리가 들렸다.

영혼을 팔아서 물건을 사다니 정말 우습지.

나는 그 순간, 침이 뚝뚝 떨어지는 점박이 개 두 마리의 혓바닥이 향해 있는 한쪽 벽면을 보게 되었다.

그녀의 머리카락은 잘려나간 지 벌써 오래였다. 그래서 머릿수건을 쓰고 있었던 모양이었다. 사지를 깔끔하게 잘랐는데, 길린 부분에는 응고가 덜 된 피가 고드름처럼 매달려 있었다. 약품 처리를 했는지 심한 약 냄새가 났다. 팔과 다리의 중간쯤에 묶은 오색끈은 무슨 패션 같았다. 내가 어루만지던 통통한 뺨, 행복하게 잠들게 해주었던 팔, 자전거 페달을 신나게 밟던 두 다리, 그리고 그 붕어눈이 박힌 머리가 기우뚱하게 벽에 걸려 있었다. 사지가 절단된 채 박제가 되려는지, 그녀는 좀 피로한 얼굴로 거기에 매달려 있었다.

바다에서 사막을 만나면

여기 오니까 그 생각이 난다.

바람 부는 풀밭에 단 십 분만이라도 편안하게

누웠으면, 생각했던 때가 있었어.

살다가 갑자기 자신도 모르는 곳에

빠질 때가 있잖아.

내가 그런 경우야.

왜 그런지, 누구의 잘못인지도 모른 채로

여기까지 온 거야.

1

아, 바람 부는 풀밭에 누워 단 십 분만이라도 편안했으면.

바람 부는 풀밭에 누워 단 십 분만이라도 쉬고 싶다는 한 여자가 있다. 삼백마흔두 가지의 다양한 중국 요리를 삼박 사일 일정으로 먹고 돌아오는 홍콩 여행을 최근 몇 년간 꿈꾸어온 나로서는, 돈도 시간도 많이 필요하지 않은 그런 소망은 아주 쉽게 이룰 수 있으리라 생각했다. 서울에서 가까운 주말 농장이나 강변 근처 조용한 공원에라도 다녀오면 되는 일이 아닌가. 알맹이가 빠진 줄진 꽈리 껍질의 바삭거림 같았다고 할까. 국도변의 야산 위에서 목을 떨어뜨린 채 흔들리고 있는 시든 해바라기 같았다고 할까. 그러면서도 그녀는 쉽게 바스러지거나 쓰러지지 않을, 한 마디로 표현하기 어려운 빛깔을 지니고 있었다.

마지막으로 만난 날 그녀는 초록색의 가죽 손가방 하나를 남겼다. YKK라는 영문 글자가 도드라지게 인쇄된 지퍼 고리를 당겨 가방을 열었다. 버스카드와 약간의 지폐가 든 지갑, 조제한 지 두 달가량 지난 약봉지, 모서리가 해진 작은 전화번호 수첩과 여행용 휴지, 반쯤 쓰다 남은 튜브형 핸드로션과 립스틱 한 개가 그 가방에서 나온 것들이다. 그리고 봉투에 붙어 있던 것을 떼어낸 듯한 우표 몇 장이 금방이라도 바람에 날아갈 것처럼 가볍게 풀밭 위를 떠돌았다.

새벽녘에 잠에서 깨었다. 식탁 의자에 앉아 개수대 위로 통통 떨어지는 수돗물 소리를 듣고 있다. 그녀를 만났던 그 즈음부터였는지 아니면 훨씬 전부터였는지 정확하게 기억할 순 없지만 싱크대 수도가 고장이었다. 수도꼭지에서 떨어지는 수돗물의 수많은 변주음은 그 규칙적인 파장만큼이나 집요하게 나를 가두려는 듯했다. 아파트 관리실이나 상가 내 수리점 어디라도 연락을 하든가 뭔가 할 일이 있었을 테지만 나는 어디에도 전화하지 않았다.

지난밤에도 겨우 잠이 들었다. 저녁밥을 먹고 신문을 들추어보다가 먹다 남긴 과자를 씹으면서 텔레비전을 보고, 오래 전 앨범을 꺼내놓고 차례차례 훑어보기 시작해 몇 번 반복하다보니 어느새 깊은 밤이 되었다. 깊은 밤의 텔레비전은 의미 없는 전파 송신 장치가 되어 빈 벽을 향해 끊임없이 말을 건네고 있었다. 준형이 집에 있어도 상황은 비슷했다. 대형사고 현장이 생중계되는 뉴스를 지켜볼 때에도 그와 나는 감탄사 하나 없이 정적에 휩싸인 채 텔레비전 화면만 쳐다보았고, 뉴스가 끝나면 그는 컴퓨터 앞에서 나는 거실에서 시간을 보냈다. 창 밖 어디에선가 울리는 휴대폰 신호음, 거기에 따라붙는 목소리 여보세요, 타닥타닥 땅을 치는 줄넘기 소리 그리고 웃음소리, 어느 집에서 들리는지 알 수 없는 커다란 음악 소리와 함께 우리의 저녁시간이 흘렀다. 무심코 고개를 돌려보면 어느새 준형은 방으로 들어가고 없었다. 나는 다음날 다시 꺼내 보기 쉽게 다른 책들보다 앨범의 책등을 앞으로 튀어나오도록 해놓고 잠이 들곤 했다.

창 밖이 푸르게 밝아오고 아파트 외벽을 비추는 조명이 저절로 투둑 꺼진다. 잠옷 자락을 쓰적쓰적 끌며 집 안의 모든 문을 차례차례 열어본다. 출장을 가면서 꼭 세탁소에 보내야 한다고 해서 앞쪽으로 내걸어두었던 준형의 추동양복 한 벌이 있었는데 불을 켜고 보아도 행어들 틈에서 그 종적을 모르겠다. 아무 옷에나 불쑥 주머니에 손을 집어넣는다. 아무것도 잡히지 않는 주머니 속이 깊다. 환기팬 도는 소리가 가득한 화장실 욕조 안을 기어다니는 벌레 한 마리, 새벽녘까지 누워 있다가 나온 안방 침대 위에는 엉클어진 이불만이 차갑게 꿈틀거린다.

여느 날과 다름없이 냉장고에 보관해둔 빵을 꺼내 토스터에 넣는다. 빠작빠작, 빵이 익는 소리가 들릴 만큼 집 안이 고요하다. 그리고 몇 초 뒤, 펑 소리와 함께 빵이 튀어오른다. 늘 똑같은 펑 소리에 언제나 새롭게 놀라는 것은 왜일까. 접시에 포도잼을 덜어놓고 씁쓰레하게 혀끝에 남는 커피와 파삭하게 구워져 살며시 목을 긁고 넘어가는 빵 한 조각을 먹는다. 나이프로 포도잼을 뒤적거린다. 단단한 대나무 밀대로 누군가 내 목을 죄고 있는 기분이다. 들고 있던 빵조각을 내려놓는다. 남은 커피를 들고 창 쪽으로 간다. 커피가 목에 걸려 넘어가지 않는다. 이제서야 천천히 아주 조금씩 생각해본다. 그녀를 만났던 시간, 바람 부는 풀밭에 누워 단 십 분만이라도 편안하고 싶다는 그 말의 의미를.

구로공단 입구 오거리에서 잎이 누렇게 변한 플라타너스를 따라 곧장 십 분쯤 내려가다보면 나타나는 오층짜리 붉은색 벽돌 건물, 경민인쇄주식회사에서 그녀를 다시 만났다. 대학을 졸업한 지 십 년, 뜨문뜨문 만났던 졸업 후 이 년을 빼도 팔 년 만이었다. 그것도 밥벌이를 하기 위해 신경을 곤두세우고 드나드는 빵공장, 나는 경민인쇄주식회사를 늘 빵공장이라고 불렀는데, 그 장소가 우리 회사에서 거래하는 인쇄소였다는 것이 몹시도 당황스러웠다. 잉크 냄새였는지 기계의 마찰음을 줄이기 위한 윤활유 냄새였는지 인쇄소에서는 뿌연 공기에 섞인 기름 냄새가 코끝을 떠나지 않았다. 하루 이틀 해온 일도 아니면서 나는 늘 인쇄소 문을 열고 들어서면 코끝에 와 닿는 기름 냄새가 역겨워 이 냄새는 빵 냄새야, 여긴 빵공장이야, 최면을 걸었다. 건물 계단이나 엘리베이터에서 마주치는 제판부(製版部) 여직원들은 엉덩이를 덮는 길고 흰 유니폼 차림이어서 어릴 적 빵공장 담벼락 너머로 보이던 빵 만드는 사람들을 연상시켰다.

내가 살던 C시 외곽의 한 마을에는 유명한 곳이 세 군데 있었다. 높은 철창과 그보다 더 높은 감시대가 삐죽 솟아 있던 교도소, 하루에 수십 구의 시체를 태운다는 화장터, 그리고 나머지 하나가 바로 빵공장이었다. 외양으로 봐서는 전혀 빵공장 같지 않은 쌍다리 건너편 논둑길 옆의 삭막해 보이는 흰색 건물이었지만 그곳에선 늘 향긋한 빵냄새가 났다. 언젠가 우연히 C시를 지나칠 기회가 있었다. 승용차 안에서 내다본 그곳은 빵공장의 흔적은 온데간데없고 고층 아파트와 음식점들만 즐비했다. 최불암 시리즈였는지, 함께 탄 동료들이 얘길하다 킥킥거리며 웃었다. 같이 웃으면서 달콤하던 빵냄새를 떠올리려고 노력했지만 그 냄새는 회생되지 않았다. 유럽에서 유행한다는 냄새 치료법으로 C시에서의 어린 시절을 되살리려고 한다면 아마도 나는 그때의 빵냄새를 맡아야 할 것이다. 그러나 화학적으로 그 빵냄새를 복원시키는 것이 가능할까. 원소가 바뀐다든가 하는 약간의 실수에도 C시에서의 기억과는 완전히 다른 새로운 기억을 갖게 될 텐데 말이다. 치매에 걸리지만 않는다면 그런 치료를 받을 이유도 없지만.

왜 인쇄소에만 가면 시간은 그토록 빨리 가는지. 제판실에서 인쇄판 작업을 하고 있다는 확인을 한 후 영업부로 가 담당 직원을 만났다. 직원은 밤중에라도 인쇄에 들어갈 수 있도록 해보겠다고 말했다. 사층에서 삼층으로 내려가는 층계참에 난 창으로 늦가을의 공단 하늘을 올려다보았다. 차츰 어두워지는 구로공단의 서늘한 밤바람에 불빛들이 흔들렸다.

인쇄소 건물 밖으로 나왔다. 거리는 어둡고 한산했다. 횡단보도를 건너 식품점 안으로 들어가 우유를 샀다. 식욕도 없고, 밥을 먹으면 곧 나가떨어질 것처럼 피곤했다. 식품점과 나란히 붙은 오락실과 오토바이 수리점 사이의 벽마다 선거 포스터가 덕지덕지 붙어 있었다. 새삼스러운 사실도 아니었다. 선거철이었다. 사장은 선거가 끝나면 세상이 고무줄 터진 풍선처럼 쫘악 가라앉아버린다며, 번역도 신통치 않아 몇 차례 수정을 거친 주식투자 노하우가 실린 서적 출간을 서둘렀다. 우유를 들고 식품점을 나와 일렬로 늘어선 야트막한 건물을 지나 걸었다. 바람이 제법 차가웠다. 움푹 꺼진 듯한 초등학교 운동장이 보였다. 운동장은 텅 비어 있었다.

커피를 몇 잔 거푸 마시고, 몇 차례 손목시계를 들여다보고, 결국 인쇄는 자정이 되어서야 시작되었다. 이층 평판 인쇄부의 둔탁한 듯하면서도 날카롭게 귀를 긁으며 돌아가는 육중한 인쇄기 소리에 뻣뻣하게 척추가 굳는 기분이었다. 기계를 돌리기 시작한 지 몇십 분쯤 뒤, 단색 옵셋 인쇄기의 주둥이로, 약간 각도가 어긋나 핀이 잘 맞지 않은 교정지들이 마구 쏟아져나왔다. 인쇄는 일단 시작되었기 때문에 안도했다.

인쇄일을 하는 사람들은 선거철을 반겼다. 덩치가 큰 이름난 인쇄소들은 말할 것도 없고 을지로와 충무로 골목골목의 구멍가게만한 인쇄소까지, 인쇄소라는 간판이 붙은 곳은 어디나 선거 포스터와 유인물들을 찍어내느라 종이를 문턱까지 쌓아놓고 불을 밝혔다.

날카로운 기계 마찰음이 차곡차곡 귓속에 쌓였다. 귀는 멍멍하고 눈동자는 뻑뻑했다. 인쇄된 글자들이 하나의 검은 선으로 보일 지경이었다. 박 기장은 육중한 인쇄기를 작동시키는 조정판에서 한 손을 들었다 놓았다, 재빠르게 기계를 조작했다. 바퀴가 달린 널찍한 나무 밀대에 반듯한 인쇄 용지를 가슴께까지 쌓아올린 채 중앙 통로를 지나가는 직원들이 간간이 보일 뿐, 사람의 기척이라곤 느껴지지 않았다. 굵직한 원통 모양의 파이프가 겹겹이 엉킨 이층 평판 인쇄부의 널찍한 천장은 연기에 휩싸인 것처럼 아득했다.

귀는 점점 멍해졌다. 불빛은 더할 수 없이 밝은데 박 기장이 보여주는 교정지가 아예 하얀 백지로 둔갑해 글자가 보이지 않았다. 대형 트럭만한 인쇄기 앞머리에 씌어진 기계 원산지 표시인 독일어 Heidelberg의 스펠링을 반복해서 읽는 것으로 겨우 시력을 유지했다. 손목시계를 들여다보았다. 새벽 두시였다. 천장은 희뿌연 연기에 휩싸인 듯 자욱해졌고, 시간이 갈수록 실내 온도도 상승했다. 입술이 마를 정도로 공기가 건조했다.

무심코 중앙 통로 너머 맞은편의 기계를 건너다보았다. 육중한 트럭처럼 거대한 인쇄기들이 일렬로 늘어서 있는 가운데 우레탄 바닥에, 무릎을 굽힌 채 쭈그리고 앉아 있는 사람이 보였다. 유니폼을 입지 않은 것으로 보아 인쇄소 직원은 아닌 것 같았다. 여자인지 남자인지는 알 수 없었지만 그 사람은 자고 있었다. 나처럼 인쇄물을 감리(監理)하러 나온 사람이라면 회색 연기와 고막을 자극하는 소리 틈에서 저렇게 잘 수 있을까 싶었다. 나도 모르게 발걸음이 그쪽으로 옮겨갔다. 진남색인지 검은색인지 분간이 가지 않는 코트와 귀를 드러낸 짧은 커트 머리, 펑퍼짐해 보이는 옆 엉덩이, 무릎을 구부리고 앉은 자세로 봐서 여자였다.

"저 사람, 누구죠?"

막 인쇄기 위에서 뛰어내려온 박 기장이 두리번거렸다.

"누구요? 아, 저 여자요. 인쇄일만 십 년 가까이 따라다녔다고 들었어요. 저렇게 졸고 있는 거 같아도 기계 돌아가는 소리만 들으면 죄다 안대요. 몇 대쯤 돌아갔다, 어느 정도 나왔다. 어떤 사람들은 귀신이라고 부르죠. 그런데 이제 그만 오케이 놓고 들어가시죠. 내일 또 출근해야 될 것 아닙니까."

가까이 다가온 박 기장의 얼굴은 땀으로 반들거렸다. 또 시계를 봤다. 어느새 두시 반이었다. 마무리를 부탁하고 이층 평판 인쇄부의 두터운 철문을 닫고 나왔지만 인쇄기 돌아가는 소리는 귓전에서 떠나지 않았다. 자동판매기에서 커피를 뽑았다. 넓은 로비 한가운데 길다란 추가 달린 괘종시계가 보였다. 일층 사무실의 유리문은 모두 닫혀 있고, 창을 통해 들어온 물기 어린 밤불빛이 책상 위에 내려앉아 있었다. 아무도 없는 로비에서 지하실에서부터 들려오는 윤전기(輪轉機) 돌아가는 소리를 듣고 있자니 기분이 묘했다. 게다가 오래 서 있었던 탓인지 등도 저렸다. 갑자기 계단 쪽에서 요란하지 않은 구두 소리가 들려왔다. 여자였다. 그 여자, 졸고 있던 그 진 남색 코트의 여자가 걸어오고 있었다. 여자는 자동판매기 앞에 붙어 서서 동전을 찾고 있었다. 나는 다 마신 빈 컵을 버리기 위해 자동판 매기 앞으로 걸어갔다. 여자는 자동판매기의 투입구에 동전을 넣다 말고 천천히 얼굴을 돌렸고, 순간 여자와 내 얼굴이 마주쳤다.

"안녕하세요."

뜻밖의 인사였다. 불이 꺼진 어두운 인쇄소 건물 로비에서, 새벽 두시가 넘은 시간에 여자는 내게 안녕하세요, 라고 인사했다. 신선 했다. 하지만 막 몸을 돌려 정문 쪽으로 나가려던 나는 여자를 향해 돌아서지 않을 수 없었다. 신애, 바로 이신애가 늦은 밤 인쇄소 로 비에 서 있었다. 며칠을, 혼자서, 인적 없는 해변가를 헤매다 돌아 온 사람 같은, 고단하고 황량한 모습이었다.

3

사장이 기대를 걸었던 신간은 시들한 선거 분위기만큼이나 호응 이 없었다. 24시간 주식투자 정보를 제공해주는 컴퓨터 서비스가 있는데 책을 읽고 투자에 활용할 원칙을 세울 사람은 많지 않은 게 사실이었다. 본격적인 백화점 세일 시즌이 시작되면서 준형은 매일 새벽이 되어야 퇴근했고 아침이 되면 다시 출근했다. 새로운 출판 아이템을 찾느라 신간 잡지와 신문을 샅샅이 뒤지고 인터넷에 들락 거리는 게 내가 하는 일이었다.

그러다 집중이 안 되면 비디오 대여점에서 영화 한 편 골라들고 집으로 돌아왔다. 삼십 분씩 서성거려 고른 비디오는 좀 지루하거나 맥이 끊어져 연결이 안 될 때가 많았고 미장원에서 새로 한 파마도 마음에 들지 않았다. 그래서 나는 또 삼백마흔두 가지의 중국 요리를 화려한 색채의 홍콩 관광지에서 배불리 먹고 가볍게, 홍콩 거리를 가볍게 떠돌다가 누군가를 만나는 상상을 했다. 기름기와 각종 향기로 충만한 음식을 먹은 빵빵한 몸과 또 그만큼 부푼 욕망으로 누군가와 연애를 해보고 싶다는 생각을 했다. 그런데 무섭게도 내가 길에서 우연히 만나는 상대는 늘 남편 준형이었다.

내 생일날이었다. 준형은 내 생일을 잊은 것 같았다. 와인 한 병을 사들고 들어와서 빈속에 한 병을 홀짝홀짝 거의 다 마셨다. 와인을 처음 마시고는 흥분했던 대학 신입생 때가 생각났다. 그때 우리는 돌아가면서 한마디씩 자신의 십 년 후 모습, 자신이 갈망하는 자신의 미래를 얘기했다. 모두들 구체적으로 교수, 영화감독 등 되고 싶은 것을 얘기했던 것 같다. 그런데 신애, 그녀는 자유를 원한다고 했다. 어느 것에서도 구속받고 싶지 않다, 진정한 자유를 원한다, 좀 불편하고 낙오되더라도 늘 자유를 택하겠다고 말했었다. 그때 모두들 환호성은 질렀지만 그건 너 왜 그렇게 유치하니, 하는 비난의 소리였다.

그날 인쇄소에서 그녀와 헤어지고 어두운 간선도로 위를 달리는 동안 구로공단의 차가운 하늘에 걸려 있던 흐릿한 초생달이 줄곧 내 뒤를 좇았다. 그녀는 늘 나를 가슴 뛰게 하는 사람이었다. 나는 평범한 학생이었는데 신애는 결코 평범하지 않았다. 늘씬한 키와 발그레한 얼굴빛, 건강하고 젊던 그녀는 무엇보다 매사에 아주 분명하고 주체적이었다. 모두들 한 방향으로 몰려가다가 뒤를 돌아보면 그녀 혼자 다른 곳으로 가고 있었는데 그녀는 그런 자신을 부끄러워하지 않았다. 그녀가 왜 그런 시간에 인쇄소 바닥에 앉아 자고 있었는지 이해할 수가 없었다. 게다가 겁먹은 듯한 어깨와 푹 꺼진 눈자위, 홀쭉해진 두 볼과 굳은 표정은 그녀를 더욱 나이 들어 보이게 했다. 아무리 십 년 전의 얼굴과 연결시키려 해도 기억 속의 그 얼굴과는 달랐다. 한밤중에, 지하에서는 윤전기가 돌고 사람의 그림자라고는 없는 인쇄소에서, 아주 오랜만에 친구를 만났는데 반갑다기보다는 몹시 난감했고, 어떻게 헤어지는 것이 현명한 것인지를 판단할 수 없었다. 그녀와 나는 서로 명함을 주고받았고 간단한 인사말을 나눈 뒤 헤어졌다.

생일날 밤 비가 내렸는데 준형은 늦도록 귀가하지 않았다. 그 대신 그의 동료가 응급실이라며 전화를 했다. 병원 수위실 지붕에 달린 주홍빛 조명이 음산한 분위기를 만들었다. 수위실 뒤 차도 쪽을 막은 담장 위에 흰색 아크릴 간판이 붙어 있었다. 흰 간판의 한쪽만이 희끄무레하게 보였다. 헌혈 광고문이었는데 'SAVE LIFE' 라고 씌어 있었다. 그는 오른손에 붕대를 감고 누워 천장을 쳐다보고 있었다. 그의 눈동자는 충혈되어 있었고 입고 있는 와이셔츠 곳곳에 피가 묻어 있었다.

"주먹질이라도 하고 나니까 시원해?"

준형은 대답 없이 눈을 감았고, 잠시 후 준형의 직장 동료들이 들어왔다. 준형은 속없이 그들과 함께 키득거리며 웃었다. 인대가 끊어졌고 신경이 손상되었기 때문에 오늘밤은 그냥 지내고 내일 수술을 해야 하며 몇 주간의 물리치료가 필요하다, 동료들끼리 언쟁이 벌어졌는데 그 언쟁 끝에 사람을 친 게 아니라 주먹으로 벽에 걸린 거울을 쳤다고 말했던 전화상의 얘기와는 달리, 그들은 다들 농담만 하고 있었다. 차라리 그게 사람이라면, 대상이 분명하고 그렇게 한 대 치고 나면 가슴이 시원해질 것을 향해서 주먹을 휘둘렀다면

116

나왔을지도 모른다. 벽에 붙은 거울이라니. 동료들을 집으로 보내고 다시 응급실로 들어왔을 때 준형은 눈을 감고 있었다.

4

투표 이틀 전, 세상은 온통 선거에 빠져 있었다. 사무실 동료들은 모여 앉아 선거 출마자들의 과거사를 들먹이기도 했지만 나처럼 투표일이 휴일이라는 사실이 더 중요한 사람도 있었다. 오후에 사무실을 나와 일을 보고 바로 퇴근하는 길이었다. 흐린 날씨 때문에 미등을 켠 채 경적을 울려대는 자동차들은 정지한 듯 길 위에 서 있었다. 비릿한 습기가 온몸을 휘감아왔고 날씨는 차가운데 등줄기에 땀이 배었다.

매주 화요일 밤이면 술집에 모이는 친구들이 있었다. 그들 중 하나가 오전에 전화를 했다. 왜 한 번도 술자리에 나오지 않느냐고, 한때 같이 일하고 같이 놀았으면서 이제 변심한 거냐고 했다. 그들은 금요일도 아니고 토요일도 아니고 한 달에 두 번, 꼭 화요일 밤에 만났다.

지하 카페 입구의 벽면에는 다양한 고양이의 실물 사진이 걸려 있었고, 삐걱거리는 나무계단 끝의 두터운 문에도 고양이 캐릭터의 장식물이 매달려 있었다. 손님은 그리 많지 않았다. 낮게 틀어놓은 음악 소리는 끊어질 듯 끊어질 듯 이어졌고 카페 한가운데의 원형 탁자들 밑으로 고양이 두 마리가 기어다녔다. 그들은 한쪽의 넓은 자리를 차지하고 앉아 있었다. 마치 예전의 혁명 동지들을 만난 것처럼 차례차례 돌아가며 내게 악수를 청했고, 가벼운 인사말들을 나눴다.

깨끗한 회색 양복 차림의 남자는 지금은 폐간되었지만 한참 잘나가던 시사지의 편집자. 개량 한복을 입은 곱슬머리의 남자는 컴퓨터 게임에 중독된 독신주의자. 검은 뿔테 안경에 회색 스웨터의 여자는 회사를 그만두고 신학 공부를 시작한 목사 지망생. 방송국에서 아르바이트로 구성작가 일을 하는 단발머리 여자는 영화 시나리오 작가가 인생의 최종 목표. 007가방을 옆에 놓고 전자수첩을 들여다보거나 수시로 휴대폰을 확인하는 검은 터틀넥 셔츠의 남자는 자칭 문화평론가. 문화평론가 옆에 앉은 나이 든 붉은 머리의 여자가 그의 애인. 나이가 제일 어려 보이는 긴 생머리 여자는 여상을 나와 경리로 일했지만 피아니스트가 간절한 꿈이라서 회사를 그만두고 퇴직금으로 그랜드 피아노를 사버렸다.

붉은 머리의 여자를 뺀 나머지 여섯 명과 나는 한때 같은 회사에서 한 팀으로 일했다. 회사가 없어지고 회사 앞 밥집의 된장찌개 맛이 생각나거나 모여 서서 담배를 피우던 빌딩 옥상이 생각나거나 혹은 술에 취해 잠깐 앉아 쉬며 올려다보았던 밤하늘이 생각나기도 했을 것이다. 이들은 화요일에 모여서 회포를 풀고 다시 거리로, 인터넷 속으로 쏘다녔다. 아무도 미래가 보장된 사람은 없었지만 그렇다고 현실을 비관해 죽을 만큼 비참해하지도 않았다. 더욱이 지독하게 논쟁적이고, 술을 좋아하고, 게으르고, 괴성을 질러대며 탁구를 치는 게 주된 일상이었던 사람들이 아닌가. 그런데 나는 때때로 땀을 뻘뻘 흘리며 짬뽕을 먹던 그들의 얼굴에서, 늦은 밤 사무실에 남아 야근을 하고 새벽에서야 돌아가던 그들의 뒷모습에서 인간미를 느끼곤 했다.

시간이 가면서 카페 안은 손님이 많아졌다. 제법 이름이 알려진 여배우 한 사람이 말없이 앉아 맥주만 마시고 있었다. 사람들은 흘러나오는 음악에 파묻혀 맥주를 마시거나 통로에 서서 춤을 추거나 휴대폰을 붙들고 있었다. 그 술집에 있는 사람들은 모두가 자신을 향해 말을 걸고 있는 것 같았다.

음악 볼륨이 좀 높아지자 신학생이 먼저 일어나 춤을 추기 시작했다. 그들이 가끔 내 자리로 와 나를 향해 뭔가 말하려고 했지만 무슨 말인지 잘 들리지 않았고, 나는 그때마다 상대를 향해 어색하게 웃는 것으로 대답을 대신했다. 그들의 춤은 기를 발산하고 소리를 지르며 흔드는 춤이 아니라 자신의 영혼을 더듬듯 천천히, 아주 천천히 움직이는 춤이었다. 시간이 가고, 사람들이 모두 어디에 가 있는지 도무지 찾을 수 없을 만큼 손님이 많아졌다. 카페 안의 모든 사람들이 일어서서 춤을 추거나 술을 마시고 있었다. 그렇게 몇 시간이 흘렀는지 사람들이 하나둘, 온다 간다 말도 없이 자리를 떴다. 잘 가라는 인사도, 가지 말라는 인사도 없었다. 새벽 두시경의 그 고양이 카페는 각자 벽을 잡고, 또 전화기를 잡고, 또 술잔을 잡고 대화에 열중해 있는 사람들로 북적거렸다. 나는 계단을 올라와 불 꺼진 거리의 상가 앞 난간에 앉았다. 택시를 잡는 사람들이 많았다. 007가방의 문화비평가가 밖으로 나와서 웃옷을 벗었다.

"아, 이젠 정말 춤이 안 된다. 몸이 안 움직여. 자기는 재미있어 요즘?"

그는 담배를 꺼내 입에 물며 물었다.

"그냥 그렇지 뭐. 요즘도 천지사방으로 돌아다니며 사기친다며!"

그는 내 말에 피식 웃더니 내 무릎을 한 번 탁 치고는 담배연기를 내뿜었다.

"요즘은 뭘 갖고 사기 쳐?"

그는 씩 웃으며 질주하는 자동차들이 오가는 길 쪽을 바라보며 말했다.

"새로운 세상이 온다는 거야. 지금까지와는 전혀 다른 새로운 세상."

그는 새로운 세상이 오는 쪽이 어디인지를 아는 사람처럼 먼 곳을 쳐다보았다.

5

서대문 로터리에서 택시를 내려 우체국이 보이는 좁은 언덕길의 초입에서 잠시 서성거렸다. 어차피 주소만 들고 찾기에는 무리였다. 열쇠집을 겸한 복덕방에서 번지수를 대고 빌딩 위치를 확인했다. 서부역에서 출발하는 교외선 철로변의 주택가 근처였다. 교외선 철로가 내려다보이는 육교 위에서 한 외국인이 빈 철로를 향해 카메라 셔터를 누르고 있었다. 나무 대문이 붙은 작고 오래된 한옥이 많았는데, 대개 밥을 파는 식당들로 바뀐 골목이었다.

부적을 품고 다니듯, 구로공단의 인쇄소에서 그녀가 내게 건네준 명함을 줄곧 코트 속주머니에 넣고 다녔었다. 손에 잡힐 때마다 꺼내 보곤 해서 명함 테두리가 다 해질 정도였다. 왜 그랬는지. 어쩌면 그것이 내가 열병에 들려 있었다는 증거는 아니었는지…… 며칠의 휴가가 생겨 여행을 갈까 생각했지만 휴가 첫날부터 바닥이 드러난 텅 빈 연못처럼 머릿속이 휑한 느낌이었다. 언제나 지켜온 사람들과의 적당한 거리감, 웃는 듯 마는 듯 적당하게 지어 보인 거짓 웃음, 다른 사람이야 죽을 만큼 괴롭든 말든 나 하나만은 끝까지 살아남을 자신이 있었던 차가운 돌덩어리가 바로 나였다. 그런데 갑자기 그런 모든 게 진저리났고 두려웠다. 몸의 모든 것을 바꿀 기회가 있다면, 세포 하나하나를 모두 바꿔넣을 수 있다면 그렇게 하고 싶었다. 아마 그때부터였을 것이다. 잠자는 누군가를 깨우듯 통통, 싱크대의 수돗물이 한 방울씩 떨어지기 시작한 것이.

서대문구 충정로 2가 1-266 수정빌딩 301호. 길은 오를수록 점점 더 좁아졌고 작은 건물들이 촘촘히 등을 맞대고 서 있었다. 폭이 좁은 계단이 끝나는 지점에서 오른쪽으로 길이 나 있었는데 막다른 골목이었다. 골목길은 해가 들지 않아 어두웠다. 골목 끝에 잎이 누렇게 변한 담쟁이덩굴이 건물 외벽을 뒤덮고 있는 을씨년스런 작은 건물이 보였다. 건물 이름과 번지수를 확인할 표지는 눈에 띄지 않았다. 다만 흰 백묵으로 아무렇게나 갈겨써놓은 번지수가 빌딩 입구의 어룽더룽한 시멘트 벽에 낙서처럼 씌어 있었다.

해가 잘 들지 않는 골목의 건물이라 구석구석 이끼가 끼어 있었고 계단에서는 지린내가 났다. 건물로 들어가기 전 문득 막다른 골목 주변을 돌아봤다. 고행을 하는 것이 아니라면 이 건물에 직장이 있는 사람들은 매일 아침 어떤 기분으로 출근을 할까 생각했다. 건물은 지독하게 좁아서 계단 폭이 좁고 가팔랐다. 일층에서 이층으로 오르는 층계참에 화장실이 있었는데 화장실 새시문 주변의 전기 스위치가 있는 흰 벽면은 손때와 낙서로 어룽더룽했다. 어두운 계단을 오르자 '작업실'이라는 종이가 붙은 방이 왼쪽에, 손잡이가 덜컹거리는 문이 쇠사슬로 굳게 잠긴 방이 오른쪽에 있었다. 삼층으로 오르는 계단은 폭이 더 좁은 듯해서 오를수록 더 좁아지는 기분이었다. 301호가 거기 있었다. '도서출판 계수나무향'이라고 쓴 종이가 압정으로 꽂혀 있었다. 복도의 좁은 창으로 밖을 내다봤지만 옆 건물의 답답한 벽면만 보였고 사람은 보이지 않았다.

문을 두드려도 기척이 없었다. 또한번 문을 두드렸다. 그래도 기척이 없었다. 손잡이를 잡고 세게 돌려보았지만 문은 열리지 않았다. 막 계단을 내려가려는 순간, 부서질 듯한 소리가 나며 문이 열렸다. 그녀가 내 얼굴을 뚫어져라 쳐다보았다. 우리는 몇 초간 서로 바라보기만 했다.

"좀 들어가도 될까?"

사무실에서는 곰팡내가 났다. 주홍 불빛을 내는 전기 스팀 하나가 책상들 사이에 놓여 있었고, 그녀가 앉은 책상을 제외한 나머지 책상 두 개는 사용하지 않는 것 같았다.

"좀약이며 고무장갑을 사라는 사람들이 자꾸 와서 문을 안 열었어. 하도 많이 사서 이젠 더 살 수가 없거든."

의자를 내주는 그녀는 잠깐 웃는 것도 같았지만 그리 반가워하는 얼굴은 아니었다. 책상 위에는 스탠드가 켜져 있었고, 그 앞의 창으로 담쟁이덩굴로 가득 찬 앞 건물의 외벽과 겨우 몇 센티미터 폭의 하늘이 사선으로 보였다. 그녀는 목까지 올라오는 검은색 스웨터와 무릎 정도 길이의 모직 스커트를 입고 있었다. 커트 머리는 텁수룩하게 길어진 듯했고 다리며 팔은 더 가늘어 보였다. 그녀의 책상 위 벽면에는 액자에 넣은 우표들이 이국의 정취를 내며 장식 문양처럼 걸려 있었다. 그녀는 들고 있던 펜 뚜껑을 닫은 뒤 연필통에 꽂고 책상 위의 교정지 중 일부를 봉투 안에 넣었다. 당장 끝내야 할 바쁜 일이 있는 것 같지는 않았지만 갑작스럽게 찾아온 나를 어떻게 대해야 할지 몰라 당황한 것 같았다. 그녀는 커다란 병에 담긴 콜라를 컵에 따라주고는 또다시 책상 위에 널린 것들을 치우는지 내 쪽으로 돌아앉을 생각을 하지 않았다.

방을 살펴보았다. 흰 페인트 칠이 거의 누렇게 변한 벽 모서리는 손금처럼 잔금이 가 있었고 곳곳이 실거미줄투성이였다. 천장엔 비가 샜는지 얼룩이 퍼져 있고, 바닥은 그냥 시멘트 바닥이었다. 벽면을 따라 세워둔 책꽂이에는 해독이 쉽지 않은 한자로 제목이 씌어진 법전류들이 빼곡하게 꽂혀 있었다. 출입문 쪽 모서리 탁자 위에는 110볼트용 플러그를 단 연두색 커피포트와 내용물이 까맣게 말라버린 인스턴트 커피병, 겹겹이 포개놓은 찻잔들이 고물상에 버려진 집기들처럼 을씨년스러웠다. 내가 앉아 있는 책상 책꽂이에는 붉은 장부책과 사전 몇 권이 꽂혀 있었다. 또다른 책상도 사람이 쓰는 기색이 없기는 마찬가지였다. 그런데 어울리지 않게 그녀의 옆자리 의자 위에 커다란 고무인형이 걸터앉아 있었다. 삼단 같은 금발에 늘씬한 몸매, 반짝이는 황금색 스커트를 입은 인형이었다. 그 방에 살아 있는 것이 있다면 맹렬한 기세로 건물 외벽을 타고 기어올라와 그녀 책상 앞의 작은 창을 아예 가려버리고, 겨우 남아 있는 몇 센티미터의 하늘마저도 허락할 것 같지 않은 담쟁이덩굴과, 그녀와는 전혀 어울리지 않는 너무나 예쁜 그 고무인형이었다.

"날 찾아올 줄은 몰랐는데."

"나도 몰랐어. 발길이 이리로 와서 그냥 온 거야. 여기선 몇 사람이나 일하니?"

그녀는 빈 책상 쪽으로 시선을 옮겼다.

"전에는 넷이었지만 지금은 나 혼자야."

"다들 그만뒀니?"

"그런 셈이지."

"신애야, 지금 바쁘니?"

나는 그녀를 향해 물었고 그녀는 책상의 스탠드를 끄고는 나를 향해 돌아앉았다.

"너 왜 이렇게 사니?"

순간, 그녀의 얼굴이 약간 떨렸다.

"왜, 내가 어떻게 사는데."

"넌 이렇게 살 사람이 아니었잖아. 유학을 갔거나, 어쨌든 편안히 잘살 줄 알았어. 언젠가 한번 만나고 싶었구."

그녀는 잠시 침묵하다가 쓸쓸하게 웃었다.

"그래서 네 소원대로 이렇게 만났잖니."

"신애야, 너 왜 이렇게 사는데?"

그녀는 천진난만하게 또 웃었다.

"이 출판사에 입사한 후 다섯 번쯤 이사를 했나봐. 한 번씩 이사를 할 때마다 사무실이 조금씩 작아지고, 사람들도 줄었지. 일 년도 넘었어. 문을 닫고 책을 내지 않기 시작한 게. 요즘은 다른 출판사의 제작일을 봐주고 지내. 그래서 널 인쇄소에서 만났지. 그사이 사장으로부터 사무실을 정리하고 보증금을 빼가라는 전화가 몇 번 왔었어. 그 사람은 이런 손바닥만한 출판사를 하면서 은행돈 십억을 챙겨서 미국으로 날랐어. 믿어지니, 그런 기적이? 딸을 줄리어드에 보내는 게 평생 소원이었대."

그녀는 책상 서랍에서 담배를 꺼냈다. 잠시 후 흰 담배연기가 낮은 천장 위로 날아올라갔다.

"내 비밀 하나 말해줄까."

순간 무슨 얘기가 나올까 긴장했다. 그녀는 책상 서랍을 다시 열더니 반짝거리는 은색 칼을 꺼냈다. 과도보다 조금 작은 칼이었다. 그녀는 허공으로 손을 치켜들고 자신의 배를 향해 칼을 내리꽂는 시늉을 했다.

"사장이 오면 이 칼로 협박해서 돈을 좀 뜯어내려고 해."

124

그녀는 또 웃었다. 웃을 때 흰 이가 드러나는 것만큼은 변하지 않은 것이 너무나 반가웠다. 그녀는 의자를 돌려 앉다가 옆자리에 있던 인형을 실수로 건드려 땅바닥에 떨어뜨렸다. 그녀의 얼굴은 금세 붉게 변했고 인형을 부쩍 치켜들고는 입을 맞췄다. 그리고는 아기를 안는 것처럼 인형을 안았다. 미안해, 정말 미안해. 그녀는 인형을 안고 알아들을 수 없는 말들을 계속 중얼거렸다. 그녀가 안고 입을 부비고 대화를 나누기에는 인형의 크기가 너무 작아 안쓰러웠다.

창 밖은 더 어두워져 있었다. 건물 계단에는 전등조차 들어오지 않았다. 그녀는 산행에 익숙한 등산객처럼 나보다 좀 빠른 걸음으로 서대문 로터리까지 이어진 고만고만한 골목길을 빠르게 걸었다. 차도의 횡단보도 앞에 섰을 때에야 나는 그녀 가족들의 소식을 물었다. 대학 동기로부터 좋지 않은 소식을 들은 적이 있었기 때문이었는데 그녀는 말없이 웃기만 했다.

6

그녀와 마지막 만난 날은 날씨가 맑은 금요일이었다. 정식 사원이 아닌 임시직이긴 했지만 월급을 받을 수 있는 일자리를 구해놓은 상태였기 때문에, 그 소식을 빨리 전하고 싶어서 오후에 처리할 일을 급히 해결하고 두시경에 약속 장소로 나갔다. 약속 장소에 나온 그녀는 여전히 실밥이 간댕거리는 단추가 달린 그 진남색 코트 차림이었는데, 긴 코트까지 입힌 금발의 인형을 가슴에 안고 있었다. 적당하게 갈 곳이 떠오르지 않았다. 답답한 커피숍이나 복잡한 거리가 아닌 다른 곳을 생각했다.

"너하고 함께 가고 싶은 곳이 있어."

그녀는 웃었고 우리는 급한 약속이라도 있는 사람들처럼 택시를 잡았다. 공기는 차갑고 하늘은 맑았다. 한강을 건너서 서울을 빠져나가자 오랜만에 보는 외곽 풍경이 드러났다. 그녀가 택시 창문을 열었고, 소똥 냄새가 밀려들어왔다. 우리는 키득거리며 웃었다. 온통 죽어나는 건 토종닭뿐이야. 그녀는 그런 말도 했다. 불쑥불쑥 평지의 민가 곳곳에 붙어 있는 플래카드 위에 '토종닭'이라고 씌어 있었기 때문이었다. 흰 눈이 내리는 겨울에, 흰 눈 위에 떨어질 토종닭의 피를 생각했다. 생각만 해도 잔인했다.

준형과 같이 온 적이 있었던 국립중앙미술관이었다. 택시에서 내려 가로수가 늘어선 언덕길을 십여 분쯤을 걸어서야 우리는 미술관 건물 앞에 섰다. 그녀는 청동 조형물이 서 있는 언덕에서 걸음을 멈추었다. 우리가 걸어온 길이 아주 잘 보였다. 텅 빈 분수대는 푸른 바닥을 드러낸 채 색깔이 변한 나뭇잎들만 뒹굴고 있었다. 누런 잎을 달고 서 있는 언덕 곳곳의 나무들이 운치가 있어 보기 좋았다. 연인들 몇 쌍이 몸을 붙이고 벤치에 앉아 미술관 앞을 흘러내려가는 호수를 내려다보고 있었다.

우리는 미술관 뒤편의 산책로를 걷다가 비교적 햇살이 남아 있어 따뜻하고 누릇해진, 잔디가 제법 많은 언덕 위에 앉았다. 미술관 지붕 위에 걸린 둥근 애드벌룬 세 개가 보였다. 나는 구두를 벗고 편한 자세로 앉았다. 간간이 부는 바람에 노랗게 변한 나뭇잎들이 휙휙 떨어졌다.

"지금, 오월이었으면 좋았겠지?"

나는 그 자리에 누우며 그녀에게 물었다.

"아니 지금도 좋은데."

입고 있는 코트의 감촉 때문에 몸이 쭈루룩 미끄러졌다. 그녀는 내 머리에 자신의 가방을 받쳐주었다. 그녀는 진남색 코트를 입은 채로 누워서 인형을 배 위에 올려놓고 있었다.

"일자리를 좀 알아봤어. 정식 사원은 아니야."

"고마운데 괜찮아. 난 지금이 편해."

"편하다구? 난 너를 한시라도 빨리 그 사무실에서 구출해주고 싶은데."

그녀는 자리에서 일어나 앉아 등허리를 잔뜩 굽힌 채 숨죽이며 말했다.

"여기 오니까 그 생각이 난다. 바람 부는 풀밭에 단 십 분만이라도 편안하게 누웠으면, 생각했던 때가 있었어. 살다가 갑자기 자신도 모르는 곳에 빠질 때가 있잖아. 내가 그런 경우야. 왜 그런지, 누구의 잘못인지도 모른 채로 여기까지 온 거야."

"신애 넌 참 많이 변했어."

"넌 보기 좋아."

그녀는 그렇게 말하고는 잔디 위에 누웠고, 두서없는 얘기가 계속 이어졌다. 햇빛 때문에 저절로 눈이 감겼다. 내 몸은 차가운 잔디 위에서 찰랑이는 물살에 실려 떠 있는 것처럼 가벼워졌다. 시간이 얼마나 지났을까. 눈을 떴을 때는 주변이 온통 어두워져 있었다. 그녀가 누웠던 자리에 그녀는 없고 초록색 가방만 남아 있었다. 언덕 아래로 달려내려갔다. 구부러진 길을 내려다보았으나 그녀는 없었다. 구부러진 길이 끝나는 지점에 완만한 선을 그리며 수평 이동하고 있는 리프트가 보였다. 승객이 없는 빈 리프트의 행렬이 어두운 허공을 가르며 불 밝힌 도시 쪽으로 움직이고 있었다. 그리고 저만치, 거리를 짐작할 수 없는 지점의 리프트 위에 앉아 있는 그녀의 뒷모습이 희미하게 보였다. 순간 가슴이 꽉 막혔다. 미련하게도 그 제서야, 아직 함께 밥도 한 번 안 먹었고 커피도 안 마셨다는 생각이 들었다.

시간은 빠르게 흘렀고 선거는 끝났는데 축축하게 밤이슬을 받은 선거용 포스터가 거리 모퉁이마다 쌓여 있었다. 나는 그 사무실, 담쟁이덩굴이 엄청난 번식력으로 건물 전체를 뒤덮고 있던 도서출판 계수나무향의 사무실을 찾아갔지만, 사무실 문은 굳게 걸려 있었다. 바람이 부는 거리, 구로공단의 인쇄소, 어디에도 그녀의 그림자는 없었다. 나는 한동안 그녀가 총무로 어느 인쇄소 구석, 딱딱한 나무 의자 위에 앉아 졸고 있을 것만 같아 길거리에서 마주치는 사람들의 얼굴을 샅샅이 훑어보고 다녔다.

기온이 내려갈수록, 겨울이 깊어갈수록 거리의 불빛은 점점 뜨겁게 달아올라 그 에너지만으로도 능히 큰불을 이룰 것 같았다. 바람 부는 풀밭에 누워, 단 십 분만이라도 쉬고 싶다는 한 여자가 있다. 얼마나 평범하고 이루기 쉬운 소망인가.

딴월의 서사

여자는 닥치는 대로 쇠붙이를 먹어치운다는 전설 속의 불가사리처럼 칼날 모양의 가시가
박힌 다육질의 알로에 줄기를 우적우적 씹어 먹고 있다.
나는 여자의 입 속으로 빨려들어가는 파란 알로에 줄기를 보면서 곧 붉은 피가 입가로
흘러내릴 거라고 생각한다. 그러나 여자는 웃는다. 조금씩 웃다가 아예 깔깔거리고
웃기 시작한다.

여자는 쇼윈도 쪽 진열대 위에 놓인 알로에의 쭉 뻗은 줄기를 물 묻은 수건으로 닦고 있다. 장마기단이 북상중이라는 보도는 연일 나오고 있었지만 한껏 부푼 뙤약볕에 노출된 거리는 나다니는 사람들의 발길이 뜸하다. 더위 때문에 여자의 알로에 건강식품 가게나 그 한켠에 세든 나의 잡화 가게나 드나드는 손님이 없기는 마찬가지다. 여자는 하루에도 몇 번씩 알로에 화분에 붙어서서 정성 들여 초록색 줄기를 닦는다. 그런 여자의 모습을 보고 있으면 등줄기가 저절로 끈끈해진다. 알로에라는 식물의 원산지가 아프리카나 인도 지역이라는 단순한 이유 때문만은 아니다. 뜨거운 태양열과 비대칭적인 여자의 절뚝걸음, 날이 더울수록 점점 더 살이 올라가는 초록빛 알로에 줄기를 보고 있으면 다른 어느 해의 여름보다도 올 여름이 뜨겁게 느껴진다.

몸이 오른쪽으로 기운 걸음새로, 여자는 가게 안쪽 벽에 있는 작은 수납창고에서 물건을 꺼내 유리 진열장 안으로 옮기고 있다. 걸음을 걸을 때마다 여자의 오른쪽 다리는 무릎에서부터 발목까지 사선으로 휘어진다. 그래서 그런지 여자의 절뚝걸음 동작은 유난히 커 보인다. 진열장 한구석에는 여자가 늘 짚고 다니는 목발이 비스듬히 기대어 서 있다. 여자는 가게 안에서는 목발을 쓰지 않는다. 나는 가게 안을 오갈 때마다 목발을 건드려 넘어뜨리기라도 할까 신경을 잔뜩 곤두세운다. 박스를 들고 있는 여자의 몸놀림이 불안해 보이지만 여자가 뭔가를 떨어뜨리거나 균형을 잃어 넘어지는 것은 한 번도 본 적이 없다.

상가는 15층짜리 아파트 네 개 동의 앞쪽에 지어진 아담한 이층 건물로, 동일한 평수의 가게 몇 채가 일층 상가를 이루고 있다. 알로에 건강식품 가게 외에 제과점과 안경점, 양품점과 복덕방, 문구점과 화원 등이 일렬로 들어서 있다. 알로에 화분 두 개가 쇼윈도 앞 진열장 위에 놓여 있어서일까. 알로에 건강식품 가게는 다른 가게들보다 단출하고 깔끔한 인상을 준다.

처음엔 껌이나 초콜릿을 내주고 돈을 받는 동그랗게 뚫린 구멍 밖으로 손을 내미는 것이 왜 그렇게 쑥스러웠던지. 게다가 절뚝걸음을 걷는 여자와 작은 체구의 잡화가게 남자, 그리고 알로에 화분이 놓여 있는 모양새라니. 가게 안을 무심코 들여다본 사람들은 어쩌면 피식 웃으며 재미있어할지도 모른다는 생각을 했었다.

여자는 화장실을 가는지, 막 통화를 끝낸 수화기를 내려놓고 유리문을 밀고 나간다. 여자는 오른쪽 겨드랑이에 목발을 끼우고 있다. 화장실에 갈 때 여자는 어떤지 몰라도 나는 기분이 썩 좋지가 않다. 문에 달아놓은 종은 내가 화장실에 갈 때마다 더 크게 울린다. 그렇지는 않겠지만 내가 화장실 가는 횟수를 여자가 세고 있는 것만 같아 몹시 신경이 쓰인다.

　봄이 다 갈 무렵 나는 알로에 가게 한켠에 잡화 가게를 열었다. 알로에 화분 두 개를 올려둔 쇼윈도 쪽 진열장과 기역자로 연결된 공간이 여자의 알로에 건강식품 가게다. 나는 얇은 유리로 칸을 나누어놓은 알로에 가게 오른편의 길다란 공간에 선반을 달고 물건을 진열해놓았다. 처음엔 여덟 평 정도인 이 공간 전부를 여자가 썼다고 한다. 별도의 출입문이 있으면 좋을 것을, 나는 늘 여자가 있는 알로에 가게로 먼저 들어가서 유리 칸막이의 출입구를 통해 나의 잡화 가게로 들어가야 한다. 베니어판을 구해서 칸막이를 하고 여자와 분리된 공간을 갖고 싶다. 그러나 출입문을 따로 만든다는 건 불가능하다. 바닥에 떨어진 티끌 하나도 그냥 두지 못하는 여자는 그런 번잡한 공사를 허락하지 않을 것이다. 여자와 나의 공간을 구분짓는 칸막이가 천장까지 이어져 있다면 여자 쪽의 움직임을 지금처럼 분명하게 알 수는 없을 것이다. 알로에 가게를 찾는 손님이 없는 걸 보면 지금에서야 왜 여자가 내게 세를 주었는지를 알 것 같다.

　가게 안으로 들어온 여자는 라디오를 켠다. 볼륨을 조정하고 나서 여자는 늘 그렇듯이 의자에 앉아 책을 읽는다. 여자가 틀어놓는 라디오 방송은 하루 종일 클래식 음악만 나오다가, 클래식 음악들보다 더 졸린 듯한 진행자의 목소리가 잠깐씩 나온다. 그 클래식 음악 때문에 나는 늘 점심만 먹고 나면 꾸벅꾸벅 존다. 유리 칸막이 너머로 들려오는 그 음악 소리들은 볼륨이 크지 않아 더욱 졸음을 부추긴다. 여자가 책을 읽는 동안은 쇼윈도 쪽을 향해 앉은 내 옆모습을 정확히 볼 수 있기 때문에 졸고 있는 모습을 보여준다는 것이 몹시 짜증스럽다. 그래서 나는 봄 내내 밥만 먹으면 가게 앞 계단에 앉아 줄담배를 피워대야 했다.

끈끈한 땀내가 난다. 건물 전체가 중앙 냉방이 되고 있었지만 유리 칸막이 때문인지 잡화 가게 안의 공기는 언제나 뜨뜻미지근하다. 믿었던 중앙 냉방기는 시간 간격을 두고 도는 것 같기는 했지만 내가 앉아 있는 곳까지 시원하게 하기에는 어림도 없다. 게다가 다른 가게들은 모두 에어컨이나 선풍기를 따로 달아놓고 있는데 유독 알로에 가게만 별도의 냉방기가 없다. 양말이라도 벗고 있었으면 좋겠지만 예민한 여자는 금세 냄새를 맡고 청소를 한다고 수선을 피울 게 틀림없다.

여자의 행동 하나하나가 약간의 곁눈질만으로도 아주 잘 보인다. 여자는 책을 읽다가 곧잘 차도 쪽으로 눈을 박고 멍한 표정에 잠긴다. 처음엔 기다리는 사람이 있어서 그런 줄 알았지만 특별히 친해 보이는 사람이나 가족이 찾아온 적은 없었다. 졸지도 않고, 언제나 꼿꼿이 앉아 책을 읽는 여자의 모습은 더할 수 없이 나른해 보인다. 먼지 하나 없이 깨끗한 알로에 가게에서 늘 책을 읽고 있는 무표정한 여자, 그것도 불편한 다리를 가지고 알로에 건강식품을 파는 여자. 손님이 적고 날씨가 덥기 때문일까. 요즘 들어 여자의 행동 하나하나에 지나칠 정도로 신경이 쓰인다. 이제 점심을 먹고 돌아와, 석간신문을 받아 저녁 장사 준비를 해야 한다. 의자에 달라붙은 바지가 땀으로 축축하다.

점심을 먹고 초등학교의 담장을 끼고 돌아 상가 입구로 들어선다. 알로에 가게는 버티칼 블라인드로 빈틈 없이 가려져 있고, 출입문에 '잠시 외출중' 이라는 쪽지 한 장이 달랑 붙어 있다. 여자는 기분이 좋지 않은 날이나 비가 오는 날은 푸른색 버티칼 블라인드로 가게 안을 완전히 가린다. 기분이 좋지 않아서일 거라는 건 순전히 내 추측이다. 처음에는 여자가 근처에 점심을 먹으러 갔을 거라고 생각했었다. 그러나 여자는 언제나 가게 안에 있었고, 헬쑥한 얼굴을 내밀며 문을 열어주곤 하였다. 요즘 들어 그런 일이 몇 차례 있었다.

터덜터덜 걷기 시작해 초등학교 교문 안으로 들어가 운동장을 가로지른다. 담장 밑 벤치에 앉아 하늘을 쳐다본다. 귀를 찌르는 매미 소리가 들려온다. 처음엔 담배 두 대였고, 그 다음은 담배 세 대에 음료수 한 병이었다. 오늘은 어느 정도의 시간이 지나야 여자가 문을 열지 갑갑해진다.

내가 잡화 가게를 열겠다고 했을 때 아버지는 혀를 끌끌 차며 등을 돌리고 앉았다. 못난 놈, 사내놈이 막노동을 했으면 했지, 고작 사탕이나 껌 쪼가리를 파는 잡화 가게를 해. 못난 놈. 다, 네 에미가 널 잘못 키운 탓이야. 나는 왜 아버지가 형제들 중에서 유독 나를 미워하는지 알 수가 없었다. 등신 같은 놈! 아버지가 내게 퍼붓는 말만 들으면 온몸의 기운이 빠지고 의욕을 잃는다. 자라면서 집안에 크게 해를 끼친 적도 없는데 아버지는 언제나 나를 반병신 취급을 한다. 반면 어머니는, 언제나 네가 하는 일은 다 옳다, 하시며 아버지와 정면으로 맞섰다. 하지만 그것도 아버지에게 대항하기 위한 구실일 뿐이었다. 아버지와 어머니의 틈바구니에서 반항도 해봤지만 결국은 아버지의 판단이 옳았다. 뭘 해도 제대로 되는 일이 없었다. 겨우 들어간 대학을 졸업하고는 빈둥빈둥 놀기만 했다. 그래도 잡화 가게를 차리면서 아버지의 얼굴을 대하는 시간이 적어져서 마음이 편했다. 그 따위 잡화 가게를 차릴 돈이 있으면 난 그 돈으로 혈통 좋은 개를 한 마리 사겠어. 개 한 마리 사서 잘 길러 파는 게 낫지. 잡화 가게를 내는 데 필요한 돈은 모두 어머니가 마련했건만 아버지는 그런 식으로 나를 홀아세웠다. 어머니가 기운 잃지 않고 오래 살아서 아버지를 막아주기만을 바랄 뿐이다. 어렵게 차린 가게인 만큼 잘 돼야 하는데, 왜 여자는 나만 없으면 가게문을 잠그는 것일까.

아직도 블라인드는 가려져 있다. 알로에 가게 앞에서 어슬렁거리다 바로 옆 제과점으로 들어간다. 속살이 뽀얗게 오른 빵처럼 오동통한 제과점 여사장은 여자가 나가는 걸 보지 못했다고 말한다. 팔짱을 낀 채 가게 앞을 왔다갔다한다. 열쇠가 없는 것은 아니지만 선뜻 문을 열 수가 없다. 블라인드로 빽빽하게 가린 가게의 표정이 함부로 들어와서는 안 된다고 말하고 있는 것 같아서다. 귀를 대본다. 자동차 소음에 섞여 라디오 소리가 들린다. 알로에 가게에서 들려오는 게 틀림없다. 블라인드의 비낀 틈 사이로 여자의 모습이 보일까, 바짝 눈을 들이댄다. 조금만 방향을 틀면 여자가 보일까 싶어 잔뜩 째려본다. 볼을 따라 찰랑대는 여자의 검은 머리카락이 보이는 것도 같다. 그러나 여자는 보이지 않는다. 다만 라디오 소리만 들린다. 여자는 도대체 안에서 뭘 하고 있는 걸까. 이번엔 출입문 틈으로 바짝 귀를 대고 있는데, 너무 가까이 댄 탓일까. 눈앞을 가로막는 거대한 알로에 한 그루와 맞부딪친다. 순간 여자가 블라인드를 한쪽으로 세게 당겨 문을 열어젖히고 있었던 것이다. 여자는 당황한 얼굴빛을 감추려고 애를 쓴다. 여자는 정작 문은 열지 않고, 진열대 앞에 놓아둔 의자로 황급히 돌아가 앉아 책을 집어든다. 나는 들어가지도 못하고 문 앞에 서 있다. 유리문을 두드린다. 여자는 빨갛게 달아오른 얼굴로 문을 열어준다. 여자의 이마는 땀으로 반짝거린다.

"미안해요. 알로에에 관한 새로운 학설이 나왔다고 해서. 이제 보니 위에만 좋은 게 아니래요. 간에도 효과가 있나구 하네. 새로 나온 알로에 소식지를 읽고 있었는데, 햇빛 때문에 눈이 시어서 좀 집중해서 읽으려고 블라인드를 가렸는데."

저 반말 비슷한 말투는 들을 때마다 거슬린다. 무슨 근거로 내가 자기보다 아래라고 생각했는지 모르겠다. 어쨌든 가게 안은 끈끈한 공기에 휩싸여 있다. 여자가 앉아 있는 뒷벽에는 대여섯 줄기의 알로에가 힘차게 뻗어 있는 액자 하나가 걸려 있다. 나는 여자를 정면으로 쳐다보지는 못하고 그 액자에 시선을 주었다가 내 자리로 들어간다. 이걸 째려보았다고 할 수 있을지 모르겠지만 내가 여자에게 할 수 있는 항의 표시는 겨우 이 정도이다. 무슨 일이 있었던 모양인데 여자는 뚱딴지같은 알로에 학설만 늘어놓는다. 괜스레 잘 놓여 있는 껌 박스와 즉석복권 등을 만지작거린다. 여자는 진열대에 턱을 괴고 또 책을 읽기 시작한다.

"점심은 안 드십니까?"

내 목소리가 퉁명스러웠나. 여자는 대답을 하는 둥 마는 둥 책 속으로 더 깊이 얼굴을 묻는다. 참 이상한 여자다. 물말고는 하다못해 과자 부스러기라도 뭔가 먹고 있는 모습을 거의 본 적이 없다. 알로에 줄기를 닦으며 얼만큼 자랐나 쳐다보기만 해도 배가 부른 것일까. 여자가 먹는다면 얼굴이 저토록 핏기 없고, 몸 전체가 굴곡이라고는 없이 빼빼 마르지는 않았을 것이다. 어쩌면 여자는 밥을 먹지 않고도 살아가는 비법을 알고 있는지도 모른다. 그렇다면 여자도 알로에를 먹는 걸까. 사실, 위에도 좋고 소화불량도 고치고, 쇠약해진 체력까지 증진시킨다는 알로에 정제들은 색깔부터도 식욕을 일으킬 것 같지는 않다. 손님이 오면 여자는 견본용 알로에 정제를 꺼내 보여주지만, 쑥떡 한 귀퉁이를 떼어놓은 것 같은 알로에 정제는 빛깔도 탁하고 을씨년스럽기만 하다. 갑자기 트림이 나온다. 여자가 불쾌해할까봐 신경이 쓰인다. 여자는 무덤덤한 얼굴로 책을 읽고 있다. 쇼윈도의 진열대에 놓인 쭉쭉 뻗은 싱싱한 알로에 줄기와 여자를 번갈아 쳐다본다. 아무리 봐도 어색한 대비이다.

오후 수업을 끝낸 초등학생 몇이 상가 앞을 지나간다. 책가방을 든 아이들의 어깨가 나란히 움직인다. 아이들의 손에는 소형 전자 오락기가 들려 있다. 시계는 세시를 가리키고 있다. 드디어 그 녀석이 올 시간이다. 조금 있으면 가게 앞을 지나갔다가 다시 되돌아와 신문 진열대 앞에 서 있을 그 녀석은 열 살가량의 나이에 눈가엔 장난기가 반지르르하다. 작은 몸집에 까만 머리칼이 뒷목까지 길어, 언뜻 보면 여자아이처럼 예쁘장하지만 녀석의 행동은 느물스럽기만 하다. 만원짜리 지폐 한 장을 내놓으면서 신문요, 하는 녀석은 눈을 내리깐 채 내 얼굴은 쳐다보지 않는다. 처음엔 쉬운 단어를 동원해 청소년 보호법까지 설명해가며 판매를 거부했지만 녀석은 매일 똑같은 얼굴로, 매일 같은 시간에 와서 매일 같은 만원짜리 지폐를 들이밀었다.

지금, 녀석이 엇비슷한 키의 친구들 몇을 데리고 신문 진열대 앞에 와 선다. 녀석은 신문을 고정시키기 위해 매어둔 고무줄을 앞으로 당겼다가 탁탁 퉁긴다. 열 살을 갓 넘긴 녀석들이 연예신문을 보는 이유는 딱 한 가지다. 오늘 아침 신문에도 젖가슴이 유난히 큰 헐리우드 여배우의 수영복 사진이 실렸다. 녀석은 달콤한 얼굴로 내려다보다가 천천히 고개를 든다. 지하철역으로 가면 더 찐한 거 있어, 가자! 하는 목소리가 들리고, 녀석은 내리깐 눈을 치켜뜨며 나를 쳐다보고는 새침한 얼굴로 친구들과 함께 사라진다. 녀석이 오늘은 나를 골려줄 작정을 한 모양이다. 아무래도 오늘은 내가 당한 짓 같다.

서향인 알로에 가게는 오후가 되면서부터 해가 질 무렵까지 뜨거운 태양볕 아래 그대로 노출된다. 낮 동안의 일조량과는 비교도 안 되게 강렬한 햇볕이 고스란히 상가를 비춘다. 볕이 따갑다. 여자는 햇볕을 피해 이리저리 의자를 옮겨가면서 책을 읽지만 정면을 향하고 있는 내 자리는 옮겨갈 틈이 없다. 가끔씩 돌아가는 중앙 냉방기는 뜨거운 바람만 내뿜고 있다. 해도 가릴 겸 사람들의 눈에 띌 만한 기사가 실린 신문을 뽑아 창에 붙인다. 막 배달된 신문을 정리하기 위해 일어서는데, 여자가 수납창고 앞에 세워둔 알로에 화분을 옮기려 한다. 나는 유리 칸막이를 통해 여자의 행동을 지켜본다. 잔뜩 힘을 주고 있는 여자의 얼굴이 발갛게 상기된다. 여자는 몸을 구부린 채 오른쪽 다리를 질질 끌며 엉거주춤하게 선다.

"그냥 둬요. 제가 하죠."

여자는 놀라며 화분에서 물러선다. 화분을 번쩍 들어 쇼윈도 앞 진열장으로 옮겨놓으려는 순간, 여자는 재빨리 플라스틱 받침대를 가지고 와 화분 아래에 끼워넣는다. 내가 휴지로 손을 닦는 사이, 여자는 벌써 물수건을 들고 알로에 화분 앞으로 간다. 햇빛을 잘 받는 쇼윈도 앞 진열장 위에 세 개의 화분이 나란히 올려졌다. 여자는 분무기로 물을 뿌려가면서 다육질의 초록빛 알로에 줄기를 하나하나 닦기 시작한다. 물끄러미 여자의 행동을 쳐다보다가 여자의 오른쪽 다리를 내려다본다. 굴곡이라고는 없이 축 처진 엉덩이 아래, 절뚝걸음을 걸을 때마다 심하게 휘어지는 오른쪽 다리가 보인다. 다리는 그 굵기를 가늠할 수 없을 만큼 넓고 치렁치렁한 바짓가랑이에 가려져 있다. 얼핏 보기엔 정강이뼈와 종아리뼈가 비정상적으로 가늘어 보인다. 여자가 뒤를 돌아볼 것 같아 재빨리 몸을 돌린다.

저기 상가 앞 횡단보도 건너편에 내 단골손님이 하나 서 있다. 머리칼이 어깨까지 길고 웃을 때마다 옥수수알처럼 깨끗한 치아가 환하게 드러나는 얼굴을 한 이십대 초반의 청년이다. 신호가 바뀌고 단골손님이 훌쩍 계단 앞까지 뛰어올라와 가게 안으로 들어온다.

"안녕하세요. 그거 나왔죠?"

며칠 전에 막 나온 영화잡지 하나를 청년에게 내민다. 청년은 팽팽한 청바지 뒷주머니에서 지갑을 꺼내 값을 치른다. 청년이 가게 안으로 들어오자 스킨 냄새가 코를 찌른다. 시간이 남는지 청년은 가게에서 나가지 않고 잡지를 훑어보고 서 있다. 매번 느끼는 것이지만 이 청년의 옆에 서 있으면 나 자신이 너무 초라해 보이는 것 같아 가능하면 가까이 서지 않으려고 한다. 키가 나보다 머리통 하나쯤은 더 크고 떡 벌어진 어깨가 건장해 보이는 미남형이다. 게다가 나한테서는 도저히 찾을 수 없는 건강함, 섹시함이라는 단어가 동시에 떠오른다. 아니나 다를까. 지난번에도 여자는 이 손님이 왔을 때 뒷모습을 훔쳐보고 있었다. 마치 아기의 피부라도 닦듯이 알로에에 코를 박고 서 있던 여자도 살금살금 청년의 엉덩이와 널찍한 어깨를 넘겨다본다.

"날씨가 많이 덥죠?"

청년을 향해 인사를 건네며 가게 밖으로 나간다. 그 동안 여자는 쇼윈도 쪽 화분에서 비켜 서서 진열대 뒤로 돌아가 앉는다. 청년이 가게에서 나온다. 여자는 가게 앞에서 청년과 내가 함께 서 있는 짧은 순간을 외면하는 척 고개를 숙인다. 청년이 신호가 바뀐 횡단보도를 성큼성큼 뛰어 건넌다. 상가 계단에 앉아 담배를 한 대 피워 문다. 슬그머니 고개를 돌려 여자를 본다. 여자는 분명 횡단보도 끝을 보고 있었다. 저 병신! 어느새 나는 그렇게 중얼거리고 있다.

다른 자식들은 더 힘든 학교에, 좋은 인물에 멀쩡하게 다 잘 자랐는데 왜 저놈만 저 모양이야. 저 등신 같은 놈! 너 같은 놈이 내

아들이라니. 누굴 닮아 매일 병치레야. 저런 놈이 내 아들이라니. 어릴 적부터 아버지는 나를 빌미로 어머니를 많이 괴롭혔다. 초등학교에 들어가면서부터 나는 아버지의 아들이 아닐 거라고 생각했다. 친아버지가 아니니까 키워준 은혜에 보답하는 의미에서, 언젠가는 아버지의 입이 떡 벌어질 만큼 돈을 벌어 아버지 앞에 던지고 싶었다. 하지만 지금 내가 와 있는 곳은, 알로에 건강식품 가게 한 귀퉁이에 세든 잡화 가게다. 신문과 잡지 몇 종류, 껌과 초콜릿을 팔아서 얼마나 벌 수 있을까. 아버지는 내가 어떻게 변한다고 해도 나를 인정하지 않을 것이 분명하다. 씁쓸한 생각에 머리끝이 간질거린다.

아파트 단지 너머로 해가 지고 있다. 검게 웅크리드는 상가 주변 건물들에 하나둘 불이 켜진다. 구급차의 사이렌이 요란하게 울리고, 여자는 문에 기대 서 가게 밖을 쳐다본다. 구급차는 대기 신호를 무시하고 아파트 입구로 들어간다. 상가 앞 버스 정류장과 건너편의 오피스텔 사람들, 식당가를 지나다니는 사람들이 내 가게의 손님들이다. 여자는 이제 퇴근할 준비를 하지만 나는 바빠진다. 이제 신문을 좀 팔 시간이다. 지금부터 한 시간 정도가 지나면 손님도 뜸해진다. 여자는 중앙 벽에 걸린 액자를 닦는다. 그리고 가로놓인 진열대 위를 또 닦는다. 여자는 약속이 있는지 일곱시가 가까워오는데도 퇴근을 하지 않는다. 전화벨이 울린다. 여자는 벨이 울리자마자 기다렸다는 듯이 수화기를 든다.

"여보세요."

여자는 짧게 한마디하고는 수화기를 든 채 꼿꼿이 서 있다. 여자의 얼굴이 점점 붉어지더니 좀 지나서 여자는 아예 얼굴을 손으로 감싸쥔다.

"여보세요."

수화기에 대고 짜증 섞인 목소리를 내뱉던 여자는 진열대 위에 올려놓았던 물컵을 떨어뜨린다. 유리컵이 바닥에 떨어져 박살이 나고, 허둥지둥 수화기를 내려놓은 여자는 걸레를 찾느라 부산하다. 여자의 허락도 없이 냅다 수화기를 들었다. 이런 미친놈들이 있다니. 수화기 너머에서는 끈끈하다 못해 지겨운 어떤 녀석의 신음이 들려오고 있다.

"그냥 끊으세요. 그냥 끊어요."

여자는 얼굴이 발갛게 상기된 채로 걸레를 들고 서서 호들갑이다. 나는 가능하면 쌍욕을 해주겠다는 비장함으로 수화기를 잡은 손아귀에 잔뜩 힘을 주었다.

"야, 너, 누구야."

내 딴에는 상대방이 질겁을 하고 전화를 끊게 해주겠다는 다짐을 하고 한 말이었지만 수화기 너머에서는 여전히 지겨운 신음이 이어진다. 상대가 누구든 상관없다면 조용히 수화기를 내려놓을 수밖에 없었다. 여자는 깨진 유리 조각들을 찾느라 걸레를 들고 진열대 아래로 기어들어가 있다. 유리 조각을 찾을 때마다 집게손가락으로 하나씩 집어내어 종이 위에 모은다. 살짝 기울어진 여자의 오른쪽 어깨에 브래지어 끈이 보인다. 퇴근 시간이 가까워져서인지 신문을 찾는 손님이 늘고 나는 어느새 여자를 쳐다볼 틈도 없이 바빠진다.

정신 없이 한 시간이 후딱 지난다. 여자는 그때까지도 분무기로 물을 뿌려가며 알로에 줄기를 닦고 있었다. 흰 면수건에 호호 입김을 불어넣어가며 줄기가 뻗은 방향으로 정성을 다해 닦는다. 엉뚱하게 걸려온 전화 때문에 받은 충격을 알로에 줄기를 닦는 것으로 가라앉히겠다는 것인지 가지가 뻗어나간 밑둥 가까이까지 손을 넣

142

어 꼼꼼히 닦고 있다. 누군가를 사랑한다면, 여자가 누군가를 사랑한다면 그건 알로에가 아닐까. 나는 물끄러미 여자를 보면서 생각한다.

여자는 핸드백을 들고 가게 밖으로 나가기 전, 가게 앞 유리의 블라인드만 내린다. 나머지는 나더러 내리라는 뜻이다. 셔티를 내린후 자물쇠를 채우고 일어서려는데 상가 앞 계단 아래서 내일 봐요! 하는 여자의 목소리가 들린다. 여자는 느릿느릿, 오른쪽 다리를 땅에 끌며 걸어 횡단보도 앞에 선다. 여자는 건너편 아파트에 산다고했다. 나는 여자가 듣든 말든 내일 봅시다! 하고는 초등학교 담장을따라 지하철역 쪽으로 걸어간다. 담장의 모퉁이를 돌기 전에 거리위에서 여자를 찾는다. 여자는 머리를 오른쪽 앞으로 기우뚱하게숙인 채, 깜빡이는 신호에 쫓겨 제일 뒤로 처져 길을 건너고 있다. 그래서 그런지 길 위에 여자 혼자 있는 것 같다.

여자는 출근 전이다. 알로에 가게 안은 깔끔하게 정돈되어 있다. 여자의 가게를 통해 내 가게로 들어가다가, 무심코 벽 쪽의 수납창고를 쳐다보았다. 창고 문틈에 여자의 스타킹이 끼어 있다. 이 말을들으면 남들은 웃겠지만 정말이지 생전 처음 만져보는 여자들의 물건이다. 수납창고 문을 열고 끼어 있는 스타킹을 꺼낸다. 손에 닿는감촉이 부들부들하다. 나무 재질의 문턱에 스타킹 올이 걸려 작게오그라든다. 여자의 다리라도 본 것처럼 오싹해진다. 횡단보도를건너 계단을 올라오고 있는 여자가 보인다. 쓰레기통을 찾다가, 당황한 나머지 여자의 스타킹을 바지 주머니에 넣고 만다.

등줄기가 끈끈하게 젖는다. 차도는 뜨거운 지열로 몸살을 앓고 있는데 라디오에서는 먼 나라 이야기처럼, 곧 장마가 시작된다는 예보가 흘러나온다. 여자는 흰 종이 한 장을 진열장 위에 펼쳐놓고 매직펜으로 뭔가를 열심히 쓰고 있다. 실내 장식을 새로 할 모양이다. 물컵을 들고 알로에 가게에 있는 작은 냉장고에서 물을 꺼내며 여자가 쓰고 있는 걸 넘겨다본다. 여자의 눈가가 부어 있는 것 같다. 스트레스와 각종 공해에 시달리는 현대인들의 건강보조식품 알로에. 여자는 글씨가 마음에 들지 않는지 종이를 치우고 새로운 종이 한 장을 편다. 휴우…… 여자는 깊은 한숨을 내쉰다. 살아 있는 알로에로 건강한 현대인의 삶. 여자의 글씨는 중성의 끝부분이 길쭉하게 휘어진다. 여자의 다리 모양과 글씨가 비슷하다는 생각에 웃음이 난다. 여자는 의자에 털썩 주저앉는다. 힘이 드는 모양이다.

"점심 먹으러 갑니다."

유리 칸막이를 넘어가 여자에게 말한다. 여자는 팔짱을 끼고 앉아서 자신이 쓴 글씨들을 내려다보고 인상을 쓰다가 얼른 표정을 바꿔 고개를 끄덕인다. 유리문을 밀고 나가다가 언뜻 여자의 얼굴에 감도는 서늘함을 느끼고 돌아본다. 여자는 누렇게 색이 바랜 채 벽에 붙어 있는 광고지를 찢듯이 떼어내고 있다. 장사가 안 되는 이유가 그 광고지 때문이기라도 한 것처럼 말이다. 점심을 먹고 오면 알로에 가게는 블라인드로 가려져 있을 것이다. 횡단보도를 건너 오피스텔 상가 쪽으로 발걸음을 옮긴다. 알로에 가게를 건너다본다. 벌써 가게 안은 푸른색의 블라인드로 촘촘하게 가려져 보이지 않는다.

비빔밥을 시킨다. 밥이 잘 넘어가지 않는다. 잡화 가게가 잘 되지 않으면, 이번에도 잘 안 되면 정말이지 앞으로는 무슨 일을 해야 할지 난감해진다. 잘 되지도 않는 잡화 가게를 하느니, 아예 영업용 택시를 운전하는 편이 나을지도 모른다. 하지만 난 몸이 약하다. 밤낮없이 택시를 몰고 서울 시내를 달리는 일이 내게 맞을지 자신이 없다. 손에 묻은 신문 기름 냄새가 가시질 않고 입 속으로 넘어가는 것만 같다. 어머니는 또, 너 하는 일은 다 옳다! 다른 일을 시작하면 된다, 하시며 툭툭 먼지를 털고 일어서실 게 뻔하다. 하지만 아버지는 그렇게 넘어가지 않을 것이다. 머릿속으로 이번 달 수입을 계산해본다. 아무리 생각해도 오래 버티지 못할 것 같다.

횡단보도를 건너 알로에 가게 앞 버스 정류장의 포플러 나무에 기대 담배를 피운다. 이쯤이면 문을 열 때도 됐는데 문은 아직도 열리지 않는다. 초등학교 쪽으로 걸어간다. 배꼽을 드러낸 셔츠를 입은 여자가 수박 한 통을 들고 상가 쪽으로 걸어온다. 가뜩이나 장사도 안 되는데 화가 치민다. 초등학교 운동장에 남자 교사의 쩌렁쩌렁한 목소리가 울려퍼진다. 남자 교사 키의 반만한 아이들이 모두들 재잘재잘 제멋대로 떠든다. 수업중이라 학교로 들어갈 수도 없다.

상가 앞 계단에 놓아둔 화분 속으로 담배꽁초를 던진다. 문득 불안해진다. 혹시 여자가 장사가 되지 않는다는 이유로 무슨 일이라도 저지르는 건 아닐까. 출입문 손잡이를 잡고 문을 두드린다. 한동안 기척이 없다. 다시 문을 두드린다. 여자는 잠시 후 헬쑥해진 얼굴로 푸른색 블라인드를 당긴다. 때마침 전화벨이 울리고 여자는 급하게 출입문을 연 후에 전화를 받는다. 가게 안은 또 끈끈한 공기에 휩싸여 있다.

"네에, 알로에 건강코넙니다."

그사이 나는 스포츠신문 한 부를 판다. 전화를 받고 있는 여자의 목소리가 조금씩 갈라지며 떨린다.

"그럼요. 유기농법으로 키운 싱싱한 알로에가 원료인걸요."

여자는 전화를 받으며 땀이 난 얼굴을 수건으로 꾹꾹 누른다. 수화기를 내려놓은 여자는 울 것 같은 얼굴로 유리 칸막이 앞으로 다가온다. 칸막이를 똑똑 두드리며 여자가 말한다.

"잠깐만 나가 계실래요."

순간 꾹꾹 억눌렀던 화가 공처럼 튀어오른다.

"아무리 제가 세를 얻었지만, 이래도 되는 겁니까. 도대체 장사를 하라는 겁니까, 말라는 겁니까. 사람을 무시해도 정도가 있지……"

여자는 내 얼굴을 빤히 쳐다보다가 절뚝절뚝 제자리로 돌아가 의자에 앉는다. 그리고는 또 책 속에 고개를 파묻는다. 화를 내고도 어색해서 동전을 들고 가게를 나온다. 상가 이층에 커피 자동판매기가 있다. 커피를 뽑아들고 계단을 내려오는데 막 가게 앞으로 걸어가고 있는 녀석이 보인다. 오늘은 녀석의 얼굴이 시무룩하다. 녀석은 친구들도 없이 혼자서 진열대에 꽂힌 신문을 내려다본다. 나는 뒤에서 녀석이 하는 짓을 지켜본다. 녀석은 신문 판매대의 고무줄을 당기고 조막만한 손으로 신문을 한 부 꺼내며 내 자리를 힐끔본다. 사백원이다! 녀석은 내 목소리에 흠칫 놀라면서도 뒤돌아보지는 않고 고개만 떨군다. 녀석은 유리문을 밀고 들어가는 내 등뒤에다 쏘아붙인다.

"퍽 유."

녀석의 반지르한 머리통을 한 대 쥐어박으려고 후닥닥 쫓아나가지만 도토리만한 녀석은 벌써 저만치 달아나고 있다. 이만저만 화가 나는 게 아니다. 어린 녀석까지도 나를 놀리다니, 가게 밖으로 나와 담배를 피워문다. 이번 운전면허시험은 꼭 통과해서 영업용 택시를 몰아야겠다는 생각만 든다. 하다보면 약한 몸도 적응을 할 것이다.

가게 쪽을 쳐다보는데 여자가 없다. 담배를 비벼 끄고 가게 안으로 들어간다. 여자는 보이지 않는데 아아, 아 하는 소리가 끊어졌다가는 다시 들려온다. 수납창고에 여자가 있다. 비스듬히 열린 창고 문을 연다. 한두 사람이 겨우 앉을 만한 창고 속에 여자가 앉아 있다. 여자는 오른쪽 다리에 보조기를 채우느라 끙끙거린다. 철제투구 같기도 한 흉물스러운 보조기에 감싸여 있는 여자의 오른쪽 다리는 지나치게 하얗고 가느다랗다. 여자가 벗어놓은 스타킹이 박스 더미 위에 걸려 있다. 버클이 잘 맞지 않는지 여자의 몸이 자꾸만 빈 상자들 쪽으로 쓰러진다. 여자의 얼굴은 땀투성이다. 사람의 몸을 지탱하는 다리가 아니라 잘못 붙어 있는 이물질처럼 보조기를 끼운 다리는 낯설다. 푸른 정맥이 흰 살갗을 뚫고 튀어나올 것 같다. 여자가 보조기의 버클 고리 한쪽을 나머지 한쪽에 맞추려고 애를 쓴다. 내가 보고 있다는 걸 몰랐던 모양이다. 여자는 흠칫 놀라며 바짓가랑이를 내리려고 한다. 그러다가 버클 고리가 바짓가랑이에 걸린다. 몸을 숙여 여자에게 다가간다. 여자의 몸에서 땀내가 난다. 나는 온 힘을 다하여 버클 고리 한쪽을 잡아당긴다. 여자는 이를 앙다문 얼굴로 아! 아파요, 한다. 여자의 오른쪽 다리가 발갛게 짓눌려 있다. 여자가 고통스러워해서 힘껏 잡아당길 수가 없다. 다시 한번 힘을 주어 잡아당기는 순간, 버클 고리가 바닥에 툭 떨어진다. 버클 고리가 끊어지면서 여자의 다리에 끼워진 보조기가 축 늘어진다. 여자는 멍한 얼굴이다.

"미안해요. 정말 미안해요. 부러뜨릴려고 그런 건 아닌데."

보조기를 떼어낸, 푸른 정맥이 선명한 여자의 다리를 보는 순간 그 동안 여자에게 품고 있었던 적의가 단번에 수그러드는 느낌이다. 나는 또한번 미안하다는 말을 하지만 여자의 얼굴은 더욱 완강하게 닫힌다. 여자는 벽을 짚고 몸을 끌다시피 해서 수납창고에서 나온다. 여자의 걸음걸이는 전보다 훨씬 느려진 듯하다. 여자가 똑똑 유리 칸막이를 두드린다. 여자의 손에는 냉장고에서 꺼낸 음료수 한 병이 들려 있다. 내 자리로 들어와 여자 쪽을 쳐다보지 않는다. 귀 뒤로 연신 땀이 흘러내린다. 나는 음료수도 마시지 않고 못볼 것을 본 사람처럼 멍하게 앉아 있다. 머릿속에는 여자의 다리만 꽉 차 있어 아무것도 보이지 않는다.

여자는 또 물수건을 들고 길가 쪽의 진열장 위에 놓인 알로에 줄기를 닦고 있다. 나는 한쪽으로 기울어진 여자의 바짓가랑이를 쳐다본다. 가늘고 희면서 도무지 힘을 쓰지 못할 것 같은 여자의 오른쪽 다리가 눈앞에서 지워지지 않는다.

"야구 좀 보러 갑니다."

듣거나 말거나 여자에게 말하고 나와버렸다. 복덕방 김사장은 선풍기를 튼 채 코를 골며 자고 있다. 내가 가장 좋아하는 팀의 야구 경기가 있는 날이다. 텔레비전을 튼다. 평소 같으면 정신을 잃고 빠져들 야구경기였지만 선수들의 몸놀림이 그저 헛방망이질만 하는 것 같고 도무지 재미가 없다. 담배를 찾느라 주머니에 손을 넣는다. 여자의 스타킹이 잡힌다. 내가 가장 좋아하는 선수가 삼루타를 쳤지만 나는 바보처럼 스타킹만 만지작거리고 있다. 푸른 정맥이 도드라진 여자의 가늘고 흰 다리가 떠오른다. 스타킹의 감촉처럼 여자의 휘어진 다리 또한 부드러울 것만 같다. 감기라도 들 것처럼 온몸이 떨려 텔레비전을 끄고 복덕방을 나온다.

푸른색 블라인드는 보이지 않았다. 유리창 안으로 보이는 여자는, 나와 여자의 공간을 나누는 유리 칸막이를 닦고 있다. 여자가 갑자기 몸을 숙여 내 잡화 가게로 들어간다. 여자는 내가 턱을 괴고 앉아 잡지를 읽거나 밖을 내다보곤 하는 작은 나무책상 위를 닦기 시작한다. 그건 내 책상인데, 여자가 내 책상 위를 닦고 있다. 여자는 내가 가게문을 열고 들어가자 가볍게 인사를 한다.

"다녀왔어요?"

그 목소리가 여느 때와 다르게 들린다. 여자는 진열장 안에서 알로에 정제가 담긴 약통을 꺼내 하나하나 걸레질을 하기 시작한다.

"날씨가 덥죠?"

여자는 전에 없이 가게에서 커피를 끓인다. 가게 안에 냄새가 밴다고 커피포트 놓는 걸 싫어했었다. 여자가 일회용 컵에 담긴 커피를 유리 칸막이 안으로 넣어준다. 그때, 오십대 초반으로 보이는 여자가 알로에 가게로 들어선다. 여자는 어느 때보다도 화사한 얼굴로 인사를 한다. 손님은 굵은 알반지를 낀 손가락으로 진열장 안에 놓여진 물건을 가리킨다.

"카탈로그부터 보실래요? 좀 앉으세요."

여자는 냉장고에 기대 세워둔 의자를 끌어다 손님에게 권한다. 그리고 손님의 차림새를 빠르게 훑는다. 오랜만에 여자의 얼굴에 생기가 돈다.

"아까 고르신 건 단순한 영양 보충 기능만 해요. 이걸 보실래요? 이건 고농축 자라원이에요. 자라는 아무것도 먹지 않고도 일 년씩이나 생존한다고 하거든요. 스태미너가 부족한 분들한테 정말 좋아요."

여자가 대뜸 자라원부터 내놓는 건 처음 본다.

"이거 정말 효과 있나?"

여자는 어느 때보다도 친절한 말씨다. 손님은 여자가 진열장에서 꺼낸 견본용 자라원 박스 뚜껑을 거칠게 연다. 나는 저 자라원이 대충 얼마짜리인지 알고 있다. 적어도 삼십만원은 한다. 여자가 오늘저 자라원 하나를 팔면 얼마가 남을까. 여자의 전화 내용에서 원가의 세 배가 넘는 게 자라원 가격이라고 들은 적이 있다. 여자는 끝까지 침착하게 손님을 대한다.

"얼만데?"

"삼십오만원이에요."

손님은 놀라지도 않고 웃으며 여자를 쳐다본다.

"가격이 문제가 아니지."

여자는 침착함을 잃지 않고 단발머리 한쪽을 귀 뒤로 꽂아넘기며 가격이 문제가 아니라는 손님의 표정을 살핀다. 그리고 깜찍하게 웃는다. 나는 어느새 여자의 행동을 너무 오래 지켜보고 있었다는 걸 깨닫고 길 쪽으로 시선을 돌린다. 왠지 흥정이 쉽게 끝날 것 같지는 않아 보인다.

"오만원 정도는 깎아드릴 수도 있구요."

그 말을 듣는 순간 은근히 화가 치민다. 내가 신문 한 부를 팔면 남는 돈이 얼마인가. 하지만 여자가 저렇게 비싼 물건을 파는 건 그리 자주 있는 일이 아니니까. 어쨌든 분위기가 무르익는 듯하더니 일이 이상하게 꼬여가고 있다.

"저희 집에서 이걸 갖다가 남편에게 장기복용하게 했던 손님이 있어요. 피로감도 없어지고 식사도 잘 하시구 아주 건강해지셨대요."

"그런데 말야. 효과 없으면 아가씨가 보상해줄 거야? 이런 걸 어디 한두 번 먹어봤나."

"알로에는 달라요."

알로에는 달라요, 여자가 단호하게 말하는 순간 갑자기 손님의 말투가 바뀐다.

"다들 그래, 다르다고 말하지. 내가 이런 거 숱하게 많이 사봤어. 그런데 우리 그이는 왜 늘 그렇지? 아가씬 잘 모를 거야. 아가씨 혹시 그 이유 알아요?"

"그건 공해도 심하고, 스트레스 때문에……"

여자는 얼굴을 붉히며 말을 잇지 못한다. 손님은 여자가 내놓은 카탈로그를 들고 이것저것 읽어보다가 다시 진열대 위에 올려놓는다.

"뭐 별것도 없구만."

손님이 가게를 나간다. 오랜만에 여자가 돈을 만지는 것을 보게 되는 줄 알았다. 여자의 표정이 싸늘하게 변한다. 그때 전화벨이 울린다. 여자는 수화기를 막고 나를 쳐다본다.

"잠깐만 나가 계실래요."

막 온 손님에게 신문 한 부를 내주고 일어서려는데 여자의 나직한 목소리가 들린다.

"내 걱정은 말아. 나는 늘 혼자였으니까."

여자는 한동안 수화기를 들고 말이 없다. 전화가 끝난 후, 여자는 알로에 줄기를 닦지도 않고 책도 읽지 않는다. 한동안 창 밖을 내다보고 있던 여자는 어느새 가방을 들고 가게를 나선다. 보조기를 끼지 않은 여자의 걸음걸이가 여느 때보다 더 느려 보인다. 하필이면 이런 날 보조기 버클을 부러뜨린 것이 더할 수 없이 미안스러워 여자의 뒷모습을 쳐다본다. 커다란 유조차에 가려 여자가 보이지 않는다. 순간 나는 얼른 가게를 나와 문을 잠근다.

여자의 뒤를 따라간다. 여자는 아파트 단지 입구로 천천히 꺾어들어가고 있다. 여자가 놀이터와 대형 쓰레기함 앞을 지나 아파트 입구 계단으로 올라간다. 경비실 수위가 여자에게 인사를 하지만 여자는 그냥 지나친다. 여자는 엘리베이터 입구에 걸린 거울에 몸을 기댄다. 엘리베이터가 도착하고 여자가 올라갈 때까지 기다린다. 불이 켜지는 육층 거실을 올려다본다. 문득 나는 웃는다. 올라가서 여자에게 뭐라고 말할까. 실망하지 말라고 할까? 자라원은 꼭 팔릴 거라고 할까? 그건 아니다. 그럼, 보조기 버클을 고쳐주겠다고 할까? 푸른 정맥이 도드라진 다리를 보여줄 수 있느냐고 물을까? 주머니에 들어 있는 여자의 스타킹이 땀에 젖어 축축하다.

오늘 아침 조간신문의 1면은 장마비가 곧 서울에 상륙할 것이라는 기사로 채워져 있다. 그래서인지 바람기가 거세다. 여자는 정오가 다 되어서 출근을 한다. 긴소매 블라우스를 입고 있어서 그런지 여자의 표정이 더 침울해 보인다. 여자는 입도 떼지 않고 의자에 앉아 있다. 나는 신문을 파는 틈틈이 잡지를 읽으면서 여자를 훔쳐본다. 여자는 알로에 줄기를 닦지도 않고, 팔짱을 낀 채 의자에 앉아 창 밖만 바라본다. 잘못 걸려오는 전화 한 통 없다. 내 손님도 많지가 않다. 나는 바지 주머니에 손을 넣고 여자의 스타킹을 쥐었다 놓았다 한다. 어느새 점심시간이 지나가는 것도 모르고 잡지에만 머리를 파묻고 앉아 있다. 여자도 나도 제자리에 박힌 듯이 앉아 움직이질 않는다.

석간신문에는 남해안 일대에 장마비가 내리고 있다는 소식이 실려 있다. 하지만 해는 여전히 쨍쨍하다. 여자가 힘없이 고개를 외로 꼬고 앉아 있어서인지 가게 전체에 축 처진 듯한 기운이 감돈다. 오로지 쇼윈도 쪽 진열장 위에 놓인 여자의 알로에 화분만이 싱싱하게 살아 숨쉬고 있는 것 같다.

해가 지기도 전에 여자는 가게를 나간다. 집으로 가는지 여자는 횡단보도를 건넌다. 해가 질 때까지 가게 안에서 서성거린다. 주머니 속에 손을 넣고 여자의 스타킹을 만지작거린다. 가게문을 닫고 여자의 아파트 쪽으로 걸어간다. 수위가 누굴 찾아왔느냐고 물으면 뭐라고 대답해야 할지 모르겠다. 그런데 다행히 묻지 않는다. 엘리베이터를 타고 육층으로 올라간다. 내가 바로 봤다면 여자는 복도식 아파트 육층 맨 오른컨에 산다. 초인종을 누른다. 심장이 벌렁거린다. 한참만에 여자가 나온다.

여자는 깡충하게 짧은 원피스를 입고 있다. 가슴께부터 무릎 위까지 내려가면서 꽃무늬가 점점 커지는 붉은 원피스다. 까만 머리칼은 하나로 올려묶었다. 여자의 한쪽 다리가 어린아이 팔목처럼 가늘다. 늘 보던 바지 차림이 아닌 게 이상스럽다.

거실엔 갖가지 크기의 알로에 화분이 가득하다. 식물원에 들어온 것 같은 착각이 들 정도다. 여자는 알로에 화분에 물을 뿌리고 있었던 모양이다. 알로에 줄기 테두리의 뾰족한 가시에 물방울이 묻어 있다. 나는 톡톡 터지는 알로에 줄기의 물방울을 본다. 거실에는 주문만 해놓고 팔지 못한 알로에 제품들이 박스도 풀지 못한 채 가득 쌓여 있다. 집 안은 온통 알로에 천지다.

"미안해요, 뭔지 잘 모르겠지만 나 때문에 물건을 못 판 것도 같구. 미안해요. 보조기도 그 모양으로 만들어놓고."

여자는 내 말을 들으며 씽긋 웃는다.

"그런 손님 한두 번 보나요. 그리고 보조기는……"

여자는 한쪽 다리가 휘어지는 절뚝걸음으로 베란다 쪽으로 걸어간다. 휘어진 여자의 다리가 눈앞에 있다. 보조기를 하지 않아도 괜찮다는 뜻일까. 여자는 알로에 화분에 붙어서서 싱싱하고 튼튼한 알로에 줄기 하나를 툭 꺾는다. 그리고 싱크대로 가서 수돗물을 틀어 알로에를 씻는다.

"가끔 만났던 사람이 있어요. 한여름에 결혼을 할 건 뭐래요. 그 사람도 나처럼 다리를 절어요. 둘 다 다리를 절면 사람들이 쳐다본다나요. 그래서 그 사람은 두 다리가 멀쩡한 여자랑, 이 더운 팔월에 결혼을 한대요."

여자의 목소리가 쏴쏴거리며 쏟아지는 수돗물 소리에 섞인다. 여자는 닥치는 대로 쇠붙이를 먹어치운다는 전설 속의 불가사리처럼 칼날 모양의 가시가 박힌 다육질의 알로에 줄기를 우적우적 씹어 먹고 있다. 나는 여자의 입 속으로 빨려들어가는 파란 알로에 줄기를 보면서 곧 붉은 피가 입가로 흘러내릴 거라고 생각한다. 그러나 여자는 웃는다. 조금씩 웃다가 아예 깔깔거리고 웃기 시작한다.

"여기 있는 건강식품들, 안 팔리면 내가 다 먹을 거예요. 그럼 난 아주 건강해지겠죠."

여자는 또하나의 알로에 줄기를 들고 초록색 알로에의 껍질을 칼로 벗겨낸다. 점액이 맺힌 알로에를 입 안 가득 채워넣은 여자는 우적우적 소리를 내며 알로에 줄기를 씹어 먹는다. 여자는 내 앞으로 껍질을 깐 알로에 줄기 하나를 내민다. 여자에게 뭔가 할말이 있을 것 같다.

"보조기, 안 하는 게 더 보기 좋은데요."

여자는 웃으며 자기의 다리를 내려다본다. 웃는 여자의 입 속이 옅은 초록빛이다. 초록빛 입에서 한 가득 가시가 쏟아져나올 것만 같다. 여자는 자꾸만 웃는다.

나는 지금도 횡단보도 저쪽에서 가게로 오기 위해 신호를 기다리고 있는 여자를 보고 있다. 아슬아슬하게 횡단보도 저쪽에 서 있는 여자의 모습이 내 온 신경을 잡아끈다. 여자는 목발을 짚고 있지 않다. 의사는 지금 서반지 횡단보도 끝에 서서 내가 있는 가게 쪽을 쳐다보고 있다. 여자는 원피스를 입고 있다. 한쪽 다리는 어린아이

팔목처럼 희고 가늘다. 그 가는 오른쪽 다리를 그대로 내놓고 있다. 바람에 여자의 원피스가 들썩거린다. 신호가 바뀐다. 여전히 그 비대칭적인 절뚝걸음으로 횡단보도를 건넌다. 여자가 한 손으로 이마를 가린다. 무리지어 손을 흔들며 건너오고 있는 유치원 아이들이 여자를 앞지른다. 여자가 살짝 방향을 튼다. 가게 쪽으로…… 여자의 오른쪽 다리가 후들거리는 것만 같다. 넘어지지 않을까 아슬아슬하다. 빨간 신호등이 켜진다. 전진해가는 차들이 움직이기 시작한다. 나는 온 신경을 집중해 여자의 다리를 쳐다본다. 등줄기에 땀이 밴다. 여자는 한달음에 보도로 올라온다. 여자는 거기서 멈추지 않고 하나하나 알로에 가게 앞 계단을 올라, 출입문 앞까지 무사히 걸어온다. 문을 밀고 들어오는 여자의 얼굴이 땀으로 뒤범벅이다.

불빛과 침묵

아나운서의 목소리가 방을 울리고, 고개를 들어 텔레비전을 보는 순간
파리 에펠탑 위 전광판에 눈부시게 환한 불이 켜진다. 뉴스에 귀를 기울인 사이
콩나물 대가리를 다듬어놓은 신문지 위로 지렁이란 놈이 힘겹게 기어오른다.
죽어, 죽어, 나도 모르게 신문지를 움켜쥐고는 지렁이를 내리친다.

주인여자가 걸어놓은 레코드판은 구스타프 홀스트의 〈행성〉이다. 판 위에 바늘을 올려놓고 창 쪽으로 고개를 돌린다. 아주 짧은 시간, 나 자신의 숨소리마저 들릴 만큼 아주 짧은 시간 동안의 고요가 낯설다. 드디어, 저만치 수평선 끝에서부터 거친 해일이 밀려오듯 장엄한 박자의 트럼펫 소리가 들리며 화성(火星)을 주제로 한 첫번째 장이 시작된다.

　나는 입 속으로 '수금지화목토천해명'을 외며 바로 지구의 바깥 둘레를 돌고 있다는 화성에 대해서, 아니 지금 저기 창 너머 대각선으로 보이는 언덕 위에, 바짝 마른 해초 줄기들처럼 추한 몰골로 서 있는 미화아파트 안에 있을 그를 생각하고 있다. 초원 레스토랑의 외벽 구실을 하는 커다란 통유리를 통해 비스듬히 올려다보이는 낡은 미화아파트 다섯 개 동은, 화려한 놀이공원의 뾰족 지붕 모양을 닮은 이 일대 건물들을 훌쩍 가로질러 평지보다 높은 북쪽 산 언덕 위에 쓰러질 듯 서 있다. 미끈한 은색 대리석으로 치장한 건물 이층에 있는 초원 레스토랑은 노동의 강도로 보면 지금까지 다녔던 어떤 직장보다도 힘이 덜 드는 직장이다. 나는 초원에서 일을 마치면 언덕 위의 낡은 미화아파트로 돌아간다. 그곳은 나의 집이며 그곳에 내 가족인 그가 있다. 유리창 너머, 저 아파트 안에서 그는 지금 무엇을 하고 있을까. 아마도 실내 안테나를 이리저리 돌려가며 텔레비전을 보거나, 늘어지게 하품을 하며 식빵 테두리를 떼낸 뒤 튀튀, 소리내어 사방으로 날리고 있을 것이다.

창 밖으로 내려다보이는 오전 거리는 온통 숨을 죽이고 있다. 하지만 이 부근의 유흥업소들은 자정을 넘어서까지 북적거린다. 불경기라는 말은 이 일대에서 통하지 않은 지 오래이다. 비디오방과 전화방, 카페와 레스토랑, 옷가게와 악세사리 가게가 밀집해 있는 이곳은 불황을 모른다. 입구에 어른 키만한 인공 해바라기가 빼곡이 꽂혀 있는 노천 카페와 서부 영화의 세트처럼 통나무로 지은 맥주집들, 형광색 불빛을 뿜어내는 영문 간판을 주렁주렁 매단 채 문턱이 부서져라 손님이 끊이지 않는 패스트푸드점들 그리고 향수 냄새를 풍기며 각선미를 잔뜩 드러낸 옷차림으로 거리를 오가는 여자들, 상표조차 읽기 힘든 맥주병을 입 속에 넣은 채 그 곁에 있는 여자들보다 더욱 기이한 옷차림으로 연신 담배연기를 뿜어대는 남자들…… 그리고 깔깔거리는 그들의 웃음소리, 그 사람들이 토해내는 열기가 없다면 엥겔계수가 생활비 지출의 전부인 그와 나의 생계는 더할 수 없이 막막해진다.

퇴근길에 아파트로 올라가는 언덕 중턱쯤에 서서 거리를 내려다보면 이 일대를 뒤덮은 불빛이 오직 나를 향해서만 고개를 돌리고 있는 것 같아 서늘할 때가 있다. 그럴 때마다 불빛을 감싼 짙푸른 하늘은 잔뜩 물기를 머금은 축축한 느낌이다. 겨우 익숙한 초원 레스토랑마저도 선팅된 검은 창이 차갑게 번들거릴 뿐, 불빛들을 뒤로 하고 돌아서면 아파트로 올라가는 길은 더욱더 어두컴컴하다.

삼 개월 전쯤, 나는 어쩌다 이 거리의 한복판에 서 있었다. 버스에 지하철에, 한나절을 돌아 도착한 곳이 이곳이었다. 마치 우주선처럼 통유리로 된 초원 레스토랑의 외양을 처음 보았을 때 나는 걸음을 멈췄다. 장마철이었고 어깨가 으스스 떨렸다. 대리석 건물 이층에 성처럼 떠 있는 초원 레스토랑에 들어가 뜨거운 커피라도 한잔 마시고 싶었다. 천천히 계단을 올라갔다. 출입구 유리문에 여종업원을 구한다는 종이가 붙어 있었지만 그 여종업원이 내가 될 수도 있겠다고 생각한 건 커피를 거의 다 마시고 창 밖을 내다보고 있을 때였다. 그의 무직 상태가 길어지고 있었고, 태어날 때부터 돈을 버는 일 같은 건 할 수 없는 사람처럼 미끈거리기만 하는 그를 더는 두고 볼 수 없었다. 나는 마른침을 삼키며 조심스레 계산대에 앉은 여자에게 다가갔다. 그때 여자는 사는 곳과 결혼 여부, 나이와 고향 등을 차근차근 물으며 집요할 정도로 구석구석 내 몸을 뜯어보았다. 휴일은 한 달에 두 번, 내일 아침 아홉시까지 나와요. 차갑게 톡톡 끊어서 말하던 그 여자가 바로 주인여자였다. 어쩌면 여자는 내 얼굴에서 절박함을 읽었는지도 모르겠다. 바로 그날부터 낡은 미화아파트의 지척에 있으면서도 그곳의 색깔과는 전혀 다른 이 부근은 마치 별천지처럼, 내 눈앞에 펼쳐진 또하나의 풍경이 되었다.

이틀에 한 번씩 음식 재료를 배달해주는 김군이 숨을 헉헉거리며 들어온다. 야, 너 오늘 십 분 늦었어. 감기에 걸렸다며 출근하면서부터 툴툴대던 최 실장은 잔뜩 인상을 쓰며 주방에서 나온다. 소형 녹음기의 리시버 줄을 Y자로 가슴에 건 김군은 최 실장의 심통에 뻣뻣하게 굳은 표정이다. 야, 너네 사장한테 얘기해. 초원에서, 내가 그러더라구, 물건을 이렇게밖에 못 넣어? 양파며 감자가 든 탱탱한 망사자루를 옮기던 김군은 리시버를 빼고 최 실장의 얼굴을 물끄러미 쳐다본다. 야 뭘 봐. 창고에서 몇 달씩 썩은 걸 우리 가게에 넣었다가는 혼날 줄 알아. 김군은 빙긋이 웃으며 스테이크 소스가 든 커다란 깡통을 주방으로 옮긴다. 그리고 김군은 유리문을 나서기 전 씩 웃으며 주머니에 손을 넣는다. 작고 빨간 사과 한 알이 그의 손 안에 들려 있다. 누나 먹어요. 사과를 내미는 김군의 손은 장미다발이며 비둘기를 마음대로 만들어낼 수 있는 마술사의 손이다.

김군의 묵직한 신발 소리가 끊기고, 계단을 올라오는 구둣발 소리가 들린다. 한 여자가 초록색 망토 코트를 입은 여자아이를 앞세우고 현관 유리문을 밀고 들어온다. 오늘은 손님이 이른 편이다. 약간 뒤로 상체를 젖힌 듯 걷는 모양새며, 어쩌다 한 번씩 끔벅이는 커다란 눈동자, 볼 한가운데 팬 볼우물까지 여자와 아이는 많이 닮았다. 아이 씨, 엄마 담배 좀 그만 피워. 여자는 자리에 앉자마자 가방 안에서 담뱃갑을 꺼낸다. 아이는 얼굴을 찌푸린다. 여자는 탁자 위에 놓아준 메뉴판은 펼쳐보지도 않고 우유와 커피를 시킨다. 또 우유야? 난 아이스크림. 아이는 입술을 일그러뜨리며 여자를 쳐다보지만 대꾸가 없다. 전표를 끊어 주방 안으로 넣어주고 여자를 돌아본다. 초점이 흐린 나른한 시선을 가게 안 한 곳에 고정시킨 채 천천히 담배연기를 내뿜는 여자의 얼굴엔 표정이 없다.

엄마, 여기 꼭 우주선처럼 생겼다! 길다란 타원형의 실내 구조가 아이에게 우주선을 연상시킨 모양이다. 아이가 의자에서 일어나 통로에 선 채 눈을 동그랗게 뜨고 가게 안을 둘러본다. 주방에서 우유와 커피를 내놓는다. 이봐 미스 최, 저애한테 말해, 우주선이 아니라 남자의 거기처럼 생겼다고. 최 실장은 음식을 내놓는 네모난 구멍에 얼굴을 들이밀고 아침부터 농지거리를 한다. 낮고 걸쩍지근한 그의 목소리가 쟁반 위에 커피를 옮겨담는 내 가슴팍에 와서 머문다. 그와 눈이 마주치는 것이 싫어 절대로 몸을 숙이지 않는다. 여자와 아이의 탁자에 커피와 우유를 내려놓고는 통유리를 닦기 위해 손걸레를 든다. 깔끔한 주인여자는 무엇보다 창문 유리를 닦는 일을 강조하기 때문에 얼룩이 지기 전에 수시로 닦아주지 않으면 안 된다. 손아귀에 힘을 주고 분무기 꼭지를 누른다. 끈적한 액체 세제가 통유리 위에 치익 흘러내린다. 손걸레에 세제를 묻혀 유리를 닦으면서 내 시선은 한시도 미화아파트에서 떠나지 못한다.

아이, 담배 좀 그만 피우라니까. 짧게 울부짖는 아이의 목소리가 들린다. 여자는 아득한 시선으로 계속해서 담배연기를 내뿜는다. 여자 앞으로 가 서지만 여자는 말이 없이 담배만 피운다. 손님에게는 친절해야 한다. 소란스러움을 항의할 다른 손님도 없지 않은가. 막 돌아서려는 순간이었다. 돈까스 하나 줄래요? 초록색 모자를 벗어 라디에이터 박스 위에 올려놓던 아이가 여자의 말에 환하게 웃는다. 여자의 얼굴은 지나치게 밝은 화장 때문인지 불안해 보이고 동공은 자신의 눈 높이보다 훨씬 높은 곳을 향하고 있다. 이거 뭐야. 까스 하나? 왜 주문을 띄엄띄엄 하는 거야. 전표를 내려다보던 최 실장이 주방 밖으로 나온다. 까스 하나야? 사람은 둘이잖아. 내가 별 대답을 하지 않자 그는 넓게 퍼진 배 위에 두른 앞치마를 고쳐 매며 중얼거린다. 술 작작 마셔야지. 지하철 끊겨 택시 잡다가 감기 걸리고, 밤중에 술 마시는 인간들이 왜 그렇게 많아. 이거 도대체 정신을 차릴 수가 없네. 우리 주문 좀 똑바로 받읍시다. 주방으로 들어가는 그의 뒤통수를 보자 흐린 날씨 탓인지 더 짜증스럽다. 휴우! 하고 내쉰 한숨 소리가 좀 컸던 모양이다. 아이가 통유리 앞에 붙어선 나를 돌아본다.

엄마 이 동네는 꼭 에버랜드 같아. 그때 그 에버랜드, 내가 좋아하는 에버랜드! 아이는 창 밖으로 보이는 뾰족 지붕의 건물들을 내려다보며 눈을 떼지 못한다. 언젠가 에버랜드에 갔던 모양이다. 아이가 시계추 모양을 따라 죽 이어놓은 라디에이터 박스 위에 올라가 발을 구른다. 아이의 손에는 반짝거리게 닦아 윤을 낸 포크가 들려 있고 여자는 그러는 아이를 향해 낮은 목소리로 말한다. 너 집에 안 데려갈 거야. 그래도 아이가 내려오지 않자 여자는 입고 있던 몸에 꼭 끼는 붉은색 가죽옷을 벗고 아이를 향해 팔을 치켜든다. 탁자 위에 김이 나는 돈까스 접시를 내려놓자 아이의 표정이 환해지며 라디에이터 박스 위에서 내려온다.

다시 미화아파트를 올려다본다. 초원 레스토랑에 출근한 지 한 달쯤 되었을 때였다. 비바람이 심하게 불던 날이었다. 일을 하는 도중에도 나는 아파트가 바람에 날아가버릴 것 같아 창 밖에서 눈을 뗄 수가 없었다. 근처에 높은 빌딩이 없어서인지 미화아파트는 유독 벼랑 끝에 서서 흔들리고 있는 것 같았다. 순간 커피를 쏟았고, 그나마 순발력 있게 피한 남자 손님의 자주색 구두만 적신 게 다행이라면 다행이었다. 옷을 적셨더라면 얼마나 무안했을까. 그때만 해도 나는 저 아파트에서 잘살 수 있을 것 같았다. 이제 얼마 안 가 아파트는 사라진다. 우리가 어디로 갈지는 정해지지 않았다. 이제 집세를 받으러 오는 사람은 없다. 수도 검침을 하러 계량기를 보러 오는 사람도 없다. 전염병이 도는 마을을 떠나듯 하나둘, 이삿짐을 실은 트럭들이 아파트를 빠져나갔다. 트럭에서 선인장 화분이 곤두박질치기도 하고 우산이 연처럼 활짝 펼쳐져 트럭 끝에 걸려 있다가 언덕 위에 나동그라지기도 했지만 아무도 차를 세워 그것을 줍지 않았다. 아파트가 사라진 빈 자리에는 이 일대의 분위기와 걸맞는 현대적인 형태의 도시형 공원이 만들어진다고 했다. 나중에라도 한 번쯤, 플라타너스 잎들이 넘실대는 한여름에 아파트가 사라진 자리에 세워진 멋진 공원을 찾아올 수도 있을 것이다. 뻥과자를 손에 들고서 그는 말할 것이다. 우리가 저쯤에 살았지. 저기 305호였어. 교양 없는 고등학생 녀석이 매일밤 겨울비 어쩌구 하는 노래를 불렀었지. 그뿐이야? 매일 밤 남편을 죽지 않을 만큼씩 때리는 여자도 있었어. 너 기억 나냐? 기억 나지? 아마 그때도 그는 내 옆에 서서 변함없이 그렇게 중얼거리고 있을 것이다.

미스 최, 행성인지 팽성인지 다시 판 걸어. 주인여자 올라와. 그새 심수봉의 노래로 바꿔놓았던 최 실장이 총총이 걸어오고 있는 주인여자를 본 것이다. 주인여자는 요가를 배우고, 체질 따져서 채식만 잘하면 장수할 수 있다고 믿는 것 같다. 왜 그런지 요가를 배우러 다니는 주인여자를 보는 최 실장의 시선이 곱지 않다. 그는 주방 문을 닫고 들어간다. 매사 빈틈없이 일을 처리하는 주인여자는 감정을 표현하는 법이 거의 없다. 나 요가하러 간다, 오늘 장사 시작해야지, 정리하자, 그 정도가 주인여자가 하는 말이고, 인조 눈썹을 단 째진 눈을 치켜떴다가 내리뜨며 전표 정리를 하는 모양새는 언제 봐도 흐트러짐이 없다. 자 오늘 장사 시작해야지. 주방의 최 실장은 그 말에 화답이라도 하듯 가볍게 유리 그릇의 마찰음을 내고, 레스토랑 안에는 다시 〈행성〉의 첫번째 장 '화성'이 울려퍼진다. 아이는 돈까스를 먹느라 말이 없고 여자는 몽롱한 눈빛으로 담배연기를 뿜어내며 이따금씩 벽시계를 올려다본다.

그는 식탁 한 귀퉁이 위에 14인치 텔레비전을 올려놓고 권투 중계를 본다. 방바닥에 놓여 있던 텔레비전을 식탁에 올려놓을 생각을 한 건 그였다. 한 선수가 미간에 잔뜩 힘을 주어 강편치를 날린다. 그는 앉아 있던 의자를 들어 좁고 낡은 아파트가 부서지도록 바닥을 몇 차례 친다. 들썩거리는 그의 뒷모습, 그가 점프를 하는 순간 그의 가랑이 사이로 권투 선수의 입 속에서 마우스 피스가 튀어나온다. 나는 다듬던 콩나물 더미로 고개를 돌린다. 이제 그는 소리를 지르며 아예 자리에서 일어난다. 시원하지 않냐, 응? 시원하지 않아? 그는 내 긴 머리칼 끝을 한 손에 움켜쥐고 힘껏 잡아당긴다. 찔끔 눈물이 난다. 콩나물 대가리를 똑똑 끊어서 대가리는 대가리대로, 몸통 부분은 길이대로 쌓아놓았건만 어느새 대가리와 몸통 부분이 뒤섞인다. 심판의 카운트가 끝나자 그가 새우깡 한 봉지를 뻥! 소리나게 뜯는다.

사내놈이 미련하고 우락부락한 데가 있어. 넌 저놈이 좋으냐. 내가 그를 데리고 집으로 갔을 때 엄마는 무쇠솥 안에서 막 건져낸 암탉의 누런 털을 뽑으며 말했었다. 아무리 마음에 들지 않은 사위감이라지만 '놈' 자를 쓰다니. 닭털을 뽑는 엄마와 나 사이에는 팽팽함이 감돌고 있었다. 싸움질을 해도 남한테 얻어터지지는 않겠다. 엄마는 닭살이 퍼렇게 드러날 때까지 빠르게 손을 놀렸다. 논일에 밭일에 마디가 굵어지고 검버섯이 피어난 엄마의 손만 쳐다볼 뿐, 나는 엄마의 물음에 아무 대답도 하지 못했다. 엄마는 어쨌든 칭찬을 하고 싶었을 것이다. 얼마나 마음에 안 들었으면 그런 칭찬을 했을까. 하지만 그때는 아버지 없이 자란 나에게 그가 튼튼한 방패막이가 되어줄 수 있을 거라고 생각했었다. 그것뿐이었다.

야, 너 몇 살이냐? 그가 우적우적 새우깡을 씹으며 묻는다. 스물

일곱, 몰라서도 아닐 텐데 그는 가끔 내 나이를 묻는다. 그는 내 말이 끝나기도 전에 들고 있던 새우깡 봉지를 식탁 위에 던지고 화장실로 들어가서는 트레이닝복 바지를 내린다. 화장실 문을 열어놓은 채 소변줄기를 뽑아내는 그의 옆모습을 본다. 새삼스럽게 왜 나이를 묻는 것일까. 그가 팬티를 올리며 나를 쳐다본다. 이상하지 않냐, 벌써 몇 년째야, 우린 왜 애가 안 생기지? 고장난 변기의 물소리가 한동안 요란하게 울린다. 아홉시 뉴스가 시작되고 그는 다시 텔레비전 앞에 앉는다. 길다란 몸을 꿈틀거리며 지렁이 한 마리가 들뜬 장판지 틈새에서 기어올라오고 있다. 도대체 이 지렁이가 어떻게 여기까지 올라왔을까…… 21세기는 앞으로 1,001일을 남기고 있습니다. 오늘 프랑스의 에펠탑 위에는 대규모의 전광판이 설치되었습니다. 세계의 부호들은 20세기의 마지막 날 밤을 기념하기 위해 몇 년 전부터 미국 샌프란시스코 만 부근을 비롯한 전망 좋은 세계 유명 호텔을 앞다투어 예약해두었다고 합니다. 오늘이 지나면 20세기는 이제 1,001일이 남습니다. 전쟁과 굶주림, 분쟁과 환경오염에 시달리는 세기말의…… 아나운서의 목소리가 방을 울리고, 고개를 들어 텔레비전을 보는 순간 파리 에펠탑 위 전광판에 눈부시게 환한 불이 켜진다. 뉴스에 귀를 기울인 사이 콩나물 대가리를 다듬어 놓은 신문지 위로 지렁이란 놈이 힘겹게 기어오른다. 죽어, 죽어, 나도 모르게 신문지를 움켜쥐고는 지렁이를 내리친다.

한 개의 방과 부엌과 거실 현관을 겸한 한 평 남짓한 마루, 창이라고는 가스레인지를 놓은 싱크대 위에 하나, 화장실에 하나, 방에 하나, 세 개가 전부다. 하나같이 작은 창들이다. 방 창문을 연다. 창틀이 다 뭉개져 문짝이 헛돈다. 저만치 밤 불빛은 따뜻해 보이는데 낡고 작은 이 아파트는 언제부터인가 아무런 충격 없이도 혼자서 조금씩 참혹하게 허물어지고 있었다. 어떤 날은 복도로 나가보면 여러 번 덧칠한 페인트가 포를 떠놓은 북어살마냥 벽에서 떨어져 있었고, 굵게 팬 틈 사이로 언뜻언뜻 물길이 보이기도 했으며, 사람의 기척인가 싶어 돌아보면 그건 커다란 쥐의 움직임이었다. 누워 천장을 본다. 몸이 빳빳하게 굳는 느낌이다. 모서리마다 거미줄과 먼지 뭉치가 엉켜 있다. 코 끝에 습한 냄새가 묻어난다. 벽지는 누군가 조금씩 떼어낸 것처럼 밑바닥에서부터 뜯겨 있고 군데군데 쥐오줌 자국 같은 누런 곰팡이가 묻어 있다. 아파트는 개발이 중지되어 몇 년 동안 버려진 공사장처럼, 곧 철시될 해수욕장의 가건물처럼 낡았다. 이십 년이 되었다고 했었나. 겨우 이십 년. 언젠가 그가 나를 향해 던지다가 창 밖으로 날려버린 파란색 플라스틱 바구니를 찾으러 화단 쪽으로 내려간 적이 있었다. 거기 쓰레기 더미 한구석에 돌기둥처럼 불룩 솟아나온 머릿돌이 있었다. 옷소매로 돌 표면을 닦아내자 홈이 희미해진 글자가 보였다. 유적지에라도 와 있는 것처럼 신기했다. 아마도 그 플라스틱 바구니는 시멘트 바닥에 떨어져 두 동강이 났던 것 같다.

야, 너 컴퓨터 안 해? 요즘은 다 컴퓨터를 배워야지. 초원에서 일을 잘 하려면 배워두는 게 좋아. 그가 아파트 앞 쓰레기장에서 주워온 낡은 컴퓨터 한 대가 방 창문 아래에 흉물스럽게 버티고 서 있다. 그는 어느 날 새 가구라도 들여놓은 것처럼 호들갑스럽게 웃으며 컴퓨터를 보여주었다. 처음에는 정말 컴퓨터를 배워야 한다고 생각했었다. 내가 없는 동안 그가 만지기는 하는 모양인지 모니터는 늘상 켜져 있다. 모니터는 암흑 공간이고 그 위에 흰 별만 획획 지나간다. 빨리 연습을 하라니까. 자리에서 일어나 컴퓨터 화면에 손가락으로 가로줄을 긋는다. 손가락 끝에 먼지가 묻는다. 뚫어지게 들여다봐도 화면은 암흑뿐이다. 벽에 기대어 앉는다. 그가 이력서를 써서 넣어두곤 하는 검은색 가죽가방이 심하게 주름이 진 채 벽에 기대어 있다. 농구장인지 야구장인지, 스포츠 뉴스가 나오는 텔레비전에서는 환호성이 들린다. 그 틈새로 내가 기댄 벽지 뒤에서 작은 시멘트 알갱이들이 조금씩 조금씩 부서져내리는 소리가 들린다. 엉덩이와 등뼈가 축축해진다. 그가 냉장고 문을 탕 닫는 통에 화들짝 놀라 벽에서 몸을 뗀다. 야, 여기 언제 부순댔냐? 아이 저 자식, 또 노래하네. 저거 미친놈 아냐? 교양 없이. 더 지랄스러워지는 거 같지? 옆집의 학생이 노래를 부르기 시작한다. 우리 장모님한테로 내려가자, 가서 농사나 짓자구. 순간, 나도 모르게 아랫입술을 문다. 입술이 끈끈하다. 피가 묻어난다. 306호의 학생은 언제나 '겨울비, 처럼, 슬픈 노래를'로 시작하는 유행가를 클클대는 목소리로 불러댄다. 그의 말대로 엄마에게 간다면 엄마는 우리를 받아줄까. 지금은 쌀항아리만 있는, 불을 넣은 지 오래된 그 문간방 아궁이에 따뜻한 장작불을 피워줄까.

　바람이 분다. 어디서부터 날아왔는지 계단 모서리마다 붉은색 나뭇잎이 수북하다. 발걸음을 옮길 때마다 퉁, 퉁 소리를 내는 계단의 철제 난간은 조금만 힘주어 건드리면 힘없이 툭 끊어질 정도로 녹이 슬었다. 구둣굽이 미끄러져 균형을 잡고 보니 손가락 크기의 몽당연필이다. 좁은 복도마다 이사 간 사람들이 버리고 간 세숫대야며, 옷걸이, 방충제와 라면 수프가 떨어져 있다. 일층의 105호 현관문이 비스듬히 열려 있다. 왠지 들여다보고 싶어진다. 집 안이 휑하다. 좁은 마루에는 군데군데 까맣게 눌어붙은 군용 담요 한 장이 버려져 있고, 찢어진 장판지가 반쯤 걷혀 금이 간 시멘트 바닥을 드러내고 있다. 방문을 열자마자 역한 곰팡내가 훅 끼친다. 가뭄 든 땅 바닥처럼 온통 주름투성이였던 사투리 할머니의 집이었는지, 먹는 것이라곤 소주밖에 없던 대머리 아저씨의 집이었는지, 서울 시내 곳곳으로 파마를 하러 돌아다닌다는 언청이 여자의 집이었는지 기억이 확실하지 않다. 먼지 뭉치들이 집 안을 둥둥 떠다니고, 칼날 같은 햇빛이 실금이 수없이 간 갈라진 바닥 위를 비춘다. 십원짜리 동전 하나와 아스피린 한 알, 옷핀 하나와 꽃 모양이 즐비한 종이 스티커 한 장, 모두들 여기서 먹고 자고 꿈을 꾸고 살았다는 생각이 들자 빈 집이 두려워진다. 짧은 스커트를 입어서일까. 아파트를 빠져나가는 내내 무릎이 시리다.

초원 레스토랑까지 가려면 셔터를 내린 상점들과 노천 카페의 빈 의자들을 지나쳐야 한다. 내가 출근하는 시간은 언제나 쥐죽은듯이 고요하다. 편의점으로 들어가 우유를 산다. 환한 불빛이 도는 편의점 실내는 왠지 따뜻하다. 팩을 뜯어 우유를 한 모금 넘긴다. 그리고 알약을 삼킨다. 낙태 수술을 하고 나서 병원에서 준 약이다. 미농지 종이에 담긴 마지막 약 봉지다. 약을 삼키고 열대 과일들이 즐비한 진열대를 본다. 파인애플과 바나나, 오렌지와 자몽이 한 가득 쌓여 있다. 한참 시고 단 것이 먹고 싶었던 적이 있었다. 그는 내게 그런 것을 사줄 수 없었다. 나 스스로도 그것을 사 먹을 수가 없었다. 입 안 가득 신 침이 괸다. 몸은 그런대로 견딜 만했다. 차츰 몸의 고통은 사라졌지만 풍선이 든 것 같은 뱃속은 자꾸만 부풀었다. 그 뱃속에 흘리지 못한 눈물이 있었다. 지금 생각해도 그에게 수술한 사실을 알리지 않은 것은 정말 잘한 일이다. 편의점 구석에 서 있는 거울에 내 모습이 비친다. 수채화 속의 몇백 년 전 사람 같다. 온몸에 힘이 빠진다. 편의점 문이 열릴 때마다 황소바람이 들어온다. 바람 냄새조차도 역겨울 만큼 온 신경이 곤두서 있었던 그때, 짧은 임신 기간이 생각난다.

빌딩 일층 초원 레스토랑의 전용 화장실을 둘러보는 것이 아침의 마지막 일이다. 손목이 긴 검은색 겨울 스웨터를 입고 있는 우중충한 내 모습이 거울에 보인다. 거울을 보기가 더 싫어진다. 레스토랑 안으로 들어와 손을 씻고 로션을 바르자마자 손님들이 들이닥친다. 미스 최, 너 옷 좀 더 깔끔하게 입어야겠다. 감정이 섞이지 않은 주인여자의 말에 얼굴이 붉어진다. 얘기를 나누고 있는 손님들에게 차를 나르는 손끝의 스웨터 자락이 거추장스럽다. 주인여자가 이런 말을 한 건 이번이 처음이었다. 깔끔한 성격의 여자는 그 동안 얼마나 참았을까. 입고 있는 철 이른 겨울 스웨터 하나만으로도 나는 죄를 지은 기분이다.

시계는 열한시를 가리키고 있다. 커피를 마시며 통유리 너머로 아파트를 뚫어지게 쳐다본다. 저 아파트가 없어지는 것이 오히려 우리에게 새 인생을 열어줄지도 모른다. 벌집 같은 아파트, 썩은 해초줄기 같은 아파트, 화려한 지붕의 건물들을 비껴나 언덕 위에 서 있는 미화아파트가 보인다. 그는 지금도 텔레비전을 보고 있을 것이다. 아니, 약속한 대로 취직을 하기 위해서 좀더 깨끗하게, 좀더 정성스럽게 이력서를 쓰느라 배를 깔고 엎드려 있거나 생활정보신문을 뒤적이고 있을지도 모른다. 갈퀴를 단 포크레인이 등장한다. 포크레인 기사는 작업 표시판에 그려진 대로 아파트 한 귀퉁이부터 부수기 시작한다. 아니, 남산의 외인아파트처럼 새로운 폭파공법이 도입될 수도 있다. 소음도 없고, 몇 분 동안 약간의 먼지만 나면서 아파트의 혈관인 철근 구조물까지 잘게 부수는 그런 순간이 곧 올 것이다. 순간, 통유리 너머의 고요한 아파트가 공중분해될 것만 같다.

아이 씨, 엄마 담배 좀 그만 펴. 언제 들어왔는지 초록색 망토 코트를 입은 아이와 그 여자가 들어와 앉아 있다. 여자는 담배에 불을 붙이며 손가락으로 메뉴판에서 커피와 우유를 가리킨다. 엄마 또 우유 시켰어, 응? 아이가 볼멘소리를 한다. 카운터에서 전표를 쓰는데 여자가 어느새 내 앞에 와 있다: 전화 한 통만 걸어줄 수 있어요? 여자는 내 눈을 뚫어지게 바라본다. 여자의 눈동자가 붉다. 여자는 전화기 버튼을 누른다. 김강현씨를 바꿔달라고 하세요. 그리고 그 사람이 나오기 전에 수화기를 나한테 주세요. 두 번의 신호가 울리고 내 말을 들은 상대편의 남자가 잠깐 사이를 두었다가는 차분한 목소리로 얘기한다. 그 여자더러 나 여기 없다고, 제발 남편이 있는 집으로 돌아가라고 말하세요. 난 여길 그만두었다고, 다른 지방으로, 아니 외국으로 나갔다고 하세요. 딸칵, 전화가 끊어진다. 끊어졌어요? 내가 고개를 끄덕이자 여자의 눈에 금세 붉은 기가 확 퍼진다. 여자의 뒷모습은 무겁다. 여자는 의자에 앉지도 못하고 서 있다. 나는 커피와 우유를 얹은 쟁반을 들고 여자에게로 간다. 나는 여자에게 왠지 미안해져 아이 앞에 우유잔을 놓아주며 웃는다. 아이는 뚫어지게 여자의 얼굴만 노려본다. 아이는 흰 우유가 든 잔을 들어 한 모금 마신 후 곧 탁자 위에 뱉는다. 여자는 그것을 보고도 당황하는 기색이 없다. 여자는 통유리 너머로 밖을 내다보며 무엇에 홀린 사람처럼 꿈쩍도 하지 않는다. 하나둘 점심 손님들이 모여든다. 나는 여자와 초록 망토의 아이가 레스토랑 밖으로 나가는 것을 보지 못했다. 다만 손님들에게서 주문을 받는 사이 통유리 너머로 손을 잡은 채 걸어가고 있는 모녀의 뒷모습을 보았을 뿐이다.

두 다리를 벌리고 삼각 팬티만 걸친 채 그는 잠들어 있다. 휴우,

휴우. 그는 입술을 쭉 내밀고 거친 숨을 내쉰다. 부엌으로 나온다. 들뜬 벽지가 바닥을 향해 휘익 굽어 떨어진다. 벽에 똑바로 세워붙이려 하지만 또 휘어진다. 냉장고 위에 올려둔 트랜지스터 라디오를 튼다. 아무 소리도 들리지 않는다. 라디오 소리도, 306호 학생의 노랫소리도 들리지 않는다. 어쩌면 옆집도 이사를 갔는지 모른다. 라디오 안테나를 뽑았다가 다시 고정시킨다. 그래도 라디오는 아무 소리도 내지 않는다. 부엌 창 밖으로 성처럼 뾰족한 소극장 건물들이 내려다보인다. 건물 외벽에 붙은 흰 플래카드들이 펄럭거린다. 불빛이 길 위에 넘친다. 불빛 위에서 흔들리는 축축한 하늘이 맑다. 사방이 너무나 고요한 밤이다. 자고 있는 그의 숨소리 너머로 조그맣게 시멘트 가루가 떨어져내리는 소리가 들린다. 공룡의 이빨처럼 거대한 포크레인의 쇠갈퀴가 아파트를 찍어내릴 것 같다. 어느새 나는 거리 위에, 불빛 가득한 거리 위에 서 있다. 가로등도 켜두지 않은 언덕길을 내려와 따뜻한 불빛이 넘실거리는 대로변의 인파 속으로 섞여든다. 상점 안에 진열된 물건들이 불빛을 받아 빛난다. 문득, 몸을 돌려 검은 아파트를 올려다본다. 아파트는 온통 어둡다. 어둠이 등뒤에서 덥석 내 몸을 움켜잡을 것 같다. 몇 번이나 몸을 돌려 아파트에서 얼마만큼 멀어졌는지를 확인한다. 왜 난 여기까지 온 거야. 아파트에서 쏟아져내려오는 짙은 어둠이 끈질기게 나를 따라온다. 얼마를 갔을까. 몸을 돌려 아파트를 돌아본다. 무척 오래 걸었다고 생각했지만 아직도 나는 불빛이 넘실대는 이 거리 위에 있다. 꽝, 예고했던 대로라면 아파트는 곧 부서질 것이다. 자동차 경적이 요란하게 울린다. 낡은 다섯 개 동의 아파트가 휘황한 거리 전경에서 사라지는 소리가 들리는 것 같다. 왕복 8차선 도로의 횡단보도 앞에 선다. 입고 있는 얇은 스웨터 속으로 차가운 바람이 스며

든다. 신호가 바뀌지만 나는 가야 할 바를 모르고 허둥댄다.

눈자위가 뻑뻑하다. 화장실의 수도꼭지를 튼다. 수돗물이 나오지 않는다. 싱크대 위에 널브러진 빈 컵라면 용기, 가부키 배우의 그림이 새겨진 접시는 두 동강이 난 채 식탁 위에 있다. 초원 레스토랑에서 가져온 어제 날짜의 신문이 텔레비전 위에 있다. 라면 국물이 묻었는지 신문 한 귀퉁이가 떡이 되었다. 현재 우주에서 빛을 내고 있는 은하와 별들은 모두 합쳐도 우주 전체 질량의 십 퍼센트에 불과하다. 나머지 구십 퍼센트는 비록 보이지는 않지만, 알 수 없는 큰 중력으로 별과 은하가 떨어져나가지 않도록 붙잡아두고 있다. 보이지 않는 암흑물질이 바로 엑시온이다. 접시 위에 식빵 한 조각을 올린다. 암흑물질, 엑시온…… 식빵 가운데 부분을 손가락 끝으로 누른다. 도무지 식욕이 나지 않는다. 그와 나를 지탱시키는 힘은 무엇일까. 방으로 들어가 암흑 속에서 흰 별만 쏘아대는 컴퓨터 화면을 뚫어지게 쳐다본다. 도대체 그 암흑물질은 어떤 걸까. 컴퓨터 자판의 아무 키나 두드리며 알 수 없는 암흑물질 엑시온의 이름을 중얼거린다. 엑시온, 엑시온…… 내일 출근을 하려면 자야 한다. 어지럽게 널브러진 동전 몇 개, 두루마리 휴지와 과자 봉지 사이에서 손거울을 찾아낸다. 얼굴이 부숭부숭하다. 피로가 몰려온다. 잠들어 있는 그의 곁에 가 어깨를 구부리고 눕는다. 이불을 머리끝까지 뒤집어쓰고 두 다리를 그의 몸에 댄다. 그리고 눈을 감는다. 눈앞에 암흑물질이 가득 찬다. 엑시온이라고 했어, 낮잠을 잤을 텐데도 그는 몹시 고단한 모양이다. 그의 신음이 깜깜한 어둠을 가른다.

텔레비전 소리가 들린다. 그가 깨어났다. 화장실로 들어가 수도꼭지를 튼다. 수도꼭지가 자꾸 헛돈다. 물이 나오지 않는다. 구청에서

174

는 이 아파트에 사람이 남아 있지 않다고 판단한 모양이다. 화장실에서 대충 빗질만 하고 나온다. 그는 러닝셔츠에 트레이닝복 바지 차림으로 식탁 앞 의자에 앉아 아침 방송을 본다. 에어로빅을 하는 여자들의 몸놀림을 보고 있는 그의 발뒤꿈치가 가볍게 흔들린다. 나는 천원짜리 몇 장을 식탁 위에 놓는다. 잠깐만! 그가 돌아서는 내 팔을 잡는다. 왜 넌 요즘 통 욕구가 안 일어나니? 베개에 눌려 그의 얼굴 한쪽에 긴 줄이 가 있다. 그의 입에서 단내가 난다. 손을 뿌리치지만 그가 내 뒷머리채를 잡는다. 괜찮아, 잠깐만 와봐. 창으로 아침 햇살이 들어온다. 얼마 전까지만 해도 단단했던 그의 몸은 마른 짜리처럼 홀쭉하다. 나는 심장을 짓누르는 그를 지탱하느라 단단히 힘을 준다. 출근하려면 이십 분밖에 남지 않았다. 그가 내 두 팔을 꽉 움켜쥐고는 머리 위로 올린다. 그리고 바지를 벗긴다. 아파트 전 주민께 알려드립니다. 오늘이 철거 최종 시한일입니다. 예정보다 날짜가 앞당겨졌다는 사실은 이미 말씀드린 바 있습니다. 지직거리는 소리였지만, 분명 확성기를 통해 들리는 안내방송이었다. 그는 어쩌면 커다랗게 틀어놓은 에어로빅의 배경음악 때문에 중간중간 끊기는 안내방송을 듣지 못했을지도 모른다. 미화아파트는 예고해드린 대로 철거됩니다. 나는 그의 귀를 두 손으로 막고 넓적다리를 힘껏 벌린 채 아랫배에 잔뜩 힘을 주어 버팅긴다. 그가 확성기 소리를 듣지 못하게 되기만을 바라는 마음으로, 점점 더 크게 소리를 내지른다.

그가 너덜거리는 벽지 위로 어깨를 기댄다. 출근을 해야 한다. 그가 고개를 들고 내 얼굴을 노려본다. 이내 그의 눈꺼풀이 일그러진다. 기름기 있는 걸 먹은 지가 언제냐. 그는 무릎에 얼굴을 묻는다. 이러니 애가 생길 게 뭐야. 하긴 애가 생긴들 어디서 키워. 넌 모를 거다. 내가 요즘 얼마나 힘든지 넌 모를 거야. 넌 일을 할 곳이라도 있지. 나도 정말이지 이렇게 될 줄은 몰랐다구. 현관에서 신발을 꿰어신는 내 등뒤에다 대고 그가 소리를 지른다. 그래도 그렇지, 오늘은 돼지고기라도 한 근 사와라, 상추도 사고, 마늘 사는 거 잊지 마.

날씨가 맑다. 모처럼 바람도 약하고 햇볕도 좋은 날씨다. 통유리 너머로 뾰족 지붕의 집들이 선명하게 보인다. 김군이 다녀가고 최 실장은 주인여자가 받아놓은 예약 스케줄표를 보며 구시렁거린다. 단골 여자들의 곗날이다. 그런 날이 있다. 날씨가 좋고 평일이고 그런 날 오십줄의 여자들이 테이블을 메운다. 그네들이 묻힌 커피잔의 립스틱 자국을 휴지로 닦는 일은 아주 귀찮다. 닦지 않고 주방으로 넣으면 최 실장이 벼락같이 화를 낸다. 벌써 한 여자가 레스토랑 안으로 들어온다. 좀 있으면 여자들이 들이닥친다. 테이블마다 마른걸레질을 한 번 더 하고 주인여자는 또다시 〈행성〉을 건다. 저기 사장님! 아줌마들은 그런 음악 안 좋아해요. 주인여자는 최 실장의 말은 듣는 둥 마는 둥 허리를 꼿꼿이 세운 채 가게 안을 둘러본 뒤 카운터로 가 앉는다. 진한 립스틱을 바른 여자들 몇이 들어온다. 너 그 빨간색 구두 기어이 샀구나. 여자들의 웃음소리가 넘친다. 타원형의 가게는 어느새 두 테이블이 여자 손님들로 가득 찬다. 요즘 누가 동남아엘 가니. 내가 냉수와 메뉴판을 갖다주었을 때 한 테이블의 손님들은 그런 얘기를 하는 중이다. 이봐, 이리 와봐. 주문 좀 받아. 나는 그네들에게로 간다. 붉은색, 초록색, 남색의 그녀들의 옷이 어른어른거린다. 요즘은 호주나 뉴질랜드가 최고야. 뉴질랜드 원주민 남자들이 얼마나 매력적인 줄 알아? 카펫이 자꾸 발끝에 걸린다. 햄버그 스테이크의 김치볶음밥, 스파게티와 피자 한 판, 또 샐러드와 맥주, 김치와 단무지, 소스와 휴지…… 주인여자는 〈행

성)에 취해 있는지 눈을 감고 있다. 서서히 배가 고파온다. 이때쯤
이면 오후 한시다. 손님이 끊이질 않는다. 중절모에 코트를 입은 남
자 손님들이 들어와 커피를 주문한다. 최 실장은 주문한 전표를 들
이밀 때마다 한마디씩 하면서도 척척 모든 일을 혼자서 다 처리한
다. 땀이 나는지 최 실장이 이마를 훔쳐낸다. 그의 뒤에 붙어 있는
작은 환풍기는 신나게 돈다.

여자와 아이가 문 앞에 와 서 있는 것을 발견한 건 그때였다. 여자
는 이틀 전의 옷차림 그대로다. 아이도 초록색 망토를 입고 배낭을
메고 있다. 내가 바쁜 탓에 주인여자가 모녀에게 다가간다. 커피와
우유를 시키고 여자는 어딘가로 전화를 건다. 또 그 남자에게 전화
를 거는 모양이다. 내가 주방 쪽으로 갔을 때 여자는 막 수화기를
내려놓고 덥석 내 팔목을 잡는다. 삼십 분만 애를 좀 봐줘요. 금방
다녀올게요. 여자의 낯빛은 백지처럼 희고 눈에서는 금세 눈물이
흘러내릴 것 같다. 그러세요. 나는 아무 거리낌 없이 그렇게 말했
고, 다시 나를 부르는 여자들의 테이블로 간다. 아이는 배낭 속에서
지갑을 꺼내 천원짜리 돈을 세거나, 수첩 같은 것을 꺼내 뭔가를 끼
적이고 있었다.

두시 반이 지나고 세시가 다 되도록 여자는 나타나지 않는다. 최
실장과 주인여자는 전화번호부에서 미아보호소 전화번호를 찾고
아이의 소지품을 몇 차례 뒤졌다. 나는 졸린 눈을 비비며 통유리 너
머의 길 위를 뚫어져라 쳐다본다. 그는 지금 뭘 하고 있을까. 확성
기에서 흘러나왔던 그 소리를 들었을까. 통유리 너머로 아파트를
올려다본다. 심장이 쾅쾅 뛴다. 통유리 너머로 마른 해초처럼 서 있
는 낡은 아파트를 뚫어져라 쳐다본다. 그때 아이가 목울대가 찢어
질 듯한 소리로 울기 시작한다. 엄마아, 엄마아!

언니, 언니도 먹어. 아이는 내가 사준 햄버거를 먹으며 패스트푸드점 밖을 오가는 사람들을 따라 시선을 옮긴다. 해는 이미 진 지 오래였고 아이의 엄마는 아직 나타나지 않았다. 언니 집은 어디야? 아이는 콜라를 마시며 묻는다. 노란 소스가 묻은 아이의 입가를 닦아준다. 언니가 나 내일 집에 데려다줄 거야? 아이는 햄버거를 먹으며 또 묻는다. 언니, 여기가 어디야 응? 여기가 어디야? 아이의 표정은 어느새 아이답지 않게 차분하다. 주문을 받는 소리에 손님들의 말소리에 가게 안은 시끄럽다. 여기, 여긴 아름다운 곳이야. 밖을 봐. 불빛이 아름답잖니. 나는 햄버거 먹기에 열중하고 있는 아이에게 들리지도 않을 만큼 작은 소리로 창 너머를 바라보며 그렇게 말하고 있었다. 여자는 아이를 버리고 갈 수밖에 없었을까. 무엇 때문에 그랬을까. 그건 절망이었는지도 모른다. 우연히 그 여자의 곁에 내가 있었다. 무엇 때문이었을까.

어디선가 구급차의 사이렌과 함께 거리의 소음을 잠재우듯 소방차가 지나간다. 순간적으로 구급차가 방향을 바꾸고 있는 쪽으로 몸이 움직인다. 소방차가 줄지어 아파트 쪽으로 올라가고 있다. 아파트가 어둠 속에서 활활 불을 내뿜고 있다. 소방관 한 사람이 가게에서 나온 사람들을 향해 손짓을 한다. 비켜요, 비켜! 불줄기가 타오르고 있다. 다동 305호에 그가 있다. 불은 아파트 전체에 퍼지고 있는 것처럼 보인다. 빈틈이 없는 언덕길을 단숨에 뛰어올라 소방차가 있는 곳까지 달려간다. 소방관들은 커다란 호스로 물줄기를 뿌려댄다. 구경꾼들이 모여 서 있다. 쿵쿵거리는 가슴을 억누르지 못해 그 자리에 주저앉는다. 저 안에, 저 안에 사람이 있어요. 소리는 입 안을 맴돌 뿐 밖으로 나오지 않는다. 자 보누늘 비키세요. 누군가 큰 소리로 말한다. 어차피 철거될 건물이었는데 왠 불이야. 안

나가는 사람들 때문에 저렇게 불을 낸 건지도 모르지. 구경꾼 중 누군가 그렇게 말한다.

　나동인지, 다동인지 불줄기가 치솟는 곳이 잘 보이지 않는다. 발 밑은 소방 호스에서 흘러나온 물로 흥건하다. 불길은 점점 거세어진다. 언덕 아래의 거리를 돌아본다. 네온 불빛을 뿜으며 거리는 점점 더 휘황하게 밝아져 있다. 나는 텅 빈 어둠 속에 혼자 서 있다. 그때였다. 언덕길을 내려가려는 내 어깨를 누군가 툭 건드린다. 야, 나 죽을 뻔했어. 어떤 개자식이 불을 냈대. 러닝셔츠에 트레이닝복 바지를 입고 한 손에 검은색 가죽가방을 든 그가 서 있다. 걱정했지? 환하게 웃고는 있지만 그의 얼굴엔 놀란 기색이 역력하다. 그가 내 어깨를 덥석 잡는다. 그의 얼굴을 볼 수가 없다. 나는 절대로 벗어날 수 없는 천적 앞에 선 먹잇감처럼 한 걸음도 옮기지 못하다가 천천히 뒷걸음질을 쳤다. 야, 너 어디가. 정애야 너 어디가. 그가 퇴퇴, 침을 뱉으며 따라온다. 어, 잠깐만 저기 햄버거집에 좀…… 소방차가 줄지어 늘어서 있는 길을 뛰어내려온다. 어느새 거리는 더 많은 불빛들로 가득 차 있다.

밤의 수영장

여자의 타액과 나의 타액이 섞이고 여자의 음모와 나의 음모가 넘실거린다.

푸른 물이 드디어 온 집 안을 가득 메우고 여자와 나는 꽈배기처럼 얽혀 물 속을 누빈다.

오랜 세월 짓눌렸던 살들이 부드럽게 빠져나간다.

여자와 나는 차츰 정화되어 몇천 년 만에 처음으로 깊은 잠 속으로 빠져든다.

사각의 풀 안에는 오천 톤의 물이 들어차 있다. 밤에 수영장에 가본 사람은 경험했을지도 모르겠다. 오천 톤의 물이 뿜어내는 습기만으로도 모자라 목이 마르다며 들썩이는 소리를. 희한한 음향장치로나 들을 수 있을 법한 해면동물의 숨소리처럼 생경한 소리 말이다. 어쩌면 한쪽 귀가 들리지 않는 나 혼자만 들을 수 있는 소리인지도 모른다. 눈을 커다랗게 뜨고 둘러봐도 아무것도 보이지 않는다. 소리의 단서는 틀림없이 내가 뛰어들지 못하는 물 속에 있을 것만 같다. 강습도 자유수영도 모두 끝난 밤, 수영장은 중환자실처럼 고요하다. 이 시간에 나는 수영은 하지 않는다. 그저 사각의 풀을 따라 일정한 걸음걸이로 수차례 왔다갔다할 뿐이다. 이런 시간에는 여덟 개의 레인을 따라 천장에 매단 깃발들조차 아무런 움직임이 없다. 한쪽 벽면에 붙은 커다란 전자시계의 붉은 숫자만 깜빡거린다.
　남자 샤워실에서 수영장으로 나오는 문 쪽에서 움직임이 느껴진다. 문이 열리고 빠른 걸음으로 그가 들어온다. 반바지와 셔츠를 벗고 물안경을 쓰는 것과 동시에 그는 이미 물 속으로 뛰어들어가고 없다.

그는 자루 같은 검은 몸뚱이를 물 속에 처박기를 두려워하지 않는 물개와 다르지 않다. 수면 위에서 시작해서 아래로, 다시 아래에서 위로, 그의 몸은 활처럼 유연하고 얼음처럼 날카롭다. 물과 완벽하게 밀착된 그의 몸은 물과의 친화력 그 자체로 움직인다. 그를 보고 있는 것만으로도 저절로 어깨에 힘이 들어간다. 손끝 발끝이 꿈틀거리고, 거칠게 움직이는 심장이 느껴진다. 그가 다시 수면 위로 떠오르기만을 기다린다.

소름이 돋을 지경이다. 그의 모습은 쉽게 보이지 않는다. 약오르게 하려는 것이 틀림없다. 허리를 구부정하게 세우고 풀 가장자리에 서서 물 속을 들여다본다. 물은 그의 몸짓이 남긴 파장대로 흔들린다. 기다렸다는 듯이 그가 내 발 밑에서 튀어오른다. 그와 눈이 마주친다. 야광 테두리의 물안경 속에서 그의 눈은 분명 나를 비웃고 있다.

"들어와, 너도 들어오란 말야. 어이, 주니어 대표선수 실력 좀 보게."

물에 젖은 그의 머리통을 밟아주고 싶다. 그러나 그는 재빠르게 물 속으로 달아나버린다. 그의 몸은 점점 예측불허의 상태로 치달으며 마음껏 물 속을 누빈다. 그를 보고 있는 것만으로도 숨이 가쁘도록 심장이 뛴다.

과거에 내가 수영선수였다는 걸 아는 사람은 없다. 최상수가 그 사실을 어떻게 알았는지 모르겠다. 입사할 때 인사 책임자에게 얘기했지만 믿지 않는 눈치였다. 최상수는 내가 수영선수였다는 걸 믿기는 할까.

창 밖으로 시선을 옮긴다. 풀 안에 있는 물이 고스란히 창 가득 들어찬다. 물 속에 별 두 개가 박혀 반짝거린다. 넓은 창 밖 하늘은 진한 먹빛이다. 하늘을 가른 건물 공사장의 T자형 기중기가 보인다. 반짝이는 별 두 개는 기중기 끝에 매달린 안전 불빛이다.

그가 어느새 풀에서 나왔다. 그는 하필 내가 서 있는 반대쪽으로 천천히 나간다. 물에 젖은 머리칼을 요란하게 흔들고 엉덩이 쪽 수영팬티를 잡아당겼다 놓는다. 그리고 삼단 진열대 위에 세워둔 색색의 킥보드를 향해 괜히 주먹을 날린다. 물에 젖은 그의 몸은 아주 작다. 우람한 근육도 없고, 물 속에나 들어가야 약간의 매끈함이 흐르는 소년 같은 몸매다. 단단하게 뭉친 살덩어리를 주체하지 못해 딱딱한 심지가 박힌 코르셋 속에 우겨넣고 다니는 나는 그의 작은 몸이 경이롭기만 하다.

"뚱땡이 안녕."

그가 한 손을 높이 치켜들어 나를 향해 흔든다. 그가 밀고 나간 남자 샤워실 문이 오래도록 흔들린다. 그를 따라가지 못하고 잠깐 수영장 안을 맴돈다. 가능한 한 발소리를 내지 않아야 한다. 계단을 올라가 살그머니 샤워실 입구에 선다. 샤워실 문을 살짝 민다. 그는 대각선 방향에 서서 머리는 천장을 향한 채 물세례를 받고 있다. 수도꼭지에서 떨어지는 물소리가 전파수신음처럼 다가왔다가 멀어진다. 그의 엉덩이만 도드라져 보인다. 크지 않은 그의 엉덩이는 여드름투성이다. 이 순간에 그가 나를 향해 돌아선다면. 풀로 걸어나오면서 적나라하게 드러날 그의 앞모습을 상상한다. 하마터면 문에 부딪쳐 들킬 뻔한다.

유월의 첫날은 여자 회원들의 싸움으로 시작되었다. 처음엔 그것이 싸우는 여자들의 비명인 줄 몰랐다. 나는 체중기 앞에서 재판을 받듯이 몸무게를 재고 있는 여자들을 쳐다보고 있었다. 누군가 샤워실을 가리키며 내 어깨를 쳐서야 알았다.

두 여자가 마주 보고 선 채로 삿대질을 한다. 벗은 몸만 봐서는 누가 나이가 많고 적은지 알 수가 없다. 부황을 뜬 자국이 있거나 수술 자국이 있거나 문신을 한 몸은 특별히 기억되기도 했지만 두 사람 다 특징이 없다. 여자들이 술렁거린다. 한 여자가 상대 여자의 머리채를 휘어잡는다. 잡힌 여자는 힘을 쓰지 못하고 소리만 내지른다. 구경하던 여자들은 저마다 한마디씩 하며 엉켜붙은 두 여자 주변에 둘러선다. 샤워실은 더운물이 든 병 속처럼 탁하고, 여자들의 커다란 목소리가 메아리친다. 누가 잘하고 누가 잘못했는지 가린다는 것은 힘든 일이다.

젖은 머리카락을 앞으로 모아쥔 여자들은 탈의실로, 강습시간이 된 여자들은 수영장으로 몰려간다. 머리채를 잡았던 여자가 잠깐 상대를 놓친다. 이제 상황이 역전된다. 잡혔던 여자가 상대 여자의 뺨을 갈긴다. 두 여자가 다시 엉켜 서로의 몸을 마구 잡아뜯는다. 더 볼 수가 없었는지 몇몇 여자들이 달려들어 두 여자를 탈의실로 데리고 나온다. 두 여자는 이제 말로 싸우기 시작한다. 여자들의 몸에는 진분홍빛 가시 자국이 선명하다.

싸움이 끝나고 탈의실 바닥에 떨어진 물을 대걸레로 닦고 있는데 한 할머니가 브래지어 호크를 채워달라고 등을 돌려 보인다.

"요즘 젊은 년들은 제 몸뚱아리밖에 몰라."

할머니가 검은 겨드랑이에 분을 바르며 누구든 들으라는 듯 중얼거린다.

"도무지 양보라고는 없지."

할머니는 다시 한번 입술에 힘을 주어 말하지만 모두 별 반응을 보이지 않는다. 할머니는 한쪽 구석에 서서 음순이 축 늘어진 사타구니 안으로 정성스레 분첩을 밀어넣는다.

변두리 아파트촌 G체육센터 수영장은 일대 여자들의 해방구다. 수차례의 강습시간과 자유수영시간 모두 레인이 비는 적이 없다. 회원의 대다수가 여자들이다. 여자들은 내가 써붙인 수영장 이용수칙을 쉽게 무시한다. 샤워를 하지 않고 풀에 들어가는 것은 몰상식한 행동이라고 했지만 그냥 들어가는 사람이 많다. 머리는 물을 축이는 것만으로는 안 되고 반드시 감아야 한다고 써붙여놓았건만 그것도 안 지켰다. 코팅파마용 약은 수영장 물 속에 들어가면 발암성분으로 바뀌므로 코팅파마를 하면 안 된다고 했지만 소용없다. 소지품은 각자 잘 챙기라고 해도 수시로 도난사고가 일어났다. 왜 신용카드와 저금통장과 휴대폰을 넣은 핸드백을 들고 수영장에 오는지, 또 훔쳐가는 사람은 어떻게 그런 기미를 아는지 이해할 수 없는 일이 자주 생겼다.

그러면서 여자들은 왜 빨리 물에 뜨지 않느냐고, 왜 십 미터도 못 나가느냐고 투덜거린다. 뭐든 단번에 마스터할 수는 없다는 걸 모른다. 물에 맞서려고 해봐야 어깨에 힘만 들어간다는 사실을 모른다. 느긋하게 온몸으로 받아들여야 품어안는 물의 성질을 그들은 모른다. 여름이면 회원수는 더 많이 는다. 그만큼 싸움도 잦아질 것이다.

탈의실이 어느 순간 텅 빈다. 개인 사물함을 연다. 나는 수영선수 시절보다 몸무게가 삼십삼 킬로그램이 늘었지만 키는 많이 크지 않았다. 꼭두새벽의 목욕탕 물을 제외하고는 물에 들어가본 적이 없다. 그럼에도 옛날에 입었던 수영복을 사물함 안에 차곡차곡 넣어두었다. 한동안은 집 안 신발장 서랍에서 불쑥 물안경이 나왔다. 세탁기와 벽 사이에서 수영모자가 발견되기도 했다. 그것들이 보일 때마다 쓰레기통에 넣었다. 훗날 자진해서 수영복을 입는 일은 다시 일어나지 않아야 한다고 믿었다. 더구나 이젠 사이즈도 맞지 않는다. 폴리우레탄과 나일론의 혼용섬유일 뿐인 것들은 믿을 게 못 된다.

그래도 나는 아직 멀었다. 심심한 오후 한낮이면 체육센터 로비에 있는 스포츠 용품점을 기웃거린다. 처음에는 스키용품이나 골프채, 등산모나 트레이닝복을 구경한다. 그러나 결국에는 최신 디자인의 수영복을 만지작거리고 서 있다. 그런 나를 발견할 때마다 돌아서서 주먹을 쥐고 복부를 때렸다. 이젠 사물함도 비워버릴 때가 된 것 같다.

직원 식당의 점심 메뉴판에 오므라이스와 비빔밥, 그리고 설렁탕이 적혀 있다. 설렁탕은 광우병 때문에 먼저 제외시킨다. 머릿속이 바빠진다. 오므라이스는 662칼로리다. 비빔밥은 730칼로리. 68칼로리 차이가 난다. 점심 후에 마실 블랙커피 5칼로리를 더한다. 가능하면 설탕을 넣어 마시고 싶다. 하루 식사를 2,000칼로리 이내에서 끝내야 하므로 당연히 오므라이스를 먹어야 한다. 감기에 걸렸는지 연신 코끝에 손이 가는 주방 아줌마의 행동에 신경이 쓰인다. 달걀 부침 위에 아줌마의 물코가 튄 게 틀림없다. 아줌마가 환하게 웃으며 밥을 내주는 바람에 같이 웃어버린다.

최상수는 창 쪽 테이블에 앉아 동료들과 밥을 먹고 있다. 갑자기 그의 목소리가 커진다. 분명 그는 내가 들어온 걸 알고 있다. 나머지 세 사람은 밥을 다 먹고 나른한 표정으로 창 밖만 내다본다. 그가 수저를 놓자마자 동료들은 기다렸다는 듯 후닥닥 자리에서 일어난다.

"조금만 먹어, 조금만."

동료들은 모두 식당 밖으로 나가는데 최상수가 어깨를 툭 친다. 그는 냄새도 좋지 않은 스킨을 너무 많이 바른다. 최상수가 나처럼 뚱뚱한 여자를 좋아하지 않는다는 건 체육센터 안에 있는 사람이라면 누구나 다 아는 사실이다. 그는 항상 뚱뚱한 여자는 싫다고 말하고 다닌다. 그가 친 팔이 칼로 도려낸 듯 아프다. 정확히 우두주사 자국이 있는 곳이다. 쿡쿡 웃음이 나서 밥알을 흘린다.

게시판에 붙일 포스터가 있어 수영장 안으로 들어간다. 최상수는 유아풀에서 세 명의 회원에게 개인강습중이다. 최상수는 말 많은 선생으로 통한다. 또 회원들을 향해 설교중이다. 월수금 화목토, 일요일만 빼고 육 일 내내 팔젓기와 발차기와 음파음파 호흡법을 가르치는 최상수의 뒷모습은 아주 근사하다. 다행히 그 앞에 있는 세 명의 회원 모두 보기 좋게 날씬하다.

기관실의 김정호씨가 느릿느릿 수영장 안으로 들어온다. 그는 수질검사 담당이다. 그는 한쪽에는 눈금자, 한쪽에는 빈 유리관이 달린 비색기를 물 속에 담갔다 꺼낸다. 수영장 물의 염소 농도를 맞추는 게 그의 일이다. 염소 농도 0.04에서 0.07피피엠이 그의 과제다. 그의 움직임은 언제나 느리고 여유 있다. 그가 있음으로 해서 회원들은 수질을 안심한다. 수영장 물에 관해서는 그가 파수꾼이다.

오후 두시다. 세시까지는 탈의실이 가장 조용한 시간이다. 세시에 에어로빅을 마치는 회원들이 들어올 때까지는 쉬거나 깜빡 잘 수도 있다. 이런 때 나는 책을 읽는다. 사물함에 넣어둔 책은 습기를 먹어 축축하다.

수영의 역사에 관한 책이다. 사실 난 수영의 역사에 대해선 별 관심이 없다. 다만 이 책에는 미국의 유명한 수영선수였던 한 여자에 관한 이야기가 나온다. 나는 이 대목을 여러 차례 읽었다.

여자는 1926년에 영국 해협을 헤엄쳐 건넜다. 그래서 영국 해협을 건넌 최초의 여성으로 수영 역사에 기록되었다. 여자는 그후 여러 지역을 옮겨다니면서 성대한 환영을 받았다. 폭죽이 터지고 파티가 이어지는 환영 행사가 이 년 동안이나 계속되었다. 여자는 피곤했고 급기야 신경쇠약에 걸렸다. 그리고 마침내 여자는 귀머거리가 되었다. 여자는 결국 수영으로 성공해서 수영으로 망했다. 난 이 대목까지는 사실일 거라고 믿는다. 그러나 다음 대목은 그렇지 않다. 여자는 죽을 때까지 농아들에게 수영을 가르치며 살았다. 여자는 존경과 사랑을 한 몸에 받았고 편안하게 죽었다. 이 대목을 나는 항상 의심했다. 여자는 자살했거나 약물중독이 되었거나 해외로 이주해 종적도 없이 사라져야 했다. 어쨌든 여자의 이름은 거트루드 에델이다.

내가 수영을 그만둔 건 맞기 싫어서였다. 시합에서 이겨도 맞고 져도 맞았다. 어린 수영선수에게는 언제라도 날아오는 주먹을 이겨낼 힘이 없었다. 때리는 사람은 때리는 이유를 분명하게 말해주지 않았다. 파이팅을 안 해서, 배운 대로 하지 않아서, 혹은 기분이 좋지 않아서 때렸다. 때리고 난 후에는 자장면이나 크림빵을 돌렸다. 열심히 먹지 않으면 또 맞을 것 같아서 꾸역꾸역 먹었다. 그리고 집으로 돌아가는 길에 모두 토했다. 토하지 않으면 손톱을 따야 했으므로 전력을 다해서 토했다. 악순환이었다.

어느 날부터 한쪽 귀가 들리지 않았다. 내 귀가 들리지 않는다는 게 백일히에 드러난 닐 식구들은 나를 가운데 두고 둘러앉았다. 모두들 걱정스러운 표정으로 혀를 찼다. 엄마가 울었는데 울음소리가 잘 들리지 않았다. 그것 봐, 농구를 시켜야 한댔잖아. 누군가 낮은 소리로 말했다. 그 소리만 또렷이 들렸다.

차갑고 파란 물이 눈과 귀와 아랫도리로 가득 들어차는 꿈을 꾸다가 깨어나는 날이 많았다. 온몸이 아팠다. 내 몸은 좁은 이불 위를 빙빙 돌았다. 한밤중에 깨어나보면 이불 위에는 무질서한 소용돌이가 그려져 있었다. 그 얼마 후 나는 소용돌이의 정점에 첫번째 생리혈을 남겼다.

그 뒤로 강가나 계곡으로 가는 가족들의 물놀이에는 절대로 따라가지 않았다. 학교에서 단체로 가는 수영장에도 가지 않았다. 유람선도 타지 않았다. 내가 즐겨 찾는 곳은 반드시 땅, 육지여야만 했다. 놀이동산에서 공중을 가르는 놀이기구를 타거나 복잡한 도시의 상점들을 구경했다. 순대나 튀김을 마음껏 사먹을 수 있는 재래시장을 빌빌거리는 게 내 외출의 전부였다.

그러나 엄마를 따라간 친척어른의 회갑잔치장 같은 곳에서 뜬금없이 푸른 물을 보기도 했다. 시끄러운 음악과 어른들의 기괴한 춤 동작 너머로 강한 염소 냄새가 코를 찔러왔다. 킁킁거리는 내 코는 본능적으로 물을 찾고 있었다. 나는 겨우 열다섯 살에 인생을 포기한 것이나 다름없었다.

매월 첫째주 금요일 밤에는 회식이 있다. 남자 코치 네 명과 여자 코치 두 명, 나를 포함한 관리실 직원 세 명, 기관실 직원 두 명까지 모두 함께 삼겹살집에 모인다.

쇠고기는 양념구이보다는 샤브샤브로 먹어야 한다. 돼지고기보다는 기름기 없는 닭가슴살을 먹어야 하고 닭고기보다는 생선을 먹어야 한다. 양념을 잔뜩 친 게장, 마요네즈로 버무린 감자샐러드,

기름투성이인 돼지고기와 칼로리덩어리인 소주만 넘쳐난다. 먹을 음식도 없고 오가는 대화도 늘 똑같다. 자리가 멀어 얘기하기도 쉽지 않은 체대 출신 여자 코치가 고개를 빼고 묻는다.

"그렇게 조금 먹는데 왜 살이 찌죠?"

순간 나는 배를 의식해 셔츠 자락을 잡아내린다. 앞에 앉은 관리실 여직원이 놓치지 않고 쳐다본다. 군살이라곤 찾아볼 수도 없이 날씬한 여자 코치는 그러고는 끝이다.

"애인도 없는 것 같은데 쉬는 날은 뭘 하며 지내?"

"책을 봐요. 음악도 듣구요."

묻는 사람이나 듣는 사람이나 싱겁게 웃는다. 나에 관한 대화는 늘 이런 식이다. 사람들의 목소리가 커지고 험담이 시작된다. 잘 들리지는 않아도 나는 이미 내용을 알고 있다. 수영장 코치들은 늘 저희들끼리 하는 얘기가 있다. 그들은 언제나 대폭적인 임금인상을 원한다. 회원들도 세련된 사람들이기를 원한다. 변두리 수영장을 탈출해 강남이나 신도시의 물좋은 수영장으로 가고 싶어한다. 그들이 흥분해서 얘기할 때 무심코 음식 먹기에 열중하고 있는 나. 몇 사람이 자리를 뜨고, 나도 급히 일어선다. 최상수의 얼굴을 흘깃 본다. 그의 얼굴이 붉다. 술을 마실 때도 그의 입담은 그치질 않는다. 언제나 그랬던 것처럼 식당에서 나가는 나를 아무도 잡지 않는다.

탈의실을 지나 샤워실을 지나 수영장이 가까워질수록 머리가 맑아지는 느낌이다. 칼로리 계산도 하기 싫다. 음식 냄새에서 벗어난 것만 해도 좋다. 발바닥에 닿는 까끌까끌한 타일의 느낌이 소름 끼치도록 편안하다. 차가운 공기가 다가와 볼을 부빈다.

움직임 없이 사각의 틀 안에 갇힌 물은 어느새 또 차가운 숨을 내쉰다. 물끄러미 물만 내려다본다. 자연스레 시선이 윗배에 가 닿는다. 허리가 없어진 지 오래다. 뱃살을 손으로 움켜잡는다. 손아귀 가득 살이 잡히고도 넘친다. 넓적다리 살은 자신은 죄가 없다는 듯 벌어진 채 의자를 죄다 덮고 있다. 억울하다. 이 개월간 다이어트를 했지만 단 오백 그램도 줄지 않았다. 또다시 보복하듯 먹어댈 시간 이 가까워오고 있는 것 같다. 이제 나는 올 데까지 왔다. 그렇게 얼마나 앉아 있었을까.

물 위로 그림자 하나가 보인다. 그림자가 가까이 다가온다. 낯익은 그림자는 내 앞에서 멈춰 선다.

"여기서 뭐 해?"

최상수의 얼굴이 울긋불긋하다. 그는 허리를 숙인 채 장난스럽게 내 얼굴을 들여다본다.

"너 수영하러 왔지, 너 밤중에 혼자 수영하지?"

그는 슬리퍼를 신은 발끝으로 수면 위를 찰싹찰싹 때린다.

"한잔 더 해야지. 같이 나가자."

대답도 하기 전에 그는 터덜터덜 걸어나간다. 보폭이 너무 넓어 그의 슬리퍼가 미끄러진다. 순간 수면에 비친 두 사람의 그림자가 일그러진다. 그가 출구 쪽 계단으로 올라서다가 갑자기 돌아선다.

"너 몇 킬로나 나가냐?"

그의 등짝을 때려주고 싶지만 죄지은 사람처럼 아무 말도 못 한다. 샤워실 계단 구석 벽면에 붙은 전기안전커버를 올리고 스위치를 내린다. 수영장은 암흑세계로 변한다. 어둠 속에서 소독약 냄새만 감돈다. 마지막 계단에서 뒤돌아본다. 내 등을 잡아당기는 무언가가 느껴진다. 밤의 수영장은 시체 공시소처럼 싸늘하다.

체육센터 주변의 아파트단지 놀이터에서 환하게 불 켜진 십오층 높이의 아파트에 시선을 모으고 있다. 둘이서 의자에 기대어 앉았는데 내 몸만 수평을 깨고 앞으로 튀어나와 있다. 상체에 힘을 주어 의자에 바짝 밀착시킨다. 그도 나도 한동안 말이 없다.

"우리, 서로 소원 들어주기 할래요?"

무슨 생각에서였는지 그렇게 말해버리고는 온 신경을 그의 대답을 듣는 데 집중시킨다.

"니 소원, 살 빼는 거? 아님, 남북통일?"

그의 입에서 상쾌하지 않은 음식 냄새가 난다. 나는 애매한 신발 밑창만 땅에 대고 질질 긁는다.

"아냐? 그럼 뭐야?"

그는 입을 커다랗게 벌리고 하품을 한다. 조금만 더 시간을 끌면 아예 잠이 들지도 모른다.

"최 코치님이랑 자고 싶어요."

중요한 얘기를 너무 쉽게 뱉은 게 아닐까. 당장이라도 가까운 여관으로 가자고 하면 어쩌나, 아침에 입고 나온 속옷을 떠올렸다. 그는 목청껏 커다랗게 웃는다. 얼마나 심하게 웃는지 나중엔 눈물까지 찍어낸다. 그가 내 얼굴을 빤히 보며 똑똑히 들으라는 표정으로 말한다.

"난 뚱뚱한 여자는 질색이야. 뚱뚱한 것들만 보면 그냥 확……"

그의 얼굴에 잠깐 살기 같은 것이 비친다. 발에 밟히는 것들을 사정없이 밟아댄다. 뭔가 해야 할 말이 있을 것 같다.

"살 빼면 만나줄래요?"

최상수는 또다시 히죽히죽 웃는다.

"내 부탁을 먼저 들어주면 네 소원을 들어주지."

순간, 주변의 소음이 모두 시그러든다. 내 귀는 아파트 복도에 나와 있는 사람의 헛기침 소리, 중국집 배달원의 스쿠터 소리까지 들

194

릴 만큼 예민해진다.

그에게는 어릴 때 헤어진 누나가 있다. 아버지가 바짝 마른 여자아이 하나를 데리고 들어왔는데 그날부터 그의 부모들은 날마다 싸웠다. 그가 수영을 하게 된 건 그 누나 때문이었다. 누나가 수영하던 모습을 처음 보았을 때 그는 인어를 떠올렸다. 인어가 사연이 있어 육지에 잠깐 살러 온 거라고 생각했다. 인어니까 부모가 없을 테고 그래서 아버지가 잠깐 부모 노릇을 대신하는 거라고 생각했다. 사실 그와 누나는 배다른 형제였다. 그는 코피를 쏟으며 매일매일 수영을 했다. 몇 년 지나 누나는 제 엄마한테로 돌아갔다. 누나는 떠나고 그에게는 수영만 남았다. 시간이 오래 지났는데 그 누나가 그를 만나자고 했다.

"우연하게도 누나네 집이 니네 동네야. 집을 빨리 찾을 수 있을 것 같아서."

그는 집을 찾는 것까지만 도와달라고 했지만 난 생전 처음 의미 있는 일을 하게 될 것 같아 무척이나 설렜다.

아파트 단지에 들어서면서부터 나는 좀 긴장했다. 오층짜리 아파트 벽면은 어지럽게 꼬인 엘피지 고무호스가 점령하고 있다. 아이들은 잘 맞지 않는 공을 따라다니며 함성도 없는 야구를 하고, 평상 위에 누운 노인들 몇이 채소처럼 자고 있다.

초인종을 누르고 한참 만에야 기척이 들린다. 아파트 문이 벌컥 열린다. 순간 문 앞에 세워둔 아이들 자전거가 우리들 쪽으로 쓰러지는 바람에 민소매셔츠 차림으로 문 앞에 나와 있는 여자를 보지 못했다. 아니 눈을 의심해서 자전거를 일으켜세우는 일로 여자를 피했다. 여자는 현관까지 기어온 아기를 한 팔로 덥석 안아 방으로 밀어넣었다.

텔레비전 소리, 천 기저귀 냄새, 아이들의 장난감과 살림살이들로 집 안은 수해지구처럼 어지럽다. 여자가 마루를 발로 쓱쓱 치우고 빈 자리를 만든다. 여자의 낡은 고무줄 통치마 속으로 거대한 다리 윤곽이 고스란히 보인다.

최상수는 인사도 하지 않고 앉지도 않는다. 내가 먼저 앉자 그도 어색하게 앉는다. 아이는 방에서 자꾸 기어나온다. 그때마다 여자가 아기의 등을 가볍게 잡고 방 안으로 밀어넣는다. 여자의 손에 대롱대롱 매달린 아기의 눈동자가 무척이나 새까맣다.

여자는 하필이면 탈탈 소리가 나는 냉장고 옆에 의자를 바짝 붙이고 앉아 있다. 마루가 워낙 좁아 냉장고가 집 중앙에 있는 꼴이다. 여자는 몹시 크다. 여자와 냉장고의 크기는 거짓말처럼 거의 같아 보인다. 전체적으로 둥글고 축 늘어진 여자의 몸엔 각이라곤 없다. 치마 아래에 드러난 발목은 심하게 뒤틀린 채 몽톡하다. 머리칼은 지나치게 짧다. 얼굴 군데군데 거뭇한 흉터가 보인다. 여자는 말을 시작하기 전에 컥컥 기침부터 한다. 여자는 온 살을 출렁거리며 말한다.

"그 개새끼가 우릴 버리고 간 게 석 달 전야. 그 새낀 우릴 먹여 살릴 생각도 안 했어. 그 새끼한텐 좋은 기회지. 우린 지옥야. 영원히 도망칠 수만 있다면 운 좋은 거지. 가서 잘 처먹고 잘살라지. 잡히면 내가 육포를 만들어줄 테니까."

최상수는 내내 고개를 떨구고 있다. 아기는 방에서 기어나와 우리가 사간 케이크 상자 위를 침 묻은 손으로 문지른다. 최상수는 아기의 행동반경 안으로만 눈동자를 굴리고 그리워하던 누나는 쳐다보지도 않는다.

"밖에 둘이 더 있어. 내가 먹여 살려야 할 것들이 셋이야. 널 찾느라고 전화비 좀 들었다. 너한테 부탁할 수밖에 없어. 대명천지에 친척이라고는 없으니. 애들은 매일 먹어야 해. 난 어떻게 참을 수 있지만, 애들은 그럴 수 없어. 난 너한테 부탁할 수밖에 없어. 이젠 너밖에 아는 사람이 없어."

최상수는 뭔가 한마디 하려다 시선을 피하고는 바닥에서 집은 것을 입으로 들여가는 아기의 손을 잡는다. 순간, 아이들 둘이 집 안으로 화닥닥 뛰어들어온다. 아이들은 냉장고 문부터 연다. 여자는 반사적으로 아이들의 등을 냅다 때린다. 아이들은 아프다 소리도 없이 냉장고 안으로만 고개를 들이민다.

"에이 아직도 탱탱 비었네. 마술사가 우리 냉장고를 가득 채워줄 거라며."

"저리 가, 저리 가."

여자의 상체가 출렁 움직이자 아이들은 비켜서는 시늉만 한다. 최상수가 갑자기 벌떡 일어서서 집 안을 휘 둘러보더니 아무렇게나 신발을 끌고 밖으로 나가버린다. 여자는 냉장고 옆에서 요지부동이다. 눈만 최상수가 나간 문 쪽을 따라간다. 기어다니던 아기가 자지러지게 울기 시작한다. 여자의 눈빛이 좀 흔들렸는지도 모르겠다. 내가 자리에서 일어서자 여자가 온몸을 출렁거리며 일어선다. 나는 지갑에 있는 돈을 모두 꺼내 키가 가장 큰 아이 손에 쥐어준다. 그때 아이들이 막 케이크 상자를 발견한다.

"와 마술사들이다."

옆에 서 있던 작은 아이가 소리친다.

"우리 동생한테 잘 해줘요."

여자가 현관에서 말한다. 현관문을 여는 순간 자전거는 다시 한번 쓰러진다.

마술사들은 길 위로 걸어나왔다. 음료수 하나 사 마실 생각도 없이 각자 땅만 내려다보고 걷는다. 그가 담배를 문다. 그가 피워올리는 담배연기가 잔뜩 화를 내며 공중으로 사라진다.

"오늘 고마웠어. 뚱뚱한 데는 저 여자가 너보다 한 수 위인걸."

그는 혼자서 택시를 타고 가버린다.

기온이 높아지고 수영장은 시장통처럼 붐빈다. 자루걸레를 들고 탈의실 바닥을 닦고 또 닦는다. 최상수는 약속을 지키기는커녕 애기할 기회도 주지 않았다. 대신 그가 수영장을 떠날 거라는 소문이 돌았다. 이젠 소독약 냄새가 지겨워졌고 돈을 벌어야 한다고 했다. 그가 가기로 한 곳은 정수기 판매회사라고 했다.

그의 책상 위에 마지막 메모지를 올려놓는다. 오늘이 지나면 최상수는 떠난다. 꼭 만나야 한다고 적은 다섯번째 편지다. 수영장에서 그를 기다린다. 밤기온이 높아져서인지 공기도 후텁지근하고 물도 미지근하다. 열시가 지나도 그는 오지 않는다. 나는 풀 가장자리를 돈다. 돌고 또 돈다. 물 속을 노려본다. 밤의 수영장은 나 혼자만 들을 수 있는, 외롭고 고요한 출렁임으로 가득 차 있는 것 같다.

물 속에서 그가 나를 이끈다. 그는 저만치에서부터 헤엄쳐와 커다란 내 다리 사이로 날렵하게 빠져나간다. 코로 뿜어져나오는 숨을 참으며 그를 따라간다. 그는 물 속을 마음껏 헤치고 나간다. 둔한 나는 그를 따라가기가 쉽지 않다. 그의 모습이 보이지 않는다. 물안경 너머는 부드러운 우윳빛이다. 겨우 찾아낸 그는 수영장 바닥에 엎드려 뭔가를 찾고 있다. 수영장 바닥엔 많은 것들이 떨어져 있다. 풀 가장자리를 막고 있는 촘촘한 아마포 덕분에 사람들이 떨구고

간 모든 것이 바닥에 그대로 있다. 그가 주홍색 플라스틱 목걸이를 주워올린다. 그리고 나를 향해 자기 쪽으로 오라고 손짓한다. 나는 부력을 억누르며 힘겹게 그의 앞에 당도한다. 그가 내 목에 플라스틱 목걸이를 걸어준다. 나는 그의 입술에 입맞추려 한다. 물안경 때문에 서로의 입술이 자꾸만 어긋난다. 그는 쏜살같이 방향을 바꿔 헤엄친다. 나는 계속해서 그를 따라간다. 사지에 힘이 빠져 저절로 신음이 터져나온다. 깨어보니 수영장 의자 위다. 물은 차가운 표정이다.

풀 가장자리에 쭈그려 앉는다. 손가락 하나를 물 속에 담근다. 손가락을 쫙 펴고 팔목까지 담근다. 팔꿈치까지 담그려고 하는 순간 내 몸은 알 수 없는 힘에 이끌려서 물 속으로 빨려들어간다.

드디어 나는 물을 헤치고 앞으로 앞으로 나아가고 있다. 믿을 수 없는 일이다. 턴 지점에서의 삼백육십 도 회전도 약간의 현기증만 유발한다. 두 팔은 모터가 달린 것처럼 힘차게 헤엄쳐나가고, 두 다리는 온몸을 지탱해 균형을 이룬다. 내 몸은 오래 전의 몸놀림들을 하나도 빠짐없이 차례차례 기억해낸다. 코끝이 찡한 물 속에서의 물구나무서기. 잠깐 깨지는 평형감각이 수반하는 물구나무서기 뒤의 나른한 혼돈. 단 한 번의 호흡으로 깊은 숨을 들이마시고 레인 끝까지 족히 가 닿는 가슴 벅찬 잠영.

밤하늘에 박힌 찬 별처럼 반짝거리며 내 몸을 휘감아 떨어지는 수많은 물방울들을 누군가 보았으면 좋겠다. 누군가 바로 이 순간을 기억해주었으면 좋겠다. 다시 헤엄치기. 일 킬로미터를 족히 돈다. 세상이 끝날 때까지 수영을 하리라 다짐했던 어린 시절의 작은 심장이 기억나고 자동적으로 펌프질이 강해진다. 온몸이 땀에 젖는다. 그리고 소리가 들린다. 물과 하나되어 밤의 수영장에 울리는 소리. 침착하게 다시 들리기를 기다린다. 아주 가까운 곳에서 들린다. 그렇게 낯설 줄은 짐작도 못 했다. 소리의 정체는 밤의 수영장에 홀로 떠 있는 몸 갈피갈피에서 흘러나온 나 자신의 숨소리였다.

유아풀 쪽으로 올라간다. 유아풀 바로 옆에 체온조절풀이 있다. 온몸을 담근다. 이마에서 땀이 솟는다. 아무 생각 없이 조도 낮은 불이 켜진 유아풀 쪽을 쳐다본다. 소스라치게 놀라 벌떡 일어선다. 한 여자가 물 위에 떠 있다. 여자는 수영복을 입고 수영모도 쓰고 있다. 물안경은 목에 걸려 있다. 여자의 몸은 두부자루처럼 벙벙해 보인다. 나는 몸을 돌렸다. 환영이지! 얼른 수영장 밖으로 뛰어나온다. 여자의 얼굴이 낯이 익다.

사망한 지 오래된 익사체는 얼굴을 분간할 수 없다고 들었다. 몇 배는 불어날 테니까. 여자는 그 정도로 망가지지는 않은 것 같다. 그래도 뚱뚱한 건 사실이었다. 새벽반 강습이 시작되기 오 분 전쯤 회원들 몇이 달달 떨며 탈의실로 뛰어나왔다. 순식간에 모여든 수영장 관계자들은 하얗게 들뜬 여자의 몸을 내려다보며 식은땀을 흘렸다. 내가 본 것은 환영이 아니었다. 사람들 틈에 서서 여자를 본 순간, 반지르르한 최상수의 얼굴이 번개처럼 뇌를 가르고 지나갔다. 이 뚱뚱한 여자를 누군가 죽였다면? 그건 분명 내가 아는 최상수였다.

여자는 오후 두시부터 네시까지 에어로빅과 수영을 이어서 하는 난초반 회원 중 한 명으로, 배영의 발차기를 배울 단계라고 했다. 수영장에 두 달째 다녔다고 했다. 경찰은 목을 졸랐거나 조른 후 물속에 처박았을 가능성이 있다며 누군가 허공에 대고 목을 꽉 잡는 손모양을 그려 보였다. 여자의 얼굴은 편안해 보였다. 적어도 내 몸

무게 정도는 나갈 체격이었다. 체육센터는 발칵 뒤집혔다. 수영장
은 접근금지구역이 되고 오전 강습은 취소되었다.

수영장의 모든 사람이 수사 대상에 올랐지만 이렇다 할 혐의점들
이 없이 시간만 갔다. 그래서 여자를 죽인 혐의는 최종적으로 물로
옮겨갔다. 기관실이 집중적으로 시달렸다. 누군가 살해한 것이 아
니라면 여자를 죽인 혐의는 오천 톤의 물에 있으며, 그 물을 어떻게
할 수 있는 사람은 기관실 직원들뿐이라는 것이다. 여자를 죽이기
위해서 오천 톤의 물에 염소를 뿌렸을까. 휘발성이 강한 염소는 어
떤 식으로든 공기중에 퍼진다. 그랬다면 체육센터는 냄새 때문에
난리가 났을 것이다. 기관실의 김정호씨는 수영장의 염소 농도를
맞추는 작업을 감시의 눈초리를 받으며 지리하게 되풀이했다.

회원들은 수영장 물을 갈아줄 것을 요구하는 시위를 벌였고 예정
에 없던 휴관일을 잡았다. 정해진 계획 외에 수영장 물 전체를 새로
가는 것은 예산 때문에 불가능했다. 소문을 내는 직원은 해고시켜
버리겠다는 경고를 달아 결국 유아풀 물만 갈았다. 최상수 대신 머
리가 좀 벗겨진 남자 코치가 새로 왔다. 새로 온 코치는 사람은 좋
아 보였지만 내 취향은 전혀 아니었다.

변두리 수영장에서 일어난 사건 따위는 아랑곳없이 여자들은 물
속으로 물 속으로 몸을 던졌다. 그래서 수영장 물은 나날이 지저분
해졌다. 그만큼 표백제 냄새도 강렬해졌다.

여름밤이다. 대낮 내내 맑은 연둣빛 기운에 취해 있다가 휴일을
핑계삼아 거리로 나왔다. 짧은 바지 아래로 늘씬한 다리를 드러낸
여자들의 발걸음이 휘청거리는 것처럼 보였다. 배가 꽉 차도록 먹
지 않아서다. 그러고 보니 위가 비었다. 분식집에서 김밥과 라면을

시키고 벽면 거울에 비친 얼굴을 쳐다본다. 어깨까지 머리를 길러 볼까. 커다랗게 틀어놓은 음악 소리 때문에 젓가락이 자꾸 어긋난다. 김밥과 라면을 동시에 해치우다니 이건 미친 짓이다. 며칠째 폭식이다. 불행하게도 때는 여름이다.

최상수의 누나네 집은 내가 내릴 버스 정류장에서 다섯번째 전 정거장 근처다. 나는 버스 벽에 붙은 벨을 길게 눌렀다.

냉장고 여자는 나의 방문을 기뻐한다. 내 손을 잡아주고 어깨에 손을 올려놓아준다. 술기운 탓이다. 그럴 것이 여자는 수해지구 안에 술판을 벌여놓았다. 아이들은 방에 누워 자고 있고 지저분한 마루엔 빈 소주병이 뒹군다.

여자는 최상수가 매달 돈을 보내주기로 했다며 술을 들이켠다. 더 바랄 게 없다며 웃는 여자의 치아는 불규칙하게 벌어져 있다. 나는 그의 직장 동료일 뿐이라고 고백하지만 여자는 별로 놀라지 않는다. 플라밍고를 추는 무희처럼 살덩어리를 후들거리며 웃는다. 그러다가는 바늘에 찔린 듯 끙끙거리며 운다.

여자의 울음 끝에 묻는다. 당신이 옛날에 인어였다면서요. 여자는 발갛게 상기된 얼굴을 감싸안고 소녀처럼 웃는다. 여자가 상체를 숙여 내 얼굴 가까이 다가와 속삭인다. 도시엔 물이 없잖아. 도시엔 온통 사람뿐야. 상체를 숙인 탓에 냉장고만한 여자의 몸이 쿵하고 내 앞으로 쓰러진다.

여자는 코를 고는 중간중간 숨이 멎는 듯한 소리를 낸다. 양말을 벗긴다. 굳은살로 딱딱한 발바닥이 짐승의 그것 같다. 여자가 자세를 바꾸느라 한쪽 다리를 치켜들어 커다란 원을 그리고는 요동치듯 광 내려놓는나. 여자의 팬티가 드러난다. 팬티 속으로 안전하게 들어가지 못하고 삐친 살들이 외롭게 처져 있다. 일순간 여자의 숨이

202

멎는다. 다시 뿌우하고 숨소리가 나야 하는데 들리지 않는다. 나는 다급하게 귀를 비빈다. 여자는 한참 만에야 바람 빠지는 소리를 내며 길게 길게 숨쉰다.

여자의 등뒤에 누워 여자의 상체를 감싸안는다. 두 다리는 여자처럼 V자를 만들어 서로 겹치게 한다. 여자의 등에 가슴을 바짝 붙인다. 이제는 늙어버린 인어가 내 품 속에서 씩씩거린다. 눈을 감는다.

드디어 푸른 물이 우리가 누운 집 안을 채우기 시작한다. 여자의 다문 입술이 슬며시 열리고 입 속에 푸른 물이 들어찬다. 여자는 비로소 인어처럼 웃는다. 나는 코르셋 속에 처박아두었던 단단한 살덩어리들을 푸른 물 속에다 풀어헤쳐놓는다. 여자가 활짝 웃으며 내 아랫도리에 깊은 숨을 토해넣는다. 내가 여자의 검은 배꼽을 열어 물길을 터준다. 여자와 나의 몸은 팽창할 대로 팽창해서 마구 부풀어오른다. 여자의 타액과 나의 타액이 섞이고 여자의 음모와 나의 음모가 넘실거린다. 푸른 물이 드디어 온 집 안을 가득 메우고 여자와 나는 꽈배기처럼 얽혀 물 속을 누빈다.

오랜 세월 짓눌렸던 살들이 부드럽게 빠져나간다. 털끝만큼도 몸에 상처를 내지 않으면서 천천히 빠져나간다. 물은 여자와 나에게서 통증을 거두어가는 중이다. 여자와 나는 차츰 정화되어 몇천 년 만에 처음으로 깊은 잠 속으로 빠져든다.

서로의 안부를 묻다

나는 오래도록 불 꺼진 중국집 앞에서 서성거린다.

고양이 두 마리가 으슥한 곳에서 앙칼진 소리를 내며

싸움을 벌이고 있다.

진이야, 배가 고프다.

멸치 국물에 만 시원한 국수가 먹고 싶다.

너와 함께 밤참으로 먹던 국수 말이다.

너는 내가 끓여주는 시원한 멸치 국물에 만

국수 맛 때문에라도, 집으로 돌아올 수는 없니.

그럴 수는 없는 거니.

전화를 받은 여자는 지하철역에서 나오자마자 먹보분식 간판이 보이고 그 삼층 건물 이층에 자기네 소개소가 있다면서 찾기 쉬울 거라고 했는데, 먹보분식은 없어. 아무리 두리번거려도 창문도 안 달린 반질반질한 고층빌딩만 빼곡하고 길을 물을 그 흔한 신문 가판대 하나 없다. 다시 지하도 안으로 들어가 반대편 출구로 나가보는 수밖에.

아침 햇살이 얼마나 따가운지 목덜미가 따끔거려. 새로운 일자리를 찾아가는 길은 이렇게 뜨거운 해가 내리쬐거나 무섭게 쏟아져내리는 빗줄기가 앞을 가린다. 차라리 비가 내리는 게 낫지. 십자형 지하도 안에서 한참을 머뭇거리다가 처음 나갔던 곳과는 반대 방향의 출구로 나간다. 넌 날더러 눈살 찌푸리지 말라고 그랬니, 얼굴에 주름이 지고 더 늙어 보인다면서. 하지만 햇빛 때문에 눈을 찡그리지 않을 수가 없다. 또 계단은 얼마나 깊은지 무릎마디가 쑤신다.

아, 저기 있구나 먹보분식. 앞치마를 두른 남자가 흰 명주천이 깔린 무쇠솥에서 더운 김이 나는 만두를 꺼내고 있어. 만두가 먹음직스러워 보이지만 내 볼일이 분식집에 있는 건 아니잖아. 분식집 왼편에 가파른 계단이 보인다. 계단 입구 벽면에 전화번호가 적힌 직업소개소 간판을 달아놓았구나. 계단을 하나씩 오를수록 현기증이 날 것 같아. 언제 부를지 모르니까 소변은 보고 들어가는 게 나을 거야. 직업소개소는 어디나 기다리는 사람이 많거든.

담배연기가 꽉 찬 남자대기실 안은 가방을 하나씩 들고 있는 남자들로 북적거린다. 건설일 잡부나 지하철 공사장으로 가는 사람이 많지. 안경을 쓴 젊은 여자가 사무실 문 쪽 책상에 앉아 있고, 나이든 남자가 창가 쪽에 놓인 책상에 앉아 전화 통화를 하는 중이야. 남자 책상 옆에 놓인 빈 책상에 엎드려 신청서를 작성하는데, 남자의 손가락 끝에서 담뱃재가 떨어져내린다. 볼펜으로 천천히 신, 혜, 자, 이름과 주소 전화번호를 쓴다.

희망 직종을 쓸 때마다 잠깐씩 고민을 하지. 차라리 붙박이로 갓난아이를 봐주는 집으로 들어갈까. 하지만 이내 고개를 흔들고 말지. 젊은 엄마들 비위 맞추기가 어디 쉽겠니. 말랑말랑 고무찰흙 같은 어린것을 잘못 다뤄 병이라도 나면…… 그래서 내가 쓰는 최종 희망 직종은 언제나 다방 주방이다. 이것도 주방 보조에서 한 걸음 발전한 거란다.

벽에 붙은 선풍기가 탈탈대며 도는 여자대기실에는 열 명 남짓한 사람들이 앉아 있다. 아줌만 어떤 자리 찾아요? 흰 양말을 신은 두 발을 벗은 신발 위에 올려놓고 있는 여자가 묻는다. 다방요. 왜 다방을 가, 요즘은 파출부가 제일 편한데. 아파트 단지 파출부가 제일 낫지. 채 소화되지 않은 음식 냄새가 나는 여자의 입을 피하려는데 여자가 더 가까이 다가온다. 아파트는 에어컨도 시원하잖우, 요즘은 에어컨 없는 집이 없잖아요 왜.

몇번째일까, 직업소개소를 찾아다닌 게. 처음 갔던 곳이 아마 영등포 시장 근처였을 거야. 그제서야 내가 헤매고 돌아다닐 거리가 두렵게 느껴지기 시작했지. 그후로 지구가 태양을 두 바퀴나 돌았다. 견우와 직녀도 두 번이나 만났고. 수많은 직업소개소들을 돌아다녔어. 쉰둘? 누가 쉰 넘은 사람을 써요. 대뜸 나이부터 묻던 직업소개소 사람들의 거친 말씨와 불친절한 눈길, 영등포 시장 근처에 있던 그 직업소개소에서는 나가야 할지 있어야 할지를 몰라 단단히 잠긴 캐비닛만 쳐다보며 서 있었지.

두 명의 여자가 불려나갔다. 요즘은 그래도 나은 편이다. 얼마 전까지만 해도 일자리가 없어 오전 내 기다리다가 죄다 그냥 집으로 돌아가곤 했으니까. 혹시나 집으로라도 전화가 올까, 이 소개소 저 소개소, 소개소마다 신청해놓고는 집에 가서 꼼짝 않고 기다리고 있었어. 식당이며 다방이며 손님이라고는 씨가 말랐는데 어디 일자리가 있었겠니.

전화하던 남자가 나를 부른다. 신청서를 내려다보며 담배를 손에 든 채로 묻는다. 아줌마 다방일 해봤어요? 네 여기저기…… 순간, 남자의 손에서 작은 불씨가 날아와 내 가슴으로 떨어진다. 선풍기 때문에 담뱃재가 떨어진 줄 알았는데 현기증이 일어난 게 맞을 거야. 요즘은 수없이 많은 별들이 눈앞으로 지나가니까. 남자가 어떤 집에 전화를 건다. 그 집에서 오라고만 하면 운이 좋은 거지. 아줌마 이 집은 다른 데보다 특별히 오래 있어야 해. 힘들다고 쉽게 그만두면 우리가 곤란해요. 그럼요, 걱정 마세요. 나는 자꾸만 허리를 굽혀 인사를 한다.

지하철역으로 들어가는 계단에서 한 여자가 달처럼 둥그런 술빵을 팔고 있다. 요즘 같은 더위에 누가 이런 걸 먹겠냐만, 시커먼 얼굴에 챙이 달린 모자를 쓴 여자는 사람들이 지나갈 때마다 고개를 들고 빵을 사라고 하는구나. 이 더위에 수북한 빵이 한 광주리다. 마음 약한 내가 그냥 지나가겠니. 내려가다 말고 급기야 빵을 산다. 빵이 든 비닐봉지를 들고 지하철을 탔어. 빈자리가 있구나. 얼마쯤 가다가 듬성듬성 박힌 건포도만 몇 개 떼어 먹는다. 그러다 빵도 떼어 먹는다. 신물만 넘어오고 혓바닥이 바짝 말라서 목구멍에 힘을 주어야 빵이 넘어갈 지경인데 자꾸만 마른 빵을 먹는다. 서 있는 사람들 사이로 접어놓은 손수건만한 한강이 보인다. 갈증이 난다. 저 한강물을 다 마셔도 갈증이 가실 것 같지 않다. 그제서야 다방 이름과 전화번호가 적힌 종이를 펼친다. 빨리 가야 하니까. 서울역 건너편 영국 베이커리 골목. 다방 이름이 뭔 줄 아니? 별다방.

백 개의 커피잔, 열다섯 개의 탁자

더러 불 켜진 창이 보이기도 하지만 오히려 밤보다도 어두운 새벽이다. 여유 있게 보도블록 위를 오가는 비둘기들, 신문 몇 장을 포개 덮고 건물 처마 밑에 몸을 의지한 사람들이 몇 보인다. 사람이든 고양이든 새벽잠을 깨울까 조심조심 걷고 있어. 조금만 큰 소리로 헛기침을 하거나 발걸음을 옮겨도 문 닫은 상점에 기대 세워둔 간판이나 다리 잘린 의자들이 힘없이 넘어질 것만 같거든. 영국 베이커리를 끼고 모퉁이를 돌자마자 흰색 외벽의 사층 건물이 나타난다. 뚜우 뿌우. 이 시간이면 들리는 서울역 기차 소리다. 출근한 지

열하루째구나.

접어서 다방 앞에 세워둔 다방 입간판을 길 쪽으로 내다 세운다. 나는 이 새벽에 제일 먼저 간판부터 내다 세우도록 주인남자와 약속을 했다. 사층 건물 일층에는 별다방, 이층부터 사층까지는 사무실들이 있다. 주변에는 고만고만한 건물들이 다닥다닥 붙어 있어. 역 주변이라 그런지 때가 많이 타고 낡은 건물들이지만 속속들이 다 빈 곳이 없고, 임대료도 아주 비싸다고 들었단다.

너 별다방 구경 좀 할래?

다방 문을 열면 축축하고 답답한 공기가 먼저 나를 맞는다. 밤 열두시에 문을 닫아서 다시 문을 여는 새벽까지 숨죽이고 있던 공기가 일시에 앞다투어 몰려나온단다. 지금은 좀 나아졌다고 해야 하나, 익숙해져서 오히려 반갑다고 해야 하나. 처음엔 찌든 담배냄새가 섞인 습한 공기 때문에 기침을 달고 지냈다. 더께가 붙은 천장 모서리, 축 늘어져내린 전기선, 얼룩덜룩한 벽면, 홈이 난 탁자들, 간혹 손님들을 화나게 하는 밑이 빠진 소파, 그리고 터엉텅 생각났다는 듯이 시간 간격을 두고 돌아가는 구식 에어컨까지. 별다방엔 모두 구식이라 빛나는 것이라고는 없지.

더 걸작인 건 천장을 활개치며 다니는 쥐들이다. 손님이 있는 대낮에는 말 그대로 쥐죽은듯 엎드려 있다가 사람이 없는 시간이면 난리가 난다. 거짓말 보태지 않고 북소리 같다고 해야 할 지경이다. 그것도 혼자 치는 게 아니라 여럿이 치는 북소리 말이다. 언젠가는 천장을 받친 합판을 다 갉아먹고는 이리로 내려올지도 모르겠다. 그게 지금처럼 나 혼자 있는 시간이 아니면 좋으련만.

별다방에서 내가 제일 먼저 하는 일은 보리차 끓이기. 들통만한 큰 주전자 두 개에 생수를 가득 담고, 보리차를 넣는다. 그 다음 티

스푼 두 개 정도 분량으로 커피 가루를 넣지. 그래야 보리차 색이 좋거든. 전에는 볶은 보리만 많이 넣고 반주전자 정도를 끓여 수돗물을 탔다지만 요즘은 그랬다간 큰일나지. 보리차가 끓으면 개수대에 미리 받아둔 커다란 양푼 안에 주전자를 담가 몇 차례 물을 갈아주며 미지근해질 때까지 식힌다. 꼭 네 주전자를 끓여야 양이 부족하지 않으니까 가스레인지 두 구멍에 한 주전자씩, 두 번을 끓여야 해. 여름엔 왜 만만한 게 물이잖니.

다음 할 일은 커피잔 소독. 백 개쯤 되는 커피잔을 사각의 스테인리스 소독그릇 두 개에 나눠 일렬로 끼워넣는다. 그리고 잔이 잠길 만큼 냉수를 부은 뒤 센 불에 맞춰놓고, 커피잔들이 달그락거리기 시작할 때까지 끓이지. 잔들이 아우성치며 끓기 시작하려고 할 때 불을 끄면 되는 거야. 불을 더 세게 했다가는 저희들끼리 부딪쳐서 잔이 깨져버리거든. 큰 다방에선 전기소독기를 쓴다지만 그릇 소독은 역시 끓이는 게 최고지.

이제는 플라스틱 물병 닦기. 커피를 배달할 때 시원한 얼음을 한 통씩 함께 가져가야 한단다. 여름용 서비스지. 그래서 물병 닦는 일도 만만치 않아. 커피 값보다 물 값이 더 많이 나갈 거야. 그래도 할 수 없어. 시원한 물이 먹고 싶어서 커피를 배달시키는 사람도 있으니까. 물병에 솔을 넣어 물이끼를 가셔내고, 또 뜨거운 물에 여러 차례 헹궈낸 뒤 커다란 소반에 쌓아놓고 물이 뺄 때까지 말려야 한다.

이제 마지막. 열다섯 개의 탁자를 깨끗하게 닦는 거야. 비록 낡은 탁자지만 먼지 긴 탁자에서 차를 마시는 건 불쾌한 일이지. 재떨이는 탁자 가운데 하나씩 놓고. 백원짜리 동전 한 개씩을 투자해 일일 운수를 접치는 오늘의 운수통도 제대로 놓고. 잎은 플라스틱이요, 줄기는 철사인 꽃도 한 송아리씩 놓고.

그리고는 걸레질. 사실 탁자 아래에 더 많은 것들이 숨어 있지. 씹다 버린 껌 자국이 즐비한 바닥에는 손님들이 떨어뜨리고 간 물건들이 하루에도 몇 개씩은 있거든. 꽝이 난 즉석복권만 든 빈 지갑, 일 센트짜리 동전, 구겨진 명함, 현금카드 전표, 명함판 사진, 지하철표, 실밥이 달린 셔츠 단추 같은 것들 말이다. 다시 찾지 않아도 사는 데는 지장이 없는 그런 물건들이지. 내가 조그만 소쿠리를 준비해 그런 물건들을 담아두고 싶다고 하니까 함께 일하는 여자들이 까르르 웃더라.

　선반을 등지고 앉아 있는 내 모습은 영락없는 구멍가게 주인 같을 거야. 선반 안에는 커피 크림 설탕, 티백에 든 녹차 칡차, 병에 든 유자차 레몬차 꿀차, 냅킨다발 행주다발 일회용 봉투다발까지, 다방 일에 필요한 재료들이 빼곡하게 들어차 있다. 그것뿐이겠니. 바퀴벌레에 어디서 왔는지 모를 쇠파리까지 선반 모서리 틈새마다 죽어 있으니.

　하루 종일 왔다갔다하는 이 주방이 얼마나 비좁은 줄 아니. 홀 쪽으로 나가는 길목에는 커다란 냉장고 두 대가 버티고 있어서, 마음 놓고 움직인다고 해봐야 가스레인지와 개수대 근처 정도지. 일을 하다보면 나도 모르는 사이 냉장고에 엉덩이가 쓸리고, 손을 잘못 뻗어 선반 모서리에 걸려 옷이 상하고, 이곳저곳 멍투성이지. 그래도 이 육중한 몸이 비좁은 주방에서 날래고 재빠르게 일하는 게 신기하고 대견하지.

　이제 점심밥을 미리 준비해두어야 한다. 바쁘게 홀딱 볶고 나면 다방 식구들 밥할 기운도 없어. 음식 장사를 하는 집이 아니라 마음 놓고 음식 냄새를 풍길 수도 없지. 그래서 주방에 이어 굴속 같은 작은 방을 만들어놓았더구나. 식구들이 피곤할 때 들어가 잠깐씩 눈을 붙이는 곳이야. 물론 주인남자가 없을 때 얘기다. 방이라기보다 좀 큰 틀이라고 말하는 게 좋겠다. 한 평도 안 될 거야. 시멘트 벽돌 몇 장을 뜯어서 창을 내고 방충망을 붙인, 장식이라고는 천장에서 내려오는 전등 하나가 다인 방이야. 이제 점심 쌀까지 씻어 안쳤으니 오늘 아침 할 일은 끝이다.

시계는 여덟시 오십분. 이제 식구들이 올 시간이다. 커피잔은 더운 열기 속에서 가끔씩 달그락거리고 이마에 맺혔던 땀이 식는다. 이렇게 볶아치고 나면 잠깐씩 얼빠진 사람처럼 굳어진다. 네 아버지가 다니던 그 가죽공장 생각이 나서. 가죽 냄새 화학 약품 냄새, 끝을 알 수 없게 뒤엉킨 고무호스 더미와 허옇게 뿌리를 드러낸 채 말라 죽은 마당의 나무들 말야. 정말이지 사람을 아주 망칠 곳이었다. 난 네 아버지 몸이 왜 그렇게 약해지는지 몰랐다. 그 지독한 냄새…… 그러니 위장이며 간이 성했겠니. 내가 얼마나 미련했니. 그 빌어먹을 가죽공장에서 나오게 했어야 하는데. 남자들은 그런 데서 일해도 된다고, 집 식구들 먹여살리기 위해서는 불구덩이에 뛰어들어도 된다고 생각했다. 난 바보야 바보. 사람이 죽어나가야 깨닫다니. 어깻죽지가 쑤신다.

주인남자가 왔다. 먼저 가게 안으로 들어와 인사라도 하면 좋으련만, 꼭 다방 입구 쪽으로 카운터 쪽으로 굼뜨게 돌아다니며 가게 안팎을 살핀다. 산만한 덩치에 말수도 적은 사람인데 저만치서 마지못한 눈길로 주방 쪽을 쳐다보는 게 아침 인사인 셈이지. 내 인사는 받는 둥 마는 둥 남자는 들고 다니는 가방에서 돈을 꺼내 금고에 넣고, 은행에서 잔돈으로 바꿔올 지폐는 따로 챙겨 봉투에 담는다. 남자는 느릿느릿한 목소리로 커피 재료상 몇 군데에 전화를 하고는 테레비를 켠다.

주인남자는 손님처럼, 홀 한구석에서 테레비를 올려다보거나 담배를 피우거나 근처 가게들로 화투를 치러 나가는 게 하루 일과란다. 뭐 시킬 일이 있어도 제일 꼬맹이인 미스 최를 불러 작은 목소리로 얘기를 해. 주인이랍시고 큰소리를 내지 않아 좋기도 하지만, 종업원들 입장에서는 그런 사람이 더 어려운 법이거든. 소문에는 남자 부인이 다방 출신 여자였다고 하더구나. 그래서 남자는 여자를 다방 근처에도 못 오게 한다나. 부인이 미인이라는 얘기는 들었는데 정작 봤다는 사람은 없더라.

오늘은 남자가 테레비만 쳐다보고 있지를 않는구나. 벽에 붙은 가격표를 새로 쓸 모양이다. 우리는 열심히 일하는데 작년 여름보다 매상이 좋지 않다고 하더니 남자는 그 이유가 가격표에 있다고 생각하는 모양이다. 분홍 색지에 가위를 대고 가위질을 하는 남자의 큰 손을 보니 웃음이 난다. 얼마나 받아야 하나, 고민스러운지 멍청하게 종이만 내려다본다. 분홍 색지가 마음에 안 드는지 다시 노랑 색지에 쓰다가 분홍 색지를 더 오리고. 생과일주스 하나를 쓰는 시간이 엄청나게 길다. 쓰고는 보고, 보고는 또 못마땅한지 다시 쓰고…… 괜시리 내 눈만 아프다. 한참 동안 그렇게 몇 장을 써서는 정문 입구의 계산대 옆에 하나, 그리고 좌우 벽면의 조명 아래에 하나씩 붙인다. 손끝이 야물지 않은지 붙인 가격표가 금세 피시식 떨어져내리고, 남자는 또 굼뜨게 떨어진 가격표를 주워 벽에 붙인다. 뭘 하던 사람인지는 모르지만 글씨체 하나는 반듯하구나.

미스 서와 애경이가 함께 들어온다. 화장품 냄새도 풍기고 무겁게 가라앉아 있던 다방 안이 활기를 띠기 시작하는구나. 사장님 일찍 나오셨네요. 아무래도 인사성이 있는 쪽은 미스 서다. 굽실굽실한 파마 머리에 목덜미가 길고 눈코입이 반듯한 게 얼굴도 고운 편이다. 카운터도 보고 홀 일도 보고 종횡무진이다. 언니 오늘은 참치찌개 해먹어요. 검은 비닐봉지에서 참치캔을 내놓는 미스 서의 손가락엔 결혼반지임이 분명한 금반지가 늘 끼워져 있다. 그래서 그런지 이해심도 많고 또 어떤 면으로는 냉정하기도 하지. 하지만 나는 미스 서가 왜 이런 데 나와 일하는지 몰라. 내 생각에 나이가 든 미스 서나 나이 어린 애경이나 별다방은 그냥 직장이야. 회사나 공장처럼 돈을 벌기 위해 다니는 직장.

언니 우유 한잔 마셔, 골다공증 예방해야지. 애경이, 미스 최는 나이가 아주 어리다. 내 턱밑에 우유 한 잔을 들이미는 미스 최를 볼 때마다 진이 네 생각을 많이 하지. 땅땅하고 건강한 몸에 얼굴빛도 곱고 무엇보다 배달 하나는 정확하고 깔끔하게 하는 아이다. 제 말로는 고등학교를 졸업했다고 하는데 그런 것 같지는 않다. 고향 사투리를 숨기려고 애써 서울 말씨를 쓰다보니 우습게 들릴 때도 있고, 고생하면서 살아도 마음이 밝은 애라서 더 잘 해주고 싶다.

식구들이 다 나오고 이제는 내가 시장에 갈 시간이다. 주인남자는 테레비를 보다 말고 일어나 금고에서 이만원을 꺼내준다. 길가에 공중전화가 또 앞을 막는다. 은경이는 핸드폰을 끄고 다니는지 연락이 안 된다. 은경이 엄마가 나한테 전화를 했다. 은경이에게 전화하지 말라고. 나는 은경이더러 만나자고, 만나서 얘기 좀 하자고 했다. 내 느낌으로는 너희 둘이 함께 있는 것 같았다. 은경이가 나한테 그랬어. 아줌마는 진이가 뭘 원하는지 아세요? 마치 너처럼, 옆에서 네가 시킨 것처럼 묻더구나. 저도 진이가 어디 있는지는 몰라요. 하지만 만나거나 연락이 오면 아줌마한테 연락하라고 하죠. 그리고 몇 빈 더 같은 내용의 통화를 했다. 관철동, 강남역, 홍대앞, 문정동, 피씨방, 디디알방, 비디오방까지 내가 얼마나 싸돌아다녔

는지 아니? 거리의 아이들이 다 너로 보여서 넋 나간 사람처럼 오락
가락했다.

진이야, 너 아침밥은 먹는 거니? 대꼬챙이같이 말라서 생수만 쩰
쩰 목으로 넘기고 있는 건 아니구? 눈에 보여야 무슨 말을 하지, 눈
에 보여야 때리기라도 하지. 나는 이 세상에서 제일 이해하기 힘든
게 바로 너다. 하루 종일 그놈의 컴퓨터만 끼고 앉아서 학원은 가지
도 않고, 머리는 그게 뭐니. 노랑물을 들이고 들어와 잠든 네 모습
을 봤을 때 얼마나 놀랐는지. 도무지 난 널 모르겠다. 내가 미련한
사람이라서 그렇겠지.

시장에 나오니까 숨통이 트인다. 내가 서울에 처음 왔을 때처럼
박수를 치고 소리를 지르며 물건을 파는 상인들은 없지만 그래도
시장은 숨통이 트인다. 고등어 자반 두 손과 시금치 한 단, 그리고
파 한 단을 산다. 무를 넣고 국물이 자작하게 지진 고등어, 고춧가
루를 넣지 않고 파만 넣은 시금치 무침, 다 진이 네가 잘 먹는 음식
이지. 심심하게 끓인 미역국이나 버섯을 넣은 담백한 청국장, 콩국
에 만 국수를 맛있게 먹는 너를 보면서, 네 마음이 얼마나 따뜻하고
고운 사람인지 엄마는 참 네가 예뻤는데. 난 언제부터인가 네가 좋
아하는 음식들을 다방 식구들에게 해 먹이고 있다. 왜 넌 그랬잖아.
나하고 실컷 싸우고 나서도 내가 끓인 된장찌개는 맛있게 먹었지.

얼마나 더 뜨거워지려고 이러는지, 염천이 따로 없다. 이제 곧 점
심시간이야. 근처 회사원들이 몰려오겠지. 빨리 가게로 들어가서
일을 해야지. 딸년은 집을 나가 종무소식인데. 너 아니? 시장 다녀
올 때마다 발걸음이 자꾸 딴 곳으로 가는 거. 노랑물을 들인 머리를
묶은 네 모습이 자꾸 길을 막아서 주체하기 어렵다는 거……

얼음 속의 피

　수도 없이 많은 손님들이 들고난다. 들어오는 남자 회사원들의 몸에선 땀내가 나고, 덥다 덥다 덥다는 말이 모두들 입에 붙었어. 에어컨은 털털거리긴 해도 워낙 구식이라 고장이 안 나는 게 다행이지. 미스 최는 배달로 정신이 없고, 미스 서는 홀 보고 계산하고 전화 받고, 홀딱 볶는다고 해야 맞다. 백 개나 되는 커피잔이 금세 개수대 안을 채운다면 믿겠니. 거기다 생과일주스까지 만들려니……껍질을 벗긴 키위는 자꾸 손아귀에서 미끄러져 떨어지고 미리 챙겨두었건만 냉커피에 넣는 시럽은 찾을 수가 없구나. 등줄기에서는 땀이 줄줄 흐르고 반바지는 땀에 젖어 자꾸 사타구니로 말려들어가고 전화벨은 끝없이 울린다. 반은 졸린 듯 의자에 푹 꺼진 채 누워 낄낄대고 웃는 회사원들에, 뭔 얘긴지 깔깔대고 웃는 화장 진한 여자들에, 분위기는 활기차지만 우리는 숨돌릴 틈도 없다.

　난리가 났다. 하필이면 얼음이 떨어질 게 뭐니. 이놈의 주인남자는 요즘에 얼음을 얼려서 쓰는 집이 어디 있다고, 사다 쓰는 얼음은 틀에 맞게 얼려 파는 거라 쓰기도 좋은데 얼음을 꼭 냉장고에 얼려 쓰게 하잖니. 미스 최가 배달 보자기를 풀다가 양푼 가득 언 얼음을 보고는 사장님한테 깨달라고 시키란다. 그러던 미스 최는 냉장고 문을 열고 돌아선 순간 벌써 저만치 또다른 배달 보자기를 들고 뛰어가고 있다.

　우묵한 스테인리스 그릇 안에서 꽝꽝 언 얼음은 손바닥을 대는 순간 찍 틸라붙는다. 왼손 엄지와 검지로 바늘귀를 잡고 오른손에 든 망치로 바늘을 톡톡 내리친다. 깨지지도 않아. 바쁘니까 일이 더 안

돼. 더 세게 내리쳐. 얼음 위로 땀이 뚝뚝 떨어진다. 그대로 내리치기를 몇 차례 반복하다가 아! 나도 모르게 비명을 질렀어. 한순간 정신이 번쩍 들어. 대바늘이 부러지며 왼쪽 손바닥을 훅 스친 것 같아. 검붉은 피가 흘러나오고 손바닥은 욱신거려. 갈라진 얼음 속으로, 얼음 틈으로 난 실핏줄 같은 길로 피가 흘러들어간다. 눈에 왈칵 눈물이 고여. 미스 서가 잽싸게 달려와서는 행주 한쪽을 이빨로 물고 찢어서 다친 손바닥에 친친 감는다. 행주 찢는 소리가 시원하구나. 호흡이 편안해지면서 이제서야 눈앞이 제대로 보인다.

언니 맛봐요. 난 맵고 짭짤한 게 좋더라. 미스 서가 골방에서 나들이용 가스레인지에 참치찌개를 끓였다. 내가 손을 다쳤으니 미스 서가 나선 거지. 오후 두시가 넘어서야 점심을 먹는다. 주인남자는 나가고 없고 주방에서 가장 가까운 탁자에 밥상을 차렸다. 미스 서가 매운 고추도 씻어놓고 된장도 퍼다놓고 이틀 전에 담근 열무김치도 꺼내 푸짐하게 밥상을 차렸다. 미스 최는 밥 먹기도 바쁜데, 바깥에서 들은 얘기 전해야지, 종아리 주물러야지 제일 바쁘다. 혀끝이 깔깔한 게 입맛이 없어 두 사람 밥 먹는 모양만 쳐다본다.

스님이 한 사람 들어와 큰 소리로 목탁을 두들겨대지만, 아무도 반응을 하지 않자 더 세게, 더 오래 두드린다. 또 몇 분 후, 주방용 수세미 장수가 들어오고 또 몇 분 후, 인절미를 파는 떡 장수가 들어온다. 미스 서는 잡지를 보고, 미스 최는 친구와 통화중이고, 나는 주방 의자에 걸터앉아 잠깐 존다. 상이군인 한 사람이 들어와서는 미소를 잃지 않고 서 있다. 또 아무도 대꾸를 하지 않자 다방 문을 부술 듯이 박차고 나가버린다. 별다방의 제일 한가한 오후 시간이 흘러가는 중이지.

밤 여덟시가 지나고 나면 다방 안은 손님이 뜸해진다. 근처 회사원들이 몇 패거리 몰려왔다가 나가고 지금은 기다리는 사람이 있는지 없는지 멍하니 테레비만 올려다보고 있는 젊은 남자와, 연변인지 어딘지 중국 교포 네 사람이 앉은 테이블만 남았어. 미스 서는 아들과 통화중이고 미스 최는 아침에 배달 나가서 채 못 걷어온 잔을 걷으러 나갔다. 주인남자는 또 어느 사무실 화투패에 낀 모양이다.

나는 홀로 나가 연변 사람들의 빈 잔에 물을 채워준다. 연변 사람들은 물잔을 치우는 걸 아주 싫어해. 찻잔에 손이 닿기만 하면 잽싸게, 손님이 더 올 겁니다, 그렇게 말해. 눈동자가 동그랗게 되면서 말야. 그들은 몇 시간씩 죽치고 앉아 있어. 아무도 오지 않고, 아무도 나가지 않고, 그저 시간이 정지된 것처럼, 그러다가 또 어느 순간 모두 일시에 자리에서 일어나 나가버리지. 그렇다고 그 사람들 나가라고 테레비를 끄는 건 야박하지. 그런데 미스 서가 뚜벅뚜벅 걸어가더니 단숨에 테레비 전원을 꺼버린다. 자리에서 일어나는 그들의 양어깨엔 커다란 가방이 하나씩 올려져 있다. 여자들의 화장은 촌스럽고 남자들의 옷은 계절에 맞지 않는구나.

탕수육과 자장면, 군만두 하나가 배달되어 왔다. 미스 최가 근처 양화점 사장한테 맛있는 걸 사달라고 했단다. 난 속이 좋지 않아 점심도 안 먹었는데 새콤한 탕수육이 맛나다. 언니 그만 좀 먹어요. 미스 서가 내 배를 가리키며 웃는구나. 아, 고량주를 시키는 건데. 미스 최가 술 마시는 시늉을 한다. 우리가 그걸 다 먹도록 카운터쪽 구석자리에 앉아 계속해서 지갑 속만 들척거리는 남자 외에 다른 손님은 없어. 점심을 안 먹은 탓에 결국 난 또 엄청나게 먹었다. 먹을 때는 아무 생각도 나지 않아. 아마 내 체중은 네가 집에 있었을 때보다 더 불었을 거야. 하루 종일 수방에 서 있고, 그렇게 많이 움직이는데 몸은 나날이 불고 있단다.

개수대 수챗구멍을 꽉 막은 퉁퉁 분 보리알을 쓰레기통에 쏟아붓고는 빈 주전자를 개수대에 엎어놓는 것으로 열네 시간 동안의 일이 끝난다. 사람들의 손때와 지문이 겹겹이 묻은 탁자, 하루 종일 시달린 냉장고, 죽은 듯이 정지한 에어컨, 울리지 않는 전화기, 빈 인스턴트 커피병, 스푼과 보온병, 하루에 커피 몇 잔이 나갔는가를 계산하는 빨강 노랑 검정 초록의 동전처럼 생긴 플라스틱 비표…… 어쩌면 여기서 일하는 식구들의 소망이 이런 다방 하나를 차리는 것인지도 모르겠다. 비록 월세다방이라도 말야.

카바레 불빛 아래

넌 내가 가끔 카바레 같은 곳을 다니는 걸 모르지. 물론 춤을 추러 가는 거다. 카바레라고 하니까 호화스럽고 사치스러운 술집을 생각할지도 모르겠지만 그렇지 않아. 넓은 공간에 조명만 약간 어둡고 오는 사람들도 수수해. 어디서 따로 춤을 배운 건 아니야. 일 년 전에 마포 용강동 갈비집에서 일할 때 주방일을 같이 하던 여자가 있었어. 남편은 없고 애가 둘 있는 여자였는데 아주 얌전한 사람이었다. 여자가 어느 날 함께 가보겠냐고 하더구나. 머리가 복잡하고 어지러울 땐 가는 것도 괜찮다면서, 운동하러 가는 것과 똑같다고 하더구나.

여자는 처음 만난 남자와 손을 잡고 최선을 다해서 춤을 추었다. 여자의 몸은 유연하게 움직이더구나. 갈비집 주방 여자로는 보이지 않았어. 생기가 넘쳤거든. 춤을 추는 여자의 얼굴은 땀으로 번지르르했고 입술은 하얗게 부풀어 있었다. 때로 허공의 한 지점을 응시하는 여자의 눈동자는 하얗게 보이기까지 했다. 여자와 나는 거기서 나오는 길에 약국에 들러 박카스를 두 병 샀다. 버스 정류장 유리 칸막이 안에 있는 의자에 앉아 있는데, 카바레의 조명 아래에서 보던 여자와는 사뭇 다른 사람이 앉아 있더구나. 이제 늙는 일만 남은 두 여자가 뚝 떨어져 앉아, 자정이 가까운 도시의 그늘을 바라보고 있었단다. 박카스를 들고서. 구두는 벗어놓은 채로.

수많은 조명이 뱅글뱅글 돌고, 사람들이 정말 많아. 여자들의 화장품 냄새와 남자들의 머릿기름 냄새, 축축한 술 냄새에 땀 냄새까지. 꽤 널찍한 홀인데 사람이 얼마나 많은지, 다 어디서 온 사람들인가 싶단다. 웨이터가 자리를 권한다. 혼자냐고 묻더니 맥주 한 병과 음료수 한 병을 갖다준다. 젊은 사람은 없어. 다들 내 나이쯤 되는 사람들이야. 한 여자가 화장실 쪽으로 가면서 팔을 건드리며 인사를 하고 지나간다. 같은 곳을 여러 번 오면 가끔씩 아는 얼굴을 만나지만 그저 간단하게 인사만 해. 사실 말을 트고 지내봐야 귀찮은 일만 생기거든. 한번은 얼굴이 익은 여자를 화장실에서 만났는데, 당장 이만원을 달라는 거야. 지갑을 놓고 왔어. 자기 다음 금요일에 올 거지? 그날 주면 되잖아. 어찌나 호들갑을 떨며 친하게 구는지 화장실 거울 앞에 모여 서서 화장을 고치는 여자들 눈이 모두 나한테 쏠려 돈을 주고 말았지. 순진하게도 다음주 금요일 밤이면 여자를 만날 수 있을 거라고 생각하고 말야.

음악 소리가 더 커지고 템포도 더 빨라지는 것 같다. 한 남자가 다가와서는 혼자 왔느냐고 묻는다. 나는 아무 대답 없이 자리에서 일어났다. 남자는 내가 누군가 와주기만을 기다리고 있었던 것으로 알겠지. 그래도 괜찮아. 그게 사실이니까. 나는 정말 신나게 춤을 추고 싶다. 그런데, 그런네 여길 올 때마다 마음만 그렇지 몸이 움직이질 않아. 왼손을 친친 감았던 붕대를 풀고 일회용 밴드를 붙이고 왔는데 왼쪽 손바닥이 아직도 쑤신다. 게다가 키가 작아서인지 정면으로 보이는 남자의 얼굴도 참 불편해. 남자가 내 어깨에 오른손을 얹고 왼손은 허리에 둘렀어. 생전 처음 보는 남자가 내 몸에 손을 얹었다. 반백인 머리카락을 감추느라 머리 손질 꽤나 한 것 같다. 내 앞에 선 남자도 시름이 없지는 않겠지. 하지만 그런 건 알 필요도 없어. 춤을 추는 내 몸매가 남의 눈에 어떻게 보이든, 그저 아무렇게나, 너무 튀지만 않게 흔드는 거야. 이렇게 하다보면 다방 한 귀퉁이에 하루 종일 서 있는 부끄러움, 빨리빨리 불지 않는 저금통장을 잊을 수 있으니까. 또 새로운 음악이 나온다.

진이야, 성능 좋은 컴퓨터를 사기 전에 너와 내가 살 작은 방 두 칸을 먼저 마련하는 게 뭐 그리 틀린 생각이니. 너한텐 컴퓨터가 그리 중요하니? 그게 희망이니? 그럼 난, 고작 싸구려 카바레에서 춤추는 난, 나한테 희망은 어디 있니. 너를 내 희망으로 삼으면, 널 많이 힘들게 하는 거니. 저 사람들을 봐라. 저 사람들이 딛고 서 있는 무대를 봐라. 다들 뭔가를 기다리는 눈빛 아니니. 엄마는 이 무대 위에 있을 때마다 광채를 본다. 누군가 나를 번쩍 안아올려 지금과는 영 딴판인 세상으로 데려간다면……

밖이 한결 시원하다. 남자에게는 화장실에 간다고 하고 밖으로 나왔다. 좀 있으면 버스가 끊길 시간이다. 에이 이 쌍년! 누군가 내 뒤통수에 대고 힘없이 내뱉는다. 지하도 계단에서 잠을 자는 사람들이야. 시끄러운 음악 소리를 내며 테이프를 팔던 리어카도 짐을 다 꾸렸고, 거리는 한산해. 버스 정류장에는 삐죽하게 키가 큰 미루나무가 한 그루 있어. 팍팍한 다리로 보도에 닿자마자 손바닥을 곧게 펴 나무에 대본다. 담배꽁초와 토사물로 상처투성이고, 누군가 오줌을 갈겼는지 냄새가 지독하다. 주변의 높다란 빌딩들은 아직까지도 파랗게 불을 밝히고 있구나. 나뭇가지들이 심하게 흔들린다.

버스 정류장 근처에 아직 문을 닫지 않은 중국집이 보인다. 나는 천천히 그리로 걸어간다. 바람에 흔들리는 주렴 사이로 붉은색 장식을 한 중국집 내부가 보인다. 옛날에, 일을 하지 않는 일요일에, 아버지가 오토바이에 나와 너를 태우고 중국 영화를 보러 갔었다. 아버지의 고향 친구가 극장 간판을 그렸거든. 언제나 극장은 공짜였어. 기합 소리와 함께 좀 우스꽝스러운 무술 시범 같은 싸움이 영화 내내 계속되었지. 영화가 끝나면 우리는 시내로 나와서 시장 골목골목을 여러 개 지나, 이렇게 붉은 장식을 한 중국집 문을 드르륵 열었다. 그 드르륵 소리가 들리는 것 같아. 입구에 세워져 있던 커다란 용 조각상도 그대로, 벽에 붙은 글자 큰 달력과 붉은색 비단에 수를 놓은 벽걸이, 작은 나무 탁자들 위에서 빛나던 사기 술잔과 붉은 딱지가 붙은 술병들도 그대로, 실내 장식은 거의 변한 것이 없다. 검게 윤이 나는 머리를 뒤로 묶어 핀을 찌른 중국 여자의 몸은 갈 때마다 불어 보였지. 어린 네 머리를 쓰다듬던 네 아버지의 투박한 손길, 너말고도 두 명의 아이가 네 옆자리에 앉아 있길 바라던 나의 꿈. 찰랑거리는 네 머리칼, 그 뒤로 흔들리던 붉은 휘장, 고추기름이 진하게 퍼진 짬뽕 국물의 맵고 시원한 맛.

주방 쪽에서 한 남자가 천천히 걸어나와 실내의 불을 모두 끈다. 나는 오래도록 불 꺼진 중국집 앞에서 서성거린다. 이제 정말 버스를 타야지. 고양이 두 마리가 으슥한 곳에서 앙칼진 소리를 내며 싸움을 벌이고 있다. 진이야, 배가 고프다. 멸치 국물에 만 시원한 국수가 먹고 싶다. 너와 함께 밤참으로 먹던 국수 말이다. 너는 내가 끓여주는 시원한 멸치 국물에 만 국수 맛 때문에라도, 집으로 돌아올 수는 없니. 그럴 수는 없는 거니.

검은 밤

나는 온 힘을 다해 주문을 외웠다.

오빠가 바보 병신에서 벗어나게 해달라고 주문을 외웠다.

그는 발작하듯 신작로 위를 뒹굴었다.

그 다음엔 그 무엇도 두려워하지 말라는 뜻으로 까마중 한 줌을 더 뿌렸다.

그는 거의 미친 사람처럼 신작로 위에서 굴렀고,

나는 치마폭을 감싸쥐고 도도한 표정으로 밤하늘을 쳐다보았다.

내가 세상에서 할 수 있는 건 까마중 마술뿐이었다.

우리가 세상에서 가질 수 있는 건 검은 밤뿐이었다.

헬리콥터가 야생동물들의 먹이가 담긴 자루를 눈 덮인 산등성이에 떨어뜨렸다. 팔 년 만의 강추위가 찾아온 20세기 어느 해의 겨울이라고 했다. 자루 안에 든 것들은 떨어지는 순간 자연스럽게 땅 위에 흩어졌다.

내셔널 지오그래픽의 성능 좋은 카메라는 먹이를 향해 다가가는 야생동물들의 뒤를 조심스럽게 따라가 줌을 당겼다. 그들의 촉수는 잔뜩 벼르고 있어서, 누군가 자신들을 보고 있다는 것을 본능으로 아는 것 같았다. 뒤돌아선 그들의 눈빛이 이슬방울처럼 렌즈에 박혔다.

헬리콥터가 허공에서 몇 차례 맴을 돌았다. 눈가루 입자가 칼날처럼 춤을 추었다. 이 초나 걸렸을까, 아니 삼 초는 걸렸다. 그들이 먹이를 입에 물고 순식간에 사라진 것이다. 카메라는 허둥대기 시작했다. 어디로 사라진 것인지 그들이 보이지 않았다. 카메라를 든 사람의 숨소리가 좀처럼 가라앉지 않았다. 카메라는 한참이 지나서야 안정을 찾았고 천천히 주변을 살피기 시작했다. 어딘가에 뒹굴고 할퀴고 빼앗은 붉은 흔적이 남아 있어야 할 것 같았다. 그러나 어디에도 그런 흔적은 없었다. 천지사방이 아주 깨끗했다.

해가 지려고 했다. 차가운 설원은 정적으로 가득 차 있었다. 침묵으로 그 존재를 드러냈다. 그 침묵을 바람이 살짝 건드리고 지나갔다. 그런 침묵 앞에서라면 바람도 무서웠을 거야. 그렇지 않았을까. 아마 무서웠을 거야. 지금도 누군가는 고독한 설원에 서 있다. 그런 때는 누구에게나 존재하잖아.

카메라는 설원으로부터 천천히 멀어지려고 했다. 설원은 차츰차츰 그 영토를 줄여갔다. 평면의 설원은 큰 동그라미로 바뀌었고 천천히 작은 점으로 줄어들었다. 작은 점은 텔레비전 화면에서 빠져나와 블랙의 무한 우주공간 속으로 사라졌다. 뷰파인더 속에 갇힌 빛나는 설원이여.

*

전신주 위에 앉은 까마귀들이 달을 올려다보았다. 길 양쪽에 일렬로 늘어선 집들은 흐린 불빛을 알처럼 품고 있었다. 삼각형의 지붕을 얹고 커다란 창문을 단 비슷한 크기의 집들은 무대장치처럼 허술해 보였다.

그때는 내가 생리를 시작하기 일 년 전쯤의 겨울이었다. 나는 밤이면 늘 싸돌아다녔다. 사람들은 너무 추워서 얼어죽겠다고 했지만 나는 별로 춥지 않았다. 신작로 위를 걸을 때마다 그림자가 길게 길게 늘어졌다. 늘어진 내 그림자는 얼룩말 무늬처럼 일렁거렸다. 서서 잠을 잘 수 있는 말이 부러웠다. 만주와 일본을 수시로 드나들었다던 할아버지는 말을 좋아했다. 말이 누울 때는 병에 걸려 죽을 때나 새끼를 낳을 때뿐이라는 것도 할아버지가 말해주었다. 할아버지는 꼿꼿이 앉아서 죽었다. 동네 사람들이 모여 더 굳기 전에 시신을 펴느라 애를 먹었다. 말처럼 서서 잠든다, 어떻게 그렇게 할 수 있지? 나는 가던 길 위에 멈춰 선 채, 서서 자는 연습을 했다. 아무도 없는 집에는 가고 싶지 않았다.

어디선가 고구마 삶는 냄새가 났다. 거의 빨래판처럼 납작하게 마른 나는 늘 배가 고팠다. 친구네 집 대문은 열려 있었고 방 두 개 모두 불이 켜져 있었다. 안방 문틈으로 방 안을 들여다보았다. 친구의 엄마가 아랫도리를 벗고 개구리처럼 다리를 벌리고 누워 있었다. 볼록 튀어나온 배가 우스꽝스러웠다. 친구의 아버지는 윗옷만 입은 채 친구 엄마의 다리 속으로 자꾸만 몸을 밀어넣고 있었다. 그래도, 그래도 가만두었다간 고구마가 모두 타버릴 것 같았다.

옷소매를 끌어당겨 손을 감싸고 솥뚜껑을 잡았다. 뚜껑을 여는 순간 하얀 김이 삽시간에 얼굴로 올라왔다. 고구마 한 개를 꺼냈다. 손이 뜨거웠지만 꾹 참고 한 개를 더 꺼냈다. 그때 친구의 오빠가 소리를 질렀다. 엄마 도둑고양이 새낀가봐. 나는 떨지 않고 침착하게 부엌에서 나왔다. 고구마를 떨어뜨리지 않는 게 가장 중요했다. 에이 씨, 고양이 새끼라니까 뭐 해. 대문을 막 나설 때 방문이 벌컥 열렸다.

집으로 돌아와 고구마를 먹었다. 발갛게 익은 고구마 껍질 속에서 밤처럼 파삭거리는 속살이 나왔다. 입 안 가득 달콤함이 퍼졌다. 얼었던 얼굴이 풀리면서 따뜻해졌다. 멀지 않은 곳에서 기타 소리가 들렸다. 여름에는 흰 셔츠에 검은 베레모를 쓰고, 겨울이면 진남색 제복을 입는 근처 대학의 학군단 학생들이 치는 기타 소리였다. 그들은 낮에는 학교에 가고 오후에는 동네 아이들의 공부를 봐줬다. 아이들의 부모는 밥값은 받지 않았다. 그들은 작은 방에 여러 명이 오글오글 모여 살았다. 방문이 열리면 뭐라고 말하기 힘든 냄새가 문 밖으로 밀려나왔다. 동네 아주머니들은 그것을 총각냄새라고 했다. 나는 기타 소리가 밤새 계속되길 바랐다. 고구마는 껍질까지 다 먹은 후였다. 고요함은 견디기 어려웠다.

멀리서 온 마지막 기차 소리가 들려왔다. 기차를 타고 떠난 엄마와 아버지를 생각했다. 엄마는 돈을 벌어야 한다고 했고, 아버지는 대도시로 떠난 엄마를 찾아오겠다고 했다. 엄마가 떠난 것이 육 개월 전 봄, 아버지가 떠난 것이 사 개월 전 여름이었다. 아무도 엄마와 아버지의 소식을 전해주지 않았고 친척이라고 찾아오는 사람도 없었다. 그 흔한 편지 한 장 오지 않았다.

밤이 되어도 불을 끄지 못했다. 이불도 펴놓기만 하고 눕지는 않았다. 편안하게 누워 잠을 자본 지 오래였다. 우두커니 앉아 있다보면 백열등 불빛의 밝기가 차츰 약해지는 걸 느끼는 순간이 왔다. 꾸벅꾸벅 졸다가 참지 못할 정도가 되어야 겨우 몸을 굽혀 누웠다. 잠이 좀 들려고 할 때쯤이면 방문이 흔들렸다. 밤이면 내 방을 찾아오는 팔푼이 무영 오빠였다. 나는 그의 나이를 몰랐다. 나뿐 아니라 동네 사람들도 모르는 것 같았다. 그는 수시로 똥통에 빠지는 바보병신에 팔푼이였다. 무영 오빠는 어려서부터 자주 똥통에 빠졌는데 얼이 빠져서 그런 거라고 했다. 한번 얼이 빠지면 회복불능이라고 했다.

무영 오빠는 끙끙거리며 문고리를 잡고 흔들었다. 문 좀 열어줘,

230

무서워, 문 좀 제발. 울다시피 얼굴을 일그러뜨리고 있을 그의 표정이 상상이 갔다. 문은 이미 열리지 않도록 걸어놓은 뒤였다. 나는 문고리가 흔들리지 않을 때까지 귀를 틀어막고 앉아 있었다. 무영 오빠는 그렇게 씨름을 한 후에야 자기네 집으로 갔다. 주변이 조용해지면 방문을 열고 밖을 내다보았다. 하늘은 온통 초록빛깔이었다.

아이들은 정오가 되기 전부터 신작로 가에 일렬로 앉아 있었다. 날씨가 추웠지만 볕이 좋은 곳에 모여 앉은 아이들은 일제히 빈 신작로 저쪽을 쳐다보고 있었다. 아침밥을 먹지 않아서 자꾸 어지러웠다. 우뚝 솟은 산과 그보다 더 가까이 있는 미루나무들이 보였다 안 보였다 했다. 밥을 먹지 않은 상태로 아이들과 논다는 건 참 힘든 일이었다.

온다! 한 아이가 소리치며 일어섰고 다른 아이들도 덩달아 일어섰다. 신작로가 휘어진 남쪽 끝에서부터 이열 종대로 걸어오고 있는 행렬의 선두가 보이기 시작했다. 최첨단 미사일 부대가 북쪽에 있다는 소문은 오래 전부터 있어왔다. 전쟁이 나면 동네는 흔적도 없이 사라질 거라는 얘기도 있었다. 잠시 후 완전무장을 한 군인들이 검정 칠을 한 얼굴로 걸어왔다. 미군들도 끼어 있었다. 군인들은 작전중이었으므로 웃지도 않았고 아이들에게 말을 걸지도 않았다. 탱크와 트럭과 군인의 행렬이 몇 시간 동안 이어졌다. 코가 빨갛게 언 할아버지들은 집으로 들어가지 않고 행렬을 지켜봤다. 사람들은 군인들이 지나갈 때는 라디오조차 제대로 나오지 않는다며 투덜거렸다. 아이들은 장난스럽게 군인들을 따라 걸어갔다가는 심심한 얼굴로 돌아왔다.

한 군인이 내게 건빵을 건네주었다. 군인의 몸에서 시큼한 땀내가 났다. 그가 등에 진 짐은 부피가 커서 몸을 구부정하게 숙인 자세로 걷고 있는 것이 아주 힘들어 보였다. 잠깐 한눈을 팔다 건빵을 준 군인의 뒷모습을 놓쳐버렸다. 모두 그 사람이 그 사람 같았다. 건빵을 가지고 집으로 들어가 별사탕을 먼저 먹었다. 벽이며 문이 덜덜 떨렸다. 대형 탱크가 지나가면서 지진이 일어난 것처럼 천지가 떨리는 순간이 군인 행렬의 절정이었다.

군인들의 행렬이 있은 후 신작로가 쫙쫙 갈라졌다. 무거운 군용 차량들이 지나간 탓이었다. 콜타르를 실은 차가 바로 도착했다. 균열이 생긴 아스팔트 위에 콜타르를 붓고 고르게 다지는 공사가 밤새 계속됐다. 차도 다니지 않았다. 시내에서 들어오는 사람들은 걸어서 왔다. 밤나들이도 할 수 없었다. 마을은 고립되었고 평소보다 더욱 고요해서 사람들이 모두 떠나버린 도시 같았다.

부대에서 박스째 주고 간 소시지와 버터는 집집마다 나눠 먹었다. 집집마다 볶고 지지는 냄새가 났다. 동네 고양이들은 밤새 눈을 반짝이며 동네를 배회했다. 나도 버터에 밥을 비벼 먹었다. 버터에 밥을 비벼 먹는 순간은 눈이 좀 밝아지고 기운도 돌았다. 밤새 별사탕을 오물거리며 깨어 있었다. 입 속에서 별사탕이 부서지는 소리가 상쾌했다. 달콤한 음식은 두려움을 해소하는 데도 효험이 있는 것 같았다. 다른 날보다 밤이 두렵지 않았다.

아이들은 계속 흥분 상태에 빠져 지냈다. 한 아이가 동일한 크기의 비닐봉지를 구해와 아이들에게 나눠주었다. 아이들은 그 비닐봉지 안에 적당히 흙을 채워넣었다. 단단한 돌멩이를 하나씩 흙 속에 숨겨넣는 것이 무기 제조의 핵심 기술이었다. 비닐봉지의 주둥이는 촛농을 떨어뜨려 자연스레 묶을 수 있었다. 아이들은 옷 위에 허리띠를 묶고 무기를 매달았다. 그리고 길 양쪽의 논둑 아래로 몸을 숨겼다. 허공에는 새 한 마리 날지 않았다.

아주 짧은 침묵의 순간이 흐르고…… 아이들은 지나가는 버스를 향해 무기를 던졌다. 버스는 중심을 잃고 흔들거리다가 쿨럭거리며 길 한쪽에 급정거했다. 아이들은 환호성을 지르며 사방으로 흩어져 달아났다. 하필이면 운전사는 창문을 열고 담배를 피우던 중이었다. 운전사의 얼굴을 정통으로 맞힌 게 누구인지는 알 수 없었다. 운전사는 버스에서 내려 도망가는 아이들을 따라 뒤뚱거리며 논바닥을 뛰기 시작했다. 버스에는 아침 일찍 묵은 배추나 대파를 내다 팔고 집으로 돌아가는 나이 든 여자들이 몇 명 타고 있었다. 그러거나 말거나 여자들은 창문에 기대어 잤다. 서 있는 버스는 여자들이 고개를 숙인 만큼 기울어 보였다. 출장을 나왔다가 부대로 들어가던 군인들은 버스에서 내려 군화로 차바퀴를 탕탕 차며 담배를 피웠다.

전쟁이 끝나고 아이들은 다시 모였다. 서로들 자기가 운전사를 맞혔다고 주장했다. 그런 스릴은 처음이었다고 했다. 아이들은 모두 흩어져 집으로 돌아갔다.

반소매 차림으로 용접을 하고 있는 철공소 남자의 가게 앞에 멈춰 섰다. 철공소 남자는 한겨울인데도 땀을 흘리고 있었다. 밥 먹었니? 철공소 남자가 물었다. 동네 사람들은 나만 보면 그렇게 물었다. 분명 '예'라고 대답했는데 남자가 집으로 들어가 과자를 내왔다. 아저씨 더워요? 내가 과자를 먹으며 남자에게 묻는 순간, 그의 손에 든 얇은 금속관 안에서 주홍색 불길이 치솟아올랐다. 남자는 주홍색 불길을 길다란 쇠막대기로 옮겨놓았다. 얼마 후 쇠막대기가 두 동강이 나고 남자는 잘린 쇠막대기를 물 속에 넣었다 꺼냈다. 쇠로 만들 수 있는 모든 물건이 철공소 안에 있었다. 농기구들과 크고 작은 선반들과 자전거까지, 그곳엔 없는 게 없었다.

일하고 있는 철공소 남자의 등을 쳐다봤다. 엄마가 했던 말이 생각나서였다. 네 아버지가 철공소 남자처럼만 성실하다면 얼마나 좋을까. 그러고 보니 엄마도 불쌍한 사람이라는 생각이 들었다. 너 내 심부름 좀 할래? 남자가 땀을 닦으며 물었다. 남자는 땀에 젖은 셔츠 위에 스웨터를 입고 가게 안으로 들어갔다. 종이에 뭔가를 적어 내게 주었다. 나는 남자가 건네준 종이와 돈을 가지고 사십 분 후에 올 버스를 타야 했다.

시내로 가는 버스는 하루 네 번 다녔다. 그중 세번째 버스를 타야 했다. 버스는 제시간에 왔다. 버스의 맨 앞자리에 앉았다. 달리는 길이 아주 잘 보였지만 마음이 편치 않았다. 운전사가 자꾸 내 얼굴을 쳐다봤다. 전쟁놀이에 참가한 다음부터는 버스 운전사들한테 잡힐까봐 내내 불안했다. 소년원에 처넣을 거라며 으르렁거리던 그들의 모습이 떠올라서 얼굴을 들 수가 없었다. 철공소 남자가 적어준 종이를 펴보았다. 카바이드 세 근, 중앙시장 하차. 그게 다였다.

카바이드는 회색의 돌덩어리였다. 누런 종이에 두 번을 싸서 노끈으로 묶은 카바이드는 부피만 컸지 아주 가벼웠다. 집으로 가는 네번째 마지막 버스를 놓치면 안 되었다. 버스를 기다리는 사람이 아주 많았다. 시내의 학교에 다니는 언니 오빠들이 나를 알아보고 머리를 툭툭 때렸다. 엄마와 아버지가 없어진 다음부터 나는 학교에 다니지 않았다. 버스가 왔다. 사람과 짐을 빈틈없이 태운 버스는 천천히 움직였다. 겨울 해는 너무 짧았다.

철공소 남자가 카바이드 덩어리에 물을 붓는 순간 회색 거품이 부글거리며 끓어올랐다. 그 다음에는 어떻게 했는지 그 연기가 남자의 손에 든 용접봉에 주홍색 불길이 치솟게 했다. 그러니까 카바이드는 불을 일으키는 석유 같은 것이었다. 용접봉을 들고 말없이 쇠를 녹이고 자르는 남자의 거친 손을 보고 있었다. 그렇게 십여 분을 붙이고 자른 끝에 남자는 뭔가를 하나 만들어냈다. 신기해 보였다.

심부름했으니 맛있는 거 사줘야지. 남자는 나와 아들 둘을 오토바이 한 대에 태우고 동네에서 좀 떨어져 있는 중국집으로 데려갔다. 검은 윤기가 흐르는 자장면과 노랗게 튀긴 탕수육이 나왔다. 철공소 남자는 중국집 주인과 마주 앉아 소주를 마셨다. 그들은 돌아올 봄에 치를 선거 얘기를 했고 군대 시절 얘기를 했다. 철공소 남자의 두 아들 중 동생은 나와 나이가 같았다. 내가 탕수육을 먹으려고 젓가락을 가져가면 그애가 내 젓가락을 세게 눌렀다. 그렇게 오락가락하는 사이 탕수육은 절반이 없어졌다. 그애의 형이 다 먹어버린 것이었다. 그러나 나는 자장면 한 그릇으로도 감동을 받았다.

철공소 남자의 허리를 잡고 오토바이를 타고 오는 동안 노곤해져서 조금씩 졸았다. 철공소 남자의 등에서는 쇳내가 났다. 적당히 살이 붙은 그의 등은 기대기에 좋았다. 나는 그대로 집이 아닌 어딘가로 가고 싶었다. 내 뒤에 탄 장난꾸러기가 만화 주제가를 부르자 앞에 앉은 그애의 형도 따라 불렀다. 지독히도 노래를 못 하는 형제였다.

일요일이면 동네 사람들은 교회에 갔다. 나는 신자는 아니었지만 텅 비어버리는 동네가 싫어 교회로 갔다. 목사님은 설교대 위에 놓인 종을 쳤다. 그리고 아주 큰 목소리로 설교를 시작했다. 성도 여러분, 언제가 될지는 모르지만 세상은 반드시 망합니다. 하도 힘을 주어 설교를 해서 나이 든 할머니들이 졸다가 깜짝깜짝 깨었다. 무영 오빠는 다른 사람들이 기도할 때 책상에 이마를 짓찧으며 실실거리고 웃었다. 세상이 망한다고 해도 사람들은 예배가 끝나면 어김없이 밥은 먹었다. 게다가 새로 낳아 싸개로 꼭꼭 여며 싼 아기들을 데려와 사람들에게 보여주며 이를 드러내고 웃기도 했다.

허벅지까지 눈에 빠지는 날이었다. 사람들이 지나가면서 눈이 하도 많이 와서 환장하겠다고 말했다. 근처 부대에서 나온 탈영병 한 명이 하필이면 동네 술집에서 인질극을 벌였다. 그날 밤 집에서 한 발짝도 나와선 안 된다는 전갈이 집집마다 돌았다. 군부대에서 주민들에게 전하는 안내방송까지 있었다. 동네는 군 작전지역처럼 긴장감이 돌았다.

동네 술집 여자는 탈영병인지도 모르고 그 군인과 대낮부터 방구석에서 술을 마셨다고 했다. 군인들이 술을 마시러 오는 일은 아주 흔했으므로 특별히 경계할 일도 아니었다. 밤이 되면서 탈영병이 본색을 드러냈는데 여자는 너무 취해 있었다. 여자는 술값을 내지 않고 나가려는 탈영병의 뒤통수를 때렸다. 한밤중에 탕, 하고 울리는 소리에 놀라 이불을 뒤집어쓰고 부들부들 떨었다. 여자는 탈영병의 총에 맞아 즉사했다. 알고 보니 술집 여자는 갓 스물도 안 된 애였다고 했다. 통통한 다리와 짙게 화장한 얼굴을 떠올려보아도 믿어지지 않았다. 술집 주인은 아무리 씻어내도 씻어지지 않는 홀바닥을 장화를 신은 채 매일매일 닦았다. 바닥을 씻은 물은 쌓인 눈을 녹이며 땅속으로 스며들었다.

그로부터 한 달 뒤, 온 사방이 언 눈에 갇힌 십이월 말에 놀라운 일이 일어났다. 어느 날 아침 병원차 소리가 들렸다. 동네에서 병원차는 흔하게 볼 수 있는 게 아니었다. 어느 집 앞에 사람들이 잔뜩 모여 있었다. 한 여자가 바닥에 퍼질러앉아 통곡을 했다. 다른 지방에서 온 여자였다. 들것에 실려나온 시체는 학군단 학생이었다. 덮은 천 가장자리로 피 묻은 셔츠 소매가 삐져나와 있었다. 울고 있는 여자의 아들이었다. 흰 빙에 모여 살던 친구들이 모두 나와 죄인처럼 서 있었다. 동맥을 끊었다고 했다. 물론 사랑 때문이라고 했다.

사람들은 눈부시게 아름답고 도도한 여학생 때문인 줄 알았다. 아니면 엉뚱하게도 친절하고 펑퍼짐한 동네 유부녀를 사랑했을 수도 있다고 생각했다. 그러나 그가 사랑한 사람은 늘 한 방에서 오글오글 같이 지냈던 친구들 중의 한 명이라고 했다. 나는 흰 천 아래로 쑥 나와 있던 청포도 빛깔의 큰 발바닥을 한동안 잊지 못했다.

쌓인 눈은 해가 바뀌고 이월 말이 되어서야 풀리기 시작했다. 나는 이유도 없이 논바닥 끝까지 뛰어가곤 했다. 지평선 끝까지 달려가고 싶었다. 그 겨울에는 기타 소리를 들을 수 없었다.

*

북쪽에서부터 싯누런 물이 흘러내려왔다. 장마가 아닌 때는 하반신이 겨우 잠기는 정도의 깊이였는데 개울물은 강물처럼 불어 있었다. 개울의 경계가 사라져 둑 가장자리 부근까지 물이 찼다. 장마 때만 되면 북쪽에서부터 홍수에 떠밀린 시체가 떠내려온다는 얘기가 오래 전부터 있어왔다. 시체 따위의 얘기는 어른들이 지어낸 소리라고 생각하면서도 진짜 시체가 떠내려오길 기다렸는지도 모르겠다. 작고 동그란 아이들의 머리가 싯누런 물위에 달랑 뜬 채 아래로 아래로 떠내려갔다. 아이들은 개울의 하류까지 떠내려갔다가 물에서 나와 상류로 걸어올라갔고, 다시 물 속에 들어가 거센 물살에 떠밀려내려가기를 반복했다. 아이들의 입술은 파랗게 질려 있었다.

어른들이 개를 잡아먹던 다리 밑의 명당자리가 흔적도 없이 사라졌다. 어른들은 복날이 되면 다리 밑에서 한나절 내내 개고기와 술을 먹었다. 아이들은 불투명한 자루 안에 든 개의 실루엣만으로도 누구네 집 개인가를 알아맞혔다. 키우던 개를 죽였다는 사실에 여러 명의 아이들이 실신했고, 다리 밑의 어른들을 향해 돌을 집어던졌다. 어떤 어른은 개를 때리던 감흥을 잊지 못해 집안 식구들을 패기도 했다. 개 패는 소리가 들리지 않는 장마철이 나는 좋았다.

몇 명의 남자애들이 다리 위로 올라갔다. 키가 큰 남자애가 개울물을 내려다보며 말했다. 너 먼저 해봐! 옆에서 함께 개울물을 내려다보고 있던 남자애에게 하는 말이었다. 알았어. 깡마른 남자애가 강물 위로 침을 찍 뱉고는 난간 위로 올라갔다. 난간 위에 선 남자애는 눈을 꼭 감고 허수아비처럼 두 팔을 벌렸다. 다리 위를 지나가던 자동차 한 대가 섰다. 다리 위에 있던 아이들에다 다른 구경꾼까지 생기자 남자애는 뛰어내릴 수밖에 없었다. 남자애는 가볍게 날아 싯누런 물 속으로 뛰어내렸다. 모두들 숨을 죽였다. 제 차례가 된 키 큰 남자애는 겁을 먹고 개울 둑으로 급하게 뛰어내려갔다. 물 속에 들어간 아이가 보이질 않았던 것이다. 영천아, 영천아! 모두들 깡마른 남자애의 이름을 불렀다. 싯누런 물은 굽이굽이 아래로 흘러갔다. 거센 물살에 휩쓸려가지 않기 위해 잡을 수 있는 나뭇가지 하나 보이질 않았다. 잠시 후 커다란 물길에 휩싸이기 바로 직전, 사라졌던 영천이가 고개를 쏙 내밀고는 물가로 올라왔다. 추워서인지 무서워서인지 온몸을 달달 떨고 있었다. 그 모습을 보고 있던 아이들은 깔깔거리고 웃기 시작했다. 아이의 팬티가 벗겨져 달아난 것이었다. 팬티가 사라져버려 물 밖으로 나올 수 없었던 것이었다. 구경하고 있던 아이들은 잠깐이나마 끔찍한 생각을 하고 있던 터라 더 큰 소리로 웃었다.

언제 그랬냐는 듯이 해가 나기 시작했다. 남자아이들은 따뜻해진 개울둑의 돌 위에 누워 해바라기를 했다. 여자아이들은 그렇게 누

238

위 있는 남자아이들을 힐끔거리며 둑방 위에서 고무줄놀이를 했다.

태양이 뜨거운 그 여름의 대낮에 한 남자가 찾아왔다. 처음 보는 사람이었다. 남자는 천천히 마당을 걸어들어와 마루에 걸터앉았다. 깨끗한 양복에 선물상자를 들고 온 남자는 내 눈을 뚫어져라 쳐다 봤다. 아버지가 보내서 왔다! 남자가 웃으며 말했다. 잠깐 와서 앉 아라. 남자는 빈 마루를 손으로 문질렀다. 나는 남자의 옆으로 가 앉았다. 순간, 뭘 발랐는지 남자에게서 나는 냄새가 코를 찔렀다. 우리 아버지는 어디 있죠? 남자는 내 어깨에 팔을 두르며 대답했다. 이제 곧 오신다고, 널 좀 돌봐달라고 해서. 남자의 팔에서 벗어나려 고 몸을 조금 움직였다. 순간 남자의 손아귀에 힘이 들어갔다. 남자 는 내 어깨를 여러 번 주무르다가 양복 주머니에서 뭔가를 꺼냈다. 흰 봉투였다. 그 봉투에서 붉은색이 도는 남자의 손바닥으로 흰 설 탕이 흘러나왔다. 남자는 손바닥을 천천히 입으로 가져갔다. 그의 핑크빛 혀가 바들바들 떨렸다. 그는 혀를 턱 쪽으로 바짝 젖혀 설탕 을 찍어 먹었다. 혓바닥 가득 흰 설탕이 묻었다. 남자는 입을 다물 고 설탕 맛을 음미한 뒤 내게 말했다. 난 설탕을 먹지 않으면 금세 피곤해지거든. 그리고 남자는 설탕이 남은 오른손을 그대로 내 턱 밑에 갖다댔다. 흰 설탕 위에는 남자의 혀 자국이 선명하게 찍혀 있 었다. 남자의 침에 뒤엉킨 설탕 입자들이 눈꽃처럼 빛났다.

남자가 돌아가고 난 뒤 선물 꾸러미를 풀었다. 과자가 가득 들어 있었다. 사탕 한 개를 입에 넣었다. 역겨운 냄새가 나는 만든 지 오 래된 사탕이었다. 거울을 보았다. 아직도 남자의 설탕 입자가 내 입 주변에 묻어 있었다. 사탕은 남자가 준 설탕만큼 달지도 않았고 끈 적이지도 않았다. 나는 계속해서 사탕을 먹었다. 귀가 멍멍하고 머 릿속이 어지러워서 더 먹을 수 없을 때까지.

밤에 무영 오빠가 와서 문고리를 쥐고 흔들었다. 나 좀 살려줘. 나는 어느 순간 문고리를 살짝 풀어버렸다. 그런데 무영 오빠는 들어오지 않았다. 그날 이후 나는 더이상 방문을 걸지 않았다. 왜 그런지 무영 오빠가 더이상 무섭지 않았다.

아이들은 맑은 날을 골라 여전히 전쟁을 했다. 버스는 창문을 굳게 닫고 전 속력으로 위험구간을 지나갔다. 버스의 속도가 하도 빨라져 아이들이 내던지는 무기로는 버스를 전복시킬 수 없었다. 아이들은 새로운 무기를 만들 때가 되었다고 입을 모았다. 한 아이가 쥐불놀이 때 쓰는 불깡통이 어떻겠냐고 하자 모두들 환호성을 질렀다.

동네 최초의 식당인 냉면집이 들어섰다. 구멍가게와 술집말고 식당이 들어선 건 처음이었다. 냉면집을 차린 사람들은 남편 없이 아기를 키우는 여자와 그 여자의 어머니였다. 그들은 대도시에서 이사를 왔다. 아기는 낮이나 밤이나 울어댔고 모녀는 자주 싸웠다. 탁자 세 개를 놓은 식당 안에는 붕어가 사는 어항이 있었고 냉면 국수를 뽑는 기계가 있었다.

하루 종일 땀을 흘린 모녀는 밤이면 개울로 달려가 멱을 감았다. 어느 날 밤 둑방길을 걸어가는데 아기가 자갈밭 위에서 혼자 놀고 있었다. 아기를 데리고 놀았다. 달빛도 없는 여름밤, 모녀는 연신 찬 수건으로 몸을 닦으며 호호 웃었다.

오후에는 냉면집에 가 아기를 봐줬다. 아기를 봐주면 냉면을 한 그릇씩 먹게 해주었다. 할머니가 냉면기계에 불룩한 배를 바짝 붙이고 반죽덩어리를 기계에 넣으면, 가느다란 국수가닥이 찬물 속으로 떨어졌다. 할머니의 얼굴은 땀으로 번들거렸다. 나는 냉면기계의 넓은 주둥이 속으로 들어간 반죽이 가느다란 국수가 되어 나오는 걸 하염없이 바라보았다.

나는 단 것을 지나치게 많이 먹고 있었다. 주머니에는 사탕과 껌이 많았다. 돈이 떨어지면 구멍가게에서 훔치면 되었다. 구멍가게 할머니는 문을 열어놓은 채 자고 있을 때가 많았다. 아버지가 아침에 잠에서 깨어나 담배를 찾았던 것처럼, 나는 아침에도 사탕을 입에 문 채 이불 속에 누워 있었다. 아이들이 놀자고 찾아와도 사탕을 다 먹기 전에는 나가지 않았다. 사탕에서 사탕보다 더 단 초콜릿, 초콜릿보다 더 단 엿, 급기야는 조미료인 당원을 직접 먹는 단계로까지 발전했다. 나는 점점 게을러졌고, 우울해졌고, 엄마나 아버지는 기다리지도 않았다.

논에서 메뚜기를 잡는 아이들이 보였다. 추수할 때가 얼마 남지 않은 볏단에는 메뚜기가 많았다. 메뚜기는 나의 여름 간식이었다. 메뚜기를 잡아 병 속에 넣었다. 놀란 메뚜기들이 온 힘을 다해 병 입구로 뛰어오르려다가 곤두박질쳤다. 집에 돌아와 석유곤로를 켰다. 프라이팬에 버터를 두르고 버터가 타기 직전까지 팬을 달궜다. 그리고 불을 잠깐 끈 뒤 유리병을 틀어막은 신문지를 뺐다. 병 속에 든 메뚜기들이 차곡차곡 숨이 막혀 죽어가고 있었다. 메뚜기를 프라이팬 위에 부었다. 메뚜기들이 공중으로 솟구쳐올랐다가 팬 위로 떨어졌다. 좀 큰 냄비뚜껑으로 몇 초간을 지그시 눌러야 했다. 노랗게 익은 메뚜기들을 주걱으로 휘저었다. 알맞게 소금을 뿌리고 불에서 내렸다. 어떤 사람은 농약을 먹은 메뚜기라며 먹지 않는 것이 몸에 이롭다고 했다. 그러나 나는 메뚜기보다 더한 것도 먹을 지경이었다. 메뚜기 똥 냄새가 목구멍으로 올라오려고 했다.

철공소 남자가 집으로 왔다. 아저씨 좀 도와줄래? 나는 얼른 마루에서 내려섰다. 남자가 쪽지를 내밀었다. 시내로 가는 두번째 버스가 도착하기 십 분 전이었다.

방학이라 버스에는 교복을 입지 않은 학생들이 많았다. 나는 맨 뒷자리에 앉았다. 열어놓은 창으로 뜨끈한 바람이 밀려들어왔다. 멀리 보이는 미루나무들이 천천히 흔들렸고 새들이 느리게 떼지어 날았다. 철공소 남자가 준 쪽지를 펴보았다. 카바이드 세 근. '중앙 시장 하차'라는 말도 없이 그게 다였다. 고맙다거나, 너희 부모들이 왜 너 같은 예쁜 애를 두고 밖으로 돌아다니는지 모르겠다거나, 희망을 잃지 말라는 흔한 말조차도 없었다. 카바이드 세 근. 차갑고 냉정했다.

시장은 북적거렸다. 사람도 많았고 물건도 많았다. 생선 씻은 물을 그냥 내버려 길바닥이 질척거렸다. 하마터면 사과 상자에서 나온 겨더미를 뒤집어쓰고 넘어질 뻔했다. 소 내장만 전문으로 파는 가게는 손님보다 왕파리가 더 많았다. 노점에서 술을 먹고 있는 사람들을 쳐다봤다. 앞치마를 두르고 순대국집에서 설거지를 하는 여자도 쳐다봤다. 잘린 다리로 나프탈렌을 팔고 있는 남자도 쳐다봤다. 엄마 손을 잡고 시장에 나온 아이들도 쳐다봤다. 문득, 세상은 반드시 망한다고 했던 목사님 말이 생각났다.

시장을 지나 언덕배기를 넘어 극장까지 가야 카바이드 가게가 있었다. 극장 앞은 사람들로 붐볐다. 극장 벽에 붙은 현수막이 바람에 휘날렸다. 현수막 밑에 아는 얼굴이 보였다. 집에 와 설탕을 먹게 했던 남자였다. 승용차에서 내린 나이 많은 남자의 팔짱을 끼고 극장 안으로 들어가고 있었다. 승용차에서 내린 남자가 누군지는 알 수 없었다. 설탕 남자가 나를 알아볼까봐 그의 구두만 내려다보고 있었다. 그런데 그의 바로 뒤에 눈에 익은 구두가 보였다. 설탕 남자의 뒤에 서 있는 건 아버지였다. 아버지는 위급한 일을 당한 사람처럼 잔뜩 눈에 힘을 주고는 그들의 뒤를 따라 극장 안으로 들어가고 있었다.

　나는 극장 주변에 한참 동안 서 있다가 극장 뒤로 돌아갔다. 왜 그리로 갔는지는 설명할 수 없다. 극장 뒤에는 영화 간판을 그리는 화가의 작업실이 있었다. 작업실인지 창고인지 알 수 없는 방의 출입문은 열려 있었다. 화가는 죽도 한 그릇 못 먹은 표정으로 여배우의 얼굴을 그리고 있었다. 남자의 손놀림은 더뎠고 베니어판에 붙인 종이는 너덜너덜했다. 남자가 자리를 뜬 사이 나는 엉겁결에 그리로 들어갔다. 남자가 쓰던 넓적한 붓을 집어들었다. 그리고 아무렇게나 낙서를 해댔다. 칼 같은 것이 있었다면 화판을 찢어버렸을 것이다. 나는 화가에게 잡혔다. 그는 작은 체구에 비해 힘도 세고 목소리도 컸다. 화가가 나를 몇 대 때렸다. 그때 설탕 남자가 나타났다.

　남자는 시장 안의 만두집으로 나를 데려갔다. 맞은편에 앉은 남자는 만두를 시켜놓고 충혈된 눈을 굴리며 말했다. 그림 그리는 거 좋아하니, 넌 뭘 그리고 싶니? 그러면서 그는 또 주머니에서 설탕을 꺼냈다. 설탕을 보는 순간 만두를 먹을 생각이 사라져버렸다. 남자가 붉은 손바닥에 설탕을 부었다. 그가 설탕을 먹으려는 순간 내가 그의 손을 잡았다. 아저씨, 내가 먼저 먹을게요. 그가 잠깐 내 눈을 쳐다보고 손바닥을 내밀었다. 그의 손은 뜨거웠고, 설탕은 너무나 달아서 커다란 슬픔이 밀려오는 걸 참을 수 없었다.

　카바이드를 사가지고 철공소로 갔을 때 철공소 남자는 없었다. 철공소를 통해 그의 집 안으로 들어갔다. 그의 두 아들은 마루에 납작 엎드려 공부를 하고 있었고 철공소 남자가 아이들 공부를 봐주고 있었다. 두 아이들 중 작은애가 연필을 들어 나를 향해 찌르는 시늉을 했다. 나는 아무 말도 하지 않고 카바이드만 바닥에 내려놓은 채 뛰어나왔다. 남자가 부르는 소리가 들렸지만 서지 않았다.

나는 더 극성스럽게 설탕과 당원을 먹었다. 냉면집에서 놀러 오라고 했지만 가지 않았다. 젖먹이 어린애나 보고 있기가 싫었다. 아기엄마는 아예 자기네 집으로 이사를 오면 어떻겠느냐고 했다. 자기는 냉면을 뽑고 계란을 삶는 데에 하루를 다 보낸다면서, 밤에만이라도 누군가가 아기를 봐주면 좋겠다고 했다.

시장에서 본 아버지는 며칠이 지나도 집으로 돌아오지 않았다. 그동안 내가 좋아해서 모아둔 예쁜 색종이들과 엄마가 아끼던 여러 종류의 바늘, 그리고 엄마가 올라앉아 소변을 보던 요강을 들고 동네를 떠나는 꿈을 자주 꾸었다. 꼬리가 멋지고 다리가 긴 흰말이 나타나 나를 태우고 떠나기 직전에 꿈에서 깨었다. 환한 불빛 아래서 물끄러미 나를 내려다보고 있는 무영 오빠가 보였다. 그가 방으로 들어온 것이었다. 무영 오빠는 뭔가 얘기하려고 자꾸만 입을 실룩거렸다. 나는 본능적으로 코를 킁킁거렸다. 똥 냄새가 나는지 확인해보고 싶어서였다. 무영 오빠는 온 얼굴을 찡그리며, 팔과 다리를 다 동원해 나에게 물었다. 밥 먹었어? 그에게서 풍기는 들척지근한 땀 냄새가 좋았다.

우리는 신발도 신지 않고 신작로를 걸어 개울 위 다리로 갔다. 무영 오빠는 나를 다리 난간 위로 올라가게 해준 다음 밑에서 내 손을 잡고 걸었다. 하늘 끝까지 올라가는 듯한 기분이었다. 평균대 위를 걷듯 난간 위를 걷고 있는 게 좋았다.

다시 신작로로 내려와 무영 오빠를 데리고 밭으로 갔다. 밭 주변 길가에 많이 나 있는 까마중 열매를 따기 위해서였다. 포도 열매처럼 검은색인 까마중 열매는 검은 별처럼 가지에 매달려 있었다. 까마중은 아주 작고 달았지만 독성이 있었다. 하도 작아 한참을 땄는데도 한 움큼이 안 됐다. 나는 오빠를 길 한쪽에 앉게 했다. 여름밤인데도 흙바닥은 축축했다. 하늘에는 흰 구름이 지나가고 있었고 간간이 별도 보였다. 누군가를 치료하기에는 아주 좋은 시간이었다. 나는 까마중 열매를 한 움큼 손에 들고 오빠의 머리 위에 휙 뿌렸다. 오빠가 똥통에 빠지지 말라는 뜻이었다. 다음엔 그의 입 안 가득 열매를 넣어주었다. 그의 양 볼이 미어지려고 했다. 그가 갑자기 토할 듯 구역질을 하며 신작로 위에서 데굴데굴 굴렀다. 까마중의 독성이 드디어 효력을 발휘하는 순간이었다. 이제 내가 주문을 외울 차례였다. 나는 온 힘을 다해 주문을 외웠다. 오빠가 바보 병신에서 벗어나게 해달라고 주문을 외웠다. 그는 발작하듯 신작로 위를 뒹굴었다. 그 다음엔 그 무엇도 두려워하지 말라는 뜻으로 까마중 한 줌을 더 뿌렸다. 그는 거의 미친 사람처럼 신작로 위에서 굴렀고, 나는 치마폭을 감싸쥐고 도도한 표정으로 밤하늘을 쳐다보았다. 내가 세상에서 할 수 있는 건 까마중 마술뿐이었다. 우리가 세상에서 가질 수 있는 건 검은 밤뿐이었다.

*

시간은 지나갔다. 어떻게 지나갔지. 생각해보면 그건 지나간 것이 아니었다. 시간은 지나가지 않았다. 이렇게 날것으로 남아 있는 걸 보면.

며칠 뒤, 엄마가 버스에서 내려 꿈처럼 마당으로 걸어들어왔다. 그리고 그날 밤 약속이나 한 듯 아버지도 돌아왔다. 엄마는 예뻐진 것 같았고 전보다 당당해진 것 같았다. 엄마가 사온 내 속옷은 치수가 맞지 않았다. 아버지가 사다준 과자는 너무 싱거웠다. 속옷은 옷장 속에 넣었고 과자는 잘게 부숴 냉면집의 붕어들에게 줘버렸다.
엄마는 시내로 돈을 벌러 다니기 시작했고 아버지는 사람들과 몰려
다니기 시작했다. 그들은 돌아왔지만 나는 여전히 혼자였다.

나는 어느 날 밤 그들에게 말했다. 나는 학군단 학생 한 사람을 사
랑해요. 그 사람이 아니면 나는 죽어요. 나를 붙잡지 마요. 그냥 이
러는 게 아니에요. 그 사람이 나를 먼 곳으로 데려간대요. 엄마 아
버지는 절대로 따라올 생각 말아요.

그들은 내가 무슨 말을 하든 바깥으로만 나돌았다. 거짓말이 점점
늘어 나중엔 하루 종일 혼자 떠들어댔다. 그래서 또 어느 날 그들에
게 말했다. 난 팔푼이 무영 오빠의 애를 가졌어요. 그 오빠의 애를
낳아 똥통에 빠뜨려 죽일 거예요. 그리고 나도 죽을 거예요. 별별
거짓말을 다 해도 그들은 내 얼굴 한번 쳐다보지 않았다.

매미 소리가 유난히 크던 어느 대낮에, 나는 냉면집 아기를 봐주
고 있었다. 할머니는 뒤뜰에서 열무를 다듬고 있었고 아기 엄마는
집에 없었다. 마루방 한가운데서 제 손가락을 빨며 놀고 있는 아기
는 침을 흘리며 울었다. 매미 소리가 너무 커서 짜증이 났는데 아기
까지 울자 화가 치밀었다. 배가 고픈지 안아줘도 자꾸만 울었다. 아
무도 아기를 보러 오지 않았다. 아기가 가엾다는 생각이 들었다. 아
기를 한 번, 냉면기계를 한 번 번갈아 쳐다보았다. 아기를 발에서부
터 넣을 것인지 머리에서부터 거꾸로 넣을 것인지를 고민하고 있었
다. 아기는 자꾸 울었다. 나는 아기의 입 속에 작은 손수건을 넣어
입을 틀어막았다. 그리고 아기를 거꾸로 들었다. 발목을 잡고 머리
부터 넣고 싶었다. 문제는 냉면기계를 돌릴 손이 모자란다는 것이
었다. 그래서 있는 힘을 다해 아기의 두 발목을 한 손으로 들었다.
너무나 힘이 들었고, 아기는 캉캉거리는 소리를 냈다. 메밀 반죽이

들어가는 사각의 틀 안에 아기의 머리가 꽉 들어찼다. 홍수처럼 눈물이 쏟아졌다. 누군가 내 머리채를 끄집어당겼다는 것말고는, 그 잠깐의 일이 모두 거짓말 같다.

부모들은 다음날 나를 데리고 병원으로 갔다. 병원에서는 피를 좀 뽑았고 체온을 쟀으며 심장박동을 체크했다. 또 몇 개의 그림을 보여주고 싱거운 질문도 했다. 나는 병원에 죽치고 앉아 시키는 모든 일을 다 했다.

며칠 후 다시 병원을 찾았을 때 의사가 내게 말했다. 넌 다시는 단 걸 먹어서는 안 된다. 뭐든 단 것은 입에 대면 안 된다. 너를 이렇게 만든 건 그 어떤 것도 아니라 바로 설탕이거든. 코가 크고 얼굴이 긴 의사는 믿음직스러워 보였다. 그는 나 같은 병을 가진 애들은 처음이라며, 이런 병을 발견할 수 있는 의사는 찾기 힘들 거라고 말했다. 그의 말에 의하면 나는 단 걸 많이 먹어 거의 미쳐가고 있었다.

병원에서 돌아온 날 나는 그 동안 아껴두었던 색종이 상자를 꺼냈다. 엄마의 바늘통도 꺼냈다. 어릴 적부터 가지고 놀던 눈알 빠진 고무인형도 챙겼다. 마지막으로 냉면집에 들어가 길다란 병 속에 금붕어 한 마리를 담아왔다. 까마중을 한 통 챙기는 것도 잊지 않았다.

내가 떠나던 날 새벽 신작로에는 차에 치여 죽은 개 한 마리가 있었다. 형체가 반쯤 일그러진 후였다. 나는 이슬이 맺힌 들꽃을 꺾어 개의 시신을 덮어주었다. 속옷만 입은 무영 오빠가 고래고래 소릴 지르며 따라왔다. 나는 그를 향해 손을 흔들어주고는 까마중을 한 주먹 신작로 위에 뿌렸다. 무영 오빠에게 베푸는 마지막 마술이었다. 무영아 겁내지 마!

시내로 가는 첫번째 버스가 올 때까지 나는 계속해서 걸어야 했다. 그 뒤로도 삶은 계속되었다. 지금도……

피라미드 모양의 완성두통

해가 지고, 노을에 감싸인 고층빌딩에 불이 켜지고, 몇 대의 헬리콥터가 무리지어 날았다.

그럴 때마다 도시는 걷잡을 수 없는 혼돈 속으로 빠져들 것만 같았다.

이십 년 전의 나는 그렇게 해질 무렵의 요정을 내려다보며 서 있었다. 가끔, 지금 내가

살고 있는 삶이 믿어지지 않을 때가 있다.

그 무렵 밤이면 나는 오래된 일본식 주택 삼층 창 앞에 서서 요정의 앞마당을 내려다보곤 했다. 마당에는 잘 가꾼 나무들이 많았고, 고르게 다져진 흙마당은 그윽한 회색이었다. 해가 질 무렵이면 요정 마당에 불이 켜졌고, 단조롭게 반복되는 가야금 소리가 들렸다.

줄지어 들어온 승용차에서 남자들이 내리고, 차들은 둥그런 원을 그리며 요정 앞마당을 빠져나갔다. 한복을 입은 여자들은 두 손을 가지런히 모은 채 구십 도 정도로 몸을 숙여 남자들의 등에 대고 인사했다. 남자들이 먼저 실내로 들어가고 여자들이 뒤따라 들어가면, 황금 견장이 달린 양복을 입은 종업원이 매복조처럼 나타나 남자들의 검은 구두를 가지런히 정리하고는 사라졌다.

---

* 피라미드 모양의 만성두통 : 아트선재센터에서 열린 '이미지 스케이프—멕시코 미술의 오늘' (2001. 6. 5~8. 19)에 전시되었던 설치 작품의 제목.

해가 지고, 노을에 감싸인 고층빌딩에 불이 켜지고, 몇 대의 헬리콥터가 무리지어 날았다. 그럴 때마다 도시는 걷잡을 수 없는 혼돈 속으로 빠져들 것만 같았다. 이십 년 전의 나는 그렇게 해질 무렵의 요정을 내려다보며 서 있었다.

가끔, 지금 내가 살고 있는 삶이 믿어지지 않을 때가 있다. 누구의 삶이든 다 그럴까.

며칠 전 친구를 만났다. 친구는 꼭 봐야 할 전시회가 있다며, 괜찮으면 미술관에서 만나자고 했다. 우리는 서른을 훨씬 넘겨 거의 이십 년 만에 만났다. 친구는 어느 날 밤 전화를 걸어서는 내 전화번호를 알려주었다는 두 명의 이름을 댔다. 나는 그 두 명의 얼굴은 물론 전화를 건 친구의 얼굴조차 기억나지 않았다. 그리고 다음날 밤 친구는 다시 전화를 걸어서는 돈을 빌려줄 수 없겠느냐고 물었다. 많다면 많은 액수였다. 조금도 미안해하지 않는 목소리를 듣고 있을 때, 그 친구의 얼굴이 가만히 떠올랐다. 어떤 상태에 있으면 이십 년 만에 통화가 된 친구에게 돈을 빌려달라고 할까 궁금했지만, 친구는 상세한 설명을 덧붙이지 않았다.

그날은 친구가 돈을 갚겠다고 한 날이었다. '멕시코 미술의 오늘'이라는 현수막이 붙은 미술관 건물은 개발제한구역 내에 있었다. 주변 건물들이 작고 낮은 데 비해, 미술관 건물은 주변과 잘 어울리지 않을 정도로 세련되어 보였다. 친구는 선글라스와 가방을 들고 흰 바지에 옥색 민소매 셔츠를 입고 서 있었다. 아기를 낳아본 적이 없는 것 같은 밋밋한 배 때문일까. 친구의 인생은 홀가분해 보였다. 우리는 서로를 확인하는 절차를 짧게 끝내고, 밖이 환히 내다보이는 계단을 통해 미술관 안으로 올라갔다.

탁 트인 전시실은 뜻하지 않은 안도감을 주었다. 우리는 각기 다른 그림을 바라보면서도 힐끗힐끗 상대를 넘겨다보았다. 그러다 눈이 마주치면 동시에 그림 속으로 눈길을 피했다.

〈피라미드 모양의 만성두통〉은 두번째 전시실로 올라가자마자 얇은 철사줄에 매달린 채 허공에 떠 있었다. 흰색 아스피린 6,800개를 아크릴 판에 대고 착착 겹쳐 붙였는데 그것이 피라미드 모양을 닮아 있었다. 내가 일하는 필름 공장에서 사용하는 필름통에 아스피린을 담는다면 몇 개가 들어갈까. 6,800개를 다 담으려면 필름통이 몇 개나 필요할까. 내가 그런 생각을 하는 사이 친구는 요란하게 움직이는 비디오 화면 앞에 놓여진 의자에 가 앉았다. 〈피라미드 모양의 만성두통〉은 그날 전시회에서 본 제목이 기억 나는 유일한 작품이었다. 작가의 이름은 너무 길어 생각나지 않는다.

미술관에서 나왔을 때 마른 소나기가 떨어졌고 친구는 우산을 꺼내 펼쳤다. 우산 속에서 나는 서로의 어깨가 닿을까 조심했다. 그러나 난 이내 그런 신경전은 잊어버렸다. 부러진 나무의자와 쓰지 않는 플라스틱 그릇들이 나뒹구는 한옥이 즐비한 그 길은 내가 살았던 거리를 연상시켰다. 지하철역까지 걸어나오는 동안 나는 소나기 냄새와 함께 그때의 기억 속으로 빠져들어가버렸다. 잠시 후, 소나기가 그친 거리에 갑자기 어둠이 내렸고 무수한 불빛들이 생겨났으며 후텁지근한 공기가 숨가쁘게 밀려왔다. 그리고 어느새 나는 오래된 일본식 주택 삼층 창 앞에 서서 요정의 앞마당을 내려다보고 있었다.

우리는 유월에 거대도시 서울로 이사를 했다. 엄마는 우리가 서울로 이사를 가게 되었다는 사실을 C시를 떠나기 사흘 전에 말해주었다. 자식들이 받을 충격을 줄이기 위한 방법이었을 것이다. 아버지와 엄마는 각각 다른 도시에서 왔지만 남동생과 나는 C시에서 태어나 줄곧 그곳에서 살았다. 정확히 말하면 C시의 북쪽 경계에 살았다. 그곳은 발전 속도가 느렸다. 너무나 느려서 세상으로부터 완전히 잊혀졌다고 말하곤 했다. 그러면서도 가족 모두를 데리고 그곳을 떠나는 경우는 많지 않았다.

나는 서울로 와 한 달쯤 학교에 다니다가 여름방학을 맞았다. 같은 학교에 다니는 아이들을 우연히 만난다고 해도 얼굴을 몰라 다행이었다. 그해 여름은 늦장마가 격렬했고 지독하게 더웠다.

우리는 낡은 일본식 주택 삼층에 세를 들었다. 집은 늘 어두웠다. 현관에서 신발을 벗고 복도로 걸어들어가는 순간부터 볕이 들지 않았다. 타원형으로 배치된 일곱 개의 방이 있었고 그 방의 외벽으로 창이 하나씩 나 있었다. 그래서 복도도 마루도 기차터널처럼 어두웠다.

사람들은 모두 새벽에 나가고 늦은 밤에 돌아왔다. 주인이 없는 방문마다 묵직한 자물쇠가 두 개씩 매달려 있었다. 일요일이면 모두들 목욕탕에 다녀왔고, 창도 없는 마루에 모여앉아 미지근한 자두나 참외를 나누어 먹었다. 여자들은 파마약을 사다 손수 머리를 말았고 남자들은 발톱을 깎았다. 사람들은 잠이 부족해 보였고 복도를 지날 때도 지나치게 얌전하게 걸었다. 그 삼층에 사는 사람들은 모두 열다섯 명, 일곱 가구가 세 들어 살고 있었다.

엄마는 의욕이 강한 사람이었다. 벌어먹고 살 수가 없어 C시를 떠난 것이 아니라 더 잘 살기 위해 C시를 떠났다고 말했다. 엄마는 자신을 향해서나 자식들을 향해서나 쓸데없는 다짐을 자주 했다. 다짐이 시간이 되었을 때, 처음엔 엄마의 눈을 똑바로 쳐다보면서 집중했지만 이내 잡생각이 들었다.

어느 날 밤부터 나는 거리로 나가기 시작했다. 그렇게 환한 불빛들은 처음이었다. 보고 있으면 눈이 부셨고 가슴이 울렁거렸다. 왜 그토록 거리에 있기를 좋아했는지 나는 늘 불빛으로 가득한 거리를 생각했고, 나가고 싶다는 생각이 드는 순간 어느새 거리 위를 걷고 있었다. 그 거리의 불빛들은 끊임없이 나를 집 밖으로 유인했다.

요정 입구의 대문 앞에 황금 견장을 단 두 명의 남자가 서 있었다. 그들은 목줄을 맨 경비견처럼 대문 앞을 지키고 서 있었다. 남자들은 자동차가 드나들 때를 제외하고는 뻣뻣한 자세를 풀지 않았다. 요정의 대문도 자동차가 드나들 때 외에는 활짝 열린 적이 없었다. 어느 날 아침 화려한 원피스를 입은 여자들이 요정에서 몰려나왔는데 그 모습이 꽃무더기처럼 보기 좋았다. 요정은 그 거리에서만큼은 가장 비밀스런 곳이었다.

한의원과 양복점을 지나고, 슈퍼마켓과 목욕탕을 지나면 길가에 작은 밥집들이 늘어서 있었다. 여관과 안마소를 지나고 이발소와 세탁소, 구두수선집과 당구장을 지나면 큰길과 만났다. 한의원과 양복점 사이에 작은 골목이 있고 골목의 초입에 또 철물점과 전파상이 있는 것처럼, 그 거리는 골목 천지였다. 골목들을 지나 더 걸어올라가야 언덕 위의 낡은 셋집들이 보였다.

그리고 그 이름도 다정한 메기 호텔. 아시아의 마약상들이 득시글댄다는 칠층짜리 메기 호텔이 그 거리의 중간에 우뚝 솟아올라 있었다. 메기 호텔 때문에 그 거리는 언제나 특구처럼 들떠 있었다. 메기 호텔 뒤는 자갈이 깔린 공터였는데, 근처 시장 상인들의 리어카 보관소로 쓰였다. 집에서 큰길인 차도까지 삼백 미터쯤 되는 그 거리는 지도라도 그릴 수 있을 만큼 선명하게 떠올랐다가도, 이내 황량한 벌판의 풍경으로 교차되어 사라진다.

나는 슬리퍼를 끌고 그 거리를 왔다갔다했다. 중국산 물건을 파는 상점의 유리진열장 안을 들여다보았다. 잘 웃지 않는 몸집이 큰 남자가 붉은 포장지에 쌓인 물건들을 조심스레 만지작거렸다. 중국산 담배나 오룡차, 보이차 같은 것들을 팔았다. 손님은 없고 파리만 날렸다. 상점 입구에 매단 붉고 둥그런 종이등은, C시의 밤 개울둑에서 달음박질하다가 올려다보았던 달을 생각하게 했다.

장님이 많은 거리였다. 그들은 둘셋씩 무리지어 다녔다. 두부를 사고, 수박을 사들고는 팔짱을 꽉 낀 채 천천히 골목 안으로 걸어갔다. 아이들이 실수로 부딪치기라도 하면 거칠게 화를 내며 허공에 대고 지팡이를 휘저었다. 아주 예민한 사람들이었다.

슈퍼마켓에서 아이스크림을 사들고 호텔 로비가 잘 보이는 곳을 찾았다. 메기 호텔 정문 옆에 공중전화가 있었다. 호텔 앞에 서 있던 주차안내원이 씩 웃었다. 동전을 꺼내들고 전화기 앞으로 갔다. 유리창 너머로 호텔 로비가 들여다보였다. 커다란 괘종시계와 촌스러운 산수화 액자가 보였고 그것말고도 둥그런 시계가 여럿 있었다. 떠오르는 전화번호가 하나도 없었다. 114를 눌렀다. 높낮이가 없는 목소리의 전화교환원이 나왔다.

메기 호텔요, 메기 호텔 전화번호 좀 알려주세요.

교환원은 좀 느리게 전화번호를 알려주었다. 나는 일단 전화를 끊었다. 동전이 다시 나왔다. 또 동전을 넣고 메기 호텔의 전화번호를 눌렀다. 근사한 목소리가 들려왔다. 영어가 섞인 특이한 톤이었다. 한밤중에 듣는 그 목소리는 따뜻하고 이국적이었다. 고개를 빼고 호텔 건물을 올려다보았다. 간혹 불 켜진 방들이 보이기는 했지만 근사한 목소리가 있는 곳은 짐작할 수 없었다. 조심스레 수화기를 내려놓았다. 잠깐 다른 세상을 경험한 것처럼 기분이 좋아졌다.

호텔 뒤쪽의 공터로 갔다. 리어카 보관소를 지키는 노인은 배달해 온 밥을 먹고 있었다. 밤 장사를 나가는 포장마차 행상들이 리어카를 찾으러 왔다. 그들은 보관비를 치르고 커다란 짐 보따리를 올려 놓은 리어카를 밀며 줄줄이 시장 쪽으로 나섰다. 밥 쟁반을 치우던 노인이 나에게 뭐라고 했다.

여자애들은 밤에 나다니면 안 된다.

노인은 담배불을 붙인 성냥을 휙 던지며 말했다. 먹는 건 다 어디로 가는지, 노인의 몸은 살집이라곤 하나도 없었다.

오래된 일본식 목조 주택엔 옥상이 있었다. 낡은 철제계단은 부식이 심했다. 손바닥에 쇳녹이 묻어 지워지지 않았다. 깨진 항아리며 쓰지 않는 비키니옷장 등이 아무렇게나 버려져 있었지만, 사람 하나 앉을 만큼의 공간은 남아 있었다. 옥상에서는 하늘과 고층빌딩들이 잘 보여 숨쉬기가 나았다. 최루탄이 터진 날은 나가 앉아 있을 수 없었다. 그 무렵에는 최루탄이 자주 터졌고 나름의 호흡법으로 그것에 익숙해지지 않으면 안 되었다.

옥상에 앉아서 많은 시간을 보냈다. 유행가를 흥얼거리기도 하고 편지도 썼다. C시에서 함께 교회에 다녔던 해송 오빠에게 쓰는 편지였지만 보내지는 않았다. 해송 오빠는 모범생이었고 목사가 될 사람이었다. 어린 생각에 평범한 내가 감당하기에는 벅찬 사람이었다. 그는 자전거를 타고 학교에서 교회로 곧장 왔다. 그는 아무도 없는 기도실에서 무릎 꿇고 기도했다. 엉덩이를 들썩이며 주여, 주여, 연거푸 외치다가 그의 입에서 어느 순간 방언이 쏟아졌고, 그는 그렇게 오래오래 울며 기도했다. 나는 눈시울이 붉어져 기도실에서 나온 그의 얼굴을 숨어서 지켜보았다. 나이도 몇 살 안 된 녀석이 무슨 죄가 저리도 많을까. 나는 그를 볼 때마다 혀를 찼다. 그랬는데 C시를 떠날 때 그가 생각났다. 어느 날 그가 나를 만나러 서울까지 온다면 그건 기적이었다.

C시에 사는 친구에게도 편지를 써야 했다. 친구가 보낸 편지에 답장을 써보려고 여러 번 시도했었다. 그 친구는 서울 생활은 재미있느냐고, 친구는 많이 사귀었느냐고 물었다. 좋은 친구들을 많이 사귀더라도 절대로 자기를 잊으면 안 된다고도 씌어 있었다. 그리고 편지 끝에는 희망차게 시작된 새해의 문을, 우리가 활짝 열자고 적혀 있었다. 나는 그런 표현을 할 줄 아는 친구에게 어떤 답장을 보내야 하나 고민했다. 나중에 들었는데 그 친구는 수학을 전공했고 캐나다로 유학을 갔으며, 언제 받을지도 모르는 박사학위 공부를 하며 독신으로 살고 있다고 했다. 그 편지의 답장은 결국 쓰지 못했다.

엄마는 늦게 퇴근했다. 남동생은 14인치 텔레비전을 켜놓고 숙제도 하고 만화책도 보았다. 내가 보기에 남동생은 별 고민이 없어 보였다. 물론 어려서였다. 남동생은 무인도에 고립된 낚시객을 구조한 해양경찰이 텔레비전에 나온 후부터 해양경찰이 되겠다고 했다. 그러나 사춘기 이후 남동생의 삶은 늘 조난중이었고 여러 차례 위기를 맞았다. 남동생은 지금도 자신의 아이들에게 거짓말을 한다. 그의 아이들은 아버지가 해양경찰 출신임을 의심하지 않는다. 최남단 마라도나 최동단 독도 근해에서, 우리나라를 침범하는 외국어선을 단속하는 일을 했다는 거짓말을 아이들은 언제까지 믿을까.

그 무렵 엄마는 여러 가지 일을 했다. 너무 여러 가지 일을 해서 지금은 직종조차 다 생각나지도 않는다. 엄마는 빠르면 밤 여덟시, 늦으면 열시경에 집으로 왔다. 우리에게 일하는 집에서 얻어온 음식을 먹으라고 했지만 나도 남동생도 먹지 않았다. 그것이 무엇이든 엄마는 매일매일 무엇인가를 가져왔다. 그 늦은 밤에 엄마는 남동생을 씻기고, 다음날 먹을 밥을 전기밥솥에 안치고, 가계부를 쓰고, 노래를 흥얼거리다가 남동생을 끌어안고 잠이 들었다. 아버지 생각은 하지도 않는 것 같았다.

나는 오래된 일본식 주택 삼층 창 앞에 서서 깊어가는 밤의 요정을 내려다보았다. 라디오를 끄고 자려고 해도 잠이 오지 않았다. 요정에서 들려오는 소리 때문이었다. 가야금 소리가 그치고 콩콩거리는 빠른 음악이 들려왔다. 요정의 기와지붕 위로 구름이 흐르고 마당의 나무들이 수수 흔들리는 소리가 났다. 평소엔 잘 지내던 고양이 두 마리가 죽일 듯이 으르렁거리며 쏜살같이 마당을 내달았다. 나무 위에 앉은 작은 새들이 미친 듯이 재재거렸다. 그때의 내 꿈은 아마도 요정의 그 한복 입은 여자들 중 하나가 되는 것이었는지도 모른다.

나는 충동적으로 밤거리로 나왔다. 요정 대문 앞에 황금 견장을 단 남자 두 명이 서 있었다. 나는 신발을 질질 끌어 소리를 냈지만 그들은 나를 쳐다볼 기력도 없어 보였다. 더운 옷에 눌려, 선 채로 꾸벅꾸벅 졸고 있었다.

리어카 보관소의 불이 꺼진 공터는 좀 어두웠다. 메기 호텔에서 흘러나오는 약한 불빛만이 공터의 한 부분을 희미하게 밝혀주었다. 세 명의 남자아이들이 공터 한 구석에 주차된 자동차에 기대어 선 채 담배를 피우고 있었다. 한 남자애가 다가왔다. 그애의 발 밑에서 바작바작 돌소리가 났다. 그애가 나를 훑어보았다.

너 전학 왔다며.

나는 대답을 하지 않았다.

인사나 할래? 앞으로 자주 볼 텐데.

그래도 나는 인사를 하지 않았다.

차가 세워진 쪽에 서 있는 두 명 중 한 명의 얼굴이 눈에 들어왔다. 그 남자애도 날 보고 있는 게 틀림없었다. 그애의 이름은 준호였다. 나중에 확인했지만 준호의 얼굴은 석류처럼 붉었고 두 눈은 시냇물처럼 맑았다. 내가 결혼을 한 후 아들을 낳았을 때 갑자기 준호의 얼굴이 떠올라 당황한 적이 있었다. 나는 준호의 얼굴을 외면하고 태연한 척 공터를 나왔고 세 명은 킥킥 웃으며 둘러서서 계속 담배를 피웠다. 누군가가 길게 휘파람을 불었다.

메기 호텔 앞에 택시가 섰다. 커다란 가방을 둘러멘 까무잡잡한 피부에 키 작은 외국 남자가 내렸다. 호텔 주차안내원이 뛰어나와 커다란 나뭇잎이 그려진 셔츠를 입은 남자의 가방을 받아들고는 로비로 안내했다. 더러 백인들도 보였지만 메기 호텔에 오는 사람들은 대부분이 아시아 사람들이었다.

나는 호텔 로비로 들어가보기로 결심했다. 주차안내원이 로비로 들어간 사이에 출입문 옆 외벽에 튀어나와 있는 스프링클러 관 위에 달랑 올라앉았다. 그리고 안내원이 회전문을 밀고 나오는 순간 빠르게 몸을 숨겨 호텔 안으로 들어갔다.

호텔은 생각했던 것만큼 화려하지도 특이하지도 않았다. 주차안내원과 비슷한 옷을 입은 남자 하나가 수많은 시계가 걸린 벽 앞에 서 있었다. 괘종시계와 엘리베이터가 보였다. 로비 중앙에 놓인 조화 화분들은 먼지가 앉아 빛이 나지 않았다. 회전문이 열리고 몇 사람이 엘리베이터 앞으로 다가갔다. 나는 엉겁결에 화장실 표시가 그려진 쪽으로 숨어버렸다.

화장실 앞에 공중전화가 보였다. 동전을 넣고 메기 호텔 전화번호를 눌렀다. 영어가 섞인 그 여자의 근사한 목소리가 들렸다. 나는 아주 똑똑한 발음으로, 701호를 바꿔달라고 말했다. 여자는 잠깐 기다리라고 했다. 잠시 후 전화기 속에서 알아들을 수 없는 외국 남자의 목소리가 들려왔다. 나는 무슨 말인가를 하려다가 침착하게 수화기를 내려놓았다.

화장실은 깨끗했다. 메기 호텔 화장실을 자주 이용해야겠다고 다짐을 하면서도 겁이 났다. 자꾸만 가슴이 뛰었고 누군가 내 목덜미를 잡으러 달려올 것 같아 빠른 걸음으로 집으로 돌아갔다. 삼층까지 한달음에 뛰어올라갔다. 물탱크 주변과 천장에서 활보하던 쥐들이 일순간 침묵했다.

여름이 계속될수록 세상은 뜨거워졌다. 잊을 만하면 최루탄이 터졌고 그런 날은 극심한 열대야가 기승을 부렸다. 수돗물도 시원하지 않았고 선풍기도 부채질도 다 소용없었다. 나는 거의 매일 옥상에 올라갔고 거의 매일 밤거리를 싸돌아다녔다. 엄마는 틈 날 때마다 날 닦달했다.

공부 안 하면 공순이밖에는 할 게 없다.

C시의 여자애들은 대부분 공장에 다녔다. 상급학교를 못 가면 종이공장이나 봉제공장으로 갔고 그보다 좀 형편이 나은 애들은 산업체 부설학교에 다니며 낮에는 일을 하고 밤에는 공부를 했다. 공장 밖에는 다닐 곳이 없었기 때문이다. 일찍 도시로 간 애들은 남의 집 식모를 하다가 돌아왔다. 돌아왔다가는 얼마 안 가서 또 도시로 식모 살러 갔다. 한 번씩 올 때마다 엉덩이며 어깻죽지에 하얗게 살이 올라 있었다.

공장이나 다니다가 그렇고 그런 놈 만나 애나 낳고 살래, 너 그렇게 살래?

엄마는 멀쩡하게 밥을 먹다가도 신경질적으로 얼굴을 찡그리며 말했다. 그러면 나는 수저를 내려놓고 심각한 얼굴을 만들었다. 엄마는 내가 공장이나 다니다가 같은 공장에서 일하는 남자를 만나 애 낳고 살 것을 어떻게 알았을까.

공터에는 매일매일 나갔다. 준호네말고도 여러 패가 그곳에 왔다. 남자애들은 모여 서서 담배를 피웠고, 여자애들은 남자애들 주변에 서서 저희들끼리 수다를 떨면서 아이스크림을 먹었다. 한 여자애가 다가와 말을 걸었다.

너 전학 왔다며?

그래서?

기가 죽기는 싫어서 최대한 당당한 표정을 지었다.

내일 우리 시장에 옷 사러 가는데 같이 갈래?

다음날 나는 여자애들 둘과 같이 시장에 갔다. 시장엔 사람이 많았다. 흰색 면 티셔츠 같은 건 눈에 들어오지도 않았다. 여자애들은 짧은 치마를 골랐다. 나는 가슴 부분에 은박으로 새 한 마리가 그려진 어깨끈이 얇은 셔츠와 아주 짧은 반바지를 샀다.

여자애들은 나를 시장 골목의 분식집으로 데려갔고 순대와 곱창을 넣은 떡볶이를 시켰다. 그 둘은 나와 같은 학교에 다니고 있었다. 친하게 지내자며 사이다잔으로 건배를 청했다. 우리는 떡볶이 오 인분을 조금도 남기지 않고 다 먹었다. 나는 곱창 냄새에 취해 술을 마신 것처럼 정신을 차릴 수가 없었다. 무엇보다 그토록 많은 사람을 본 건 처음이었다.

여자애들은 메기 호텔 화장실로 들어가 옷을 갈아입었다. 앞치마를 두른 호텔 여직원이 눈을 흘겼다. 한 애가 가방에서 화장품을 꺼냈다. 밑화장도 안 한 얼굴에 짙은 주홍색 립스틱을 발랐다. 한 애는 가방에서 기죽장화까지 써냈나.

야, 너 뭐 해!

한 애가 내 어깨를 툭 쳤다. 나도 옷을 갈아입었다. 호텔을 나왔을 때 여자애들은 처녀처럼 변해 있었다. 마주 오던 남자들이 우리를 쳐다봤다. 한 애가 갑자기 멈춰 서서는 엉덩이를 활처럼 뒤로 빼 내밀고는 뽀뽀하는 입 모양을 만들었다. 아주머니들이 곱지 않은 눈으로 우리를 쳐다봤다.

나는 뒤를 돌아보지 않았다. 나는 여자애들에게 어디로 가느냐고 묻지 않았다. 우리는 걷고 또 걸었다. 들어갔던 상점에 또 들어갔고 구경했던 옷을 또 구경했다. 인파에 밀려 상가 안에서 길을 잃었으며 출입구를 찾지 못해 조금 당황했다. 약속도 없으면서 사람들이 많이 서 있는 빵집 앞에서 한 시간도 넘게 서성거렸다. 그렇게 자정 무렵까지 싸돌아다니다가 여자애들은 두 명의 남자아이들을 만났다. 아이들은 저희들끼리 어딘가로 갔다. 나는 홀로 길 위에 서 있었고 길을 잃어 집으로 가지 못하게 될까봐 긴장했다. 헬리콥터는 무리지어 도심 상공을 날았다. 사람들은 밤이 늦도록 집으로 가지 않았다.

그날 밤은 열대야가 더 극성이었다. 요정에서는 여러 대의 가야금 소리가 들려왔고 쥐들은 요란하게 몰려다녔다. 아무리 잠을 자려고 해도 잠이 오지 않았다. 엄마는 곯아떨어졌고, 나는 밖으로 나가고 싶어 견딜 수가 없었다. 밤거리가 떠올랐고, 그 순간으로부터 아주 짧은 시간이 흘렀는데 나는 어느새 메기 호텔 정문 앞에 서 있었다.

술 취한 남자가 제 그림자를 향해 삿대질을 하며 천천히 지나갔다. 개들이 낑낑거리며 밥집 쓰레기통에 머리를 박았다. 장님 두 사람이 지팡이로 바닥을 타닥타닥 두드리며 이방인처럼 서성거렸다. 술 취한 남자들과 여자들이 골목에서 짝을 지어 거리로 몰려나왔고 한 여자가 이발소 문 앞에서 오줌을 누었다. 그들은 앞서서 걷는 자신들을 따라오는 오줌 줄기를 보며 화끈하게 웃었다.

메기 호텔 전화번호를 눌렀다. 근사한 목소리의 교환원은 금세 701호를 바꿔주었다. 알아들을 수 없는 외국 남자가 자다 깬 목소리로 전화를 받았다. 나는 삼 초쯤 망설이다가 그에게 말했다.

혹시 김병철씨 안 계세요?

외국 남자는 한국말을 알아듣지 못했기 때문에 김병철이라는 우리 아버지 이름을 알 리 없었다. 외국인은 중얼거리다가 전화를 끊었고, 나도 수화기를 내려놓았다. 장난전화도 이제 그만둘 때가 되었다는 느낌이 들었다.

비도 오지 않는 더위는 시간이 갈수록 심해졌다. 텔레비전에서는 연일 극심한 가뭄이 들어 바짝 말라버린 논과 밭을 보여주었다. 기상 관측 전문가라는 사람이 곡창지대의 한 평야에 서서, 앞으로 보름 안에 비가 내리지 않으면 모두 말라 죽을 것이라고 말했다.

더위 때문인지 공터에는 늘 아이들이 들끓었다. 모두들 무슨 해방구나 되는 것처럼 동그란 원을 그리며 공터 안을 맴돌았다. 준호가 얼굴을 본 적 없는 남자들과 술병을 들고 공터로 왔다. 나는 혼자서 빈 리어카에 걸터앉아 있었기 때문에 그들과는 거리가 있었다. 자갈 밟는 소리가 나고 누군가가 내 쪽으로 걸어왔다. 준호였다.

너 조심해.

뭘 조심해?

동네 애들이 네 얘길 해.

뭐라고 하는데.

네 아랫도리에 자기 걸 넣고 싶대.

나는 준호의 눈만 쳐다봤다. 그리고 본능적으로 두 팔을 감쌌다.

조심해. 너처럼 순진한 애가 상대하기엔 그놈들 게 너무 클 거야.

264

준호는 그렇게 말하고 일행들에게로 돌아갔다. 웃어야 할지 울어야 할지 몰라 허둥대다가 공터에서 나왔다.

나는 큰길까지 천천히 걸어나갔다. 놀란 가슴이 진정되질 않았지만 준호의 말은 무시하기로 했다. 마침 엄마가 걸어오고 있었다. 퇴근하는 엄마를 만난 건 처음이었다. 엄마는 반갑게 웃었다. 나는 끈 달린 분홍색 셔츠와 짧은 반바지를 입고 있었는데 엄마는 야단도 치지 않았다. 엄마와 나는 팔짱을 끼고 천천히 걸어갔다. 길거리 밥집에는 술 손님들이 많았고 슈퍼마켓 앞 파라솔 밑에도 동네 사람들이 많았다. 사람들은 엄마와 나를 쳐다봤다.

그날 나는 수돗가에 포장을 치고 엄마에게 등목을 해주었고 엄마는 까륵까륵 넘어가는 소리로 웃으며 간지럼을 탔다. 엄마는 그 늦은 밤에 남동생을 씻기고, 다음날 먹을 밥을 전기밥솥에 안치고, 가계부를 쓰고, 노래를 흥얼거리다가 남동생을 끌어안고 잠이 들었다. 아버지 생각은 하지도 않는 것 같았다.

더위는 점점 지독해졌다. 대낮 햇볕은 얼굴을 들 수 없이 뜨거웠다. 길 위에는 사람이 없었고 밤엔 열대야가 계속되었다. 내가 메기 호텔 안으로 들어간 날은 오후 내내 최루탄이 터졌다. 해질 무렵이 되어서야 좀 잠잠해졌고 사람들은 고무호스를 내다 길거리에 물을 뿌렸다. 상점들은 평소보다 더 빨리 문을 닫았고 골목을 지나가는 사람들의 발걸음이 자꾸 빨라졌다.

메기 호텔 로비는 시원했다. 다행히 안내하는 남자가 다른 일로 바빴다. 로비 안에 걸린 괘종시계를 봤다. 새벽 한시였다. 엘리베이터를 탔다. 몇층으로 가야 할지 몰라 조금 망설이다가 숫자 7을 눌렀다. 아주 천천히 끽끽거리는 소리를 내면서 엘리베이터가 움직였다. 칠층에 선 엘리베이터의 문이 열린 후에도 발을 떼지 못하고 한참을 그대로 서 있었다.

붉은 문들이 여럿 이어져 있었다. 사람들 소리가 들리기도 하고 텔레비전 소리가 들리기도 했다. 습한 냄새가 났고 건물은 지저분했다. 복도 끝에 비상계단으로 나가는 출구가 보였다. 출구 옆에는 붉은 문들과는 조금 다른 문이 하나 있었는데 '직원외출입금지'라고 적혀 있었다. 방문은 열려 있었고 침대 시트와 베개 시트와 수건들이 그득했다. 시트 하나를 잡아 코에 가져다댔다. 시트는 축축했고 표백제 냄새가 났다. 그때 저쪽 끝에서 누군가 밖으로 나왔고 나는 깜짝 놀라 주저앉아버렸다. 그때는 누구나 즐겨 했던 구불구불한 파마 머리를 한 키 큰 한국 여자가 외국 남자의 허리를 끼고 나왔다. 남자는 엘리베이터 앞에서 여자의 엉덩이를 찰싹 때렸고 여자는 장난스럽게 남자의 볼을 꼬집었다.

계단을 걸어 내려가는 동안 아무도 만나지 않았다. 오층 계단에 '연회장'이라고 적힌 글씨가 보였다. 문을 열자 음악 소리가 들려왔고 모여 있는 사람들이 보였다. 남자들은 대부분 외국 사람들이었고 여자들은 한국 사람이 많았다. 여자들은 대부분 가릴 곳만 가린 차림이었다. 그들은 둥그런 테이블들 주변을 오가며 식사도 하고 춤도 추었다. 그들의 식탁 밑에는 속이 빈 커다란 게 껍질이나 냅킨 같은 것들이 떨어져 있었다. 흰 옷을 입은 호텔 직원들이 끊임없이 연회장 안으로 음식을 가지고 들어갔다.

호텔 직원들이 드나드는 주방이 보였다. 먹다 남긴 음식 쓰레기를 담은 거대한 비닐봉투 가장자리에 붙은 찌꺼기들이 바닥으로 떨어져내렸다. 봉투가 미어질 지경이었다. 주방에서는 뜨거운 연기가 솟았고 음식 냄새가 났다. 수방 구석에 쭈그리고 앉아 연회장에서 나온 접시에서 음식을 집어먹고 있는 호텔 직원들이 보였다. 음식이 남아도는 모양이었다. 수십 개의 음식접시가 주방 바닥에 뒹굴었다. 바닥에서 개수대로 접시를 옮기던 사람이 음식 찌꺼기를 밟아 미끄러졌다. 그는 접시를 향해 발길질을 했지만 곧 다시 접시를 나르기 시작했다. 화장실에서 나오던 한 외국 남자가 나를 보고 웃었다. 누군가가 앞으로 나가 마이크를 뽑았다. 시끄러운 음악이 울려퍼지기 시작했다.

삼층 구조도 다른 층과 거의 같았다. 반바지를 입은 외국 남자가 서쪽 끝 비상구로 통하는 문을 열어놓고 밖을 내다보며 담배를 피우고 있었다. 그는 담배를 피우다 말고 자꾸만 머리를 긁적거렸다. 돈이라도 잃은 사람처럼 힘이 없어 보였다.

이층은 구조가 좀 달랐다. 사무실이라고 써 붙인 방이 많았고 '직원외출입금지' 팻말이 붙은 방이 많았다. 나는 정신을 집중했다. 어디선가 전파 수신기 소리 같은 것이 들려오길 기다렸다. 얼마 안 가 전화교환원의 목소리가 들려오는 곳을 찾을 수 있었다. 여자는 작은 상자 같은 사무실에 있었다. 내가 701호 바꿔주세요, 라고 했을 때 정확하고 빠르게 그리고 세련되게 전화를 받았던 그 여자가 눈앞에 있었다. 여자는 그 당시에 누구나 즐겨 했던 긴 파마 머리를 하고 수많은 버튼이 달린 기계 앞에 앉아 있었다. 운동부족으로 인해 뚱뚱했고, 굵은 다리를 계속 떨었다. 전화는 띠띠띠띠, 계속해서 걸려왔고 여자는 영어와 한국말을 섞어 근사하게 전화를 받았다. 그러는 중간중간 여자는 기계 위에 올려둔 빵도 먹고 손거울도 보았다. 여자의 손가락은 닭발처럼 희고 통통했다. 그 손놀림이 무척 신속하고 아름다웠다.

로비로 나왔을 때 괘종시계는 한시 반이었다. 꽤 오랜 시간 호텔 안에 있었다고 생각했는데 삼십 분밖에 흐르지 않았던 것이다. 나는 습관적으로 공터 쪽으로 몸을 돌렸다.

공터는 조용했다. 문득 주변이 지나치게 어둡다는 생각이 들었다. 막 돌아서 나오려는 순간 세 명의 남자들이 걸어왔다. 처음 보는 사람들이었다. 그들 중 하나가 내 팔목을 잡았다. 팔을 빼다가 남자의 어깨를 쳤다. 옆에 서 있던 머리가 긴 남자가 다가와서는 내 뺨을 갈겼다. 그들은 말을 하지 않았다. 뺨을 때린 남자가 내 목덜미를 잡고 공터의 어두운 곳으로 끌고 갔다.

어느 곳에나 사각지대란 있었다. 빛이 들지 않는 공터는 죄를 짓기에 좋아 보였다. 다른 한 남자가 빈 리어카를 끌어와 비스듬히 고정시켰다. 소리를 지르고 발버둥을 쳤다. 먹은 것이 넘어올 지경이었다. 해송 오빠를 불렀다. 그사이 내 반바지가 벗겨졌고 팬티가 찢어졌다.

해송아. 나는 미친 사람처럼 해송이를 불렀다. 그녀석은 C시에서 자고 있었나보다. 아니면 취침 기도를 하고 있거나. 순간, 한 놈의 손가락이 거칠게 질벽을 훑고 지나갔다. 결혼 후 아이를 가져 산부인과에 갔을 때 실리콘 장갑을 낀 의사의 손가락이 질을 훑고 지나갔을 때였다. 나는 그때 깜짝 놀라 두 다리를 오므렸다. 그때 생각이 생생하게 떠올라서였다.

할 수 있는 모든 욕을 반복해가며 악을 썼다. 내 몸 위에 막 올라온 놈은 나머지 놈들에게 리어카를 단단히 잡으라고 소리를 질렀다. 그놈이 알록달록한 팬티 속에서 그것을 꺼냈다. 질질 울면서 소리를 질렀다.

아빠! 내가 아빠를 부르자 내 위에 올라왔던 놈이 금세 나에게서 떨어졌다. 그놈은 자길빛에 구부리고 앉아 제 머리통을 쥐어짜며 사정했다. 나는 이미 한 놈에게 당했다. 다음 놈에게 당할 차례였고 또 남은 한 놈이 있었다. 나를 범한 놈은 돌아서서 옷을 추스렸고, 다른 한 놈은 나보다 더 겁에 질려 울고 있었다. 그때 다급하게 자갈 밟는 소리가 들렸고 V자로 벌린 내 두 다리 사이에 준호가 서 있었다. 준호는 아주 짧은 순간 내 아랫도리를 쳐다보았다.

준호는 아주 차분하게 담배까지 권하며 형들을 진정시켰다. 내가 자기 아버지와 먼 친척이 되는 분의 딸이라고 하면서, 형들을 존경한다며, 제발 이번만은 봐달라고 했다. 그들은 준호에게 칼을 들이댔다. 나는 반바지를 입고 버려진 속옷을 들고 공터를 나왔다. 거리엔 아무도 없었다.

세상엔 비밀이란 게 없었다. 그 다음날 저녁 엄마는 복도를 쾅쾅 구르며 방으로 들어왔다. 순간 시계를 보았는데 밤 아홉시였다. 그날 나는 아홉시부터 열두시까지 죽도록 맞았다. 엄마는 잠시도 쉴틈을 주지 않고 온 힘을 다해 때렸다. 중간중간 잠깐씩 쉬기도 했지만 거의 세 시간을 발길질까지 섞어가며 때렸다. 엄마는 힘이 아주 센 사람이었다.

엄마 말에 의하면 나는 이미 그 거리에서 볼장 다 본 애였다. 내가 밤마다 공터에 나와 동네의 불량배들과 어울려 다니고, 담배를 피우고, 술을 먹는다고 했다. 그 거리에서는 내가 누구네 집 딸인지 궁금해하다가 엊그제 엄마와 손을 잡고 올라가는 것을 보고 알았다고 했다. 그러나 엄마는 마지막까지 공터에서 있었던 일에 대해서는 말하지 않았다.

엄마는 나를 그렇게 때려놓고 집에서 나가 새벽이 되도록 돌아오지 않았다. 옥상에 올라갔다. 누가 가져다놓았는지 낡은 책꽂이가 보였다. 비좁은 옥상 가장자리의 얇게 쌓인 흙 틈에서 풀들이 솟아나와 꽃을 피우고 있었다. 엄마가 돌아올 때까지 잠들 수가 없었다.

엄마는 새벽이 되어서야 노래를 부르며 천천히 그 거리를 걸어올라 왔다. 전에 없이 밤바람이 차갑게 느껴졌고 여름이 끝나고 있다는 느낌이 들었다.

엄마는 개학을 앞두고 나를 데리고 점집에 갔다. 여자들 몇이 한복을 입은 무당 앞에 중죄인처럼 앉아 있었다. 엄마 차례가 되고 엄마는 나더러 부를 때까지 나가 있으라고 했다. 한참 후에 엄마가 나를 불렀다. 얼굴에 광채가 도는 무당이 내 얼굴을 보고 말했다.

굿을 해야 되겠네.

낮에 소나기가 내리고 다시 뜨거워진 일요일 밤, 무당이 집으로 왔다. 엄마는 정성을 들여야 한다며 자꾸만 두 손을 비비고 아무 데나 대고 절을 하고 있었다. 무당은 장구를 든 사람을 데리고 와서 좁아터진 방에 상을 차렸다. 상이라고 해야 삶은 닭 한 마리와 용도를 알 수 없는 구슬이며 물들인 천 몇 장이 다였다.

무당은 무복을 입고 오긴 했으나 어릴 때 본 붉은색이 화려한 그것과는 달랐고, 손에 부채를 하나 들고 있었다. 굿은 그리 소란을 떨지는 않을 것처럼 시작됐다. 무당은 부엌으로 가 항아리 주둥이에 칼을 갈아가지고 들어와서는 죽은 듯이 앉아 있는 내 머리 위에서 칼을 휘둘러댔다.

일요일이라 삼층에 사는 사람들은 굿 구경을 하러 방문 앞에 모여 섰고 엄마는 미친 사람처럼 연신 손바닥을 비벼댔다. 무당은 나의 죄를 일일이 읊어댔다. 신에게, 정신이 나간 여자애를 치유해달라고 손이 발이 되게 빌고, 구경꾼이 있어서인지 방바닥을 몇 차례 울리며 겅중겅중 뛰기도 했다.

엄마가 울기 시작하면서부터 굿은 절정에 다다랐다. 무당은 이제 엄마의 머리 위에다 칼을 대고 부채를 흔들며, 남편 없이 혼자 사는 여자를 보살펴달라고 신에게 애원했고, 무당의 목소리가 더욱 높아지자 엄마는 더욱더 펑펑 울어 거의 실신할 지경이 되었다.

굿은 한 시간도 안 되어 끝났다. 그럴 수밖에 없었던 것이 아래층 사람들이 요즘 세상에 무슨 굿이냐며 심하게 항의를 해왔기 때문이다. 그렇지 않아도 남이 알까 늘 전전긍긍했던 우리 집안의 비밀은 조금만 머리가 있는 사람이면 짜맞출 수 있을 만큼 다 드러났고, 삼층에 살던 사람들은 얼굴을 부비며 자신들의 방으로 돌아갔다.

무당은 번들번들해진 얼굴을 수건으로 닦고 엄마가 내준 맥주를 마셨다. 엄마는 무당에게 적지 않은 돈을 건넸고 다음엔 부적을 쓰자고 했다. 무당은 한복 위에 덧입은 무복을 벗어 착착 접은 뒤 가방에 넣어 장구를 치던 사람에게 가방을 건넸다. 엄마가 무당을 배웅하러 나갔고 나는 모두 미친년들이라고 중얼거렸다.

나는 그날 밤 꿈에 C시에서 보았던 어느 술집의 재수굿판 속에 있었다. 무복을 입고 경중경중 뛰는 무당의 지시대로, 입 속의 혀처럼 앞서서 움직이던 술집 주인이 보였다. 커다란 항아리에는 아이가 빠져 죽어도 모를 깊이의 막걸리가 들어 있었다. 끔찍하게 컸던 돼지머리, 그 돼지머리에 꽂혀 있던 지폐의 푸른색. 구경꾼들을 제압하고 가게 안팎을 종횡무진 뛰던 무당의 춤이 누군가의 앞에서 멈추면 그 사람은 저절로 고개를 떨구었다. 나는 무당의 칼과 고개를 떨군 사람 사이의 허공만 바라보았다. 그러다 엄마의 치마에 대롱대롱 매달려 악을 쓰고 울었다.

깨어보니 엄마는 남동생을 끌어안고 자고 있었다. 남동생의 목이 엄마 팔뚝에 눌려 있었다. 나는 엄마의 팔을 들어 거칠게 내려놓았다. 그러다가 이번에는 엄마를 벽 쪽으로 밀어붙였다. 엄마는 미동도 않고 자고 있었다. 나는 혼자서 울었다. 울다가, 손목을 끊을 칼을 찾다가, 거울을 들여다보다가, 두 손으로 목을 누르다가, 그렇게 계속 뒤척였다. 괜히 엄마가 미웠고 독한 말을 퍼붓고 싶었다.

굿은 무슨 굿야. 엄마가 정말 나를 생각했다면 차라리 산부인과엘 데려갔어야 했다구.

자던 엄마는 몸을 휙 돌렸다. 그리고 눈은 뜨지 않고 거의 남자 같은 쉰 목소리로 중얼거렸다.

동네방네 소문이 나면? 신세 망치려고 산부인과엘 가. 밖에 한 발짝만 더 나갔다간 맞아 뒈질 줄 알아.

그날 밤부터 창 밖엔 비가 내렸다. 오랜만에 내리는 비였다. 요정 마당에 굵은 빗줄기가 꽂혔다. 요정 실내에서는 희미한 불빛이 새어나왔다. 요정은 일요일엔 장사를 하지 않았다. 비 내리는 요정은 땅속으로 꺼져들어갈 것만 같았다.

얼마 후 개학을 했고 아이들은 입학시험 준비로 바빴다. 나는 멀뚱히 창 밖을 쳐다보는 일이 많았고, 부피가 큰 과자를 사 잡생각이 들 때마다 먹고 다녔다. 혼자 옥상에서 보내는 시간이 많았고, 얼마 후 가을이 왔고 겨울이 되었다. 메기 호텔에서는 마약을 소지한 외국인들이 줄줄이 경찰에 붙들려가는 일이 있었지만 나가볼 수가 없었다.

겨울에, 메기 호텔 뒤의 오래된 건물에서 불이 났다. 소방차가 몰려오고 장님들은 서둘러 집으로 들어갔다. 옥상에서 치솟는 불길을 바라보던 나는 거리로 나갔다. 불구경하던 사람들 틈에서 나는 아는 얼굴들을 보았다. 불길은 걷잡을 수 없이 치솟았고 얼굴이 뜨거워졌다. 나는 큰길 쪽으로 걸어갔고 걸어가면서 울었다.

우리는 그 겨울을 보내고 다른 곳으로 이사를 했다. 이사한 곳은 시장 옆의 오래된 주택가였다. 이사한 후, 그리고 고등학교 시절의 일에 대해서는 별로 말할 것이 없다. 남동생이 밤거리를 싸돌아다니기 시작했고 담배를 피우다 엄마에게 걸려 매를 맞았다. 남동생은 그렇게 맞으면서도 술은 끊어도 담배는 못 끊는다고 말해 엄마를 기절시켰다. 그럴 때마다 남동생의 얼굴은 조금씩 나이를 먹어 갔다.

나는 그때 쓴 그림일기를 아직도 가지고 있다. 나는 매일매일 그림을 그렸다. 말로는 수십 페이지에 달해야 쓸 수 있는 내용들도 그림으로 그리면 종이 한 장이면 충분했다. 그래서 어떤 선생님은 자꾸 그림만 그리는 나더러 미쳤다고 했다.

엄마가 맹장수술을 한 날의 일기에는, 철제침대에 누워 있는 엄마와 허공에 걸린 링거병이 그려져 있다. 엄마의 배꼽 밑, 볼록 튀어나와 있는 오른쪽이 문제의 맹장이다. 엄마의 침대 옆에 나와 남동생이 앉아 있다. 배경이 아무것도 없이 흰 것은 두려움의 표시다. 나는 엄마가 죽을까봐 두려웠다.

그런 노트가 다섯 권이었다. 한 노트에는 내가 준호를 다시 만났던 날의 일이 기록되어 있다. 나는 열여덟 살이었고 눈이 많이 내린 따뜻한 겨울이었다. 준호는 내게 누군가를 보냈다. 준호는 도심에서 가장 큰 재래시장 한 귀퉁이 빌딩의 관리사무실에 있었다.

준호의 눈빛은 그가 이제 어른이 되었다고 말하고 있었다. 전에 알던 준호는 어디 가고 그의 형이 와 있는 것 같았다. 생활이므로, 시장에서 상인들의 뒤를 봐주며 먹고 사는 것이 부끄럽지는 않다고 말했다. 돈을 빌려가고 갚지 않는 놈들에게 겁을 주는 건 당연한 일이라고 했다. 준호는 칼날 같은 주름이 잡힌 검은 바지 위에 지나치게 흰 셔츠를 입고 있었다. 그 옷차림은 좀 우스웠다. 준호는 자신은 이제 큰물로 나가려 한다고 했다. 지역 선거관리 일도 할 것이며 중요한 일을 맡기러 찾아오는 사람도 많다고 했다. 자기 가족들 얘기도 했다. 여동생들 시집도 자신이 보낼 것이고, 부모님들 노후도 자신이 책임질 것이며, 부모님들이 묻힐 묘자리도 자신이 마련할 것이라고 했다. 준호는 그때도 남의 집 일을 했던 엄마에 대한 걱정도 빼놓지 않았다.

졸업하면 나한테 와.

준호는 그렇게 말했지만 나는 얼굴을 들지 않았다. 내가 계속해서 반응이 없자 준호는 셔츠의 팔소매를 걷고 칼날 같은 바지 주름을 구겨 무릎을 꿇은 후 내 다리에 상반신을 밀착시켰다. 준호의 이마에 땀이 맺혀 있었다. 더이상 머뭇거릴 것도 없었다. 나는 아버지도 해송 오빠도 잊은 지 오래였다. 나는 이미 오래 전부터 준호를 생각하고 있었다.

고개를 들어 준호의 얼굴을 보았다. 준호의 두 눈을 피할 수가 없었다. 나는 그애의 두 눈을 오래도록 보았다. 그리고 준호에게 말했다.

내가 왜 너한테 가니. 그래봐야 넌 시장 상인들 등이나 쳐서 먹고 사는 놈 아니니.

나는 준호의 상반신을 두 손으로 밀고 일어서서 나왔다. 이후 나는 지금까지 다른 사람에게 상처 주는 말을 삼가고 살았다. 준호는 그 이후로 내게 연락하지 않았다. 나는 가끔 그날의 일을 생각한다. 준호는 내가 자신에게 가지 않은 이유를 알까. 나는 왜 준호에게 가지 않았을까. 준호의 눈빛이 더이상 시냇물이 아니라는 게 그렇게 중요했을까. 준호의 상반신을 민 두 손에는 펄펄 뛰는 남자의 심장박동이 그대로 전해져왔었다. 그래도, 그것이 내 나름의 저항법이었다. 혹시 내가 그때 준호에게 갔다면 난 지금 어디서 무엇을 하고 있을까.

나는 지금 십오 년째 필름 공장에 다닌다. 일본이 원산지인 필름 원단을 가져다 규격에 맞게 자르고, 필름통에 넣고, 포장지를 붙이는 게 공장의 일이다. 십오 년 전에도 그랬고 지금도 그렇고 필름의 원단은 밖에서 들여오고 포장은 우리가 한다. 하수도 청소도 로보트가 하는 세상에 이 일은 아직 완전자동화가 이루어지지 않았다.

여름 가을 겨울에는 삼 교대, 봄에는 이 교대로 일한다. 규모가 작은 회사에 들어가 담배 심부름을 하느니 큰 공장에 다니는 게 나을 것 같았다. 처음에는 공장 사람들 누구와도 사적인 이야기를 하지 않았다. 점심시간에는 휴게실에서 낮잠을 잤고 단체 야유회는 몸이 아프다는 핑계로 빠졌다. 단체 사진 촬영에도 빠졌지만 피하지 못하고 찍힌 경우도 있었다. 사람들은 왜 고개를 숙여 사진을 망쳤냐고 비난했다. 물론 지금은 사람들과 수다도 떨고 간식도 함께 먹는다.

필름을 만지는 모든 공정은 암실에서 진행되었다. 작업대 위에는 한 줄기 빛 같은 푸른 조명 몇 개만 들어올 뿐, 흰 가운을 입은 옆 사람 얼굴조차도 보이지 않았다. 언제나 유지되는 18도에서 22도 사이의 실내온도도 마음을 편하게 해주었다. 공장 관계자들이 시찰을 온다고 해도 우리에게는 보이지 않았으므로 신경 쓰지 않아도 되었다. 그러나 그들은 우리를 볼 수 있었다. 어둠 속의 사물이 연녹색으로 보이는 시찰안경을 끼고 있었기 때문이다.

나는 이삼 초 만에 한 개씩 필름의 불량여부를 검토했다. 어둠 속에서 단 한 번의 손동작만으로 모든 걸 알아냈다. 필름이 단단하게 잘 감겼는지, 카메라 장착시 끼워넣어야 하는 부분이 적당히 튀어나와 있는지. 그렇게 하루에 2,500개의 필름을 만졌다. 십오 년간 내가 버린 작업복과 신발과 헤어캡이 모두 몇 개일까. 내가 검토한 필름을 산 사람들은 어떤 사진을 찍었을까. 나는 늘 생각했다.

남편은 재단조에서 일했다. 필름 원단을 36컷, 24컷에 맞게 길이로 폭으로 자르고, 펀치로 구멍 뚫는 일을 했다. 그는 그렇게 자른 필름을 인선조로 옮겨다주기 위해 내가 일하는 작업실로 들어왔다. 그는 한참을 내 옆에 서 있다가 가곤 했다고 나중에서야 말했다. 나는 지금도 모르겠다. 희끄무레하게 형체만 겨우 보이는 사람들 가운데서 그가 날 어떻게 알아보았는지. 하긴 그는 시찰안경을 쓰지 않고도 자유롭게 작업장 내부를 돌아다닐 만큼 충분히 숙련된 공원이었다.

휴식시간이나 점심시간에 복도마저도 암실인 공장을 빠져나와 햇빛 앞에 서면, 잠깐씩 눈을 뜨지 못하고 눈물을 흘렸다. 너무나 피곤했고 너무나 지겨웠다. 결혼을 하면 공장을 그만둘 생각이었다. 하지만 남편은 계속해서 함께 다니자고 했다. 결혼을 했다고 나가라고 하지도 않고 필름도 맘껏 쓸 수 있으니 얼마나 좋으냐고 했다. 약간의 흠이 난 필름들, 하자가 있는 필름은 싼값에 직원들이 가져가도록 했다. 그래서 우리 아이들의 사진에는 얼굴이나 무릎에 약간씩 긁힌 상처가 나 있다.

우리 가족은 공장 근처의 아파트에서 산다. 대부분 공장 사람들의 아이들끼리 놀기 때문에 싸움이 일어나도 크게 시비할 일은 없다. 게다가 공장 근처의 탁아시설 또한 훌륭하다. 일요일에는 밀린 빨래를 하고 저녁은 칼국수집이나 순두부집에 가서 먹는다. 집으로 돌아오면 남편은 녹화한 바둑 비디오를 보고 아이들은 일찍 잔다. 밤마다 나는, 일 주일에 한 번 오는 이동도서관 차량에서 대여해준 책을 읽는다. 나는 그 흔한 감기 한 번 안 걸리고 잘 살았다. 아이 두 명을 낳아 몸을 추스른 사 개월을 제외하고는 십오 년 동안 늘

공장에 다녔고 늘 책을 읽었다. 은행 신용 상태는 별로 좋지 않아도 책의 반납 날짜는 반드시 지켰다. 반납 날짜를 지키기 위해 얼마나 안간힘을 쓰며 책을 읽었는지. 나는 늘 무엇에겐가 미안했고, 무엇에겐가 화가 났다. 나의 책 읽는 밤은 고행과도 같았다.

해송 오빠의 소식을 듣기도 했다. 결혼하기 전 어느 날 밤이었다. 공장에서 돌아와 저녁밥을 먹으며 텔레비전을 보고 있었다. 뉴스 시간이었다. 로만 칼라를 착용한 한 남자가 정면을 보며 뭐라고 얘기하고 있었다. 남자의 얼굴이 익숙했다. 남자의 눈을 뚫어지게 보았다. 해송 오빠였다. 해송 오빠가 수도권 지역의 빈민들을 돕는 일을 하는 성직자가 되어 있었다. 해송 오빠는 누군가를 구원하기 위해 세상에 온 사람임에 틀림없었다. 왈칵 눈물이 솟았다. 방송국에 전화를 걸어 해송 오빠의 연락처를 알아보려고도 했다. 공장 사우회와 해송 오빠가 돕는 빈민 지역을 연결시켜 도움을 주면 좋겠다는 생각도 했다. 밤에는 잠도 오지 않았다. 그러나 또 그걸로 그만이었다.

얼마 전에 아버지가 돌아가셨다. 엄마는 남동생만 장례식장에 보냈다. 남동생은 C시 인근의 인구가 늘면서 화장터가 붐벼 오래 기다려야 했다고 말했다. 또 우리가 살던 집은 흔적도 없이 사라지고 그 자리에 고층 아파트가 들어섰다고 했다. 내가 수영하길 좋아하던 개울은 물이 바짝 말라버렸다고 했다. 그러나 학교 가던 길가에 피어 있던 코스모스는 지금도 아름답다고 했다. 아버지가 사랑했던 여자, 엄마의 불구대천의 원수인 그 여자는 많이 울지도 않고 머릿고기만 잘 먹더라고 했다. 그리고 이후로 우리는 아버지 얘기를 하지 않는다.

시간이 많이 흘렀다. 나도 이제 그때의 생각은 하지 않으려고 한다. 메기 호텔 주변은 재개발구역으로 지정되었다가 거대한 은행 건물이 들어선 지 오래다. 십몇 해 만에 전화를 걸어 돈을 빌려달라고 하고, 내 몸 속에도 만성두통 덩어리 같은 것이 있지 않을까 생각하게 했던 친구는 재정 상태가 많이 나아졌다고 한다. 그래도 나는 가끔 생각한다. 오래된 일본식 주택 삼층 창 앞에 서서 요정의 앞마당을 내려다보곤 했던 그 무렵의 밤을.

진정성의 깊이가 찾아낸 결핍의 형식
바람 부는 들판에 눕기 위해

정홍수(문학평론가)

「트럭」은 강영숙 소설의 강점이 잘 드러나 있는 작품이다.
단정한 듯하지만 낯선 문장. 무심한 어조. 작은 기미에 대한 민감성.
차곡차곡 쌓아가는 듯하지만 다른 한편에서 툭툭 서사의 진행을 찢으며
어른거리는 심연의 그림자, 그리하여 환영(幻影)의 전경화까지
밀도 높은 단편의 전범을 보여준다.

1

바람 부는 들판에 누워, 단 십 분만이라도 편안히 쉬고 싶다는 여
자가 있다. 얼마나 평범하고 이루기 쉬운 소망인가.

（「사막에서 바다를 만나면」, 128쪽）

고독과 결핍은 예술가들을 떠올릴 때면 따라오는 오래된 에피셋
이다. 예외가 없는 것은 아니지만 광기, 방탕 등도 그 익숙한 항목
이다. 여기에는 우리가 쉽게 확인할 수 있는 많은 전기적 근거도 있
다. 예술가적 천분과 노력을 기본적인 것으로 전제한다면, 거론된
항목들이 예술가들로 하여금 세계의 허위를 통찰하고 그 통찰을 타
협 없는 부정성 속에서 표출하게 하는 중요한 힘의 원천이었던 것
일까. 다분히 낭만적인 이러한 예술가관에는 오래된 에피셋의 진부

함만큼이나 상당한 진실이 담겨 있는 것 같다. 예술이 부재하는 것을 현전시키려는 인간 욕망의 음화(陰畵)라면, 고독과 결핍은 그 부재를 환기시키는 더없이 강렬한 실존의 계기일 테니 말이다. 물론 이때, 고독과 결핍은 세계를 태워버릴 순수의 응결, 부재에 맞서는 '순수한 형식'일 것이다.

하지만 이러한 생각을 오늘의 예술가들에게 곧바로 적용할 수는 없다. 근대 이후 세계의 물질적 진화는 고독과 결핍의 순수한 형식을 쉽게 허용하지 않기 때문이다. 아마도 고독과 결핍이 오늘날만큼 사회적으로 철저히 관리되고 양식화되면서 한편으로는 현대생활의 보편적 조건으로 의식 속에서 허구화되고, 다른 한편으로는 넘치는 풍요의 한켠에서 언제든 구제받을 수 있는 복지의 대상이 된 적은 없을 것이다. 그렇다는 것은 현대의 예술가라면 고독과 결핍, 광기와 방탕(탕진)을 양식화하고 상투화하는 세계의 인력을 의식하면서, 세계의 허위를 꿰뚫는 부정성으로서 고독과 결핍의 순수한 형식을 새롭게 발견해내야 한다는 것을 의미한다. 각 예술 양식의 미학적 조건과 역사는 이때 장벽으로도 자유로도 기능할 것이다. 그러나 작품의 핵심에 타자로서의 예술 주체를 성공적으로 산포할 수 있다면 그 자유의 기능과 가능성을 확인하는 일은 진정 드문 광경은 아니리라. 실존적 자아와 예술적 자아 사이의 대화적 긴장, 미학적 상관성이야말로 현대 예술의 진정성을 보증하는 척도이기 때문이다. 그것은 자신의 소외를 그 기원인 현대성에게 되돌려주는 미학적 실천에 다름아니다.

강영숙의 소설은 그 자유를 확인하는 드물고 아름다운 광경이다. 특히 고독과 결핍의 진정성이 뿜어내는 강렬한 힘은 예사롭지 않은데, 그 힘은 소설의 문체와 구성을 통해 적절히 제어되고 풀리면서 새로운 인간학에 이를 그녀만의 고유한 세계 구축을 예감케 한다. 1998년 서울신문 신춘문예로 등단했으니 첫 소설집의 발간이 그리 빠른 편은 아니다. 엇비슷한 시기에 작품활동을 시작한 작가들 가운데 이미 두세 권의 책을 상자하며 한국소설의 중심부로 진입한 이들이 있고 보면 더욱 그렇다. 그러나 딱히 과작이랄 것까지는 없겠지만 강영숙의 이러한 행보에는 분명 자신의 예술적 자아를 신뢰할 만한 속도로 구축해나가는 의연함이 있다. 평단 역시 일찍부터 이 예사롭지 않은 작가의 등장에 대해서는 지속적인 관심을 보여온 바 있으며 그 주목의 빈도가 최근 급상승하는 느낌이니, 다소간 늦은 출발을 안타까워할 필요는 없을 것 같다. 한 사람의 작가를 갖게 된다는 것은 그를 통해 하나의 세계를 얻는 일이다. 그가 아니었으면 표현에 이르지 못했을 인간 진실의 새로운 광학을 발견하는 일이다. 설렘과 기대를 안고 그 처녀지로 들어가보자.

2

강영숙의 소설에는 '냉소' 혹은 '오기'라고 말하기에는 충분치 않은 묘한 시선이 어른거린다. 몇 가지 예를 보자.

"너 왜 이렇게 사니?"
순간, 그녀의 얼굴이 약간 떨렸다.
"왜, 내가 어떻게 사는데." (「바다에서 사막을 만나면」, 124쪽)

여자와 산다구? 자리에 채 앉기도 전이었다. 그래 어쩔래, 정확히 말하면 내가 친구한테 빌붙어 사는 거야. 그의 말투가 싫어 단박에 대답해버렸다. (……) 다시 합칠 수 없을까. 그의 말에 깜짝 놀라 모으고 있던 두 무릎이 살짝 흔들렸다. 행복 같은 거…… 행복하게 살도록 노력하겠다고 하면 믿을래. 그는 굳은 얼굴을 탁자 아래로 향했다. 행복 좋아하시네. 나는 몸을 거칠게 뒤로 젖히고 주머니에 손을 찔러넣은 채 말했다.(「흔들리다」, 11~12쪽)

너 전학 왔다며.
그래서.
기가 죽기는 싫어서 최대한 당당한 표정을 지었다.
(「피라미드 모양의 만성두통」, 262쪽)

"왜, 내가 어떻게 사는데" "그래 어쩔래" "그래서"의 오기에 가득 찬 퉁명한 표정과 어조가 손에 잡힐 듯하다. 물론 그럴 만한 맥락에서의 대화이기는 하다. 그러나 인용한 대목말고도 소설집 전체에서 이 차가운 오기를 종종 발견하게 된다면, 조금 따져볼 필요가 있겠다. 하루 종일 팔리지 않는 알로에 가게를 지키고 있는 여자(그녀는 심하게 다리를 전다)가 화자인 잡화 가게 남자에게 내뱉는 반말 비슷한 말투와 무시하는 듯한 시선(「팔월의 식사」). 오래된 물건이나 인형 따위에 대한 편집증적 집착으로 신혼살림을 파탄으로 몰고간 여자가 되레 이상한 오만으로 남편을 자신의 삶 속에 무릎 꿇리는 「청색 모래」. 뚱뚱한 몸을 주체 못 하는 수영장 여직원이 날건달 수영코치에게 보이는 집착 이면의 동정의 시선(「밤의 수영장」) 등등. 하고 보면, 인물들은 하나같이 자기 소외와 자기 연민을 깊이 앓고 있다. 세상에서 패배한, 혹은 패배를 예비하고 있는 상처와 열등감

투성이 인간들이다. 그런데도 오만할 정도로 당당하다. 이런 태도들을 심리적 방어기제로 설명해버리면 쉽다. 심리학의 상식이니까. 그러나 작가는 오만이라는 방어기제를 인물 속에 전면화하지 않는다. 그냥 '슬쩍' 그러고 만다. 작가가 위의 인물들에게 넘겨주는 오만의 시간은 짧다. 금방 상대에 대한 연민으로 돌아선다. 예를 하나 들어보겠다.

　세상 속 진입로를 잃어버린 백수 남편, 그의 넘치는 자의식이 찾아간 세상의 숨은 길은 침몰한 러시아 핵잠수함이다. 당연히 결혼 생활이 유지될 수 없다. 화자인 '나'(민영)는 집을 나와 친구 한나 집에서 더부살이를 한다. 몇 개월 만에 두 사람이 만났다. 「흔들리다」에서 인용한 위의 대목은 그 만남의 자리에서 나온 대화의 풍경이다. 어린 시절 밥상을 내던진 아버지에 대한 기억으로 세상 모든 것을 병적으로 의심하며 지도를 끼고 사는 민영 역시 자기 소외를 앓고 있는 상처받은 인간이다. 삶의 증거로 영수증에 찍힌 시간에 집착하고 결벽적 채식주의 성벽을 보이는 또다른 콤플렉스 투성이 인간 한나와의 주말 고속도로 여행이 이혼 후 유일한 삶의 출구다. 그런 주제지만 생활을 포기해버린 백수 전남편에 대해서는 오만한 경멸과 분노를 아끼지 않는다. "그래 어쩔래," "행복 좋아하시네." 그러나 사실은 그뿐, 그녀는 후드가 달린 남편의 감색 오리털 코트에서 삐져나온 흰 오리털 하나를 떼어내주지 않은 걸 곧장 후회하고 만다. 다른 경우도 비슷하다. 「바다에서 사막을 만나면」의 이신애도 "왜, 내가 어떻게 사는데" 하고 잠시 뻗대고는 도망간 출판사 사장의 이야기 속에 궤도에서 이탈해버린 자신의 처지를 풀어놓으며 금방 턱없는 오만의 꼬리를 내린다. 「피라미드 모양의 만성두통」의 화자 '나' 역시 "최대한 당당한 표정" 다음에, 자신에게 말을 붙였던 여자애들 둘과 시장 순례에 나선다. 왜 이렇게 되고 마는 것일까.

강영숙 소설 속의 '오만한' 인물들, 그들의 시선은 철저하게 자기 자신을 향하고 있기 때문이다. 그들은 대개 자기 상실의 아픔을 앓고 있는 인간들이지만, 그 아픔의 원인이었을 세상을 향해 시선을 두지 않는다. 따라서 말하지 않는다. 혹 말해야 된다면 이렇게 말한다.

"여기 오니까 그 생각이 난다. 바람 부는 풀밭에 단 십 분만이라도 편안하게 누웠으면 생각했던 때가 있었어. 살다가 갑자기 자신도 모르는 곳에 빠질 때가 있잖아. 내가 그런 경우야. 왜 그런지, 누구의 잘못인지도 모른 채로 여기까지 온 거야."
(「바다에서 사막을 만나면」, 127쪽)

그리고 꼭 시선을 세상 쪽으로 향해야 한다면 이렇게 향한다.

무지근한 통증이 허리를 누른다. 어금니를 깨물고 쪼그려 앉는다. 아름다운 모래무늬도, 사막의 붉은 노을도 보이지 않는다. 조슈아 트리에서는 모든 게 다 보여…… 이 세상의 모든 게 환히 다 보여…… (……) 조슈아 트리는 지금까지 내가 걸어온 풍경이 한눈에 보이는 모래언덕일 뿐이었다. (「양털 모자」, 77~78쪽)

자칫 자기 연민으로 빠질 수도 있는 대목이다. 그러나 작가는 자기 연민의 시선으로는 성숙한 소설적 탐구가 이루어질 수 없음을 자각하고 있다. 그 증거가 심리적 방어기제를 넘어선 '오만한 시선이 아이러니'인 셈이다. 그리고 이 아이러니의 간극과 밀도를 위해 작가는 자기 연민을 오만한 시선 속에 숨기는 게 아니라(원래 그럴 의도가 아니었다. 앞에서 보았듯, 작가는 그런 시선을 인물들에게 잠깐 주었다 금방 거두어들인다) 새로운 시선의 발견으로 나아간다. 그리하여 그 시선이 자기 연민을 넘어선 진정한 자기 대면의 공간으로 솟구쳐오르게 한다. 강영숙 소설의 깊이는 일차적으로 여기서 비롯한다.

3

잠시 이 글의 서두로 돌아가보자. 고독과 결핍이라는 상투적 장이 어떻게 세계의 허위를 통찰하는 힘을 주는가. 그것이 어떻게 진정한 부정성이 될 수 있는가. 흔히 반(半)예술로 조롱받는 근대의 소설 장르는 이에 대해 어떤 답을 마련해놓고 있는가. '영혼을 입증하기 위해 길을 떠난다.' 로버트 브라우닝의 시구를 인용한 한 헤겔리안의 답변은 여전히 유효하다. 생의 단면과 승부하는 단편의 경우에도 근본적으로 이러한 과제를 스스로에게 부과하지 않는다면 소설이 씌어져야 할 자리는 좁아지거나 이야기의 차원으로 넘어갈 수밖에 없을 것이다. 그런데 알다시피 이 자기 입증의 여로는 패배하게 마련이다. 고독과 결핍은 더 깊어지며, 더이상 나아갈 길 없는 아득한 지평이 앞을 막아선다. 누군가 "조슈아 트리에서는 모든 게 다 보여. 이 세상 모든 게 다 보여"라고 하지만 "어디를 보아도 지평선 끝까지 이어진 모래언덕, 똑같은 풍경"(「양털 모자」)일 뿐이다. 그러나 이 순간 한없이 막막한 수평의 여로는 수직의 솟구침을 낳기도 한다. 그 솟구침의 풍경은 모래언덕 사이로 비스듬히 솟아올라온 "나무막대기"일 수도 있다. 이 미미한 수직 속에는 그럼 무엇이 있는가. 아마도 기껏 "사막의 햇빛에 빛이 바랜, 모래먼지에 쓸려 낡고 해어진 바로 그 양털 모자"가 있을 것이다. 바로, 길을 떠날 수밖에 없었던 원점의 풍경이다. 그러나 이제, 그 원점은 처음 길떠날 때의 그것일 수가 없다. 자기 입증, 자기 탐구의 여로는 미미한 수직의 솟구침을 긴 울림으로 지니고 다시 원점으로 돌아간다. 원점에서의 고독과 결핍은 그러니, 자기 대면의 강렬한 의지다. 그것들은 세계의 허위를 자신의 패배로 드러내고, 진정한 부정성으로 남는다. 강영숙 소설에서 '오만한' 인물들의 시선이 오로지 자기 자신만을 향하고 있다고 함은 이런 의미에서다. 그러나 그 시선의 여로가 진정 삶의 어두컴컴한 심연에 이르기 위해서는 스스로를 뒤집고 의심하지 않으면 안 될 것이다. 부정이야말로 마지막 심연까지 동행하는 자기 대면의 유일한 조건이기 때문이다. 새로운 시선의 발견이 요청되는 대목일 텐데, 이 점에서 강영숙은 자각적이고 풍성하다. 그 자각적 풍성함으로부터는 이전 한국소설의 성취와 지체를 오래 들여다보고 스스로를 숙성시켜온 작가의 겸손과 오기가 느껴지는 듯도 하다. 강영숙 소설의 유다른 깊이에 주목하는 이유다. 구체적으로 살펴보기로 하자.

「트럭」은 강영숙 소설의 강점이 잘 드러나 있는 작품이다. "다리 가랑이 속으로 말려들어간 치맛자락을 제대로 펴고 출입문을 밀고 들어간다." 단정한 듯하지만 날선 문장. "그가 왜 청소차를 따라가는지는 그만이 알 것이다." 무심한 어조. "앉고 보니 팔 한쪽이 거의 남자와 붙을 지경이다. 최대한 남자와의 거리를 넓히려고 엉덩이를 빼지만 바닥에 고정시킨 의자이기에 도리가 없다." 작은 기미에 대한 민감성. 치곡치곡 쌓아가는 듯하지만 다른 한편에서 툭툭 서사의 진행을 찢으며 어른거리는 심연의 그림자, 그리하여 환영(幻影)

288

의 전경화까지 밀도 높은 단편의 전범을 보여준다. 그러나 무엇보다 인상적인 것은 단순히 환영의 제시에 머물지 않고 새로운 시선의 발견으로 나아가는 집요한 자기 대면의 의지다. 「트럭」에서 허구에 허구를 겹쳐 한껏 증폭시킨 이중의 환영은 그 미학적 방법일 것이다.

「트럭」은, 환영(幻影)으로 전경화되어 있는 대목말고도 현실의 텍스트로 제시되어 있는 부분조차 허구적인 느낌을 준다. 이중의 환영이라 할 만한데, 현실의 묘사가 아니라 '의식 / 무의식'의 드라마이기 때문이다. 소설은 두 겹의 텍스트로 짜여 있다. 고속도로변에서 여든 가까운 나이의 아버지와 사는 서른 살 어름의 여성이 있다. 그녀는 얼마 전, 고등학교 졸업 후 십 년을 다닌 직장을 그만두었다. 그녀는 직장에서 무심코 가져나온 회원 파일을 생계를 위해 세 번에 걸쳐 어떤 남자에게 팔아넘기며 고속도로변 아버지와의 죽음 같은 시간을 견뎌나간다. 패스트푸드점, 레스토랑, 장충단공원 이 세 곳에서 이루어진 비밀 거래가 중요한 사건인 양 제시되어 있는 여기까지가 현실의 텍스트라 할 만하다. 그리고 다른 한편에는 집 근처 도로변에 세워져 있는 트럭과 트럭 남자를 둘러싼 봄밤의 환영들이 펼쳐진다. "절대로 우습게 보여서는 안 된다"는 의식을 깃발처럼 내걸고 있는 여자("너 삼류지?"—파일을 거래하는 남자, "내가 본 여자 중에 당신이 제일 못생겼어요."—트럭 남자)의 '의식 / 무의식'이 빚어낸 이 환영의 파노라마는 그녀의 트라우마가 단순한 열등감에서 비롯된 것이라기보다는 가족관계의 훼손에 그 기원을 두고 있음을 암시한다. 도로변에 버려진 커다란 트럭에서 촉발된 여자의 몽상이 땜내 나는 남자의 커다란 몸으로 옮겨가고, 마침내 트럭 남자와 함께 하는 "신기한 여행"으로 뻗어나가는 것은 이해하기 어렵지 않다. 게다가 "트럭 안에는 모든 게 다 있"지 않겠는가. 그리하여 또다른 환영인, 연못가 낮은 집 창 앞에 앉아 있는 여자의 영상(어머니일까, 그녀 자신일까?)은 상처 입은 자아의 투영, 망각하고 픈 성장기의 풍경으로 읽히는데, 머리 위를 나는 수십 마리의 날파리나 튀긴 메뚜기를 탐하는 장면 그리고 바짝 마른 연못 등, 편안한 귀속의 느낌보다는 그로테스크하기까지 한 이 기원의 풍경이 강영숙 소설에서 차지하는 자리는 성장기 화자를 내세우고 있는 몇 안 되는 작품(「피라미드 모양의 만성두통」「검은 밤」)을 포함해 아직 씌어지지 않은 다른 작품들과 함께 검토될 수 있을 것이다. 그런데 봄밤의 환영에 둘러싸여 있는 현실의 텍스트조차 자세히 들여다보면 한갓 허구의 환영처럼 읽힌다는 데 이 작품의 문제성이 있다.

여든 가까운 늙은 아버지와 서른 살 노처녀 딸이 겨우 숨만 쉬고 있는 집안에 현실감이 깃들일 자리가 있을 수 있을까. 화자인 딸은 심지어 이렇게까지 말해놓고 있다. "수없이 많은 자식들을 낳았다고 했지만 지금의 아버지는 고요함을 벗삼아 산다. 그 많다던 자식들은 다 어디로 갔는지 모르겠다. 혹시 내가 아버지의 손녀인 것은 아닐까 생각한 적이 있다." 이 방관적 진술에서 암시받을 수 있는 것은 화자의 의식에는 현실을 수용할 자리가 없다는 점이다. 고속도로에서 들려오는 자동차 소리와 쓰레기 하치장의 반복적인 기계음만이 두 부녀를 죽음의 시간이 지배하는 방 안에 가두어둔 것은 아니다. 새벽 쓰레기차를 뒤따라가는 슬리퍼 신은 남자를 보아야 하고, 버려진 트럭에서 땀냄새 물씬 풍기는 건장한 남자를 빚어내야 하는 여자의 '의식/무의식'은 이미 그 자체, 늙은 아버지와 견디는 죽음의 시간에 대응되는 것이다. 현실의 텍스트가 현실감을 잃고 그로테스크해지는 것은 그러니 당연하다. 소설 속 유일한 사건이라 할 불법 거래의 현장이 현실적 긴장감보다는 이상한 부조리극의 분위기를 띠고 있는 것이 그렇다. 두번째 거래 때, 돈을 올려 받기 위해 실랑이하다 여자가 툭 내뱉는, "그래도 안 되겠어요. 벌어먹여야 할 노인이 계셔요. 꽃구경을 보내드려야 해요" 같은 말이 그 부조리한 일그러짐을 단적으로 드러낸다. 그렇다면 현실의 텍스트조차 삼켜버리는 이중의 환영 구성이 노리는 바는 무엇인가. 새로운 시선의 발견이다. 늙은 아버지와의 연극 같은 식사 장면이든, 봄밤 트럭 남자와 함께 달려간 벌판에서의 그로테스크한 식사 장면 (어떤 여자가 차려주는 흰밥과 개구리 뒷다리 구이)이든 주인공 화자의 일방적인 의식/무의식의 유로가 빚어낸 환영에 불과한 것이라면, 이로부터 진정한 자기 대면의 공간은 찾아질 수 없다. 그것은 욕망의 일방적 투사에 불과한 것이니까. 의식/무의식이 필사적으로 억압하고 은폐시켰던 새로운 제3의 시선을 찾아내 보상적인 욕망의 환영과 대결시켜야 할 소설적 필연성이 여기에 있다. 소설은 성숙한 대화의 공간이기 때문이다. 그리고 성숙한 대화란 패배를 순수하고 진정한 것으로 상승시키는 새로운 시선의 발견에 의해서 가능하기 때문이다. 이때 패배는, 더이상 어쩔 수 없는 고독과 결핍은, 강렬한 부정성으로 남는다.

강영숙은 이 점에서 자각적이고 풍성하다. "트럭은 그날 밤 이후 움직이지 않았다." 행을 나누고 시작되는 소설의 결말에 와서야 의식/무의식이 환영에 기대 외면하고 있던 현실이 담담하게 귀환한다. 트럭이 도난 차량으로 발견된 그날 새벽, 웃으며 청소차를 쫓아가던 슬리퍼의 남자는 후진하던 차에 치여 죽었다. 도난 트럭을 수사하러 온 경찰이 열쇠 수선공을 불러 트럭 컨테이너를 열자, 텅 비어 있는 그 공간에 무언가가 있었다.

원숭이였다. 황색 털에, 불쾌한 냄새에, 그저 눈만 동그랗게 뜬 원숭이가 사람들보다 더 놀란 얼굴로 마구 쏟아져들어오는 햇빛에 순식간에 노출되었다.(52쪽)

왜 원숭이냐고 묻는 것은 의미 없다. 진짜 현실이란 그런 것이니까. 느닷없이 원숭이 같은 것과 맞닥뜨리는 것이니까. 한갓 의식 / 무의식 따위로는 극복할 수 없는 것이니까. 많은 대답이 주어질 수 있겠지만, 날짜와 시간이 또렷이 찍힌 영수증을 빠짐없이 챙겨 삶의 증거로 삼으려 안간힘을 다해도(「흔들리다」) 갑자기 자신도 모르는 곳에 빠져버리고, 누구의 잘못인지 모르는 채 막다른 골목까지 밀려와버리는 것(「바다에서 사막을 만나면」)이 환영을 불러들여야 하는 한심하고 절박한 인생의 곤경이라면, 그리하여 침몰한 러시아 핵잠수함의 길 잃음이 심연을 엿본 대가라면(「흔들리다」), 황색 털에 불쾌한 냄새투성이 원숭이는 어김없이 언제든 출몰할 수밖에 없는 게 아닐까. 삶의 심연으로부터 뿜어져나오는 제3의 시선을 통해 한 여자의 의식 / 무의식의 심리극이 현실의 부정성으로 전화하는 「트럭」의 소설적 성취가 자각적이고 풍성하다 함은 이를 이름이다.

원숭이는 긴 팔을 움직여 자꾸 어딘가를 가리켰다. 거기는 자동차가 달리는 고속도로였고 원숭이는 낑낑낑 소리를 내며 자신을 쳐다보고 있는 사람들 중 누군가와 눈길을 마주치려 했다. 나는 원숭이의 눈을 피해 몸을 돌렸다.(52쪽)

그녀는 시선을 피했지만, 이미 원숭이를 보아버렸다. 그녀 자신 안으로 쑥 들어와버렸으니, 아니 그녀 안에서 쑥 끄집어내졌으니.

강영숙 소설은 그 원숭이의 시선과 마주 서려는 집요한 탐구다.

4

원숭이의 시선과 맞닥뜨린 「트럭」의 여자는 이번 소설집 전체를 써내려가고 있는 한 사람의 내포작가에게 수렴되고 있다고 해도 좋을 만큼, 거의 모든 작품에서 발견된다. 팔리지 않는 알로에 가게를 지키다 저녁이면 집으로 돌아와 다육질의 알로에 줄기를 우적우적 씹어먹으며 삶의 허기를 메우는 다리 저는 여자(「팔월의 식사」), 십 년여의 고단한 미국 생활 끝에 삶의 끈을 놓아버린 남편을 버리고 캘리포니아 모하비 사막의 조슈아 트리를 찾아 떠나는 여자(「양털 모자」), 철거 직전의 빈 아파트에 백수건달 남편을 남겨두고 매일매일 끝장을 꿈꾸며 건너편 레스토랑으로 출근하는 여자(「불빛과 침묵」), 언제부터인가 싱크대 수도 소리에 잠 못 이루는 여자(남편과의 관계는 사막이다)와 커다란 고무인형 곁으로 퇴행해버린 그녀의 대학동창 신애("아, 바람 부는 풀밭에 누워 단 십 분만이라도 편안했으면")(「바다에서 사막을 만나면」), 침몰한 핵잠수함 이야기에 빠져 있는 무기력한 남편과 헤어져 친구와 고속도로를 떠도는 결벽증 여자(「흔들리다」), 매일 오천 톤의 수압을 견디며 사는 전직 수영선수 출신의 뚱뚱이 여자(「밤의 수영장」), 세상의 허위를 견디지 못하고 앤티크 수집벽에 빠져 극한까지 삶을 탕진시켜버리는 여자(「청색 모래」) 등등, 극도의 민감성 속에서 자신의 상처를 앓고 있는 인물들은 마치 작가의 페르소나이기라도 한 양 소설집을 일관하고 있다. 성장기 화자를 내세우거나 한 다른 부류의 작품(「검은 밤」「피라미드 모양의 만성두통」「서로의 안부를 묻다」)에서도 비슷한 성격의 흔적을 확인하는 것은 어렵지 않다. 그렇다는 것은 비슷한 유형의 인물이 빚어내는 유사한 분위기의 반복을 말하는 것이 아니다. 오히려 탐구의 집요함 속에서 각각의 절실함은 고유하다. 특별히 다채롭다는 느낌을 주는 것은 아니지만 남녀간 연애공간을 거의 설정하지 않고도(표면적으로 강영숙 소설에는 '사랑'의 서사가 없다) 강영숙 소설은 상처 입은 존재의 내면을 드러내고 인간의 발견에 이르는 강렬한 무엇을 지니고 있다. 그것은 눈으로 보고 손으로 만질 수 있는 구체적 결핍에서 비롯하는 상처의 진정성이다. 쉽게 말해, 강영숙 소설의 인물들은 다리를 심하게 절거나 못난 인간으로 무시당하거나 못생겼거나 뚱뚱하거나 무능한 남편으로 인해 삶의 바닥으로 추락해 있다. 그들의 고통은 당연히 자의식을 포함하지만 그 자의식을 바라보는 명백한 실체를 갖고 있다. 고상한 그 무엇이 아니다. 그 이하일지도 모르나, 사실은 그 이상이다. 그러니 빚어낼 수 없는 것이다. 다분히 몸('육체'와는 구별해야 할 것 같다. 여기서 몸은 정신의 대립항이 아니다)의 그것이다. 쉽게 넘어설 지점이 보이지 않는다. 해서, 「트럭」에서 본 것처럼 환영의 요청은 강영숙 소설에서 담담하면서도 강렬한 내적 필연성을 구축한다.

「밤의 수영장」이 보여주는 해방의 환영은 그 내적 필연성을 입증하는 또다른 유력한 예가 될 것이다. 이 작품에서 몸이 몸을 부르고 찾아 스스로를 해방하는 유영하는 듯한 흐름은 풍성하고 아름답기까지 하다. 스포츠센터 직원 '나'(전직 수영선수였던 그녀는 구타가 일상화된 비인간적 훈련을 이기지 못하고 수영을 그만두었다. 한쪽 귀는 청각을 상실했고 거우 열나섯에 인생을 포기한 꼴이었다. 그후 필사적으로 물을 피했지만 본능적으로 물을 찾고 있던 그녀는 결국 수영장 주변을 맴돌고 있다. 선수 시절보다 33킬로그램이 늘었다)는 '뚱땡이'라고 무시당하면서도 날건달 수영코치 최상수의 작고 매끈한 소년 같은 몸에 이끌린다. 작가는 두 사람의 미묘한 관계를 몇 마디 대화 속에 절묘하게 압축해내는데, 거리를 두고 부조리극의 대사처럼 상황을 제시하는 솜씨는 정말 발군이다. 대화만을 옮겨본다.

"우리, 서로 소원 들어주기 할래요?" "니 소원, 살 빼는 거? 아님, 남북통일?" "아냐? 그럼 뭐야." "최 코치님이랑 자고 싶어요." "난 뚱뚱한 여자는 질색이야. 뚱뚱한 것들만 보면 그냥 확……" "살 빼면 만나줄래요?" "내 부탁을 먼저 들어주면 네 소원을 들어주지."(194쪽)

오천 톤의 물이 들썩이는 소리를 들으며(한쪽 귀가 먹은 자만이 들을 수 있는 소리다) 한밤의 수영장을 어슬렁거리는 여자의 욕망을 남자는 경멸하며 꿰뚫고 있다. 그러나 여자 또한 알고 있다. 그가 보잘것없는 인간임을. 그러니 저런 고상한 대화를 주고받을 수밖에. 여자가 물, 그러니까 몸과 화해하는 계기는 남자의 부탁으로 함께 찾아간 그의 이복누이로부터 온다. 어린 시절 이복누이의 수영하는 모습은 인어 같았는데, 최상수가 수영에 목을 맸던 것은 그 때문이었다. 뚱뚱한 여자에게 질색하는 진짜 이유가 여기 있었다. 그런데 몇 년을 같이 살고 헤어졌던 그 누이의 현재 모습은 어땠을까. 집 안은 "수해지구처럼 어지럽고" 여자의 몸은 "몹시 크다. 여자와 냉장고의 크기는 거짓말처럼 거의 같아 보인다. 전체적으로 둥글고 축 늘어진 여자의 몸엔 각이라곤 없다. 치마 아래에 드러난 발목은 심하게 뒤틀린 채 몽톡하다. 머리칼은 지나치게 짧다. 얼굴 군데군데 거뭇한 흉터가 보인다." 온몸을 상처로 꽉 채우고 부풀린 또 한 명의 '나'(수영장 여자)가 거기 있었던 것이다. 이복누이의 집을 나오며 최상수가 던진 고약한 한마디는 실상 이 세 사람 사이의 '각'을 허물고 자기 연민을 넘어서 그들 각자의 몸(삶)과 화해하는 실마리에 다름아니었다.

"오늘 고마웠어. 뚱뚱한 데는 저 여자가 너보다 한 수 위인걸." (198쪽)

그랬기에 '나'는 밤의 수영장, 그 물 속으로 들어가 오래 전 몸에 각인된 움직임을 하나하나 되살리며 몸 갈피갈피에서 흘러나온 자신의 숨소리를 들을 수 있었던 것이다. 다시 찾아간 최상수의 누이 집에서 술에 취해 쓰러져 누운 늙은 인어를 등뒤에서 감싸안을 때 다가온 해방의 환영은 그리하여 자연스럽고 아름답다.

드디어 푸른 물이 우리가 누운 집 안을 채우기 시작한다. 여자의 다문 입술이 슬며시 열리고 입 속에 푸른 물이 들어찬다. 여자는 비로소 인어처럼 웃는다. 나는 코르셋 속에 처박아두었던 단단한 살덩어리들을 푸른 물 속에다 풀어헤쳐놓는다. (……) 오랜 세월 짓눌렸던 살들이 부드럽게 빠져나간다. (……) 물은 여자와 나에게서 통증을 거두어가는 중이다. 여자와 나는 차츰 정화되어 몇천 년 만에 처음으로 깊은 잠 속으로 빠져든다.(203쪽)

또다른 수작 「청색 모래」의 후반부는 화자가 "육 개월의 장기 휴가를 얻어 (……) 사구(砂丘). 내가 그녀를 데리고 간 곳이었다. 나는 그녀를 자극할 아무런 표지도, 이미지도 없는 어떤 무균질의 장소를 찾아헤맸다"고 현실의 맥락을 끌어들이고는 있지만, 중앙아시아의 어디쯤 모래 세상에서 펼쳐지는 비현실적인 처벌과 치유의 시간은 「트럭」「밤의 수영장」에서 보여준 환영과는 달리 소설적 구성으로 자연스러운지 의문이 간다. 그러나 허섭스레기 같은 앤티크와 인형에 대한 아내의 집착이 "그 물건들이 들려주는 이야기를 들을 수 있는" 그녀만의 민감성, 세상에 대한 지나친 연민에서 비롯된 것임을 스스로에 대한 분노 속에 깨달아가는 화자의 흔들리는 시간 (그는 시계에 집착하지만, 그러니까 시간에 집착하지만 그의 시계는 가짜 롤렉스다)은 감동적이다. 해서, 그의 안간힘이 찾아낸 "헛것" '청색 모래 문'은 정말 눈부신 환영이 아닐 수 없다. 온통 모래로 뒤덮인 땅 아래 얼음 강이 있었고 눈을 긁어내니 물 속을 오가는 물고기들이 보였다. "얼음은 차고 강물은 푸르렀다. 마치 그녀처럼…… 나는 생전 처음 그녀 곁에 가까이 다가간 느낌이 들었다." 모래 땅 아래 얼음 강의 존재는 저 오랜 시원으로부터 흘러오고 있는 시간의 살아 있는 형상이었고, 밤마다 그의 매질을 받아들이고 있던 그녀는 그 시간의 이야기에 온몸을 내맡긴 존재였던 것. "내가 이상하다구요? 천만에. 정말 이상한 건 당신네들이라구요." 그녀의 항변이 옳았던 것이다. 그러나 안타깝게도, 이런 영혼이란 중앙아시아의 모래 땅 저 아래 얼음 강으로만 겨우 존재할 수 있는 법. 16세기 러시아 이콘화와 맞바꾼 그녀의 몸(영혼)이 사지가 절단된 채 벽에 걸려 있는 마지막 대목은 최근 소설에서 만나기 어려운 구원의 과제를 인상적으로 보여주고 있지만, 그 비현실적 격렬함은 그녀를 서울 한복판으로 데려와 살게 할 수 없는 소설적 곤경은 아닐 것인가. 관념화된 결핍 의식을 밀어내고 구체적 결핍에서 시작하는 강영숙 소설의 진정성 추구가 환영과의 대화적 긴장을 소설적 방법론으로 찾아내고 그로부터 자기 대면의 길을 새롭게 열어간 것은 소중한 성과지만, 자칫 환영의 강렬함이 앞서버릴 때 아득해질 위험은 없겠는가. 진정성의 깊이가 열어가고 있는 강영숙의 단단한 소설적 탐구가 더 풍부한 지평을 얻기 위해서도 「청색 모래」의 곤경은 계속 의식되어야 할 것이다.

한편, 강영숙 소설의 힘을 결핍의 구체성에서 찾을 때, 참을 수 없는 허기에 대한 민감성은 그 구체성의 중요한 표지로 소중하게 기억되어 마땅하다. 소설의 육체성을 풍부하게 하는 이상의 힘을 그것은 지니고 있기 때문이다. 허기를 둘러싼 이야기는 다방 주방에서 일하며 가출한 딸을 찾아헤매는 어머니의 짬뽕 국물이나 멸치 국수처럼 행복했던 시간 전체와 대응되기도 하고(「서로의 안부를 묻다」), 부모가 떠나버린 집에서 슬픔을 잊기 위해 탐식하는 단것처럼 위안의 도구로 제시되기도 하고(「검은 밤」), 파탄 직전에 이른 부부의 식탁 풍경("차라리 굶으라고 하는 게 인간적이지 않니?"—「흔들리다」)처럼 부재하는 시간으로 드러나기도 하면서(「흔들리다」) 소설의 육체를 풍성하게 만들고 있지만 특별히 주목할 만한 것은 그 허기가 상처 입은 몸의 함성으로 전면화될 때다. 그 대표적인 예가 「팔월의 식사」에서 여자가 알로에 줄기를 먹는 장면이다. 하루 종일 팔리지 않는 알로에 가게를 지키고 있는 여자는 도통 무언가를 먹는 모습을 보이지 않는데, 잡화 가게 남자가 그녀의 아파트로 찾아가서 본 '팔월의 식사'는 놀랍게도 알로에였다. "여자는 닥치는 대로 쇠붙이를 먹어치운다는 전설 속의 불가사리처럼 칼날 모양의 톱니가 박힌 다육질의 알로에 줄기를 우적우적 씹어먹고 있다." 그때 여자는 보조기를 차지 않은 휘어진 다리를 그대로 드러내고 있었다. 운명과 마주 선 전면적 모습이라 아니할 수 없다. 또다른 작품

「불빛과 침묵」의 경우는 어떨까. 곧 철거될 유령 같은 아파트에서 삶을 포기해버린 식충이 남편이 출근하는 아내의 등뒤에다 내뱉는 어처구니없는 말, "넌 모를 거다. 내가 요즘 얼마나 힘든지 넌 모를 거야. (······) 나도 정말이지 이렇게 될 줄은 몰랐다구. (······) 그래도 그렇지, 오늘은 돼지고기라도 한 근 사와라. 상추도 사고, 마늘 사오는 거 잊지 마"에는 작가의 민감성이 인간의 비루하고 보잘것없는 바닥에 비추는 속 깊은 시선이 오래 어른거린다. 주말이면 고속도로에서 삶의 지도를 찾아헤매는 한나와 민영 두 여자가 민박집에서 받아든 최고의 밥상(「흔들리다」)은 그들을 위로할 수 있었을까. 아마도 그랬을 것이다. 결벽증에 시달리는 두 여자의 분노는 침몰한 핵잠수함에 미쳐 있는 전남편의 그것과 다르지 않음을 민영은 돌아오는 길에서 이미 받아들이고 있었으니까.

5

이번 소설집에서 보이는 많은 짝패들(「팔월의 식사」의 알로에 가게 여자와 잡화 가게 남자, 「양털 모자」의 '나/남편'과 멕시코 여자, 「불빛과 침묵」에서 미화아파트에 갇힌 남편의 시간과 초원레스토랑에서 바라보는 '나'의 시선, 「바다에서 사막을 만나면」의 '나'와 '이신애', 「트럭」에서 '나/늙은 아버지'와 '벌판 위의 여자/트럭 남자', 「흔들리다」의 두 여자와 민영의 전남편, 「밤의 수영장」의 '나/늙은 인어 여자'와 최상수, 「청색 모래」의 나와 아내)은 다 강영숙의 오래고 오랜 예술적 분신들일 텐데, 들여다보고 있으면 너무 아프다. 가게에 앉아 횡단보도 저쪽에서 걸어오는 여자의 희고 가는 다리를 응시하는 거리(距離)의 버팀이 그 아픔을 증폭시키는데, 밀쳐내고 싶은 그들을 서로 붙잡아두고 있는 인력은 무엇일까. 알 수 없는 우주의 중력, 암흑물질 '엑시온' (「불빛과 침묵」)일까. 그 암흑물질 속을 탐사하는 강영숙의 시선은 차고 푸르다. 이 차가움과 푸르름은 모래땅 아래 긴 시간의 얼음 강으로부터 오는 것. 그녀의 첫 소설집 『흔들리다』는 그 시간을 증거하기에 모자람이 없다. 소설의 진정성이 의심받고 있는 이즈음, 오천 톤의 수압을 견뎌온 강영숙 소설의 깊이가 더 넓은 지평으로, 천천히, 헤엄쳐나오기를 바랄 뿐이다.

그리고 보면, 강영숙의 인물들은 너무 오래 아팠다. "바람 부는 들판에 누워, 단 십 분만이라도 편안히 쉬고 싶다는 여자가 있다. 얼마나 평범하고 이루기 쉬운 소망인가." (「바다에서 사막을 만나면」) 그래, 정말 얼마나 이루기 쉬운 소망인가?

작가 후기

여름이 지나면서 나는 많이 걸었다. 허리에 차고 다니던 만보기는 얼마 안 가 아주 쉽게 만보를 넘어버려서 집에다 놓고 다녔다. 반포에서 이수교차로로 이어지는 길 오른쪽에 있는 반포1교 옆 오솔길을 자주 걸었다. 길은 밤보다 더 어두웠다. 몸의 어딘가가 마비된 적이 있는 사람들이 느린 걸음으로 밤산책 중이었다. 반포1교 다리 밑은 천길 어둠이었다. 어둠을 딛고 물이 흐르기는 흘렀다. 그러나 높은 데서 낮은 데로 흐르지 않고 거꾸로 흘렀다.

북한산 진입로에서 수유역까지는 좀더 고적했다. 해가 진 길에는 낙엽 뒹구는 소리만 들렸다. 힘겹게 올라온 마을버스를 그냥 보냈다. 인적 없는 길을 삼십 분쯤 걸어내려갔다. 해가 진 하늘은 차가운 푸른색이었다. 웃음소리가 들려왔다. 등반을 끝내고 산에서 내려온 사람들이었다. 그들의 옆얼굴에서 단 막걸리 냄새가 났다.

신작로로 뛰어든 미친 개와 그 뒤를 따라오는 개 주인의 간절한 목소리. 단속원의 눈을 피해 마술장갑을 팔던 지하철역 상인의 눈빛. 교복바지를 스타킹처럼 줄여 입고 핸드폰을 삼킬 듯 들여다보고 있는 십대들의 눈빛. 다국적기업의 셔터 내린 쇼윈도를 장식한 오십오 인치 메가비전, 그곳에 비친 잿빛 일색의 아프가니스탄 영토, 뭐 새로울 것이 있느냐는 듯 카메라를 쳐다보는 이슬람 소녀의 눈빛.

걸으면서 많은 것들을 보았고 새로운 것들을 볼 때마다 좀전에 보았던 것들을 잊었다. 한참을 걷다보면 내가 지금 걷고 있나, 아니면 서 있나, 헛갈리는 순간이 왔다. 발걸음이 저 혼자 성큼성큼 앞으로 나가고 있다는 걸 느끼는 순간이 왔다. 그 순간의 몰아(沒我)가 상쾌했고 스스로를 적당히 학대하고 나자 밥맛도 좋았다.

적지 않은 나이에 첫 창작집을 펴낸다. 이런 식의 결실이라는 것이 나에게 어울리는 것인지 무척이나 낯설다. 하지만 언젠가는 나에 관한 다큐멘터리 필름을 하나 만들어서 가지고 있으려고 했다. 잭슨 폴록이 살아 있을 때 만들었다는, 교육방송에서 '미의 세계' 라는 주제로 방송된 그 필름처럼 말이다. 폴록이 막대기에 물감을 찍어 캔버스에 떨어뜨리던 모습과 그의 뒤로 펼쳐진 거친 풀숲, 그가 친구들과 함께 앉았던 갈색 원탁 테이블, 자동차로 달리다 죽어버린 길까지. 그러나 내게는 폴록과도 같은 아름다운 그림이 없다는 사실을 알았을 때 외로워서 죽을 뻔했다. 이제 얼마나 다행인가. 그 비싼 장비를 대여하고 편집비를 들일 필요가 없게 되었으니.

결혼해 아기를 낳았을 때 거친 뽕잎을 오래 삶아 그 진한 물에 내 몸을 담그게 해준 엄마에게 감사드린다. 돛 대신 만장을 달고, 오래전 배를 타고 우리 곁을 띠닌 아빠가 보고 싶다. 나는 아직도 어린 아이처럼, 우리 셋이서 진흙탕에 빠진 자전거를 꺼내느라 깔깔거리고 웃으며 진흙장난을 하는 꿈을 꾼다.

글쓰는 일의 엄격함을 가르쳐주신 서울예대의 교수님들께 감사드린다.

충실하지 못한 근무 태도에도 불구하고 언제나 밥은 먹고 다니느냐고 묻는 대화문화아카데미 동료들에게도 감사드리고 싶다.

이제 열 편 남짓한 단편을 발표한 작가의 글을 읽어주신 김윤식 선생님, 오정희 선생님께는 감사하다는 말씀을 어떻게 해야 할지 잘 모르겠다. 시간과 공을 들여 해설을 써주신 정홍수 선생님, 훌륭한 문학동네 편집부 여러분들께 깊이 감사드린다.

전에 알던 한 분이 자신의 책 서문 끝에 이렇게 썼다. 이미 저 자신은 해체되었습니다. 그 다음 말은 모두들 짐작할 수 있으리라 생각된다. 그때는 이 말이 너무나 유치했는데, 지금은 좀 다르게 다가온다.

2002년 1월
강영숙

문학동네 소설집

흔들리다

ⓒ 강영숙 2002

초판인쇄	2002년 1월 30일
초판발행	2002년 2월 7일

지 은 이	강영숙
책임편집	김현정 조연주 장한맘 손미선
펴 낸 이	강병선
펴 낸 곳	(주)문학동네
출판등록	1993년 10월 22일 제22-188호

주 소	136-034 서울시 성북구 동소문동 4가 260번지 동소문빌딩 6층
전자우편	editor@munhak.com
	하이텔 : podo1
	천리안 : greenpen
전화번호	927-6790~5, 927-6751~2
팩 스	927-6753

ISBN 89-8281-467-1 03810

* 잘못된 책은 바꿔드립니다.

www.munhak.com